DuMont's Kriminal-Bibliothek

Josephine Tey (1897–1952) wurde in Inverness, Schottland, geboren. Nach dem Besuch der Royal Academy in Inverness und dem Anstey Physical Training College in Birmingham arbeitete sie als Sportlehrerin. Josephine Tey, die in London lebte, verfaßte zahlreiche Romane, Bühnenstücke und Hörspiele. Von der Autorin ist in der DuMont's Kriminal-Bibliothek bereits erschienen: »Der singende Sand« (Band 1013).

Herausgegeben von Volker Neuhaus

Kapitel 1

Es war ein Frühlingstag, vier Uhr nachmittags, und Robert Blair trug sich mit dem Gedanken, nach Hause zu gehen.

Die Kanzlei würde natürlich erst um fünf Uhr schließen. Aber wenn man der einzige Blair in der Firma Blair, Hayward und Bennet ist, dann geht man nach Hause, wenn einem danach zumute ist. Und wenn man es hauptsächlich mit Testamenten, Geld- und Grundstücksangelegenheiten zu tun hat, dann hat man am späten Nachmittag nicht mehr groß mit Klienten zu rechnen. Und wenn man in Milford lebt, wo die letzte Post um Viertel vor vier herausgeht, dann verliert ein Tag lange vor vier Uhr seinen Schwung, sofern er überhaupt je welchen hatte.

Es war sogar recht unwahrscheinlich, daß sein Telefon noch einmal klingeln würde. Seine Golfkumpane würden mittlerweile irgendwo zwischen dem 14. und dem 16. Loch angelangt sein. Niemand würde ihn zum Abendessen einladen, denn in Milford werden solche Einladungen nach wie vor mit der Hand geschrieben und per Post zugestellt. Auch Tante Lin würde nicht anrufen und ihn bitten, auf dem Rückweg den Fisch mitzubringen, denn sie saß, wie sie das alle 14 Tage einmal zu tun pflegte, im Kino und war zu diesem Zeitpunkt gerade erst 20 Minuten in den Hauptfilm versunken, um es einmal so zu sagen.

Da saß er also, in der schläfrigen Nachmittagsstimmung eines Landstädtchens, und betrachtete den letzten Streifen Sonnenlichts auf seinem Schreibtisch – jenem Mahagonitisch mit Messingintarsien, mit dem sein Großvater die ganze Familie in Aufruhr versetzt hatte, als er damit aus Paris zurückkehrte – und überlegte, ob er nach Hause gehen solle. Der Sonnenstrahl beschien das Tablett mit seinem Teegeschirr, und es war bezeichnend für Blair, Hayward und Bennet, daß es sich, wenn es um Tee ging, nicht um ein schwarzes Blechtablett mit einer x-beliebigen Tasse handelte. An jedem Arbeitstag betrat Miss Tuff Punkt 3 Uhr 50 mit einem Lacktablett und einem schmucken weißen Deckchen darauf sein Büro und servierte ihm den Tee in einer blaugemusterten Porzellantasse, dazu gab es auf einem passenden Teller zwei Kekse: Butterplätzchen montags, mittwochs und freitags, Haferplätzchen am Dienstag und Donnerstag.

Als er das Tablett nun so in aller Ruhe betrachtete, ging ihm durch den Kopf, wie sehr darin die Beständigkeit von Blair, Hayward und Bennet zum Ausdruck kam. An das Porzellan konnte er sich erinnern, so weit seine Erinnerung überhaupt zurückreichte. Mit dem Tablett hatte, als er noch ein kleiner Junge war, die Köchin zu Hause das Brot vom Bäcker geholt, und seine Mutter hatte es in jungen Jahren in Sicherheit gebracht und mit in die Kanzlei genommen, wo dann die blaugemusterten Tassen darauf serviert wurden. Das Deckchen war erst Jahre später – zusammen mit Miss Tuff – dazugekommen. Miss Tuff war ein Produkt des Krieges: die erste Frau, die jemals in einer respektablen Milforder Anwaltskanzlei hinter einem Schreibtisch gesessen hatte. Unverheiratet, linkisch, dürr und ernst, war das Auftreten Miss Tuffs eine Revolution gewesen. Doch die Firma hatte die Revolution fast ohne jeden Aufruhr überstanden, und jetzt, fast ein Vierteljahrhundert später, konnte sich niemand mehr vorstellen, daß die schmale, graue, würdevolle Miss Tuff jemals eine Sensation gewesen war. Ja, die einzige Veränderung, die sie in die unerschütterliche Routine gebracht hatte, war die Einführung des Deckchens auf dem Tablett gewesen. Bei Miss Tuff zu Hause wurde niemals ein Gedeck unmittelbar auf das Tablett gestellt, ebensowenig wie kein Kuchen direkt auf der Kuchenplatte serviert wurde – stets gehörte ein Deckchen oder eine Serviette dazwischen. Folglich hatte das nackte Tablett Miss Tuffs Mißfallen erregt. Außerdem hatte sie das Lackmuster störend, unappetitlich und ›komisch‹ gefunden. Und so kam es, daß sie eines Tages ein Deckchen von zu Hause mitgebracht hatte – solide, einfach und weiß, wie es sich für etwas gehörte, von dem man essen wollte. Und Roberts Vater, der das Lacktablett gern gehabt hatte, besah sich das einfache weiße Tuch und war gerührt, daß die junge Miss Tuff sich so um das Wohl der Firma sorgte; das Deckchen war geblieben, wo es war, und gehörte nun ebenso zum Leben der Firma wie die Schatullen mit ihren Dokumenten, das Messingschild und Mr. Heseltines alljährlicher Schnupfen.

Und dann, als sein Blick auf dem blauen Teller ruhte, auf dem die Kekse gelegen hatten, hatte Robert wieder dieses seltsame Gefühl in der Brust. Das Gefühl hatte nichts mit den beiden Haferkeksen zu tun, jedenfalls nicht im physischen Sinne. Es war die Unveränderlichkeit dieser Keksroutine – die stille Gewißheit, daß er am Donnerstag Haferkekse und am Montag Butterkekse bekommen würde. Bis zum vergangenen Jahr hatte er nichts Unangenehmes an Unveränderlichkeit und stiller Gewißheit finden können. Er hatte niemals ein anderes Leben gewollt als dieses – das angenehme, ruhige Leben in dem Ort, in dem er großgeworden war. Auch heute noch wünschte er sich nichts anderes. Doch dann und wann war ihm in letzter Zeit ein seltsamer, fremder Gedanke in den Sinn gekommen, belanglos und unerwünscht. Soweit er ihn in Worte fassen konnte, lautete er: ›Das ist alles, was du jemals bekommen wirst.‹ Und mit dem Gedanken verspürte er dann für einen Augenblick dieses Gefühl der Beklemmung in der Brust. Ein beinahe panisches Gefühl, ein Stich, wie er ihm einst als Zehnjähriger durchs Herz gegangen war, wenn er an den Termin beim Zahnarzt dachte.

Robert ärgerte sich darüber, ja, er war verwirrt, denn er hielt sich für einen glücklichen und vom Leben bevorzugten Menschen, und sicherlich war er auch kein Kind mehr. Warum sollte sich ihm plötzlich dieser fremde Gedanke aufdrängen und dafür sorgen, daß es sich tief in ihm so elend zusammenzog? Was hatte denn seinem Leben gefehlt, was ein Mann womöglich vermissen konnte?

Eine Frau?

Aber er hätte ja heiraten können, wenn ihm danach zumute gewesen wäre. Zumindest nahm er das an – es gab in der Umgebung eine ganze Reihe von weiblichen Wesen, die nicht gebunden waren, und sie hatten ihm niemals zu verstehen gegeben, daß sie ihn unattraktiv fanden.

Eine treusorgende Mutter?

Aber welche Mutter hätte ihn treuer umsorgen können, als Tante Lin das tat – die gute Tante Lin, die ihn vergötterte?

Reichtum?

Aber was hatte er jemals gewollt, daß er sich nicht auch hatte kaufen können? Wenn das kein Reichtum war, dann wußte er nicht, was das sein sollte.

Ein aufregendes Leben?

Aber er hatte sich niemals Aufregung gewünscht. Jedenfalls keine größere Aufregung als die, die man bei einem Tag auf der Jagd erlebte oder wenn man am 16. Loch gleichzog.

Was war es also?

Was sollte dieser ›Das ist alles, was du jemals bekommen wirst‹-Gedanke?

Vielleicht, dachte er, während er auf den blauen Teller starrte, auf dem die Kekse gelegen hatten, hielt sich im Unterbewußtsein eines Mannes einfach nur die kindliche Erwartung, daß immer am nächsten Tag etwas ganz Wunderbares geschehen werde, – so lange es denkbar war, daß der Traum Wirklichkeit wurde, und erst wenn man die 40 überschritten hatte und eine Erfüllung immer unwahrscheinlicher wurde, drängte sich diese Erwartung ins Bewußtsein, ein verlorenes Stück Kindheit, das nun Beachtung finden wollte.

Es stand ganz außer Frage, daß er, Robert Blair, sich aus vollem Herzen wünschte, sein Leben möge bis zu seinem Todestag so weitergehen, wie es war. Er hatte schon zu Schulzeiten gewußt, daß er in die Firma eintreten und eines Tages die Stelle seines Vaters übernehmen würde, und mit gutmütigem Mitleid hatte er diejenigen Jungen betrachtet, für die keine Nische im Leben bereitstand – auf die kein Milford wartete, voller Freunde und Erinnerungen; kein zugewiesener Platz in der englischen Tradition, wie ihn Blair, Hayward und Bennet bereitstellte.

In diesen Tagen gab es keinen Hayward in der Firma – seit 1843 gab es keinen mehr; doch ein junger Sproß der Bennets hielt sich gerade jetzt im Hinterzimmer auf. ›Sich aufhalten‹ war die angemessene Bezeichnung, denn es war sehr unwahrscheinlich, daß er tatsächlich arbeitete; was ihn in seinem Leben am meisten beschäftigte, war der Wunsch, Gedichte von so erlesener Originalität zu schreiben, daß niemand außer Nevil selbst daraus schlau werden konnte. Robert fand die Gedichte fürchterlich, doch über die Nichtstuerei sah er hinweg, denn er erinnerte sich noch gut, daß er, als er selbst sich in jenem Hinterzimmer aufgehalten hatte, die Zeit damit verbracht hatte, übungshalber mit dem Mashie Bälle in den ledernen Lehnstuhl zu schlagen.

Der Sonnenstrahl glitt vom Ende des Tabletts hinunter, und Robert beschloß, daß es Zeit war zu gehen. Wenn er jetzt aufbrach, dann konnte er auf dem Weg nach Hause noch die High Street hinuntergehen, bevor die Ostseite im Schatten lag – und die Hauptstraße von Milford hinunterzugehen, das zählte nach wie vor zu den Dingen, die ihm ausgesprochene Freude bereiteten. Nicht daß Milford besonders sehenswert gewesen wäre. Man konnte Hunderte solche Städtchen südlich des Trent finden. Doch in seiner unauffälligen Art war es ein Beispiel dafür, welch gutes Leben man in England in den vergangenen 300 Jahren geführt hatte. Von dem ehemaligen Wohnhaus, in dem Blair, Hayward und Bennet seine Räume hatte, das in den letzten Jahren der Regierungszeit Karls II. erbaut worden war und von dessen Eingang man unmittelbar hinaus auf den Bürgersteig gelangte, erstreckte sich die High Street sanft abfallend nach Süden – klassizistische Backsteinhäuser, elisabethanisches Fachwerk, viktorianischer Naturstein, der Stuck der Regency-Zeit bis hin zu den edwardianischen Villen, die am anderen Ende hinter Ulmen verborgen lagen. Hier und da erschien zwischen dem Rot und Weiß und Braun eine Fassade mit schwarzem Glas, protzig wie ein herausgeputzter Parvenü auf einer Party; doch die übrigen Häuser sahen mit Takt darüber hinweg. Selbst die Kaufhausketten hatten bei Milford Milde walten lassen. Zwar lockte ein amerikanischer Ramschladen am Südende der Straße grell in Dunkelrot und Gold und war ein Quell täglicher Empörung für Miss Truelove, die gegenüber in einem Relikt aus der elisabethanischen Zeit mit Hilfe der Backkünste ihrer Schwester und des wohlklingenden Namens der Anne Boleyn eine Teestube betrieb, doch hatte die Westminster Bank mit einer Bescheidenheit, die man seit den Tagen der heimlichen Wucherer selten findet, ohne auch nur eine Spur von Marmor das Haus der Webergilde für ihre Zwecke umgebaut, und Soles, die Drogeriekette, hatte das alte Wisdom-Haus übernommen und die hohe, verlegen wirkende Fassade bewahrt.

Es war eine schöne, fröhliche, geschäftige kleine Straße, der die gestutzten Lindenbäume, die den Gehweg säumten, ihren besonderen Reiz verliehen, und Robert Blair liebte sie.

Er hatte die Füße schon aufgestützt, um sich von seinem Stuhl zu erheben, als das Telefon klingelte. Wie man hört, werden in anderen Teilen der Welt die Telefone so installiert, daß sie in Vorzimmern klingeln, wo eine Untergebene sich meldet, sich erkundigt, was man wünsche, und verkündet, daß sie einen, wenn man sich bitte einen Augenblick lang gedulden wollte, ›durchstellen‹ werde, und dann wird man mit demjenigen verbunden, mit dem man sprechen wollte. Nicht so in Milford. Nichts dergleichen wäre in Milford geduldet worden. Wenn man in Milford John Smith anruft, dann erwartet man, daß John Smith persönlich am Apparat ist. Und folglich klingelte das Telefon, als es an jenem Frühlingsnachmittag bei Blair, Hayward und Bennet klingelte, auf Roberts Messing- und Mahagonischreibtisch.

Später fragte Robert sich oft, was wohl geschehen wäre, wenn dieser Anruf auch nur eine Minute später gekommen wäre. Eine Minute später – 60 harmlose Sekunden – hätte er seinen Mantel vom Haken im Flur genommen und einen Blick in das gegenüberliegende Zimmer geworfen gehabt, um Mr. Heseltine zu sagen, daß er Feierabend mache; er wäre in das bleiche Sonnenlicht hinausgetreten und die Straße hinunter davongegangen. Mr. Heseltine hätte das Gespräch angenommen und der Frau mitgeteilt, daß er nicht mehr im Hause sei. Und sie hätte eingehängt und es anderswo versucht. Und alles, was dann kam, wäre für ihn von rein akademischem Interesse gewesen.

Doch das Telefon klingelte zur rechten Zeit – und Robert streckte die Hand aus und griff zum Hörer.

»Sind Sie Mr. Blair?« erkundigte sich eine Frauenstimme – eine Altstimme, die, wie er dachte, unter normalen Umständen selbstbewußt geklungen hätte, die aber nun atemlos und gehetzt wirkte. »Ach, was bin ich froh, daß ich Sie noch erreicht habe. Ich hatte schon gefürchtet, Sie hätten für heute Feierabend gemacht. Sie kennen mich nicht, Mr. Blair. Ich heiße Sharpe, Marion Sharpe. Ich lebe mit meiner Mutter im Franchise – diesem Haus draußen an der Straße nach Larborough.«

»Ja, ich weiß«, antwortete Blair. Er kannte Marion Sharpe vom Sehen, so wie er jeden in Milford und Umgebung kannte: eine hagere, hochgewachsene, dunkelhaarige Frau von ungefähr 40, dic eine Schwäche für bunte Seidentücher hatte, womit sie ihren dunklen zigeunerhaften Typ noch betonte. Sie hatte einen klapprigen alten Wagen, mit dem sie morgens einkaufen fuhr, wobei ihre weißhaarige alte Mutter stets auf dem Rücksitz saß – aufrecht, zerbrechlich und fehl am Platze, irgendwie erweckte sie den Eindruck, als würde sie wortlos protestieren. Im Profil sah die alte Mrs. Sharpe aus wie das berühmte Bild von Whistlers Mutter; wenn sie sich einem zuwandte und man von ihrem klugen, kalten Blick – sie hatte die Augen einer Möwe – getroffen wurde, dann kam sie einem vor wie eine Sibylle. Die Alte konnte einem wirklich Angst machen.

»Sie kennen mich nicht«, fuhr die Stimme fort, »aber ich habe Sie in Milford gesehen und glaube, Sie sind ein freundlicher Mensch, und ich brauche einen Anwalt. Ich meine, ich brauche sofort einen, auf der Stelle. Der einzige Anwalt, mit dem wir sonst zu tun haben, ist in London – eine Londoner Firma, meine ich –, und eigentlich ist es auch gar nicht unser Anwaltsbüro. Wir haben es nur übernommen, zusammen mit einem Vermächtnis. Aber jetzt bin ich in Schwierigkeiten und brauche einen Rechtsbeistand, und da dachte ich an Sie, ob Sie nicht vielleicht –«

»Wenn es um Ihren Wagen geht ...«, hob Robert an. ›In Schwierigkeiten‹ konnte in Milford nur zweierlei bedeuten: eine Vaterschaftsklage oder ein Verkehrsdelikt. Da es im vorliegenden Fall um Marion Sharpe ging, mußte es sich um letzteres handeln; es spielte auch keine Rolle, denn in keinem von beiden Fällen war es wahrscheinlich, daß Blair, Hayward und Bennet daran interessiert war. Er würde sie an Carley verweisen, den gewitzten Burschen am anderen Ende der Stadt, der sich der Strafsachen mit Gusto annahm und von dem es überall hieß, er könne selbst den Teufel aus der Hölle freibekommen. (»Freibekommen!« hatte einmal jemand im Rose and Crown gesagt. »Damit gäbe der sich nicht zufrieden. Der würde uns allesamt dazu bringen, daß wir eine Bürgschaft für Luzifer unterschrieben.«)

»Wenn es sich um Ihren Wagen handelt –«

»Wagen?« sagte sie abwesend – so, als fiele es ihr unter den augenblicklichen Umständen schwer, sich zu erinnern, was ein Wagen sei. »Ach so, ich verstehe. Nein. Aber nein, es ist nichts dergleichen. Die Angelegenheit ist schwerwiegender. Es handelt sich um Scotland Yard.«

»Scotland Yard!«

Für Robert Blair, den sanftmütigen Gentleman und Anwalt vom Lande, war Scotland Yard etwas ebenso Exotisches wie Xanadu, Hollywood oder das Fallschirmspringen. Als anständiger Bürger hatte er ein gutes Verhältnis zur örtlichen Polizei, doch weitergehende Kontakte zur Welt des Verbrechens pflegte er nicht. Das, was ihn noch am ehesten mit Scotland Yard verband, war das Golfspiel mit dem örtlichen Inspector, der sich gelegentlich, wenn man am 19. Loch angelangt war, zu kleinen Indiskretionen über seine Arbeit hinreißen ließ.

»Ich habe niemanden e r m o r d e t, falls Sie so etwas denken«, beeilte sich die Stimme zu sagen.

»Die Frage ist: Stehen Sie unter Mordverdacht?« Was immer es war, dessen man sie verdächtigte, es war ohne Zweifel ein Fall für Carley. Er mußte sie an Carley abschieben.

»Nein; es geht überhaupt nicht um Mord. Ich soll jemanden gekidnappt haben oder entführt oder so was. Am Telefon kann ich das nicht erklären. Jedenfalls brauche ich jetzt auf der Stelle jemanden, sofort, und –«

»Nun, wissen Sie, ich glaube, ich bin da nicht der Richtige«, entgegnete Robert. »Ich weiß so gut wie nichts über das Strafgesetz. Meine Kanzlei ist nicht darauf eingerichtet, sich mit solchen Fällen zu beschäftigen. Was Sie brauchen, ist –«

»Ich brauche keinen Strafverteidiger – ich brauche einen Freund. Jemand, der mir zur Seite steht und dafür sorgt, daß ich nicht in eine Falle gehe. Ich meine, jemand, der mir sagt, welche Fragen ich nicht zu beantworten brauche, wenn ich nicht will, und dergleichen Dinge. Dafür braucht man doch keine Ausbildung in Strafrecht, oder?«

»Das nicht; aber Sie wären wesentlich besser beraten mit einer Kanzlei, die sich im Umgang mit der Polizei auskennt. Eine Kanzlei, die –«

»Sie wollen mir also zu verstehen geben, daß das nicht Ihr Bier ist. Stimmt's?«

»Aber nein«, antwortete Robert hastig. »Ich habe nur einfach das Gefühl, daß es vernünftiger wäre, wenn Sie –«

»Wissen Sie, wie ich mir vorkomme?« unterbrach sie ihn. »Ich fühle mich wie jemand, der in einem Fluß ertrinkt, weil er es nicht schafft, das Ufer hinaufzuklettern, und statt daß Sie mir die Hand reichen, sagen Sie mir, daß es sich am anderen Ufer viel besser klettert.«

Es entstand eine kurze Pause.

»Aber im Gegenteil«, sagte Robert, »ich kann Ihnen einen Experten für das ›aus-dem-Fluß-Ziehen‹ nennen. Er ist weitaus geschickter als ich Amateur, das versichere ich Ihnen. Wenn es darum geht, einen Angeklagten zu verteidigen, kennt Benjamin Carley sich besser aus als irgend jemand zwischen hier und –«

»Was! Dieser abscheuliche kleine Mann mit dem Nadelstreifenanzug?« Ihre Stimme überschlug sich, und wieder herrschte einen Augenblick lang Schweigen. »Bitte entschuldigen Sie«, sagte sie kurz darauf mit normaler Stimme. »Das war dumm von mir. Aber, verstehen Sie, wenn ich Sie in diesem Augenblick anrufe, dann nicht deswegen, weil ich meine, Sie seien gewitzt in solchen Dingen« – ›So, so‹, dachte Robert bei sich –, »sondern, weil ich in der Klemme stecke und mir jemanden als Berater wünsche, der mich versteht. Und Sie sahen danach aus. Mr. Blair, bitte kommen Sie her. Ich brauche Sie, und zwar j e t z t. Es sind schon Leute von Scotland Yard hier im Haus. Und wenn Sie den Eindruck haben, daß es etwas ist, womit Sie nichts zu tun haben wollen, dann können Sie den Fall doch immer noch an jemand anderen weitergeben, oder? Und womöglich gibt es ja auch gar nichts, in das Sie hineingezogen werden könnten. Wenn Sie nur einfach herkommen könnten, um meine Interessen zu wahren, oder wie Sie das nennen, nur eine Stunde, dann ist vielleicht alles überstanden. Ich bin sicher, es ist irgendein Mißverständnis. Könnten Sie das nicht für mich tun?«

Alles in allem hatte Robert Blair doch den Eindruck, daß er könne. Er war zu gutmütig, als daß er eine plausible Bitte um Hilfe hätte abschlagen können – und sie hatte ihm ein Schlupfloch gelassen, falls die Sache zu schwierig würde. Und wenn er es sich nun recht überlegte, hatte er auch nicht die geringste Lust, sie Ben Carley zu überlassen. Bei aller Bissigkeit ihrer Bemerkung über Nadelstreifenanzüge verstand er, was sie meinte. Wenn man etwas angestellt hatte und damit durchkommen wollte, war Carley zweifellos ein Geschenk des Himmels; aber wenn man hilflos war und in Schwierigkeiten und unschuldig, war Carleys Dreistigkeit wahrscheinlich keine große Hilfe.

Trotzdem wünschte er sich, als er den Hörer auflegte, er könnte der Welt ein abweisenderes Gesicht zeigen – ob das von Calvin oder Caliban, war ihm gleich, solange es nur fremde Frauen davon abhielt, sich – wenn sie in Schwierigkeiten gerieten – schutzsuchend in seine Arme zu werfen.

In was für eine Art von Schwierigkeiten man wohl durch ›Kidnapping‹ kommen konnte? überlegte er, während er in die Sin Lane bog, um seinen Wagen aus der Garage zu holen. Gab es ein solches Vergehen überhaupt im englischen Recht? Und wen hätte sie kidnappen sollen? Ein Kind? Ein Kind, das eine Erbschaft erwartete? Zwar wohnten sie in jenem großen Haus an der Straße nach Larborough, aber man hatte doch den Eindruck, daß das Geld knapp war bei ihnen. Oder ein Kind, von dem sie meinten, es werde von seinen rechtmäßigen Eltern mißhandelt? Das war denkbar. Die alte Frau sah ja nun wahrlich wie eine Fanatikerin aus, und bei Marion Sharpe kam man leicht auf den Gedanken, sie wäre für den Scheiterhaufen bestimmt gewesen, wenn Scheiterhaufen nicht aus der Mode gekommen wären. Ja, das war es wohl, irgendein unüberlegter Akt der Philanthropie. Freiheitsberaubung ›mit der Absicht, Eltern, Vormund etc. um ihren Besitz zu bringen‹. Er wünschte, er könnte sich besser an seinen *Harris und Wilshere* erinnern. Aus dem Gedächtnis konnte er nicht einmal sagen, ob es sich um ein Verbrechen handelte, auf das Zuchthaus stand, oder um ein Vergehen. ›Entführung und Freiheitsberaubung‹ war ein Schandfleck, der die Akten von Blair, Hayward und Bennet seit 1798 nicht mehr beschmutzt hatte, als der Squire von Lessows, voll des süßen Weines, auf einem Ball bei den Grettons die junge Miss Gretton auf den Sattel gepackt hatte und mit ihr im strömenden Regen davongeritten war – und damals hatte natürlich nicht der geringste Zweifel an den Motiven des Squire bestanden.

Aber wie dem auch sein mochte – jetzt, wo Scotland Yard sie durch den Eingriff in ihre Pläne überrascht hatte, würden sie sicher Vernunft annehmen. Dieser Eingriff Scotland Yards überraschte ihn selbst ein wenig. Handelte es sich um ein so wichtiges Kind, daß es ein Fall für die oberste Dienststelle war?

In der Sin Lane geriet er in den üblichen Kleinkrieg, kam jedoch noch einmal davon. (Für Etymologen sei noch angemerkt, daß das *Sin* dieser *sündigen Straße* nur eine entstellte Form des Wortes ›Sand‹ ist; die Einwohner von Milford wissen es natürlich besser: Bevor die Sozialwohnungen auf den flachen Wiesen hinter der Stadt errichtet wurden, führte der Weg direkt zum Spazierpfad der Liebespärchen im High Wood.) Links und rechts der engen Straße standen sich der Reitstall der Stadt und die neueste Garage am Platze in unverbrüchlicher Feindschaft gegenüber. Die Garage mache den Pferden Angst – hieß es im Mietstall –, und der Stall blockiere – hieß es in der Garage – mit den Heu- und Strohballen und solchem Kram dauernd die Zufahrt. Außerdem wurde die Garage von Bill Brough, der bei der Instandsetzungstruppe gedient hatte, zusammen mit Stanley Peters von den Fernmeldern betrieben, und der alte Matt Ellis, Reservist der königlichen Dragoner, sah in ihnen die Vertreter einer Generation, die der Kavallerie den Tod gebracht hatte, was einem Verbrechen an der Zivilisation gleichkam. Im Winter, wenn er auf die Jagd ging, hörte Robert sich die Argumente des Kavalleristen an; den Rest des Jahres lauschte er der Fernmeldetruppe, während sein Wagen poliert, geschmiert, betankt oder vorgefahren wurde. Heute wollten die Fernmelder den Unterschied zwischen Verleumdung und Beleidigung auseinandergesetzt haben und wissen, was denn nun eigentlich eine üble Nachrede sei. War es üble Nachrede, wenn jemand sagte, man sei ein ›Klempner, der mit Blechbüchsen hantierte und eine Nuß nicht von einer Eichel unterscheiden könne‹?

»Weiß ich nicht, Stan. Darüber muß ich erst nachdenken«, entgegnete Robert eilig, wobei er bereits den Startknopf drückte. Er wartete, bis drei müde Klepper mit zwei dicken Kindern und einem Stallburschen vom Nachmittagsausritt zurückgekehrt waren. »Da haben Sie's wieder«, hörte er Stanley im Hintergrund, dann lenkte er den Wagen in die High Street.

Unten am südlichen Ende der High Street gingen die Läden allmählich in Wohnhäuser über, deren Türen unmittelbar auf den Bürgersteig gingen, dann in Häuser, deren überdachte Eingänge ein wenig zurückgesetzt lagen, dann in Villen mit Bäumen in ihren Gärten und schließlich – unvermittelt – in Felder und offenes Land.

Es war Ackerland; ein Land mit endlosen, von Hecken unterteilten Feldern und wenigen Häusern, ein wohlhabendes, doch einsames Land – man konnte Kilometer um Kilometer fahren, ohne ein anderes menschliches Wesen zu treffen. Ruhig, selbstsicher und unverändert seit der Zeit der Rosenkriege folgte ein heckengesäumtes Feld dem nächsten, die Umrisse der Landschaft flossen ineinander, ohne daß das Bild sich veränderte. Nur die Telegrafenmasten erinnerten daran, in welchem Jahrhundert man sich befand.

Vor ihm, jenseits des Horizonts, lag Larborough. Larborough, das bedeutete Fahrräder, Handfeuerwaffen, Reißzwecken, Cowans Preiselbeersoße und eine Million Menschen, die dicht an dicht in schmutzigen roten Backsteinhäusern lebten; dann und wann verfiel die Stadt in eine atavistische Sehnsucht nach Land und Gras. Doch in der Gegend von Milford gab es nichts, was einen Menschenschlag angelockt hätte, der neben Land und Gras sowohl eine schöne Aussicht als auch Teestuben forderte; wenn Larborough Urlaub machte, dann marschierte es geschlossen gen Westen in Richtung Berge und Meer, und das weite Land nördlich und östlich davon blieb einsam und ruhig und unverschandelt, so, wie es das seit Urzeiten war. Es war langweilig, und dieses Todesurteil hatte ihm das Leben gerettet.

Drei Kilometer stadtauswärts an der Straße nach Larborough stand das Haus, das man unter dem Namen Franchise kannte, willkürlich wie ein Telefonhäuschen an den Straßenrand gesetzt. In den letzten Tagen der Regency-Epoche hatte jemand das Feld erworben, das damals Franchise hieß, mitten darauf ein niedriges weißes Haus errichtet und dann um das Ganze eine massive, hohe Backsteinmauer gezogen, mit einem großen zweiflügeligen Tor, ebenso hoch wie die Mauer, in der Mitte der Straßenfront. Es gab nichts, was das Haus mit der Landschaft verband – keinerlei Wirtschaftsgebäude, nicht einmal Seitenpforten führten hinaus auf die umliegenden Felder. Die Ställe hatte man – dem Zeitgeschmack entsprechend – auf der Rückseite des Hauses errichtet, doch auch sie lagen innerhalb der Mauer. Das Anwesen war so fehl am Platze, so verloren wie ein Spielzeug, das ein Kind am Wegesrand hat fallen lassen. Solange Robert sich zurückerinnern konnte, war es von einem alten Mann bewohnt gewesen, vermutlich stets demselben alten Mann; aber da die Leute vom Franchise immer in Ham Green eingekauft hatten, dem nächsten Dorf Richtung Larborough, hatte man sie nie in Milford gesehen. Aber dann waren Marion Sharpe und ihre Mutter im morgendlichen Einkaufsbetrieb von Milford aufgetaucht, und es hieß, sie hätten Franchise geerbt, als der alte Mann starb.

Wie lange mochten sie schon da sein? überlegte Robert. Drei Jahre? Vier Jahre?

Daß sie nicht Teil des gesellschaftlichen Lebens von Milford geworden waren, hatte nichts zu heißen. Immerhin war es mittlerweile 25 Jahre her, daß die alte Mrs. Warren die vorderste der ulmenbeschatteten Villen am Ende der High Street erworben hatte, in der Hoffnung, das Klima von Milford werde für ihren Rheumatismus besser sein als die Seeluft, und noch immer nannte man sie ›diese Dame aus Weymouth‹. (In Wirklichkeit kam sie aus Swanage.)

Außerdem war es durchaus möglich, daß die Sharpes gar keinen gesellschaftlichen Anschluß gesucht hatten. Auf eine merkwürdige Weise erweckten sie den Eindruck, als seien sie sich selbst genug. Die Tochter hatte er ein-, zweimal auf dem Golfplatz gesehen, wo sie – vermutlich als Gast – mit Dr. Borthwick spielte. Ihr Schlag war kräftig wie der eines Mannes, und sie hatte die schlanken, braunen Handgelenke eines Profis. Und das war auch schon alles, was Robert über sie wußte.

Als er den Wagen vor dem hohen eisernen Tor zum Halten brachte, sah er, daß bereits zwei weitere Autos dort standen. Bei dem ersten genügte ein einziger Blick – so unauffällig, so gut gepflegt, so diskret –, um zu erkennen, worum es sich handelte. In welchem anderen Land der Erde, dachte er, während er ausstieg, gibt sich die Polizei solche Mühe, mit Takt und Zurückhaltung vorzugehen?

Sein Blick fiel auf den zweiten Wagen, und er identifizierte ihn als denjenigen Hallams, des örtlichen Inspectors und zuverlässigen Golfspielers.

Drei Leute saßen im Polizeiwagen: der Fahrer, dazu auf dem Rücksitz eine Frau mittleren Alters sowie jemand, bei dem es sich entweder um ein Kind oder um ein junges Mädchen handelte. Der Fahrer musterte ihn mit jenem gutmütigen, geistesabwesenden Polizistenblick, dem nichts entgeht, und wandte dann seine Augen ab; die Gesichter hinten im Wagen konnte er nicht erkennen.

Die hohen Eisentore waren geschlossen – Robert konnte sich nicht erinnern, daß er sie jemals offen gesehen hätte –, und mit unverhohlener Neugierde stieß er einen der beiden schweren Flügel auf. In viktorianischem Bestreben nach Abgeschiedenheit hatte man das Schmiedeeisen des ursprünglichen Tores mit Blechplatten hinterlegt, und die Mauern waren so hoch, daß man nichts dahinter erkennen konnte, so daß er – abgesehen von Dach und Schornsteinen aus der Ferne – Franchise noch nie gesehen hatte.

Sein erster Eindruck war enttäuschend. Nicht, weil das Haus so offensichtlich schon bessere Zeiten gesehen hatte – es war seine schiere Häßlichkeit. Entweder war es zu spät erbaut worden, um noch an der Eleganz dieser eleganten Epoche teilzuhaben, oder der Erbauer hatte keinen Sinn für architektonische Schönheit gehabt. Er hatte im Stil seiner Zeit gebaut, aber es war ein Stil, mit dem er offenbar nicht vertraut war. Alles war gerade ein klein wenig mißraten: Den Fenstern fehlte es ein bißchen am rechten Maß, und sie saßen nicht genau an den richtigen Stellen; die Breite der Tür stimmte nicht, ebenso die Höhe der Treppe. Die Folge war, daß das Haus, statt die glatte Zufriedenheit seiner Epoche auszustrahlen, ihn verbissen mit einem fragenden, feindseligen Blick anstarrte. Als er über den Vorplatz auf die abweisende Tür zuging, fiel Robert ein, woran ihn das Haus erinnerte: an einen Hund, der plötzlich duch das Eintreffen eines Fremden aus dem Schlaf gerissen wird und, auf die Vorderpfoten gestützt, einen Augenblick lang unschlüssig ist, ob er angreifen oder nur bellen soll. Genau diesen ›Was machst du denn hier?‹-Blick hatte es.

Bevor er klingeln konnte, wurde die Tür geöffnet – nicht von einem Dienstmädchen, sondern von Marion Sharpe.

»Ich habe Sie kommen sehen«, sagte sie und streckte ihm die Hand entgegen. »Ich wollte nicht, daß Sie klingeln, denn meine Mutter ruht nachmittags für eine Weile, und ich hoffe, daß wir diese Geschichte aus der Welt haben, bevor sie wieder aufwacht. Dann braucht sie nie etwas davon zu erfahren. Ich kann Ihnen gar nicht sagen, wie dankbar ich bin, daß Sie gekommen sind.«

Robert murmelte etwas vor sich hin, und es fiel ihm auf, daß die Farbe ihrer Augen, die er sich in einem kräftigen Zigeunerbraun vorgestellt hatte, in Wirklichkeit ein graues Haselnußbraun war. Sie führte ihn auf den Flur, und als er seinen Hut auf einer Truhe ablegte, bemerkte er, wie abgenutzt der Teppich war.

»Die Vertreter des Gesetzes sind hier«, sagte sie, öffnete eine Tür und geleitete ihn in einen Salon. Robert hätte gern einen Augenblick lang mit ihr allein gesprochen, um überhaupt erst einmal zu erfahren, worum es ging, doch nun war es für einen solchen Vorschlag zu spät. Offenbar wollte sie es so.

Auf der Kante eines Sessels mit Perlstickerei saß Hallam und blickte verlegen drein. Und beim Fenster, ganz entspannt in einem schönen Stück von Hepplewhite sitzend, repräsentierte ein schmaler, recht junger Mann in gutgeschnittenem Anzug Scotland Yard.

Als sie sich erhoben, nickten Hallam und Robert einander zu.

»Inspector Hallam kennen Sie also schon?« bemerkte Marion Sharpe. »Und dies ist Kriminalinspector Grant aus dem Präsidium.«

Robert fiel das ›Präsidium‹ auf, und er fragte sich, ob sie irgendwann schon einmal mit der Polizei zu tun gehabt hatte, oder ob sie nur einfach das ein wenig sensationslüsterne ›vom Yard‹ nicht mochte?

Grant reichte ihm die Hand und sagte: »Ich freue mich, daß Sie gekommen sind, Mr. Blair. Und das nicht nur für Miss Sharpe, sondern auch für mich selbst.«

»Für Sie selbst?«

»Ich konnte nicht gut weitermachen, bevor Miss Sharpe nicht eine Art Beistand hatte; den Beistand eines Freundes, wenn schon keinen Rechtsbeistand, aber wenn es ein Rechtsbeistand ist, um so besser.«

»Ich verstehe. Und wie lautet die Anklage?«

»Von einer Anklage kann keine Rede sein«, setzte Grant an, doch Marion unterbrach ihn.

»Ich soll jemanden entführt und mißhandelt haben.«

»Mißhandelt?« fragte Robert entgeistert.

»Allerdings«, bestätigte sie, und sie schien die Ungeheuerlichkeit zu genießen. »Es heißt, ich hätte sie grün und blau geschlagen.«

»Sie?«

»Ein Mädchen. Sie wartet im Wagen draußen vor dem Tor.«

»Ich glaube«, sagte Robert in einem verzweifelten Versuch, wieder festen Boden unter die Füße zu bekommen, »wir fangen lieber ganz am Anfang an.«

»Es ist wohl am besten, wenn ich es Ihnen erkläre«, sagte Grant verständnisvoll.

»Tun Sie das«, bekräftigte ihn Miss Sharpe. »Schließlich ist es ja auch Ihre Geschichte.«

Robert fragte sich, ob Grant wohl den Spott in dieser Bemerkung spürte. Er wunderte sich auch ein wenig über die Kaltblütigkeit, mit der sie es sich gestattete, sich über Scotland Yard lustig zu machen, während sein Vertreter in einem ihrer besten Sessel saß. Am Telefon hatte sie ganz und gar keinen kaltblütigen Eindruck gemacht; sie hatte gehetzt geklungen, fast verzweifelt. Vielleicht war es die Gegenwart eines Verbündeten, die ihr Mut machte, vielleicht war sie auch einfach nur seitdem wieder zu Atem gekommen.

»Unmittelbar vor Ostern«, begann Grant in einem präzisen Amtston, »fuhr ein Mädchen namens Elisabeth Kane, das bei seinen Pflegeeltern in der Nähe von Aylesbury lebte, auf einen kurzen Ferienbesuch zu einer verheirateten Tante nach Mainshill, einem Vorort von Larborough. Sie nahm den Überlandbus, denn der Bus von London nach Larborough hält in Aylesbury, und er kommt auch durch Mainshill, bevor er in Larborough eintrifft; sie konnte also in Mainshill aussteigen und in drei Minuten zu Fuß am Haus ihrer Tante sein, statt, wie sie das mit dem Zug hätte tun müssen, erst nach Larborough zu fahren und dann wieder nach

Mainshill hinaus. Nach Verlauf einer Woche erhielten ihre Pflegeeltern – mit Namen Mr. und Mrs. Wynn – eine Postkarte von ihr, auf der sie schrieb, sie fühle sich sehr wohl und bleibe noch länger. Sie verstanden das so, daß sie bis zum Ende ihrer Schulferien dort bleiben wolle, das hieß also, noch drei weitere Wochen. Als sie am Tag, bevor sie wieder in die Schule gehen sollte, nicht auftauchte, gingen sie davon aus, daß sie nur einfach die Schule schwänzte, und schrieben der Tante, sie solle sie zurückschicken. Die Tante, statt daß sie zur nächsten Telefonzelle oder zum nächsten Telegrafenamt gegangen wäre, eröffnete den Wynns per Brief, daß ihre Nichte schon zwei Wochen zuvor per Bus nach Aylesbury aufgebrochen sei. Über diesem Briefwechsel war fast eine weitere Woche verstrichen, so daß das Mädchen zu dem Zeitpunkt, an dem die Pflegeeltern sich an die Polizei wandten, also schon drei Wochen lang verschwunden war. Die Polizei ergriff die üblichen Maßnahmen, aber bevor sie recht mit der Arbeit beginnen konnte, tauchte das Mädchen wieder auf. Eines Abends traf sie spät zu Hause in Aylesbury ein, nur mit Kleid und Schuhen bekleidet und in völlig erschöpftem Zustand.«

»Wie alt ist das Mädchen?«

»15 – beinahe 16.« Er hielt einen Augenblick lang inne und wartete, ob Robert weitere Fragen hatte, dann fuhr er fort. So, wie es unter Anwaltskollegen sein sollte, dachte Robert – ein Benehmen, das zu dem Wagen paßte, der so unauffällig am Tor wartete. »Sie sagte, sie sei in einem Wagen ›gekidnappt‹ worden, aber das war auch schon alles, was in den nächsten zwei Tagen aus ihr herauszubekommen war. Sie verfiel in einen halb bewußtlosen Zustand. Als sie wieder zu sich kam, etwa 48 Stunden später, entlockten sie ihr nach und nach die ganze Geschichte.«

»Sie?«

»Die Wynns. Natürlich hätte die Polizei sie gern befragt, aber wenn auch nur das Wort ›Polizei‹ fiel, wurde sie hysterisch, deshalb mußte man sich mit Informationen aus zweiter Hand begnügen. Sie sagte, sie habe an der Kreuzung in Mainshill auf den Bus nach Hause gewartet, und ein Wagen mit zwei Frauen habe am Bordstein gehalten. Die jüngere Frau, die am Steuer gesessen habe, habe sie gefragt, ob sie auf den Bus warte und ob sie sie mitnehmen sollten.«

»War das Mädchen allein?«

»Ja.«

»Wie kam das? Hat sie denn niemand zum Bus gebracht?«

»Ihr Onkel war bei der Arbeit, und die Tante war zu einer Taufe gegangen, wo sie Patin sein sollte.« Wieder machte er eine Pause, um Robert Fragen stellen zu lassen, falls ihm danach zumute war. »Das Mädchen antwortete, sie warte auf den Bus nach London, und sie sagten ihr, der Bus sei schon durch. Da sie praktisch erst zur Abfahrtszeit an der Bushaltestelle angekommen war und ihre Uhr nicht allzu genau ging, glaubte sie ihnen. Ja, schon bevor der Wagen gehalten hatte, habe sie befürchtet, den Bus verpaßt zu haben. Sie war unglücklich darüber, denn es war vier Uhr nachmittags, es begann zu regnen, und es wurde dunkel. Die Frauen zeigten großes Mitgefühl und schlugen vor, sie bis zu einem Ort, dessen Namen sie nicht verstand, mitzunehmen, von wo sie eine halbe Stunde später einen anderen Bus nach London erreichen könne. Sie nahm dankbar an und setzte sich zu der älteren Frau auf den Rücksitz des Wagens.«

Vor Roberts geistigem Auge erschien das Bild der alten Mrs. Sharpe, wie sie da aufrecht und angsteinflößend auf ihrem üblichen Platz auf dem Rücksitz des Wagens thronte. Er warf Marion Sharpe einen Blick zu, doch ihr Gesicht war unbewegt. Sie hatte diese Geschichte schon einmal gehört.

»Der Regen verschleierte die Fenster, und während der Fahrt erzählte sie der älteren Frau etwas von sich, so daß sie nicht darauf achtete, wohin sie fuhren. Als sie sich schließlich umsah, war es draußen völlig dunkel geworden, und sie hatte den Eindruck, sie seien schon lange Zeit unterwegs. Sie sagte dann wohl, wie außerordentlich freundlich es von ihnen sei, ihretwegen einen so großen Umweg zu machen, worauf die jüngere Frau, die bis dahin geschwiegen hatte, erwiderte, eigentlich sei es gar kein Umweg. Im Gegenteil sei noch genug Zeit, daß sie mit hineinkommen und etwas Warmes trinken könne, bevor sie sie zur neuen Bushaltestelle brächten. Sie war unentschlossen, doch die jüngere Frau meinte, sie habe schließlich nichts davon, 20 Minuten im Regen zu warten, wenn sie es in diesen 20 Minuten auch warm und trokken haben und etwas zu essen bekommen könne – und sie stimmte zu, daß das vernünftig klänge. Nach einer Weile stieg die jüngere Frau aus, öffnete, wie es dem Mädchen schien, das Tor zu einer Auffahrt, und der Wagen kam zu einem Haus, das sie in der Dunkelheit nicht sehen konnte. Man brachte sie in eine große Küche –«

»Eine Küche?« fragte Robert nach.

»Jawohl, eine Küche. Die ältere Frau erwärmte etwas kalten Kaffee auf dem Herd, während die jüngere Butterbrote schmierte. ›Sandwiches ohne Oberteil‹, nannte das Mädchen sie.«

»Smörgåsbord.«

»Jawohl. Während sie aßen und tranken, erzählte die jüngere Frau ihr, daß sie zur Zeit kein Dienstmädchen hätten, und fragte sie, ob sie nicht für eine Weile als Dienstmädchen bei ihnen bleiben wolle. Sie antwortete, das wolle sie nicht. Die Frauen versuchten sie zu überreden, aber sie beharrte darauf, daß das ganz und gar nicht die Art von Arbeit sei, die sie annehmen wolle. Während sie so sprach, verschwammen ihre Gesichter allmählich, und als die beiden vorschlugen, sie solle doch wenigstens mit nach oben kommen und sich das hübsche Zimmer ansehen, in dem sie wohnen würde, wenn sie bliebe, war sie schon zu benommen, als daß sie noch irgend etwas anderes hätte tun können, als ihrer Aufforderung zu folgen. Sie weiß noch, daß sie eine Treppe hinaufging, die mit einem Teppich belegt war, dann eine zweite, von der sie sagt, sie habe ›etwas Hartes‹ unter den Füßen gespürt, und das ist das letzte, woran sie sich erinnern konnte, bevor sie wieder bei Tageslicht auf einem Feldbett in einer leeren Dachkammer aufwachte. Sie war nur mit ihrem Unterrock bekleidet; der Rest ihrer Kleider war nirgends zu sehen. Die Tür war verschlossen, und das kleine runde Fenster ließ sich nicht öffnen. Jedenfalls –«

»Ein rundes Fenster!« rief Robert betroffen.

Doch es war Marion, die ihm antwortete. »Ja«, sagte sie mit Nachdruck, »ein rundes Fenster oben im Dach.«

Da sein letzter Gedanke, als er einige Minuten zuvor zu ihrer Eingangstür gegangen war, dem Umstand gegolten hatte, wie schlecht das kleine runde Fenster an jene Stelle des Daches passe, wußte Robert nicht, was er dazu sagen sollte. Grant machte seine übliche Höflichkeitspause und fuhr dann fort.

»Kurz darauf erschien die jüngere Frau mit einer Schüssel Porridge. Das Mädchen weigerte sich, ihn zu essen, und verlangte, man solle ihr ihre Kleider geben und sie freilassen. Die Frau entgegnete, sie werde schon essen, wenn sie hungrig genug sei, ging dann wieder und ließ den Porridge zurück. Das Mädchen blieb allein bis zum Abend, als dieselbe Frau ihr auf einem Tablett Tee und frischgebackenen Kuchen brachte und sie zu überreden versuchte, die Arbeit als Dienstmädchen auf Probe zu übernehmen. Das Mädchen weigerte sich erneut – tagelang, erzählt sie, ging das so weiter, wobei sich Drohungen und Überredungen abwechselten; manchmal durch die eine Frau, manchmal durch die andere. Dann kam ihr die Idee, daß sie, wenn es ihr gelänge, das kleine runde Fenster einzuschlagen, vielleicht hinaus auf das Dach klettern könne, das durch eine Brüstung gesichert war, und einen Passanten oder einen Hausierer auf ihr Schicksal aufmerksam machen könne. Leider war ihr einziges Werkzeug ein Stuhl, und sie hatte dem Glas gerade erst einen Sprung beigebracht, als die jüngere Frau sich wütend auf sie stürzte. Sie riß dem Mädchen den Stuhl aus der Hand und schlug damit auf es ein, bis ihr die Luft ausging. Dann ging sie – den Stuhl nahm sie mit –, und das Mädchen dachte, damit sei die Sache zu Ende. Doch einen Augenblick später kam die Frau mit etwas zurück, das dem Mädchen wie eine Hundepeitsche vorkam, und schlug es, bis ihm die Sinne schwanden. Am nächsten Tag erschien die ältere Frau mit Bettwäsche in den Armen und sagte, wenn sie nicht arbeiten wolle, dann solle sie wenigstens nähen. Es gäbe kein Essen mehr, wenn sie es nicht täte. Ihr taten die Knochen zu weh zum Nähen, und folglich bekam sie nichts mehr zu essen. Am folgenden Tag drohte man ihr mit einer weiteren Tracht Prügel, wenn sie nicht nähen wolle. Also flickte sie einige Stücke und bekam Eintopf zum Abendessen. So ging das eine ganze Weile, doch wenn sie zu wenig oder nicht zur Zufriedenheit gearbeitet hatte, wurde sie entweder geschlagen oder bekam nichts zu essen. Dann, eines Abends, kam die ältere Frau und brachte den üblichen Teller Eintopf, doch als sie ging, ließ sie die Türe unverschlossen. Das Mädchen zögerte, denn sie rechnete mit einer Falle, die zu einer neuen Tracht Prügel führen würde; doch am Ende traute sie sich hinaus auf den Treppenabsatz. Es war nichts zu hören, und sie lief die nicht mit Teppich belegte Treppe hinunter. Dann eine weitere Treppe zum untersten Absatz. Nun konnte sie die beiden Frauen in der Küche reden hören. Sie schlich die letzte Treppe hinunter und rannte dann zur Tür. Sie war nicht verschlossen, und so lief sie, wie sie war, hinaus in die Nacht.«

»Im Unterrock?« fragte Robert.

»Ich habe vergessen zu erwähnen, daß man den Unterrock gegen ihr Kleid ausgetauscht hatte. Es gab keine Heizung in der Dachkammer, und nur im Unterrock hätte sie sich wahrscheinlich den Tod geholt.«

»Wenn sie jemals in einer Dachkammer war«, fügte Robert hinzu.

»Wenn, wie Sie ganz richtig sagen, sie jemals in einer Dachkammer war«, pflichtete ihm der Inspector ungerührt bei. Und ohne seine übliche Höflichkeitspause fuhr er fort: »Darüber, was dann geschah, weiß sie nicht mehr viel. Sie sei eine weite Strecke im Dunkeln gegangen, sagt sie. Es schien eine größere Straße zu sein, doch es war kein Verkehr, und sie traf niemanden. Dann, einige Zeit später auf einer Hauptstraße, sah ein Lastwagenfahrer sie im Lichtkegel seiner Scheinwerfer und hielt an, um sie mitzunehmen. Sie war so müde, daß sie auf der Stelle einschlief. Sie erwachte erst, als jemand sie am Straßenrand auf die Beine stellte. Der Lastwagenfahrer amüsierte sich über sie und sagte, sie sei wie eine Stoffpuppe, die ihr Sägemehl verloren habe. Offenbar war es noch immer Nacht. Das sei die Stelle, an der sie habe aussteigen wollen, erklärte der Lastwagenfahrer und fuhr davon. Nach einer Weile erkannte sie, wo sie war. Es waren nicht einmal drei Kilometer bis nach Hause. Sie hörte, wie es elf Uhr schlug. Und kurz vor Mitternacht war sie wieder daheim.«

Kapitel 2

Einen Moment lang herrschte Schweigen.

»Und es handelt sich um jenes Mädchen, das in diesem Augenblick vor dem Tor des Franchise im Wagen wartet?« fragte Robert.

»So ist es.«

»Ich nehme an, Sie haben Ihre Gründe dafür, sie hierher zu bringen?«

»Allerdings. Als das Mädchen sich zufriedenstellend erholt hatte, brachte man sie dazu, ihre Geschichte der Polizei zu erzählen. Sie wurde stenografisch festgehalten, so wie das Mädchen sie erzählte, und sie las die maschinengeschriebene Fassung und unterschrieb sie. In dieser Aussage gab es zwei Punkte, die der Polizei ein gutes Stück weiterhalfen. Ich lese Ihnen die beiden Passagen vor:

> Als wir schon eine Weile unterwegs waren, kam uns ein Bus mit einem Leuchtschild Milford entgegen. Nein, ich weiß nicht, wo Milford liegt. Nein, ich bin noch nie dort gewesen.

Soweit die eine. Die andere lautet:

> Von dem Dachfenster aus konnte ich eine hohe Backsteinmauer mit einem großen eisernen Tor in der Mitte sehen. Auf der anderen Seite der Mauer war eine Straße; ich konnte nämlich die Telegrafenmasten sehen. Nein, den Verkehr habe ich nicht sehen können, dazu war die Mauer zu hoch. Höchstens manchmal die Oberseite von Lastwagenladungen. Durch das Tor konnte man wegen der Blechplatten auf der Innenseite nichts sehen. Auf dieser Seite des Tors ging die Auffahrt ein kurzes Stück geradeaus, dann teilte sie sich und kam in einer Kreisform an der Tür wieder zusammen. Nein, es war kein Garten, nur Gras. Ja,

Rasen, kann man wohl sagen. Nein, an Büsche kann ich mich nicht erinnern, nur an Gras und die Wege.«

Grant schloß das kleine Notizbuch, aus dem er zitiert hatte.

»Soviel wir wissen – und wir haben uns gründlich umgeschaut –, ist das Franchise das einzige Haus zwischen Milford und Larborough, auf das die Beschreibung des Mädchens paßt. Und mehr noch – das Franchise entspricht ihr in allen Einzelheiten. Als das Mädchen heute das Tor und die Mauer sah, war sie überzeugt, daß dies das Haus war; aber natürlich hat sie bisher die andere Seite des Tors noch nicht gesehen. Ich mußte zunächst Miss Sharpe die Angelegenheit erklären und sehen, ob sie bereit war, sich dem Mädchen gegenüberstellen zu lassen. Sie machte den Vorschlag, daß ein rechtskundiger Zeuge dabei sein solle.«

»Wundert es Sie noch immer, daß ich so dringend Hilfe brauchte?« wandte sich Marion Sharpe an Robert. »Kann man sich überhaupt so einen alptraumhaften Unsinn vorstellen?«

»Die Geschichte dieses Mädchens ist ohne Zweifel eine höchst seltsame Mischung des Faktischen mit dem Absurden. Ich weiß, daß Hausangestellte schwer zu bekommen sind«, antwortete Robert, »aber würde irgend jemand glauben, er könne ein Dienstmädchen engagieren, indem er es gewaltsam festhält, ganz zu schweigen davon, daß er es prügelt und hungern läßt?«

»Ein normaler Mensch natürlich nicht«, stimmte Grant ihm zu, wobei er Robert unverwandt in die Augen blickte, so daß er keine Gelegenheit hatte, zu Marion Sharpe hinüberzuschauen. »Aber glauben Sie mir, bereits während meiner ersten zwölf Monate im Dienst ist mir ein Dutzend abwegigerer Fälle begegnet. Die Seltsamkeiten des menschlichen Verhaltens sind unergründlich.«

»Da stimme ich Ihnen zu; aber das Seltsame daran kann ebensogut das Verhalten des Mädchens sein. Schließlich war zunächst einmal sie es, die ihre Launen hatte. Sie ist diejenige, die verschwunden war, und zwar –« Er hielt fragend inne.

»Einen Monat lang«, ergänzte Grant.

»Einen Monat lang; wohingegen nichts darauf hinweist, daß das tägliche Leben im Franchise sich vom Üblichen unterschied. Wäre es nicht möglich, daß Miss Sharpe für den fraglichen Tag ein Alibi vorweisen kann?«

»Nein«, sagte Marion Sharpe. »Bei dem fraglichen Tag handelt es sich, wie ich vom Inspector höre, um den 28. März. Das ist lange her, und die Tage, die wir hier verbringen, unterscheiden sich wenig voneinander, wenn überhaupt. Es ist vollkommen unmöglich, uns daran zu erinnern, wie wir den 28. März verbracht haben – und es ist höchst unwahrscheinlich, daß irgend jemand sich für uns daran erinnert.«

»Ihr Dienstmädchen?« schlug Robert vor. »Dienstboten haben eine Art, ihr häusliches Leben einzuteilen, die einen oft überrascht.«

»Wir haben kein Dienstmädchen«, entgegnete sie. »Es fällt uns schwer, eines hier zu halten; das Franchise liegt so abgelegen.«

Die Situation drohte peinlich zu werden, und Robert beeilte sich, das Schweigen zu brechen.

»Dieses Mädchen – ich weiß übrigens gar nicht, wie sie heißt.«

»Elisabeth Kane; bekannt als Betty Kane.«

»Oh ja; Sie haben es mir bereits gesagt. Ich bitte um Entschuldigung. Dieses Mädchen – dürfen wir etwas über sie erfahren? Ich nehme an, die Polizei hat Erkundigungen über sie eingezogen, bevor sie ihrer Geschichte so großen Glauben schenkte. Warum zum Beispiel lebt sie bei Pflegeeltern und nicht bei ihren Eltern?«

»Sie ist eine Kriegswaise. Sie wurde als kleines Kind aus London in die Gegend von Aylesbury evakuiert. Sie war ein Einzelkind und wurde bei den Wynns untergebracht, die einen vier Jahre älteren Jungen hatten. Etwa zwölf Monate später kamen beide Eltern bei einem Angriff ums Leben, und die Wynns, die sich immer eine Tochter gewünscht hatten und das Kind sehr gerne mochten, waren glücklich, daß sie sie behalten konnten. Für sie sind es ihre Eltern, denn an die leiblichen Eltern kann sie sich kaum noch erinnern.«

»Aha. Und ihr bisheriges Verhalten?«

»Tadellos. Ein sehr ruhiges Mädchen, das bestätigen alle. Gut in der Schule, aber kein Genie. Noch nie in irgendwelchen Schwierigkeiten gewesen, weder in der Schule noch sonst. ›Erfrischend ehrlich‹, hat ihre Klassenlehrerin sie beschrieben.«

»Als sie nach ihrer Abwesenheit wieder zu Hause eintraf, waren da noch Spuren der Prügel zu erkennen, die sie bekommen haben will?«

»Aber ja; deutliche Spuren. Der Hausarzt der Wynns hat sie gleich am nächsten Morgen untersucht, und er sagt aus, daß sie sehr übel zugerichtet war. Einige blaue Flecken waren sogar noch wesentlich später zu sehen, als sie ihre Aussage bei uns machte.«

»Nichts von Epilepsie bekannt?«

»Nein; an diese Möglichkeit haben wir schon ganz zu Anfang der Ermittlungen gedacht. Ich sollte vielleicht noch erwähnen, daß die Wynns sehr vernünftige Menschen sind. Die Angelegenheit bereitet ihnen großen Kummer, aber sie haben nicht versucht, sie zu dramatisieren, und sie haben das Mädchen auch vor den Neugierigen und Wohlmeinenden geschützt. Sie haben sich in dieser Sache bewundernswert verhalten.«

»Und alles, was ich tun kann, ist, meinen Teil der Geschichte mit derselben bewundernswerten Ruhe hinzunehmen«, warf Marion Sharpe ein.

»Sie müssen meine Lage verstehen, Miss Sharpe. Das Mädchen beschreibt nicht nur das Haus, von dem sie sagt, sie sei dort festgehalten worden, sie beschreibt auch die beiden Bewohnerinnen – und zwar sehr präzise. ›Eine schlanke, ältere Frau mit dichtem weißen Haar, trägt keinen Hut, schwarz gekleidet; und eine wesentlich jüngere Frau, schlank, groß und dunkel wie eine Zigeunerin, ohne Hut, mit einem bunten Seidentuch um den Hals.‹«

»Aber natürlich. Auch wenn ich nicht weiß, wie das alles möglich ist, so kann ich doch Ihre Lage verstehen. Und nun sollten wir, glaube ich, lieber das Mädchen hereinholen; vorher sollte ich allerdings noch sagen –«

Die Tür öffnete sich lautlos, und die alte Mrs. Sharpe stand auf der Schwelle. Die kurzen weißen Haarsträhnen standen ihr zu Berge, sie hatte sich nach dem Aufstehen noch nicht zurechtgemacht, und mehr denn je sah sie wie eine Sibylle aus.

Sie drückte die Tür hinter sich zu und betrachtete die Versammlung mit maliziösem Interesse.

»Ha!« sagte sie, und es klang wie der kehlige Laut einer Henne. »D r e i fremde Männer!«

»Laß mich sie dir vorstellen, Mutter«, sagte Marion, während die drei sich erhoben.

»Dies ist Mr. Blair von Blair, Hayward und Bennet – die Kanzlei, die das schöne Haus am oberen Ende der High Street hat, du weißt schon.«

Während Robert sich verbeugte, fixierte die Alte ihn mit ihren Vogelaugen.

»Das Dach muß neu gedeckt werden«, sagte sie.

Das stimmte, aber es war nicht gerade die Begrüßung, die er erwartet hatte.

Es war ihm ein gewisser Trost, daß sie Grant auf eine Art begrüßte, die noch weniger orthodox war. Sie war alles andere als beeindruckt oder beunruhigt bei dem Gedanken, daß sie an einem Frühlingsnachmittag Scotland Yard höchstpersönlich in ihrem Wohnzimmer zu Gast hatte, und wies ihn lediglich mit harter Stimme zurecht: »Sie sollten sich nicht in diesen Sessel setzen; Sie sind viel zu schwer dafür.«

Als ihre Tochter den örtlichen Inspector vorstellte, musterte sie ihn mit einem einzigen Blick, warf ein wenig den Kopf zurück und schloß ihn damit offenbar von jeder weiteren Beachtung aus. Hallam empfand das, seinem Gesichtsausdruck nach zu urteilen, als geradezu vernichtend.

Grant warf Miss Sharpe einen fragenden Blick zu.

»Ich werde es ihr sagen«, erwiderte sie. »Mutter, der Inspector möchte uns mit einem jungen Mädchen bekannt machen, das in einem Wagen vor dem Tor wartet. Sie war einen Monat lang aus ihrem Elternhaus in Aylesbury verschwunden, und als sie wieder auftauchte – in jämmerlicher Verfassung –, gab sie an, sie sei von Leuten festgehalten worden, bei denen sie als Dienstmädchen habe arbeiten sollen. Als sie sich weigerte, habe man sie eingeschlossen, geschlagen und hungern lassen. Sie hat das Haus und seine Bewohner genauestens beschrieben, und wie das Leben so spielt, paßt die Beschreibung wunderbar auf dich und mich – und auf unser Haus. Man unterstellt uns, wir hätten sie oben in unserer Dachkammer mit dem runden Fenster gefangengehalten.«

»Höchst interessant«, sagte die alte Dame und ließ sich umständlich auf einem Empire-Sofa nieder. »Womit haben wir sie geschlagen?«

»Mit einer Hundepeitsche, soviel ich weiß.«

»Besitzen wir eine Hundepeitsche?«

»Ich glaube, wir haben eine Leine. Damit wird man wohl auch schlagen können, wenn es sein muß. Aber worum es nun geht – der Inspector möchte uns mit diesem Mädchen zusammenbringen, so daß sie sagen kann, ob wir diejenigen sind, bei denen sie gefangen war, oder nicht.«

»Haben Sie etwas dagegen, Mrs. Sharpe?« fragte Grant.

»Im Gegenteil, Inspector. Ich schaue diesem Treffen mit Ungeduld entgegen. Es kommt, das kann ich Ihnen versichern, nicht jeden Nachmittag vor, daß ich mich als unscheinbare alte Frau zu meinem Schläfchen niederlege und als potentielles Ungeheuer aufwache.«

»Wenn Sie mich dann also entschuldigen wollen, werde ich ...«

Hallam erhob sich und wollte diesen Botengang übernehmen, doch Grant schüttelte den Kopf. Man merkte ihm deutlich an, daß er dabei sein wollte, wenn das Mädchen zum ersten Mal sah, was hinter dem Tor lag.

Während der Inspector hinausging, erläuterte Marion Sharpe ihrer Mutter, warum Blair anwesend war. »Es war außerordentlich freundlich von ihm, so schnell und spontan zu kommen«, fügte sie hinzu, und Robert fühlte, wie wiederum die hellen, klaren alten Augen auf ihm ruhten. Für seine Begriffe war die alte Mrs. Sharpe durchaus in der Lage, sieben verschiedene Leute zwischen Frühstück und Mittagessen zu verprügeln, und das sieben Tage die Woche.

»Darf ich Sie meines Mitleids versichern, Mr. Blair?« sagte sie mitleidlos.

»Warum das, Mrs. Sharpe?«

»Ich nehme an, Broadmoor ist nicht gerade Ihr Spezialgebiet.«

»Broadmoor!«

»Geisteskranke Kriminelle.«

»Finde ich außergewöhnlich fesselnd«, erwiderte Robert, der nicht vorhatte, sich von ihr einschüchtern zu lassen.

Dies entlockte ihr einen anerkennenden Blick, fast den Anflug eines Lächelns. Robert hatte das seltsame Gefühl, sie habe eine plötzliche Zuneigung zu ihm gefaßt; aber selbst wenn, so ließ sie sich doch zu keiner diesbezüglichen Bemerkung hinreißen. Grimmig sagte sie mit trockener Stimme: »Tja, sonderlich interessant oder abwechslungsreich ist Milford wohl nicht. Meine Tochter jagt auf dem Golfplatz einem Stück Guttapercha nach –«

»Heute nimmt man dafür kein Guttapercha mehr, Mutter«, wandte ihre Tochter ein.

»Aber für mich in meinem Alter hat Milford nicht einmal diese Zerstreuung zu bieten. Bestenfalls bleibt mir noch, Unkraut mit Unkrautvernichter zu begießen – eine legitime Form des Sadismus, dem Ertränken von Flöhen vergleichbar. Ertränken Sie Ihre Flöhe, Mr. Blair?«

»Nein, ich zerquetsche sie. Aber ich habe eine Schwester, die ihnen früher immer mit einem Stück Seife nachstellte.«

»Seife?« erkundigte sich Mrs. Sharpe mit aufrichtigem Interesse.

»Soviel ich weiß, fuhr sie mit der feuchten Seife darüber, und sie blieben kleben.«

»Das ist ja hochinteressant. Eine mir völlig unbekannte Methode. Das muß ich demnächst mal probieren.«

Mit dem anderen Ohr vernahm er, daß Marion sich des von der alten Dame geschnittenen Inspectors angenommen hatte.

»Sie spielen ausgezeichnet, Inspector«, sagte sie gerade.

Er verspürte ein Gefühl in sich aufsteigen, das man am Ende eines Traumes hat, unmittelbar vor dem Erwachen – das Gefühl, daß alle Ungereimtheiten bedeutungslos sind, weil man binnen kurzem in die wirkliche Welt zurückgekehrt sein wird.

Ein irreführender Gedanke, denn die wirkliche Welt kam mit Inspector Grant durch die Tür spaziert. Grant trat als erster ein, so daß er sämtliche Gesichter im Auge behalten und ihre Reaktionen studieren konnte; er hielt die Tür auf für eine Polizistin und ein Mädchen.

Marion Sharpe erhob sich langsam, als ob sie sich in eine bessere Position zu dem bringen wollte, was ihr da gegenübertreten mochte, doch ihre Mutter saß nach wie vor auf dem Sofa wie bei einer Audienz, ihr viktorianischer Rücken ungebeugt, als sei sie ein junges Mädchen, die Hände ruhig in den Schoß gelegt. Selbst ihr wirres Haar konnte den Eindruck nicht mindern, daß sie die Situation im Griff hatte.

Das Mädchen trug seine Schuluniform und dazu kindliche, klobige, flache schwarze Uniformschuhe; deshalb wirkte sie jünger, als Blair erwartet hatte. Sie war nicht allzu groß und sicherlich nicht gerade eine Schönheit. Aber sie hatte etwas – wie sagte man? – Anziehendes. Ihre Augen standen weit auseinander in einem Gesicht jener Art, das man gern ›herzförmig‹ nennt. Ihr Haar war von einem unscheinbaren Blond, aber mit einem hübschen Ansatz an der Stirn. Je ein kleines Grübchen unterhalb der Backenknochen – ein Wunderwerk zarter Modellierungskunst – verliehen dem Gesicht Charme und Erhabenheit. Ihre Unterlippe war voll, doch der Mund war zu klein. Ebenso ihre Ohren, die zu klein und zu eng anliegend waren.

Kurz, ein ganz alltägliches Mädchen – keins von denen, die einem auf dem Schulhof aufgefallen wären; ganz und gar nicht der

Typ, den man sich als Heldin einer Skandalgeschichte vorstellt. Robert versuchte sich auszumalen, wie sie in anderen Kleidern aussähe.

Der Blick des Mädchens ruhte zunächst auf der alten Frau und wanderte dann weiter zu Marion. In diesem Blick lag weder Überraschung noch Triumph, nicht einmal großes Interesse.

»Ja, das sind die Frauen«, sagte sie.

»Sind Sie sich da ganz sicher?« fragte Grant; und er fügte hinzu: »Sie wissen, daß das eine sehr schwere Beschuldigung ist.«

»Nein, es besteht kein Zweifel. Warum auch?«

»Bei diesen beiden Damen handelt es sich um die Frauen, die Sie gefangenhielten, Ihnen Ihre Kleider nahmen, Sie zum Wäscheflicken zwangen und Sie verprügelten?«

»Ja, das sind die Frauen.«

»Eine bemerkenswerte Lügnerin«, sagte die alte Mrs. Sharpe in jenem Tonfall, in dem man sagt: ›Eine bemerkenswerte Ähnlichkeit‹.

»Sie sagen, wir hätten Sie in die Küche geführt und Ihnen Kaffee gegeben«, sprach Marion sie an.

»Ja, das haben Sie.«

»Können Sie die Küche beschreiben?«

»Ich habe nicht besonders drauf geachtet. Sie war groß – mit einem Steinfußboden, glaube ich – und einer Leiste mit Glokken.«

»Wie sah der Herd aus?«

»Der Herd ist mir nicht aufgefallen, aber der Topf, in dem die alte Frau den Kaffee aufgewärmt hat, war aus hellblauem Email mit dunkelblauem Rand und vielen abgeplatzten Stellen an der Unterseite.«

»Ich kann mir nicht vorstellen, daß es irgendwo in England eine Küche gibt, in der man nicht genau so einen Topf finden kann. Wir haben drei von der Sorte.«

»Ist das Mädchen noch Jungfrau?« fragte Mrs. Sharpe in jenem milde interessierten Ton, in dem jemand fragen würde: ›Ist das ein Kleid von Chanel?‹

In dem verblüfften Schweigen, das folgte, registrierte Robert Hallams empörtes Gesicht, das des Mädchens, das blutrot angelaufen war, und die Tatsache, daß ein tadelndes ›Aber Mutter!‹ von seiten ihrer Tochter ausblieb, so sehr er das unbewußt erwartet hatte. Er fragte sich, ob dies als stillschweigende Zustimmung zu deuten war oder ob sie sich, nachdem sie ihr ganzes Leben mit Mrs. Sharpe zugebracht hatte, von nichts mehr aus der Fassung bringen ließ.

Das sei von keinerlei Bedeutung, erwiderte Grant in einem eisig-vorwurfsvollen Ton.

»Finden Sie?« entgegnete die alte Dame. »Wenn ich einen Monat lang von zu Hause verschwunden gewesen wäre, wäre das das erste gewesen, was meine Mutter hätte wissen wollen. Na, wie dem auch sei. Was haben Sie denn nun, wo das Mädchen uns identifiziert hat, mit uns vor? Verhaften Sie uns?«

»Aber nein. So weit sind wir noch lange nicht. Ich möchte Miss Kane in die Küche und in das Dachzimmer führen, so daß wir ihre Beschreibungen dieser Räume überprüfen können. Bestätigt sich der Verdacht, so erstatte ich meinem Vorgesetzten über den Fall Bericht, und er entscheidet dann, welche nächsten Maßnahmen zu treffen sind.«

»Ah ja. Sie sind von höchst bewundernswerter Umsicht, Inspector.« Sie erhob sich langsam. »Wenn Sie mich nun entschuldigen wollen; ich werde meine unterbrochene Mittagsruhe fortsetzen.«

»Aber wollen Sie denn nicht dabei sein, wenn Miss Kane – hören, ob sie ...«, stotterte Grant, dieses eine Mal vor Überraschung um die Contenance gebracht.

»Meine Güte, nein.« Mit gerunzelter Stirn strich sie ihr schwarzes Kleid glatt. »Da spalten sie unsichtbare Atome«, kommentierte sie ärgerlich, »aber bisher hat noch niemand einen Stoff erfunden, der nicht knittert. Ich habe nicht den geringsten Zweifel«, fuhr sie fort, »daß Miss Kane die Dachkammer identifizieren wird. Ja, ich wäre sogar unglaublich überrascht, wenn sie das nicht täte.«

Langsam schritt sie auf die Tür und damit auf das Mädchen zu; und zum ersten Mal blitzte in den Augen des Mädchens Leben auf. Ein Anflug von Schrecken huschte über ihr Gesicht. Die Polizistin trat schützend einen Schritt vor. Mrs. Sharpe ging in aller Ruhe und unbeirrt voran und hielt zwei Schritt vor dem Mädchen inne, so daß sie sich nun Auge in Auge gegenüberstanden. Gut fünf Sekunden lang herrschte Schweigen, während sie das Gesicht des Mädchens aufmerksam studierte.

»Dafür, daß ich lange prügelnd mit Ihnen verkehrt habe, kennen wir beide uns leider sehr schlecht«, sagte sie schließlich.

»Aber ich hoffe, ich werde Sie weitaus besser kennenlernen, bevor diese Angelegenheit zu Ende ist, Miss Kane.« Sie wandte sich Robert zu und verbeugte sich. »Auf Wiedersehen, Mr. Blair. Ich hoffe, Sie werden uns auch weiterhin anregend finden.« Und ohne sich um den Rest der Gesellschaft zu kümmern, ging sie zur Tür hinaus, die Hallam ihr aufhielt.

Die Spannung ließ deutlich nach, nun, wo sie nicht mehr im Raum war, und Robert zollte ihr den Tribut einer Bewunderung wider Willen. Es war schon eine Leistung, einer geschändeten Heldin die Schau zu stehlen.

»Haben Sie etwas dagegen, daß Miss Kane die fraglichen Räume des Hauses sieht, Miss Sharpe?« fragte Grant.

»Nein, natürlich nicht. Aber bevor wir weitermachen, möchte ich noch das sagen, was ich im Begriff war zu sagen, bevor Sie Miss Kane hereinbrachten. Ich bin froh, daß Miss Kane nun dabei ist und es selbst hören kann. Und zwar folgendes: Ich habe, soweit ich mich erinnere, dieses Mädchen niemals zuvor gesehen, und ich habe sie niemals im Wagen irgendwohin mitgenommen. Weder von meiner Mutter noch von mir ist sie jemals in dieses Haus gebracht worden, noch wurde sie hier gefangengehalten. Ich möchte, daß das unmißverständlich klar ist.«

»Wie Sie wünschen, Miss Sharpe. Wir stellen fest, daß Sie die Anschuldigungen des Mädchens in allen Punkten zurückweisen.«

»Ich weise sie zurück vom ersten bis zum letzten Satz. Und wenn Sie nun bitte kommen und sich die Küche ansehen wollen?«

Kapitel 3

Grant und das Mädchen begleiteten Robert und Marion Sharpe beim Rundgang durch das Haus, während Hallam und die Polizistin im Wohnzimmer warteten.

Als sie, nachdem das Mädchen die Küche identifiziert hatte, den Treppenabsatz im ersten Stock erreichten, bemerkte Robert: »Miss Kane sagt, bei der zweiten Treppe sei sie auf ›etwas Hartem‹ gegangen, aber hier führt der Teppich von unten weiter hinauf.«

»Nur bis um die Ecke«, entgegnete Marion. »Nur das Stück, das man sieht. Dahinter kommt Linoleum. Viktorianische Sparsamkeit. Wenn man heutzutage arm ist, kauft man einen billigeren Teppich und verlegt ihn bis ganz nach oben. Aber alles, was damals zählte, war, was die Nachbarn davon hielten. Also reichte der Luxus, so weit das Auge sehen konnte, und nicht weiter.«

Auch bei der dritten Treppe hatte das Mädchen recht gehabt. Die wenigen Stufen hinauf zum Boden waren unbedeckt.

Die alles entscheidende Dachkammer war eine niedrige, quadratische kleine Schachtel, deren Wände, dem Schieferdach draußen entsprechend, auf drei Seiten steil geneigt waren. Licht kam nur durch das kleine Fenster zur Front des Hauses hin. Von unterhalb des Fensters erstreckte sich ein kurzes Stück Schieferdach zur weißen Brüstung hinunter. Das Fenster war in vier Scheiben unterteilt, von denen eine einen Sprung hatte, der sternförmig in alle Richtungen verlief. Es war nicht zum Öffnen gedacht.

Die Dachkammer war völlig leer. Unnatürlich leer, dachte Robert, für einen so praktischen und gut zugänglichen Abstellraum.

»Als wir herkamen, war alles voller Gerümpel hier«, sagte Marion, als beantworte sie seine Frage. »Aber als uns erst einmal klar wurde, daß wir die halbe Zeit ohne Haushaltshilfe sein würden, haben wir zugesehen, daß wir es los wurden.«

Grant wandte sich mit fragender Miene an das Mädchen.

»Das Bett stand in der Ecke da«, sagte sie und wies in die Ecke gegenüber dem Fenster, »und daneben stand die Kommode aus Holz. Und hier in der Ecke hinter der Tür waren drei leere Koffer – zwei Handkoffer und ein Schrankkoffer, der oben gerade war. Ein Stuhl war auch noch da, aber den hat sie weggenommen, als ich das Fenster einschlagen wollte.« Sie sprach von Marion völlig emotionslos, so als sei sie gar nicht im Zimmer. »Da sieht man noch, wo ich versucht habe, das Fenster einzuschlagen.«

Robert hatte den Eindruck, daß der Sprung so aussah, als sei er wesentlich älter als nur ein paar Wochen; aber es ließ sich nicht leugnen, daß ein Sprung vorhanden war.

Grant ging zur anderen Ecke der Kammer und bückte sich, um den Fußboden zu inspizieren, doch eine nähere Untersuchung erübrigte sich. Selbst von der Stelle an der Tür aus, an der Robert sich befand, waren die Eindrücke der Rollen zu sehen, auf denen das Bett gestanden hatte.

»Da hat ein Bett gestanden«, sagte Marion. »Das war eines der Dinge, die wir weggegeben haben.«

»Was haben Sie damit gemacht?«

»Da muß ich nachdenken. Oh ja, wir haben es der Frau des Stallknechts drüben von der Staples Farm geschenkt. Ihr ältester Junge war zu groß geworden, um noch in einem Zimmer mit den anderen zu schlafen, und sie hat ihn auf ihrem Dachboden untergebracht. Wir bekommen unsere Milchprodukte von Staples. Man kann die Farm von hier nicht sehen, aber sie liegt nur vier Felder entfernt von hier, hinter dem Hügel.«

»Wo bewahren Sie Ihre Koffer auf, Miss Sharpe? Gibt es noch einen zweiten Abstellraum?«

Zum ersten Mal zögerte Marion. »Wir haben tatsächlich einen großen Schrankkoffer mit flachem Oberteil, aber meine Mutter bewahrt darin ihre Sachen auf. Als wir das Franchise erbten, stand eine sehr wertvolle Kommode in dem Zimmer, in dem meine Mutter schläft, aber wir haben sie verkauft und benutzen statt dessen den großen Koffer – mit einer Chintzdecke darauf. Meine Koffer bewahre ich in einem Schrank am Treppenabsatz der ersten Etage auf.«

»Miss Kane, erinnern Sie sich noch, wie die Koffer aussahen?«

»Oh ja. Einer war aus braunem Leder mit solchen Kappen an den Ecken, und der andere war einer von diesen amerikanischen, mit gestreiftem Stoff bespannt.«

Nun, das war eindeutig genug.

Grant besah sich den Raum noch ein wenig länger, studierte den Blick aus dem Fenster und wandte sich dann zum Gehen.

»Dürfen wir die Koffer sehen, die Sie im Schrank haben?« fragte er Marion.

»Selbstverständlich«, antwortete sie, doch sie machte einen unglücklichen Eindruck.

Auf dem Treppenabsatz öffnete sie die Schranktür und trat zurück, so daß der Inspector hineinsehen konnte. Als Robert beiseite trat, um ihnen Platz zu machen, konnte er unbemerkt den Triumph in den Zügen des Mädchens aufblitzen sehen. Eine solche Verwandlung ging in dem ruhigen, noch recht kindlichen Gesicht vor, daß es ihn erschreckte. Es lag etwas Wildes darin, primitiv und grausam, etwas, das sehr irritierend auf dem Gesicht eines schüchternen Schulmädchens wirkte, das der Stolz seiner Eltern und Erzieher war.

Der Schrank enthielt Bettwäsche, und auf dem Boden standen vier Koffer. Zwei waren große Reisekoffer, einer aus Preßpappe und einer aus Rohleder; bei den beiden anderen handelte es sich um einen Koffer aus braunem Rindsleder, der andere hatte die Form einer quadratischen, leinenbezogenen Hutschachtel mit einem breiten Band farbiger Streifen in der Mitte.

»Sind das die Koffer?« fragte Grant.

»Ja«, antwortete das Mädchen. »Die beiden hier.«

»Ich werde meine Mutter heute nicht noch einmal stören«, sagte Marion nun plötzlich wütend. »Ich gebe zu, daß in ihrem Zimmer ein großer Schrankkoffer steht, der ein gerades Oberteil hat. Er hat die letzten drei Jahre über ohne Unterbrechung dort gestanden.«

»Wie Sie wünschen, Miss Sharpe. Und nun die Garage bitte.«

Am hinteren Ende des Hauses, dort, wo die Ställe schon vor langer Zeit zu Garagen umgebaut worden waren, stand kurze Zeit später das Grüppchen und musterte den klapprigen alten grauen Wagen. Grant las die unfachmännische Beschreibung aus der Aussage des Mädchens vor. Sie paßte, aber sie würde auf mindestens 1000 andere Wagen ebenso passen, die derzeit auf den Straßen Englands unterwegs waren, dachte Blair. Man konnte es kaum als Beweismaterial gelten lassen. »›Eines der Räder war in einem anderen Farbton lackiert und sah aus, als ob es nicht dazu gehörte. Das unpassende Rad war vorn auf meiner Seite – vom Bürgersteig aus gesehen‹«, beendete Grant seinen Vortrag.

Schweigend betrachteten die vier das dunklere Grau des linken Vorderrades. Offensichtlich gab es dazu nichts Weiteres mehr zu sagen.

»Haben Sie vielen Dank, Miss Sharpe«, sagte Grant nach einer Weile, schloß sein Notizbuch und steckte es ein. »Sie sind sehr zuvorkommend und hilfsbereit gewesen, und ich bin Ihnen zu Dank verpflichtet. Ich darf wohl davon ausgehen, daß ich Sie in den nächsten Tagen telefonisch erreichen kann, wenn ich noch weitere Fragen habe.«

»Aber ja, Inspector. Wir haben nicht die Absicht, das Haus zu verlassen.«

Wenn Grant ihr nur zu deutliches Verständnis für seine Andeutung auffiel, so ließ er sich nichts davon anmerken.

Er übergab das Mädchen der Polizistin, und sie gingen, ohne noch einmal zurückzublicken. Dann verabschiedeten auch er und Hallam sich – Hallam noch immer mit einem Gesicht, als wolle er sich für sein Eindringen entschuldigen.

Marion hatte sie hinaus auf den Flur begleitet und Blair im Wohnzimmer zurückgelassen; als sie zurückkam, brachte sie ein Tablett mit Sherry und Gläsern mit.

»Ich lade Sie nicht zum Abendessen ein«, sagte sie, stellte das Tablett ab und begann den Wein auszuschenken. »Zum einen, weil es bei uns kein Dinner gibt, sondern nur ein spärliches Abendessen und ganz und gar nicht das, was Sie gewöhnt sind. Wußten Sie eigentlich, daß die Küche Ihrer Tante in Milford berühmt ist? Selbst ich habe schon davon gehört. Zum anderen, weil ... nun, wie meine Mutter schon sagte, Broadmoor nicht gerade Ihr Spezialgebiet ist, nehme ich an.«

»Apropos«, antwortete Robert, »Ihnen ist sicher aufgefallen, daß das Mädchen Ihnen gegenüber sehr im Vorteil ist – was die Beweislage angeht, meine ich. Sie kann praktisch alles, was ihr einfällt, als Teil dieses Hauses beschreiben. Wenn dieser Gegenstand sich findet, dann ist es ein überzeugender Beweis zu ihren Gunsten. Findet er sich nicht, so gilt das nicht als Entlastung für Sie, sondern man geht dann einfach davon aus, daß Sie ihn entfernt haben. Wenn zum Beispiel die Koffer nicht dagewesen wären, hätte das Mädchen sagen können, Sie hätten sie beiseite geschafft, weil sie in der Dachkammer standen und als Indizien hätten dienen können.«

»Aber sie hat sie beschrieben, ohne daß sie sie jemals gesehen hatte.«

»Sie hat zwei Koffer beschrieben, wollen Sie sagen. Hätten Sie einen Satz von vier gleichartigen Koffern besessen, wären ihre Chancen, daß die Beschreibung stimmt, nur etwa eins zu fünf gewesen. Aber da Sie nun einmal je ein Exemplar der gebräuchlichen Koffertypen haben, war ihre Chance eins zu eins.«

Er nahm das Glas Sherry, das sie neben ihm abgestellt hatte, trank und war überrascht, daß er exquisit war.

Sie lächelte milde und sagte: »Wir sind zwar sparsam, aber wir sparen nicht am Wein«, woraufhin er ein wenig errötete und sich fragte, ob ihm die Überraschung so deutlich im Gesicht gestanden hatte.

»Aber das falsche Rad an unserem Wagen. Wie hat sie das wissen können? Die ganze Geschichte ist unglaublich. Woher kannte sie meine Mutter und mich, woher wußte sie, wie das Haus aussieht? Wir lassen niemals das Tor offenstehen. Selbst wenn sie es geöffnet hätte – obwohl ich mir nicht vorstellen kann, was sie auf dieser einsamen Landstraße zu suchen gehabt hätte –, selbst wenn sie das Tor geöffnet und einen Blick hineingeworfen hätte, hätte sie nicht wissen können, wie meine Mutter und ich aussehen.«

»Kann es nicht sein, daß sie sich mit einem Dienstmädchen angefreundet hat? Oder einem Gärtner?«

»Einen Gärtner hatten wir nie – hier gibt es ja nichts als Gras. Und schon seit einem Jahr haben wir kein Dienstmädchen mehr. Nur ein Mädchen vom Bauernhof, das einmal die Woche kommt und die grobe Putzarbeit macht.«

Das müsse viel Arbeit sein, ein so großes Haus ohne Hilfe zu führen, sagte Robert mitfühlend.

»Allerdings; aber es gibt zwei Dinge, die es mir erleichtern: Ich lege keinen großen Wert auf den Haushalt, und es ist trotz allem so wunderbar, ein eigenes Heim zu haben, daß ich mich gern mit den Unannehmlichkeiten abfinde. Der alte Mr. Crowle war der Cousin meines Vaters, aber wir kannten ihn überhaupt nicht. Meine Mutter und ich hatten bis dahin immer in einer Pension in Kensington gelebt.« Einer ihrer Mundwinkel hob sich zu einem grimmigen Lächeln. »Sie können sich gar nicht vorstellen, wie beliebt Mutter bei den Hausbewohnern war.« Das Lächeln verschwand. »Mein Vater starb, als ich noch sehr klein war. Er war einer jener Optimisten, die immer glauben, am nächsten Tag komme das große Glück. Als er eines Tages feststellte, daß von seinen Spekulationen nicht einmal genug geblieben war, um am nächsten Morgen einen Laib Brot zu kaufen, brachte er sich um, und meine Mutter konnte sehen, wie sie damit fertig wurde.«

Das, dachte Robert, erklärte Mrs. Sharpes Verhalten in einem gewissen Maße.

»Ich habe keine Berufsausbildung, und deshalb habe ich in meinem Leben alle möglichen Arbeiten gemacht. Nicht als Hausangestellte – alles Häusliche ist mir verhaßt –, aber als Aushilfe in jener Art von Läden, die gern von Damen aufgesucht wird und die es in Kensington zuhauf gibt. Lampenschirme, Reisebüro, Blumen, Geschenkartikel. Als der alte Mr. Crowle starb, arbeitete ich gerade in einer Teestube – in einem dieser Läden, in die man zum Morgenkaffee kommt und wo man sein Schwätzchen hält. Tja, das ist nicht ganz einfach.«

»Was ist nicht ganz einfach?«

»Sich das vorzustellen, ich mit einem Teetablett.«

Robert, der es nicht gewohnt war, daß man seine Gedanken las – Tante Lin war außerstande, den Gedankengängen von irgend jemandem zu folgen, selbst wenn man sie ihr auseinandersetzte –, war verlegen. Doch sie hatte gar nicht ihn gemeint.

»Wir hatten uns gerade an alles gewöhnt und begannen, uns hier sicher und daheim zu fühlen, und dann das.«

Zum ersten Mal, seit sie ihn um Hilfe gebeten hatte, verspürte Robert ein Gefühl der Verbundenheit. »Und das alles, weil so ein kleines Mädchen ein Alibi braucht«, sagte er. »Wir müssen mehr über Betty Kane herausfinden.«

»Eines kann ich Ihnen jetzt schon sagen. Sie ist sehr triebhaft.«

»Spricht da Ihre weibliche Intuition?«

»Nein. Ich bin nicht allzu weiblich, und Intuition habe ich auch keine. Aber ich habe noch nie jemanden mit dieser Augenfarbe gesehen – ganz gleich, ob Mann oder Frau –, der es nicht war. Dunkel und unergründlich, wie altes Marineblau – ein untrügliches Zeichen.«

Robert bedachte sie mit einem nachsichtigen Lächeln.

»Und fühlen Sie sich ja nicht überlegen, bloß weil das kein Argument für Ihren Paragraphenverstand ist«, fügte sie hinzu.

»Schauen Sie sich einmal Ihre Freunde an, und dann werden Sie es einsehen.«

Bevor er sich noch davon abhalten konnte, war ihm Gerald Blunt eingefallen, über den ganz Milford klatschte. Kein Zweifel, Gerald hatte stahlblaue Augen. Und ebenso Arthur Wallis, der Kellner vom Weißen Hirsch, der jede Woche für drei Kinder Alimente zahlte. Und auch – zum Teufel mit der Frau, wie kam sie dazu, derart alberne Behauptungen aufzustellen und dann auch noch recht damit zu haben!

»Es ist faszinierend, sich auszumalen, was sie diesen Monat über wirklich getan hat«, sagte Marion. »Es bereitet mir eine ungeheure Genugtuung, daß jemand sie grün und blau geschlagen hat. Zumindest einen Menschen gibt es auf der Welt, der sie durchschaut hat. Ich hoffe, ich lerne ihn eines Tages kennen, damit ich ihm die Hand schütteln kann.«

»Ihm?«

»Bei diesen Augen muß es ein er sein.«

»Nun«, sagte Robert und erhob sich zum Aufbruch, »ich bezweifle sehr, daß Grants Indizien ausreichen werden, um gegen Sie Anzeige zu erstatten. Das Wort des Mädchens stünde gegen Ihres, und keine von beiden Aussagen wäre mit Tatsachen zu untermauern. Was gegen Sie spräche, wäre die Geschichte des Mädchens – so umfassend, so detailliert. Gegen das Mädchen spräche die Unwahrscheinlichkeit dieser Geschichte. Ich glaube nicht, daß er sich da Hoffnungen auf einen Schuldspruch machen könnte.«

»Aber die Sache ist in der Welt, ob er sie nun vor Gericht bringt oder nicht; und sie wird nicht in den Akten von Scotland Yard bleiben. Früher oder später kommen über so etwas Gerüchte auf. Uns wäre nicht damit geholfen, daß man die Angelegenheit auf sich beruhen ließe.«

»Oh, man wird die Sache aufklären, soweit es in meinen Händen liegt. Aber ich glaube, wir müssen einen Tag oder zwei warten, bis wir wissen, was der Yard zu tun gedenkt. Dort hat man bessere Möglichkeiten, die Wahrheit herauszufinden, als wir sie jemals haben werden.«

»Aus dem Munde eines Anwalts ist das ein rührender Tribut an die Aufrichtigkeit der Polizei.«

»Glauben Sie mir, Wahrheitsliebe mag zwar eine Tugend sein – doch Scotland Yard weiß schon seit langem, daß sie auch Geschäftskapital ist. Für den Yard zahlt es sich nicht aus, sich mit weniger als der Wahrheit zufriedenzugeben.«

»Und wenn er uns *doch* vor Gericht brächte«, fragte sie, während sie ihn zur Tür begleitete, »und wir *würden* verurteilt, womit hätten wir dann zu rechnen?«

»Ich bin mir nicht ganz sicher, ob es zwei Jahre Gefängnis oder sieben Jahre Zuchthaus wären. Ich sagte Ihnen ja, ich bin ein unbeschriebenes Blatt, was Strafrecht angeht. Aber ich werde es nachschlagen.«

»Tun Sie das, bitte«, entgegnete sie. »Es macht ja schon einen Unterschied.«

Ihm wurde bewußt, daß ihm ihre spöttische Art gefiel. Vor allem im Angesicht einer Strafanzeige.

»Auf Wiedersehen«, sagte sie. »Es war freundlich von Ihnen, daß Sie gekommen sind. Sie haben mir sehr geholfen.«

Und Robert, der sich noch gut erinnerte, wie er sie beinahe an Ben Carley abgeschoben hätte, errötete innerlich, während er zum Tor marschierte.

Kapitel 4

»War viel los im Büro heute, mein Junge?« fragte Tante Lin, während sie ihre Serviette auseinanderfaltete und auf ihrem rundlichen Schoß zurechtlegte.

Das war ein Satz, der einen Sinn ergab, aber keine Bedeutung hatte. Er gehörte ebenso zu den Abendessensvorbereitungen wie das Ausbreiten der Serviette oder die tastenden Bewegungen ihres rechten Fußes, mit dem sie nach dem Fußbänkchen angelte, das ihr zum Ausgleich ihrer kurzen Beine diente. Sie erwartete keine Antwort; oder, genauer gesagt, da ihr gar nicht bewußt war, daß sie die Frage gestellt hatte, hörte sie auch nicht zu, wenn er antwortete.

Robert warf ihr über den Tisch einen liebevollen Blick zu, und er war sich dessen stärker bewußt als üblich. Nach den zaghaften Blicken, die er im Franchise in eine fremde Welt geworfen hatte, war die heitere Gegenwart von Tante Lin etwas Wohltuendes, und er betrachtete die rundliche Gestalt mit dem kurzen Hals, dem runden, rosigen Gesicht und dem stahlgrauen Haar, das sich zwischen den langen Haarnadeln selbständig machte, mit anderen Augen. Linda Bennet lebte in einer Welt der Kochrezepte, der Filmstars, Patenkinder und Wohltätigkeitsbasare, und sie fühlte sich pudelwohl darin. Wohlbefinden und Zufriedenheit umhüllten sie wie ein Mantel. Sie las die Frauenseite der Tageszeitung (Machen Sie aus alten Glacéhandschuhen eine Knopflochblume) und – soweit Robert wußte – sonst nichts. Manchmal, wenn sie die Zeitung wegräumte, die Robert hatte liegen lassen, hielt sie inne, las die Schlagzeilen und kommentierte sie. ›Hungerstreik nach 82 Tagen beendet – so ein Blödsinn! Öl auf den Bahamas entdeckt – habe ich dir eigentlich gesagt, daß Paraffin einen Penny teurer geworden ist, mein Junge?‹ Aber man hatte den Eindruck, daß sie nicht recht glauben konnte, daß die Welt, über die die Zeitungen schrieben, tatsächlich existierte. Für Tante

Lin war Robert Blair der Mittelpunkt der Welt, und außerhalb eines Radius von 15 Kilometern um ihn war sie zu Ende.

»Wieso bist du heute abend so spät gekommen, mein Junge?« fragte sie, als sie mit der Suppe fertig war.

Aus langer Erfahrung wußte Robert, daß es sich hier um eine andere Kategorie von Frage handelte als ›War viel los im Büro heute, mein Junge?‹

»Ich mußte zum Franchise hinausfahren – zu dem Haus an der Straße nach Larborough. Sie brauchten einen Anwalt.«

»Diese komischen Leute? Ich wußte gar nicht, daß du sie kennst.«

»Ich kannte sie auch nicht. Sie haben mich einfach um Rat gebeten.«

»Ich hoffe nur, daß sie dich auch bezahlen, mein Junge. Sie sind nämlich bettelarm, mußt du wissen. Der Vater hat irgendwelche Importgeschäfte betrieben – Erdnüsse oder dergleichen – und sich zu Tode getrunken. Hat ihnen keinen Penny hinterlassen, den Ärmsten. Die alte Mrs. Sharpe hat in London eine Pension betrieben, um über die Runden zu kommen, und die Tochter war Mädchen für alles. Sie sollten gerade mit ihren Möbeln vor die Tür gesetzt werden, als der alte Mann vom Franchise starb. Es kam wie gerufen!«

»Tante Lin! Wo hörst du denn solche Geschichten?«

»Aber das ist die Wahrheit, mein Junge. Die reine Wahrheit. Ich weiß nicht mehr, wer es mir erzählt hat – irgend jemand, der in derselben Straße in London gewohnt hat –, es war jedenfalls aus erster Hand. Ich bin niemand, der Klatschgeschichten erzählt, das weißt du ja. Ist es ein schönes Haus? Ich wollte schon immer gerne wissen, was sich hinter den Eisentoren verbirgt.«

»Nein, es ist ziemlich häßlich. Aber einige schöne Möbelstücke haben sie.«

»Nicht so gut gepflegt wie unsere, möchte ich wetten«, sagte sie und betrachtete selbstgefällig das erlesene Buffet und die prächtigen Stühle, die entlang der Wand aufgereiht standen. »Gestern noch hat der Pfarrer gesagt, wenn dieses Haus nicht so offensichtlich bewohnt wäre, dann könnte man es für ein Museum halten.« Der Hinweis auf den geistlichen Stand schien sie an etwas zu erinnern. »Übrigens, kannst du bitte die nächsten Tage besonders nachsichtig mit Christina sein? Ich glaube, sie wird wieder einmal e r r e t t e t.«

»Oh je, Tante Lin, das wird eine Qual für dich! Aber ich habe es schon kommen sehen. Bei meinem Tee fand ich heute morgen ein Bibelwort auf der Untertasse: ›Du, Herr, siehest mich‹, eine Schriftrolle mit einem geschmackvollen Hintergrund aus weißen Lilien. Sie wechselt also schon wieder einmal die Kirche?«

»So ist es. Wie es scheint, ist sie dahintergekommen, daß die Methodisten ›übertünchte Gräber‹ sind, deshalb geht sie jetzt zu diesen ›Bethel‹-Leuten über Bensons Bäckerei und kann jeden Moment errettet werden. Den ganzen Vormittag über hat sie Kirchenlieder gesungen.«

»Aber das macht sie doch immer.«

»Aber nicht vom Typus ›Feuer und Schwert‹. Solange sie bei ›Herrscher des Himmels‹ und ›Wo Milch und Honig fließen‹ bleibt, weiß ich, daß alles in Ordnung ist. Aber wenn sie erst einmal mit ›Feuer und Schwert‹ anfängt, dann weiß ich, daß ich mich bald selbst ums Backen kümmern muß.«

»Na, meine Liebe, du bäckst doch genauso gut wie Christina.«

»Oh nein, das tut sie nicht«, rief Christina, die in diesem Augenblick mit dem Hauptgang eintrat – eine üppige, schwerfällige Gestalt mit unordentlichem, zottigem Haar und ausdruckslosen Augen. »Da gibt's nur eine Sache, die Ihre Tante Lin besser macht als ich, Mr. Robert, das ist der Christstollen, und den gibt's nur einmal im Jahr. Also! Und wenn Sie meine Dienste hier im Haus nicht zu schätzen wissen, dann gehe ich eben dahin, wo man das tut.«

»Christina, meine Liebe«, entgegnete Robert, »Sie wissen doch genau, daß niemand sich dieses Haus ohne Sie auch nur vorstellen kann und daß ich Ihnen ans Ende der Welt folgen würde, wenn Sie uns verließen. Schon allein Ihres Butterkuchens wegen. Da fällt mir ein, könnten wir morgen Butterkuchen haben?«

»Butterkuchen ist nichts für reuelose Sünder. Außerdem glaube ich nicht, daß ich die Butter dafür habe. Aber wir werden sehen. Und solange, Mr. Robert, gehen Sie in sich, und werfen Sie nicht den ersten Stein.«

Tante Lin seufzte gutmütig, als sich die Tür hinter Christina schloß. »20 Jahre«, sagte sie nachdenklich. »Du wirst dich wohl nicht mehr daran erinnern, wie sie aus dem Waisenhaus zu uns kam. 15, und so mager, das arme kleine Ding. Zum Tee hat sie einen ganzen Laib Brot vertilgt, und dann sagte sie, sie werde ihr Leben lang für mich beten. Und weißt du was, ich glaube, das hat sie wirklich getan.«

Es schien, als glänzte eine Träne in Miss Bennets blauen Augen.

»Ich hoffe nur, sie wartet mit der Errettung, bis sie den Butterkuchen fertig hat«, kommentierte Robert materialistisch. »Wie war's im Kino?«

»Also weißt du, mein Junge, es ging mir einfach nicht aus dem Kopf, daß er fünf Frauen hatte.«

»Wer hat fünf Frauen?«

»Hatte, mein Junge – immer nur eine auf einmal. Gene Darrow. Ich muß sagen, diese kleinen Programme, die man kostenlos bekommt, sind zwar sehr aufschlußreich, aber sie nehmen einem auch ein wenig die Illusionen. Er war nämlich Student. In dem Film, meine ich. Sehr jung und verliebt. Aber ich mußte immer an diese fünf Frauen denken, und das hat mir den ganzen Nachmittag verdorben. Dabei ist er so bezaubernd, wenn man ihn sieht. Es heißt, seine dritte Frau habe er an den Handgelenken aus dem Fenster baumeln lassen, aus dem fünften Stock, aber das kann ich nicht glauben. Schon weil er nicht so aussieht, als ob er stark genug dazu wäre. Sieht aus, als ob er es als Kind an der Lunge gehabt hätte – dieses spitze Gesicht und die dünnen Arme. Nicht stark genug, um jemanden an den Handgelenken baumeln zu lassen. Schon gar nicht aus dem fünften Stock ...«

Der Monolog plätscherte während des Nachtischs dahin, und Robert kehrte mit seinen Gedanken zum Franchise zurück. Er hörte erst wieder zu, als sie sich vom Tisch erhoben, um im Wohnzimmer den Kaffee einzunehmen.

»Und es steht ihnen so gut – wenn die Mädchen das nur einsehen wollten«, sagte sie gerade.

»Was steht ihnen gut?«

»Die Schürze. Sie war nämlich Dienstmädchen im Palast und trug eine dieser koketten Musselinschürzchen – so apart. Hatten diese Leute im Franchise eigentlich ein Dienstmädchen? Nein? Na, das wundert mich nicht. Das letzte haben sie nämlich beinahe verhungern lassen. Sie haben ihr –«

»Aber Tante Lin!«

»Doch, das kannst du mir glauben. Zum Frühstück bekam sie die Krusten, die sie von ihrem Toast abgeschnitten hatten. Und wenn es Milchreis gab ...«

Robert hörte nicht mehr, was sie Empörendes mit dem Milchreis angestellt hatten. Trotz des guten Abendessens fühlte er sich plötzlich unglücklich und erschöpft. Wenn die gute, sanftmütige Tante Lin nichts dabei fand, diese absurden Geschichten weiterzuerzählen, was würden dann erst die echten Klatschtanten von Milford anstellen, wenn ihnen der Stoff für einen wirklichen Skandal in die Hände fiele?

»Apropos Dienstmädchen – der braune Zucker ist alle, mein Junge, du mußt für heute mit Kandis vorliebnehmen – apropos Dienstmädchen, die kleine von den Carleys hat sich in Schwierigkeiten gebracht.«

»Du meinst wohl, jemand anderes hat sie in Schwierigkeiten gebracht.«

»Stimmt, Arthur Wallis, der Kellner vom Weißen Hirsch.«

»Was, schon wieder Wallis!«

»Tja, das ist allmählich nicht mehr lustig, nicht wahr? Ich verstehe gar nicht, warum der Mann nicht heiratet. Es wäre soviel billiger.«

Doch Robert hörte schon wieder nicht zu. In Gedanken war er wieder im Wohnzimmer des Franchise, wo er leise dafür verspottet wurde, daß er mit seinem Juristenverstand eine Verallgemeinerung nicht wahrhaben wollte. Er war wieder in jenem schäbigen Zimmer mit den ungepflegten Möbeln, wo Dinge auf den Stühlen umherlagen und sich niemand die Mühe machte, sie wegzuräumen.

Und wo, dessen wurde er sich erst jetzt bewußt, ihm niemand mit dem Aschenbecher nachlief.

Kapitel 5

Über eine Woche war vergangen, als Mr. Heseltine seinen schmalen, kleinen grauhaarigen Kopf bei Robert zur Tür hereinsteckte und verkündete, Inspector Hallam sei im Büro und wolle ihn für einen Augenblick sprechen.

Der Raum auf der gegenüberliegenden Seite des Flurs, wo Mr. Heseltine das Zepter über die Schreiber schwang, wurde stets als ›das Büro‹ bezeichnet, obwohl natürlich das Zimmer, in dem Robert saß, und das kleine Hinterzimmer, in dem Nevil Bennet sich aufhielt, trotz Teppich und Mahagoni auch nichts anderes als Büroräume waren. Es gab ein offizielles Wartezimmer auf der Rückseite des Büros, ein kleiner Raum in der gleichen Art wie derjenige des jungen Bennet, aber die Klienten von Blair, Hayward und Bennet hatten ihn noch nie gemocht. Sie kamen in das Büro, um sich anzumelden, und in der Regel blieben sie dort und plauderten, bis Robert Zeit hatte, sie zu empfangen. In dem kleinen ›Warteraum‹ hatte sich schon seit langem Miss Tuff eingerichtet und schrieb dort Roberts Briefe, unbehelligt von störenden Besuchern und der Neugier des Botenjungen.

Als Mr. Heseltine wieder gegangen war, um den Inspector zu holen, spürte Robert zu seinem Erstaunen eine Nervosität, wie er sie seit seinen Jugendtagen nicht mehr gekannt hatte, als er sich dem Schwarzen Brett mit den Listen der Prüfungsergebnisse näherte. War sein Leben so wohlbehütet, daß die Leiden eines Fremden ihn derart aus der Fassung bringen konnten? Oder hatte er in der vergangenen Woche so oft an die Sharpes gedacht, daß sie gar keine Fremden mehr für ihn waren?

Er war, was Hallams Neuigkeiten anging, auf das Schlimmste gefaßt; doch was sich aus den vorsichtigen Formulierungen dann entnehmen ließ, war lediglich, daß Scotland Yard ihn hatte wissen lassen, daß man auf der Basis der gegenwärtigen Beweise keine weiteren Schritte zu unternehmen gedenke. Blair fiel das Wort ›gegenwärtig‹ auf, und er wußte, was gemeint war. Die Ermittlungen wurden nicht eingestellt – stellte der Yard überhaupt jemals in einem Fall die Ermittlungen ein? –, man wartete lediglich ab.

Der Gedanke, daß Scotland Yard abwartete, war unter den gegebenen Umständen kein allzu beruhigender.

»Ich nehme an, es fehlt an stichhaltigem Beweismaterial«, sagte er.

»Der Lastwagenfahrer, der sie mitgenommen hat, war nicht zu finden«, bestätigte Hallam.

»Das war nicht anders zu erwarten.«

»Nein«, pflichtete Hallam ihm bei; »kein Fahrer würde seinen Posten riskieren und zugeben, daß er jemanden mitgenommen hat. Schon gar nicht ein Mädchen. Da sind die Bosse streng in den Fuhrunternehmen. Und wenn es sich um ein Mädchen handelt, das in irgendwelche krummen Sachen verwickelt ist, und wenn die Polizei kommt und Erkundigungen einzieht, dann wird kein vernünftiger Mensch sich erinnern können, daß er sie je auch nur gesehen hat.« Er nahm die Zigarette, die Robert ihm anbot. »Diesen Lastwagenfahrer hätten sie gebraucht«, sagte er und fügte hinzu: »Oder sonst jemanden in der Art.«

»Tja«, bestätigte Robert nachdenklich. »Was hatten Sie denn für einen Eindruck von ihr, Hallam?«

»Dem Mädchen? Ich weiß nicht. Nettes Ding. Sah doch ganz anständig aus. Hätte eins von meinen eigenen sein können.«

Dies, ging es Blair durch den Kopf, war ein gutes Beispiel dafür, was ihnen bevorstünde, wenn es jemals zu einem Prozeß käme. Jeder Mann mit dem Herzen auf dem rechten Fleck würde seine eigene Tochter in dem Mädchen auf dem Zeugenstand sehen. Nicht, weil sie verwahrlost aussah, sondern im Gegenteil, weil sie das gerade nicht tat. Die ordentliche Schuluniform, das dunkelblonde Haar, das ungeschminkte junge Gesicht mit den sympathischen Grübchen auf den Wangen, die weit auseinanderstehenden treuen Augen – sie war als Opfer der Traum eines jeden Staatsanwalts.

»Sieht aus wie alle Mädchen in ihrem Alter«, sagte Hallam, noch immer mit dem Gedanken beschäftigt. »Nichts, was gegen sie spricht.«

»Sie beurteilen Leute also nicht nach der Farbe ihrer Augen«, sagte Robert vor sich hin, in Gedanken noch bei dem Mädchen.

»Ha! Und ob ich das tue!« entgegnete Hallam zu seiner Überraschung. »Glauben Sie mir, es gibt eine gewisse Art von Babyblau, da ist für mich ein Mann schon überführt, bevor er überhaupt den Mund aufgemacht hat. Die lügen allesamt wie gedruckt.« Er hielt inne und sog an seiner Zigarette. »Neigen auch zum Mord, wenn ich mir's jetzt überlege – obwohl mir noch nicht allzu viele Mörder begegnet sind.«

»Sie machen mir angst«, sagte Robert. »In Zukunft werde ich um alle babyblauen Augen einen großen Bogen machen.«

Hallam grinste. »Solange Sie Ihre Brieftasche geschlossen halten, brauchen Sie sich keine Sorgen zu machen. Den Babyblauen, denen geht's nur ums Geld. So einer mordet nur, wenn er sich zu sehr in seine Lügengeschichten verstrickt hat. Das Kennzeichen des wahren Mörders ist nicht die Farbe seiner Augen, sondern deren Stellung.«

»Stellung?«

»Ja, sie stehen verschieden. Die beiden Augen, meine ich. Sie sehen aus, als ob sie zu verschiedenen Gesichtern gehörten.«

»Ich dachte, Sie hätten noch nicht viele Mörder gesehen?«

»Das habe ich auch nicht; aber ich habe sämtliche Berichte darüber gelesen und ihre Fotografien studiert. Ich bin immer wieder überrascht, daß in keiner Abhandlung über Mörder davon die Rede ist, dabei kommen sie so häufig vor. Die ungleichen Augen, meine ich.«

»Das haben Sie sich also ganz alleine ausgedacht.«

»Ja, das Ergebnis meiner eigenen Beobachtungen. Sie müssen einmal darauf achten. Faszinierend. Mittlerweile bin ich so weit, daß ich schon darauf warte.«

»Bei Leuten auf der Straße, meinen Sie?«

»Nein, ganz so schlimm ist es noch nicht. Aber bei jedem neuen Mordfall. Ich warte, bis das Foto veröffentlicht wird, und wenn es dann da ist, sage ich: ›Na! Habe ich's nicht gesagt?‹«

»Und wenn Sie das Foto sehen, und die Augen sind vollkommen symmetrisch?«

»Dann ist es fast immer das, was man einen Unfall-Mord nennen könnte. Die Art von Mord, die jeder begehen könnte, wenn bestimmte Umstände zusammenkommen.«

»Und wenn Sie auf eine Fotografie des Pfarrers von Nieder-Dumbleton stoßen, dem seine Schäfchen ein Geschenk aus Dankbarkeit für 50 Jahre hingebungsvoller Seelsorge überreichen, und Sie bemerken, daß die Augen des Mannes gar nicht schiefer stehen könnten – welchen Schluß ziehen Sie dann daraus?«

»Daß er in glücklicher Ehe lebt, daß seine Kinder ihn ehren, daß er über ein Einkommen verfügt, das seinen Bedürfnissen genügt, daß er sich nicht für Politik interessiert, daß er mit den örtlichen Honoratioren gut auskommt und daß er den Gottesdienst so halten darf, wie er es für richtig hält – kurz, daß er nicht den geringsten Grund hat, irgend jemanden zu ermorden.«

»Na, das scheint mir aber, als ob Sie dann immer recht hätten, ganz egal, wie es kommt!«

»Ach!« rief Hallam ärgerlich. »Was verschwende ich die Wahrnehmungsgabe eines Polizisten an Ihren Paragraphenverstand. Ich hätte gedacht«, fügte er hinzu, während er sich schon zum Gehen anschickte, »so ein Anwalt wäre froh, wenn er ein paar kostenlose Ratschläge bekommt, wie er einen wildfremden Menschen beurteilen kann.«

»Sie tun nichts weiter«, schalt Robert ihn, »als einen unschuldigen Verstand zu verderben. Von nun an werde ich keinem neuen Klienten mehr ins Gesicht blicken können, ohne daß mein Unbewußtes auf die Farbe und die Stellung seiner Augen achtet.«

»Na, immerhin. Es wurde aber auch Zeit, daß Sie etwas über die Dinge des Lebens erfahren.«

»Danke, daß Sie mir in der Franchise-Sache Bescheid gesagt haben«, sagte Robert, nun wieder ernst.

»Das Telefon in dieser Stadt«, sagte Hallam, »ist ungefähr so verschwiegen wie das Radio.«

»Na, jedenfalls danke ich Ihnen. Das muß ich den Sharpes unverzüglich mitteilen.«

Während Hallam sich wieder auf den Weg machte, griff Robert zum Telefonhörer.

Er konnte, wie Hallam schon angedeutet hatte, am Telefon nicht offen sprechen, aber er würde ihnen sagen, daß er gleich zu ihnen hinauskomme und daß er gute Nachrichten habe. Das würde ihnen erst einmal die Last von der Seele nehmen. Außerdem – er warf einen Blick auf die Uhr – würde Mrs. Sharpe gerade ihre Mittagsruhe halten, und er hatte vielleicht eine Chance, dem alten Drachen zu entgehen. Und natürlich bestand Hoffnung auf ein Tête-à-tête mit Marion Sharpe, auch wenn er diesen Gedanken nicht in sein Bewußtsein dringen ließ.

Doch es ging niemand an den Apparat. Er drängte die gelangweilte und unwillige Telefonistin, es geschlagene fünf Minuten lang zu versuchen, doch es war vergebens. Die Sharpes waren nicht zu Hause.

Während er noch mit der Vermittlung sprach, kam Nevil Bennet hereinspaziert – wie üblich im schreienden Tweedanzug, mit einem hellrosa Hemd und purpurfarbener Krawatte. Robert, der ihn über den Hörer hinweg betrachtete, fragte sich zum hundertsten Mal, was aus Blair, Hayward und Bennet werden sollte, wenn die Firma dereinst aus seinen Händen, dem festen Griff eines Blair, an diesen jungen Sproß der Bennets übergehen würde. Daß der Junge Verstand hatte, wußte er, doch mit Verstand kam man nicht weit in Milford. Milford erwartete von einem Mann, daß er die jugendlichen Flausen ablegte, wenn er ins Mannesalter kam. Doch nichts deutete darauf hin, daß Nevil etwas für die Welt außerhalb seines Zirkels übrig hatte. Er war nach wie vor, wenn auch unbewußt, damit beschäftigt, diese Welt vor den Kopf zu stoßen – seine Kleidung bewies es.

Nicht daß Robert sich gewünscht hätte, den Jungen im traditionellen feierlichen Schwarz zu sehen. Er selbst trug einen grauen Tweedanzug, und bei seiner ländlichen Klientel würden Stadtkleider nur Mißtrauen erregen. ›Dieser abscheuliche kleine Mann mit dem Nadelstreifenanzug‹, hatte Marion Sharpe in jenem unbeherrschten Augenblick am Telefon den städtisch gekleideten Anwalt genannt. Aber es gab solche und solche Tweeds, und Nevil Bennets Anzüge waren von der letzteren Art, auf eine gräßliche Weise von der letzteren Art.

»Robert«, sagte Nevil, als Robert aufgab und den Hörer auflegte, »ich habe die Papiere für die Calthorpe-Überschreibung fertig, und ich dachte mir, wenn du nichts anderes für mich zu tun hast, dann könnte ich vielleicht heute nachmittag nach Larborough fahren.«

»Reicht es denn nicht, wenn du mit ihr telefonierst?« fragte Robert. Nevil war – in der lockeren Manier der jungen Leute heutzutage – mit der drittältesten Tochter des Bischofs von Larborough verlobt.

»Oh, es geht nicht um Rosemary. Sie ist für eine Woche in London.«

»Zu einer Protestkundgebung in der Albert Hall, nehme ich an«, brummte Robert, der sich ärgerte, daß er die Sharpes nicht hatte erreichen können, obwohl er doch gute Nachrichten für sie hatte.

»Nein, in der Guildhall«, antwortete Nevil.

»Was ist es diesmal? Vivisektion?«

»Wirklich, Robert, manchmal hast du etwas fürchterlich Viktorianisches«, sagte Nevil in würdevoll geduldigem Ton. »Niemand regt sich heute mehr über die Vivisektion auf, höchstens noch ein paar Verrückte. Es handelt sich um einen Protest gegen die Weigerung dieses Landes, dem Freiheitskämpfer Kotowitsch Asyl zu gewähren.«

»Gegen nämlichen Freiheitskämpfer liegt in seinem eigenen Land ein Haftbefehl vor, soviel ich weiß.«

»Von seinen Feinden, ja.«

»Von der Polizei – wegen zweier Morde.«

»Hinrichtungen.«

»Bist du eigentlich ein Anhänger von John Knox, Nevil?«

»Meine Güte, nein. Was hat der denn damit zu tun?«

»Er glaubte an selbsternannte Vollstrecker. Hierzulande ist die Idee ein wenig aus der Mode gekommen, soviel ich weiß. Na jedenfalls, wenn ich die Wahl zwischen Rosemarys Meinung zu Kotowitsch und derjenigen der Abteilung Staatsschutz habe, dann glaube ich lieber der letzteren Instanz.«

»Die Abteilung Staatsschutz tut doch nur, was das Außenministerium ihr sagt. Das weiß doch jeder. Aber wenn ich hier bleibe und dir die Tragweite der Affäre Kotowitsch auseinandersetze, dann komme ich zu spät zum Film.«

»Welcher Film?«

»Der französische Film, den ich mir in Larborough ansehen will.«

»Ich nehme an, du weißt, daß die meisten dieser französischen Streifen, die den britischen Intelligenzlern den Atem verschlagen, in ihrem Heimatland als mittelmäßig gelten? Aber genug davon. Meinst du, deine Zeit reicht noch, um am Franchise zu halten und dort einen Zettel durch den Briefschlitz zu stecken?«

»Das werde ich wohl noch schaffen. Ich wollte schon immer wissen, was hinter der Mauer steckt. Wer wohnt jetzt eigentlich dort?«

»Eine alte Frau mit ihrer Tochter.«

»Tochter?« wiederholte Nevil. Bei dem Wort spitzte er automatisch die Ohren.

»Tochter mittleren Alters.«

»Oh. Gut, ich hole nur meinen Mantel.«

Robert schrieb nur eine kurze Notiz, daß er versucht habe, mit ihnen zu sprechen, daß er für etwa eine Stunde geschäftlich außer Haus sei, sie jedoch anschließend anrufen werde, sobald er könne; Scotland Yard habe – so wie die Dinge stünden – nichts gegen sie in der Hand und habe dies auch zugegeben.

Nevil stürmte herein, ein schauerliches Raglan-Ungetüm über dem Arm, schnappte sich den Brief und verschwand mit den Worten: »Sag Tante Lin Bescheid, daß ich vielleicht später komme. Sie hat mich zum Essen eingeladen.«

Robert setzte seinen eigenen schlichten grauen Hut auf und ging hinüber zum Rose and Crown, um sich dort mit seinem Klienten zu treffen – einem alten Farmer, dem letzten Menschen in England, der unter chronischer Gicht litt. Der alte Mann war noch nicht da, und der sonst so friedliche, so träge und gutmütige Robert verspürte Ungeduld. Sein Leben hatte sich von Grund auf verändert. Bis dahin war es eine gleichmäßige Folge von Ereignissen gewesen, die ihm allesamt interessant erschienen; er war vom einen zum anderen gegangen, ohne Hast und ohne Aufregung. Nun gab es etwas, das im Mittelpunkt des Interesses stand, und alles andere drehte sich darum.

Er ließ sich in einem der mit Chintz bezogenen Sessel des Salons nieder und warf einen Blick auf die eselsohrigen Zeitschriften, die auf dem Beistelltisch daneben lagen. Die einzige aktuelle Nummer war die der Wochenzeitschrift *Beobachter,* und er griff widerwillig danach, denn wieder einmal ging ihm durch den Sinn, was für ein Greuel die trockene Oberfläche dieses Papiers seinen Fingerspitzen war und wie sehr ihm der gezahnte Blattrand die Haare zu Berge stehen ließ. Es war die übliche Ansammlung von Dünkel, Dichtung und Dreistigkeit, und unter den Dreistigkeiten war der Ehrenplatz Nevils zukünftigem Schwiegervater gewidmet, der sich in einer dreiviertel Spalte darüber ausließ, was für eine Schande für England es sei, daß man einem Freiheitskämpfer auf der Flucht kein Asyl gewähren wolle.

Der Bischof von Larborough hatte schon vor langem die christliche Lehre dahingehend ausgeweitet, daß der Unterprivilegierte stets im Recht sei. Er war ungeheuer beliebt bei den Revolutionären des Balkans, bei britischen Streik-Komitees und bei sämtlichen alten Knastbrüdern in den örtlichen Vollzugsanstalten. (Die einzige Ausnahme in der letzteren Gruppe war Bandy Brayne, jener unverbesserliche Gewohnheitsverbrecher, der für den braven Bischof nichts als Verachtung übrig hatte und seine Sympathie lieber dem Gefängnisdirektor zukommen ließ – für den war eine Träne nichts als ein Tropfen H_2O, und mit findiger, nüchterner Akkuratesse sezierte er auch die herzerweichendsten Geschichten.) Es gab absolut nichts, hieß es bei den Knastbrüdern, was der alte Knabe – und gemeint war der Bischof – einem nicht glauben würde; man konnte ihm den dicksten Bären aufbinden.

Normalerweise fand Robert den Bischof einigermaßen unterhaltsam, doch heute konnte er sich über ihn einfach nur ärgern. Er versuchte es mit zwei Gedichten und verstand keins von beiden; schließlich warf er das Blatt wieder auf den Tisch zurück.

»England macht wieder einmal alles falsch?« fragte Ben Carley, der an seinem Sessel stehengeblieben war und mit dem Kopf in Richtung *Beobachter* deutete.

»Hallo, Carley.«

»Hyde Park Corner für die Gutbetuchten«, sagte der kleine Anwalt und blätterte die Zeitschrift verächtlich mit einem gelben Nikotinfinger durch. »Trinken wir etwas?«

»Danke, aber ich warte auf den alten Mr. Wynyard. Er geht dieser Tage nicht einen Schritt mehr als unbedingt erforderlich.«

»Da haben Sie recht, der arme alte Knabe. Die Sünden der Altvorderen. Wenn man sich das vorstellt, an Portwein zu leiden, den man niemals getrunken hat! Neulich habe ich Ihren Wagen beim Franchise gesehen.«

»Stimmt«, sagte Robert und wunderte sich ein wenig. Es war gar nicht Ben Carleys Art, so direkt zu sein. Und wenn er Roberts Wagen gesehen hatte, dann hatte er auch die Polizeiwagen gesehen.

»Wenn Sie die Leute dort kennen, dann werden Sie mir eine Frage beantworten können, die mich schon lange beschäftigt. Stimmt das Gerücht, oder stimmt es nicht?«

»Gerücht?«

»Sind es nun wirklich Hexen?«

»Sollen sie denn welche sein?« fragte Robert leichthin.

»Soviel ich weiß, gibt es viele in der Gegend, die zu dieser Meinung neigen«, sagte Carley; seine strahlenden schwarzen

Augen ruhten einen Augenblick lang vielsagend auf Robert, um dann wieder mit ihrem üblichen aufmerksam forschenden Blick durch den Raum zu schweifen.

Robert verstand, daß der kleine Mann ihm stillschweigend eine Information zukommen lassen wollte, von der er annahm, sie müsse ihm nützlich sein.

»Nun ja«, entgegnete Robert, »seit das Kino auch auf dem Lande für Unterhaltung sorgt, ist es ja Gott sei Dank vorbei mit den Hexenjagden.«

»Da wäre ich mir nicht so sicher. Geben Sie diesen Schwachköpfen aus den Midlands einen guten Vorwand, und sie werden sich in Scharen auf die Hexen stürzen. Ein degenerierter Haufen, wenn Sie mich fragen, alles Inzucht. Da kommt Ihr alter Knabe. Na, wir sehen uns noch.«

Eine von Roberts anziehendsten Eigenschaften war das aufrichtige Interesse, das er für die Menschen und ihre Sorgen hatte, und er hörte Mr. Wynyards weitschweifiger Geschichte mit einer Freundlichkeit zu, für die der alte Mann dankbar war – und fügte damit, ohne es zu wissen, der Summe einen Hunderter hinzu, die im Testament des alten Farmers unter seinem Namen stand; doch sobald sie mit ihrer Besprechung zu Ende waren, eilte er auch schon schnurstracks zum Hoteltelefon.

Es waren entschieden zu viele Leute in der Nähe, und er beschloß, statt dessen von der Garage drüben in der Sin Lane aus zu telefonieren. Das Büro würde inzwischen verschlossen sein, und außerdem lag es weiter weg. Und wenn er von der Garage aus telefonierte, dachte er, während er bereits unterwegs war, dann hätte er den Wagen gleich zur Hand, falls sie ihn bitten würde – die beiden ihn bitten würden –, zu ihnen hinauszukommen und die Angelegenheit weiter zu besprechen, und das war ja gut denkbar, es war sogar anzunehmen. Ja, natürlich würden sie besprechen wollen, was sie unternehmen könnten, um die Geschichte des Mädchens zu entkräften, ob es nun zu einer Anklage kam oder nicht. Er war so erleichtert über Hallams Neuigkeiten gewesen, daß er noch gar nicht dazu gekommen war zu überlegen, was man –

»'n Abend, Mr. Blair«, begrüßte Bill Brough ihn und wuchtete seinen massigen Körper zur engen Bürotür hinaus. »Wollen Sie Ihren Wagen?«

»Nein, zunächst möchte ich Ihr Telefon benutzen, wenn Sie gestatten.«

»Aber sicher. Nur zu.«

Stanley, der unter einem Wagen lag, blickte mit Unschuldsmiene darunter hervor und fragte: »Haben Sie einen Tip?«

»Nicht die Spur davon, Stan. Habe seit Wochen nicht mehr gewettet.«

»Ich habe zwei Pfund bei einem müden Klepper namens Sicherer Sieger verloren. Das hat man davon, wenn man sein Glück bei den Pferden sucht. Aber wenn Sie mal wieder einen Tip haben –«

»Das nächste Mal, wenn ich wette, sage ich Ihnen Bescheid. Aber es ist dann wieder ein Pferd, bei dem Sie Ihr Glück versuchen.«

»Solange es kein müder Klepper ist«, sagte Stanley und verschwand wieder unter dem Wagen; und Robert begab sich in das stickige, hell beleuchtete Büro und griff zum Telefonhörer.

Marion war am Apparat, und ihre Stimme klang warm und zufrieden.

»Sie können sich gar nicht vorstellen, was für eine Erleichterung Ihre Nachricht für uns war. Mutter und ich, wir haben beide in Gedanken während der letzten Woche Tüten geklebt. Gibt es das eigentlich noch, Tütenkleben?«

»Ich glaube nicht. Heutzutage ist es etwas Konstruktiveres, soviel ich weiß.«

»Beschäftigungstherapie.«

»Mehr oder weniger.«

»Ich kann mir nicht vorstellen, daß Zwangsarbeit an der Nähmaschine meinen Charakter bessern würde.«

»Wahrscheinlich würde man etwas Passenderes für Sie finden. Es widerspricht dem Geist der Zeit, daß ein Strafgefangener irgend etwas gegen seinen Willen tun soll.«

»Das ist das erste Mal, daß Sie bitter klingen.«

»Klang es bitter?«

»Der reine Angostura.«

Nun, immerhin war sie bereits bei den Getränken angekommen; vielleicht würde sie nun vorschlagen, er solle doch vor dem Abendessen auf einen Sherry hinauskommen.

»Einen charmanten Neffen haben Sie übrigens.«

»Neffen?«

»Der, der uns die Nachricht gebracht hat.«

»Das ist nicht mein Neffe«, antwortete Robert kühl. Warum fühlte man sich bloß so alt, wenn man Onkel genannt wurde? »Er ist mein Cousin zweiten Grades. Aber es freut mich, daß Sie ihn mochten.« So ging es nicht weiter; er mußte den Stier bei den Hörnern packen. »Ich würde mich gern noch einmal mit Ihnen treffen, um zu besprechen, was wir tun können, um die Sache in Ordnung zu bringen. Für mehr Sicherheit sorgen –« Er wartete.

»Ja natürlich. Vielleicht können wir irgendwann vormittags, wenn wir einkaufen gehen, bei Ihnen im Büro vorbeischauen? Was sollten wir noch unternehmen, Ihrer Meinung nach?«

»Vielleicht eine Art privater Ermittlungen. Ich kann es nicht gut am Telefon besprechen.«

»Nein, natürlich nicht. Wie wäre es, wenn wir am Freitag vormittag vorbeikämen? Das ist der Tag, an dem wir immer einkaufen. Oder haben Sie freitags viel zu tun?«

»Nein, Freitag wäre ausgezeichnet«, sagte Robert und schluckte seine Enttäuschung hinunter. »Gegen Mittag?«

»Ja, das wäre uns recht. Übermorgen um zwölf Uhr in Ihrem Büro. Auf Wiedersehen, und noch einmal vielen Dank für Ihre Unterstützung und Hilfe.«

Sie läutete mit fester und energischer Hand ab, nicht mit dem einleitenden stotternden Klingeln, wie Robert es sonst von Frauen kannte.

»Soll ich ihn für Sie rausholen?« fragte Bill Brough ihn, als er wieder ins trübe Tageslicht der Garage trat.«

»Was? Ach so, den Wagen. Nein, danke, ich brauche ihn heute abend nicht.«

Er begab sich auf seinen üblichen Abendspaziergang die High Street hinunter und bemühte sich intensiv, nicht gekränkt zu sein. Er war ja beim ersten Mal nur widerstrebend zum Franchise hinausgefahren, und er hatte aus seinem Unwillen keinen Hehl gemacht; da war es ganz natürlich, daß sie dergleichen nicht noch einmal anregen wollte. Daß er ihre Interessen zu den seinen gemacht hatte, war eine rein geschäftliche – unpersönliche – Angelegenheit, die im Büro zu erledigen war. Darüber hinaus würden sie ihn nicht noch einmal bemühen.

Nun ja, sagte er sich und ließ sich im Wohnzimmer in seinen Lieblingssessel fallen, neben dem Kamin, in dem ein Holzfeuer brannte, und schlug die Abendzeitung auf, die am Morgen des Tages in London gedruckt worden war. Wenn sie am Freitag zu ihm ins Büro kamen, würde er schon etwas tun können, um die

Sache auf eine persönlichere Basis zu stellen und die Erinnerung an jene erste, unglückselige Weigerung auszulöschen.

Die Stille des alten Hauses beruhigte ihn. Christina war schon seit zwei Tagen in ihrem Zimmer in Gebet und Meditation versunken, und Tante Lin war in der Küche, um das Abendessen zuzubereiten. Er hatte einen übermütigen Brief von seiner einzigen Schwester Lettice bekommen, die mehrere Kriegsjahre lang Lastwagenfahrerin gewesen war, sich dabei in einen riesenlangen, wortkargen Kanadier verliebt hatte und nun in Saskatchewan fünf blonde Rabauken großzog. ›Robert, mein Lieber, komm doch bald einmal hier heraus‹, schloß der Brief, ›bevor die Rabauken groß geworden sind und bevor du völlig verschimmelt bist. Du weißt, was für einen schlechten Einfluß Tante Lin auf dich hat!‹

Er konnte sie regelrecht hören, wie sie das sagte. Sie und Tante Lin waren nie einer Meinung gewesen.

Er lächelte, entspannt und in Erinnerungen versunken, doch dann kam Nevil, und seine Ruhe und sein Frieden waren dahin.

»Warum hast du mir denn nicht g e s a g t , was für eine Frau sie ist!« wollte Nevil wissen.

»Wer?«

»Na, die Sharpe. Warum hast du mir nichts gesagt?«

»Ich hatte nicht erwartet, daß du ihr begegnen würdest«, antwortete Robert. »Alles, was du tun mußtest, war, den Brief durch den Briefschlitz zu werfen.«

»Es gab keinen Briefschlitz an der Haustür, deshalb habe ich geklingelt, und sie waren gerade erst von irgendwoher zurückgekommen. Jedenfalls war s i e an der Tür.«

»Ich dachte, sie schläft am Nachmittag.«

»Ich kann mir nicht vorstellen, daß so jemand jemals schläft. Sie ist ja überhaupt kein menschliches Wesen, sie ist die Essenz aus Feuer und Eisen.«

»Ich weiß, sie ist eine sehr harte alte Frau, aber man darf nicht zu streng mit ihr sein. Sie hat wirklich ein schweres –«

»A l t ? Von wem redest du überhaupt?«

»Der alten Mrs. Sharpe natürlich.«

»Die alte Mrs. Sharpe habe ich gar nicht gesehen. Ich spreche von Marion.«

»Marion Sharpe? Woher weißt du überhaupt, daß sie Marion heißt?«

»Sie hat es mir gesagt. Der Name paßt zu ihr, nicht wahr? Sie könnte gar nicht anders heißen als Marion.«

»Ihr scheint euch ja bemerkenswert nahegekommen zu sein für einen Besuch an der Tür.«

»Aber nein, sie hat mich zum Tee eingeladen.«

»Tee! Ich dachte, du hättest es so eilig gehabt, dir einen französischen Film anzusehen?«

»Ich bin niemals in großer Eile, wenn eine Frau wie Marion Sharpe mich zum Tee einlädt. Sind dir ihre Augen aufgefallen? Aber natürlich sind sie das. Du bist ja ihr Anwalt. Diese wunderbare Schattierung von Grau in Haselnußbraun. Und der Schwung der Augenbrauen darüber – wie der Pinselstrich eines begnadeten Malers. Geflügelte Augenbrauen sind das. Ich habe auf der Rückfahrt ein Gedicht darüber verfaßt. Willst du es hören?«

»Nein«, wehrte Robert entschieden ab. »Wie war es im Kino?«

»Oh, da bin ich nicht gewesen.«

»Du bist n i c h t da gewesen!«

»Das habe ich dir doch gesagt, ich war statt dessen bei Marion zum Tee.«

»Soll das heißen, du warst den ganzen Nachmittag über im Franchise?«

»Das muß ich wohl«, bestätigte Nevil versonnen, »aber, bei Gott, ich hätte gedacht, es waren gerade mal sieben Minuten.«

»Und was ist aus deiner Liebe zum französischen Film geworden?«

»Aber Marion i s t ein französischer Film. Das muß doch selbst dir auffallen!« Bei diesem ›selbst dir‹ zuckte Robert zusammen. »Warum sich mit dem Abglanz zufriedengeben, wenn man die Gegenwart des Wirklichen genießen kann? Das Wirkliche. Das ist das Besondere an ihr, nicht wahr? Ich habe noch nie jemanden gesehen, der so wirklich ist wie Marion.«

»Nicht einmal Rosemary?« Robert war in einer Verfassung, für die Tante Lin die Bezeichnung ›grummelig‹ hatte.

»Oh, Rosemary ist ein Schatz, und ich werde sie heiraten, aber das hat doch damit nichts zu tun.«

»Tatsächlich?« sagte Robert in einem nur scheinbar sanftmütigen Ton.

»Aber natürlich. Frauen wie Marion Sharpe heiratet man nicht, genausowenig, wie man den Wind oder die Wolken heiratet. Genausowenig, wie man die Jungfrau von Orleans heiratet. Es ist geradezu Gotteslästerung, bei einer Frau wie ihr an Heirat zu denken. Sie war übrigens voll des Lobes für dich.«

»Sehr freundlich von ihr.«

Der Ton war so schroff, daß es auch Nevil nicht verborgen blieb.

»Magst du sie nicht?« fragte er und hielt inne, um seinen Cousin überrascht und ungläubig zu betrachten.

Nichts war mehr von dem freundlichen, behäbigen, toleranten Robert Blair zu spüren; im Augenblick war Robert nichts als ein erschöpfter Mann, der auf sein Abendessen wartete und der an der Erinnerung einer Enttäuschung litt, daran, daß man ihn abgewiesen hatte.

»Was mich angeht«, sagte er, »ist Marion Sharpe nichts weiter als eine dürre Frau von 40 Jahren, die mit ihrer ungehobelten alten Mutter in einem häßlichen alten Haus wohnt und dann und wann einen Rechtsbeistand braucht, wie jeder andere auch.«

Doch schon während er das sagte, hätte er es am liebsten zurückgenommen; ihm war, als habe er einen Freund verraten.

»Nein, wahrscheinlich ist sie wirklich nichts für dich«, sagte Nevil verständnisvoll. »Du hast die Frauen ja schon immer lieber ein wenig dumm und blond gemocht, stimmt's?« Es war nicht boshaft gemeint, eher so, wie man eine eher langweilige Tatsache konstatiert.

»Ich weiß nicht, wie du auf solche Ideen kommst.«

»Sämtliche Frauen, die du beinahe geheiratet hättest, entsprachen diesem Typ.«

»Ich habe niemals jemanden ›beinahe geheiratet‹ «, entgegnete Robert gereizt.

»Das denkst du vielleicht. Du weißt ja gar nicht, wie sehr Molly Manders dich schon umgarnt hatte.«

»Molly Manders?« fragte Tante Lin, die mit rotem Gesicht aus der Küche kam und das Sherrytablett hereinbrachte. »So ein dummes Mädchen. Glaubte, man macht Pfannkuchenteig auf dem Backblech. Und wie sie sich immer in diesem kleinen Taschenspiegel betrachtet hat.«

»Damals hat Tante Lin dich gerettet – nicht wahr, Tante Lin?«

»Ich weiß gar nicht, wovon ihr redet, Nevil, mein Junge. Stolziere nicht so auf dem Teppich auf und ab, lege lieber noch ein Scheit Holz im Kamin nach. Hat dir dein französischer Film gefallen, mein Junge?«

»Ich war nicht da. Ich war statt dessen im Franchise zum Tee bei den Sharpes.« Er warf einen Blick zu Robert hinüber, denn inzwischen war ihm klar geworden, daß mehr hinter Roberts Reaktion steckte, als es auf den ersten Blick den Anschein hatte.

»Bei diesen seltsamen Leuten? Worüber habt ihr euch denn unterhalten?«

»Berge – Maupassant – Hühner –«

»Hühner, mein Junge?«

»Jawohl; das absolute Böse, das aus dem Gesicht eines Huhns in Großaufnahme spricht.«

Tante Lin blickte zerstreut drein.

Auf der Suche nach festem Boden unter den Füßen wandte sie sich an Robert.

»Meinst du, ich sollte sie auch einmal besuchen, mein Junge, wo ihr sie nun kennt? Oder soll ich die Frau des Pfarrers bitten, bei ihnen vorbeizuschauen?«

»Ich an deiner Stelle würde die Frau des Pfarrers nicht zu etwas so Gravierendem verleiten«, antwortete Robert grimmig.

Einen Augenblick lang wirkte sie unentschlossen, doch die Dinge des Haushalts überlagerten die Frage, die ihr durch den Kopf ging.

»Laßt euch nicht zu viel Zeit mit dem Sherry, sonst verdirbt mir das Essen, das ich in der Röhre habe. Morgen wird Christina Gott sei Dank wieder unten sein. Zumindest hoffe ich das; bisher hat ihre Errettung noch nie länger als zwei Tage auf sich warten lassen. Und wenn ich es mir recht überlege – ich glaube, ich werde diese Leute im Franchise doch nicht besuchen, mein Junge, wenn dir nichts daran liegt. Nicht nur, daß sie Fremde sind und sehr seltsame Menschen – ehrlich gesagt, ich habe Angst vor ihnen.«

Das war es, das war ein Beispiel für die Reaktion, die er erwarten konnte, wenn es um die Sharpes ging. Ben Carley hatte sich heute eigens die Mühe gemacht, ihn darauf hinzuweisen, daß er nicht mit unvoreingenommenen Geschworenen rechnen konnte, wenn es im Franchise Schwierigkeiten mit der Polizei geben würde.

Er mußte Maßnahmen ergreifen, um die Sharpes zu schützen. Wenn er sich am Freitag mit ihnen traf, würde er vorschlagen, einen Privatdetektiv auf die Sache anzusetzen. Die Polizei war überlastet – seit zehn Jahren und noch länger war sie überlastet –, und es bestand immerhin die Chance, daß ein einzelner Mann, der eine einzelne Spur mit Muße verfolgte, mehr Erfolg hatte, als er den herkömmlichen offiziellen Ermittlungen beschieden war.

Kapitel 6

Doch am Freitagmorgen war es zu spät, um Maßnahmen für die Sicherheit des Franchise zu ergreifen.

Mit der Sorgfalt der Polizei hatte Robert gerechnet, er hatte damit gerechnet, daß nach und nach Gerüchte aufkommen würden, aber er hatte seine Rechnung ohne die *Hallo!* gemacht.

Die *Hallo!* war die neueste Vertreterin der Regenbogenpresse, die von jenseits des großen Teiches gekommen war, um die britische Presselandschaft zu erobern. Ihr Geschäftsprinzip war der Grundsatz, daß 2000 Pfund Schadenersatz gut angelegt waren, wenn man damit eine halbe Million Umsatz machen konnte. Sie hatte fettere Schlagzeilen, sensationslüsternere Bilder und reißerischere Reportagen als jede andere Zeitung, die bis dahin auf britischen Pressen gedruckt worden war. In der Fleet Street hatte man seine eigene Bezeichnung dafür – ein Wort, das nicht druckreif war –, doch ein Mittel dagegen hatte man nicht. Die Presse hatte stets ihren Ehrenkodex gehabt, nach dem sie nach den Regeln ihres eigenen guten Geschmacks und ihres gesunden Menschenverstandes entschied, was gedruckt wurde und was nicht. Wenn ein ›Freibeuter‹ unter den Zeitungen sich nicht an diesen Ehrenkodex hielt, so gab es nichts, womit man ihn dazu zwingen konnte. Innerhalb von zehn Jahren hatte die *Hallo!* die tägliche Auflage der bis dahin am weitesten verbreiteten Zeitung des Landes um eine halbe Million überschritten. In jedem Vorortzug, mit dem die Leute morgens zur Arbeit fuhren, lasen sieben von zehn Passagieren die *Hallo!*

Und die *Hallo!* war es, die die Franchise-Affäre ans Licht der Öffentlichkeit zerrte.

Robert war an jenem Freitagmorgen schon zeitig aufs Land hinausgefahren, um eine alte Frau zu besuchen, die im Sterben lag und die ihr Testament ändern wollte. Das wiederholte sich im Schnitt alle drei Monate, und ihr Arzt machte kein Geheimnis daraus, daß seiner Meinung nach ›der Tag kommen wird, an dem sie ihre 100 Kerzen ausbläst, ohne zwischendurch Luft zu holen‹. Aber natürlich kann ein Anwalt einem Klienten, der ihn um halb neun Uhr morgens zu einem dringenden Besuch bestellt, nicht sagen, er solle sich nicht so anstellen. Also hatte Robert einige neue Testamentsformulare genommen, hatte seinen Wagen aus der Garage geholt und war hinaus aufs Land gefahren. Trotz seiner üblichen Schwierigkeiten mit der alten, auf ihre Kissen gebetteten Tyrannin – ihr war einfach die elementare Tatsache nicht klarzumachen, daß man nicht vier Anteile im Umfang von je einem Drittel vererben konnte – genoß er die Frühlingslandschaft. Und auf der Rückfahrt summte er vor sich hin, denn er freute sich, daß er in einer knappen Stunde Marion Sharpe wiedersehen würde.

Er hatte beschlossen, ihr zu verzeihen, daß sie Nevil mochte. Nevil hatte schließlich niemals versucht, sie an Carley abzuschieben. Man mußte fair sein.

Er brachte den Wagen unter den Augen der Morgenausflügler, die gerade aus dem Mietstall kamen, in die Garage, parkte ihn und ging dann, weil ihm einfiel, daß der Monatserste verstrichen war, ohne daß er seine Rechnung bezahlt hatte, zu Brough, der das Büro unter sich hatte. Doch statt seiner fand er Stanley vor, der mit seinen für seine dünnen Arme unerwartet kräftigen, großen Händen in einem Stapel von Rechnungen und Quittungen wühlte.

»Als ich noch bei den Fernmeldern war«, sagte Stanley und warf ihm einen geistesabwesenden Blick zu, »da habe ich den Spieß immer für einen Trottel gehalten, aber inzwischen bin ich mir da nicht mehr so sicher.«

»Etwas verlorengegangen? Ich komme nur eben vorbei, um meine Rechnung zu begleichen. Bill hat sie meistens schon fertig.«

»Wird wahrscheinlich irgendwo hier zwischen sein«, sagte Stanley, während er immer noch damit beschäftigt war, Papiere durchzublättern. »Schauen Sie mal selbst.«

Robert, der sich im Büro auskannte, nahm die losen Blätter, die Stanley hatte fallen lassen, um darunter an die übliche, ordentliche Schicht von Bills Papieren zu gelangen. Doch als er die Blätter hochhob, deckte er ein Foto auf – es war die Zeitungsabbildung eines Mädchengesichts. Er erkannte es nicht auf Anhieb, doch es kam ihm bekannt vor, und er hielt inne, um es zu betrachten.

»Da haben wir's ja«, triumphierte Stanley und zog ein Blatt Papier aus einer Klammer. Die übrigen einzelnen Blätter, die auf dem Schreibtisch lagen, schob er zu einem Stapel zusammen und eröffnete damit Robert den Blick auf die gesamte Titelseite der *Hallo!* jenes Morgens.

Robert starrte sie an, und ihm schauderte vor Entsetzen.

Stanley wandte sich ihm zu, um ihm die Papiere, die er noch immer in der Hand hielt, abzunehmen, bemerkte, daß er in Gedanken versunken war, und nickte anerkennend.

»Hübsches kleines Ding«, sagte er. »Erinnert mich an ein Mädchen, das ich in Ägypten hatte. Dieselben weit auseinanderstehenden Augen. Die war in Ordnung. Hat die verrücktesten Lügengeschichten erzählt.«

Er wandte sich erneut seinen Papieren zu, und Robert starrte wieder auf die Zeitung.

DAS IST DAS MÄDCHEN

verkündete sie in ungeheuren Großbuchstaben quer über die Titelseite; darunter kam die Fotografie des Mädchens, die zwei Drittel der Seite einnahm. Dann stand in kleinerer, aber immer noch aufdringlicher Type darunter:

IST DIES DAS HAUS?

Abgebildet war das Franchise. Quer über den unteren Rand der Seite lief die Zeile:

DAS MÄDCHEN SAGT JA – WAS SAGT DIE POLIZEI?

BERICHT AUF DER NÄCHSTEN SEITE

Er streckte die Hand aus und blätterte um.

Ja, da stand die ganze Geschichte; nur der Name der Sharpes fehlte.

Er blätterte wieder zurück und betrachtete die entsetzliche Schlagzeile. Gestern war das Franchise ein Haus gewesen, das von vier hohen Mauern geschützt war; so unauffällig, so abgeschieden, daß selbst Milford nicht wußte, wie es aussah. Und nun konnte es an jedem Bahnhofsstand, auf der Theke jedes Zeitungshändlers zwischen Penzance und Pentland begafft werden – seine langgestreckte, abweisende Fassade als Hintergrund für das unschuldige Gesicht darüber.

Bei dem Bild des Mädchens – einem Brustbild – schien es sich um ein Studioporträt zu handeln. Ihr Haar sah so aus, als sei es für eine festliche Gelegenheit zurechtgemacht, und sie trug etwas, das ein Abendkleid zu sein schien. Ohne ihre Schuluniform wirkte sie – nein, nicht weniger unschuldig, auch nicht älter. Er suchte nach dem passenden Wort. Sie wirkte weniger – weniger unberührbar, konnte man das sagen? Die Schuluniform hatte einen davon abgehalten, in ihr die Frau zu sehen, genau wie eine Nonnentracht das getan hätte. Wahrscheinlich konnte man, überlegte er, eine ganze Abhandlung über die Schutzfunktion der Schuluniform schreiben – Schutzfunktion in doppeltem Sinne: als Rüstung und Camouflage zugleich. Nun – ohne ihre Schulkleidung – war sie eine Frau und nicht einfach nur ein weibliches Wesen.

Doch das rührend junge Gesicht blieb dasselbe, kindlich und sympathisch. Die aufrechte Stirn, die weit auseinanderstehenden Augen, die aufgeworfenen Lippen, die ihrem Mund den Ausdruck eines schmollenden Kindes gaben – es paßte alles wunderbar zusammen. Der Bischof von Larborough würde nicht der einzige sein, der einer Geschichte Glauben schenkte, die dieses Gesicht erzählte.

»Kann ich mir Ihre Zeitung ausleihen?« fragte er Stanley.

»Die können Sie haben«, antwortete dieser. »Wir haben sie zum Frühstück gelesen. Steht nichts drin.«

Robert war überrascht. »Fanden Sie das hier denn nicht interessant?« fragte er und wies auf die Titelseite.

Stanley warf einen Blick auf das abgebildete Gesicht. »Nur, daß sie mich an die kleine Freundin erinnert, die ich in Ägypten hatte, an die Lügengeschichten und all das.«

»Sie glauben die Geschichte, die sie erzählt, also nicht?«

»Wo denken Sie hin!« war Stanleys verächtliche Antwort.

»Was meinen Sie denn, wo das Mädchen die ganze Zeit über war?«

»Wenn ich das, was ich von der Kleinen am Roten Meer in Erinnerung habe, richtig in Erinnerung habe, dann würde ich sicher – aber ganz sicher – sagen: *Dolce vita«,* sagte Stanley und ging hinaus, um einen Kunden zu bedienen.

Robert nahm die Zeitung und ging ernst davon. Zumindest einen Mann von der Straße gab es also, der die Geschichte nicht geglaubt hatte; aber dabei schienen alte Erinnerungen eine ebenso große Rolle zu spielen wie gegenwärtiger Zynismus.

Stanley hatte offenbar die Geschichte gelesen, ohne über die Identität der Hauptfiguren nachzudenken, doch das taten – den verläßlichsten Erhebungen zufolge – nur 10 Prozent der Leser; die anderen 90 Prozent würden sie Wort für Wort gelesen haben und inzwischen längst dabei sein, die Affäre mehr oder weniger genüßlich zu diskutieren. Er kam in seinem Büro an und erfuhr, daß Hallam versucht hatte, ihn telefonisch zu erreichen.

»Kommen Sie bitte mit hinein, und schließen Sie die Tür«, forderte er den alten Mr. Heseltine auf, der ihn mit dieser Mitteilung begrüßt hatte und der nun auf der Schwelle zu seinem Büro stand. »Und schauen Sie sich das hier an.«

Mit einer Hand griff er zum Telefonhörer, mit der anderen hielt er Mr. Heseltine die Zeitung unter die Nase.

Der alte Mann nahm sie mit seiner schmalen, gepflegten Hand wie jemand, der ein exotisches Schaustück zum ersten Mal zu sehen bekommt. »Das ist also das Blatt, von dem man so viel hört«, sagte er und wandte sich ihm mit derselben Sorgfalt zu, die er jedem unbekannten Dokument hätte zukommen lassen.

»Da stecken wir beide in der Klemme, was?« begrüßte Hallam ihn, als die Verbindung zustandegekommen war, und durchstöberte seinen Wortschatz nach Epitheta, die angemessen für die *Hallo!* waren. »Als ob die Polizei nicht auch ohne dieses Schmierblatt am Hals genug zu tun hätte!« meinte er abschließend, wobei er die Sache naturgemäß aus der Perspektive der Polizei betrachtete.

»Haben Sie schon vom Yard gehört?«

»Grant hat bereits heute morgen um neun die Drähte heißlaufen lassen. Aber die können dort nichts machen. Nur warten, bis es ausgestanden ist. Die Polizei ist Freiwild. S i e können übrigens genausowenig tun.«

»Nicht das geringste«, bestätigte Robert. »Eine schöne freie Presse haben wir.«

Hallam fügte noch einige weitere Worte über die Presse hinzu. »Wissen Ihre Klienten es schon?«

»Ich glaube nicht. Ich bin sicher, daß sie normalerweise niemals eine *Hallo!* zu Gesicht bekommen, und es ist noch nicht genug Zeit vergangen, daß ein freundlicher Mensch sie ihnen geschickt haben könnte. Aber sie müßten in etwa zehn Minuten hier eintreffen, und dann werde ich sie ihnen zeigen.«

»Sofern ich überhaupt jemals in der Lage sein werde, Mitleid mit diesem alten Schlachtschiff zu empfinden«, sagte Hallam, »dann in diesem Augenblick.«

»Wie ist die *Hallo!* eigentlich an die Geschichte gekommen? Ich dachte, die Eltern – die Pflegeeltern, meine ich – seien so strikt gegen diese Art von Öffentlichkeit?«

»Grant sagt, der Bruder des Mädchens habe sich furchtbar aufgeregt, daß die Polizei nichts unternehme, und sei auf eigene Faust zur *Hallo!* gegangen. Die spielen sich ja immer gern als edle Ritter auf. ›Die *Hallo!* wird dafür sorgen, daß Recht geschieht!‹ Einer ihrer Feldzüge soll sogar einmal drei Tage lang gedauert haben.«

Es war zwar ein schwerer Schlag für beide Seiten, dachte Robert, als er auflegte, aber wenigstens hatte er beide in gleichem Maße getroffen.

Die Polizei würde zweifellos ihre Anstrengungen verdoppeln, an stichhaltiges Beweismaterial zu kommen; andererseits bestand nun, wo die Fotografie des Mädchens veröffentlicht worden war, für die Sharpes eine gewisse Chance, daß irgend jemand das Bild sehen und sagen würde: ›Dieses Mädchen kann am fraglichen Tag nicht im Franchise gewesen sein, weil es nämlich an dem und dem Ort war.‹

»Eine empörende Geschichte, Mr. Robert«, sagte Mr. Heseltine. »Und, wenn ich so sagen darf, ein empörendes Blatt. Ausgesprochen widerwärtig.«

»Dieses Haus«, klärte Robert ihn auf, »ist das Franchise, wo die alte Mrs. Sharpe mit ihrer Tochter lebt und wo ich – Sie werden sich erinnern – vor einigen Tagen war, um ihnen Rechtshilfe zu leisten.«

»Soll das heißen, diese Leute sind unsere Klienten?«

»So ist es.«

»Aber, Mr. Robert, das ist doch ganz und gar nichts für uns.« Robert wand sich, als er die Bestürzung in der Stimme spürte. »Das liegt völlig außerhalb unserer üblichen ... ja, das ist überhaupt nicht ... wir sind gar nicht in der Lage, so etwas –«

»Ich hoffe doch, daß wir sehr wohl in der Lage sind, jeden unserer Klienten gegen ein Blatt wie die *Hallo!* zu verteidigen«, entgegnete Robert kühl.

Mr. Heseltine betrachtete von neuem das Skandalblatt auf dem Schreibtisch. Offenbar war er in der schwierigen Lage, sich zwischen einer kriminellen Klientel und einer Schundzeitung entscheiden zu müssen.

»Haben Sie die Geschichte des Mädchens geglaubt, als Sie sie lasen?« fragte Robert.

»Ich kann mir nicht vorstellen, daß sie so etwas erfinden kann«, sagte Mr. Heseltine nur. »Etwas derart Detailreiches.«

»Ja, das stimmt schon. Aber ich war letzte Woche dabei, als das Mädchen zum Franchise gebracht wurde, um es zu identifizieren – das war der Tag, an dem ich gleich nach dem Tee so überstürzt aufgebrochen bin –, und ich glaube kein Wort von dem, was sie sagt. Kein Wort davon«, sagte er und war froh, daß er es laut und deutlich sagen konnte und sich endlich selbst sicher war, daß er es auch glaubte.

»Aber wie soll sie überhaupt auf das Franchise gekommen sein, und woher soll sie all diese Dinge wissen, wenn sie nicht dort war?«

»Ich weiß es nicht. Ich habe nicht die leiseste Ahnung.«

»Sie müssen zugeben, es ist höchst unwahrscheinlich, daß jemand auf dieses Haus kommt – ein entlegenes, verstecktes Haus wie dieses, an einer einsamen Landstraße, in einer Gegend, die Leute nur selten besuchen.«

»Ich weiß. Ich habe keine Ahnung, wie sie es angestellt hat, aber daß es ein Trick ist, dessen bin ich mir sicher. Man hat sich hier nicht zwischen zwei Geschichten zu entscheiden, sondern zwischen den beteiligten Menschen. Ich bin davon überzeugt, daß die beiden Sharpes nicht dazu fähig sind, etwas derart Wahnwitziges zu tun. Bei dem Mädchen hingegen halte ich es nicht für undenkbar, daß sie eine solche Geschichte erfindet. Das ist es im Grunde, worauf es hinausläuft.« Er hielt einen Augenblick lang inne. »Und Sie müssen einfach meinem Gespür vertrauen, Timmy«, fügte er hinzu und nannte den alten Schreiber bei dem Namen, der er als Kind für ihn gehabt hatte.

Ob es nun an dem ›Timmy‹ lag oder an seinem Argument – es schien, daß Mr. Heseltine keine weiteren Einwände vorzubringen hatte.

»Sie werden sich gleich selbst ein Urteil über die beiden Übeltäterinnen bilden können«, sagte Robert, »denn ich höre schon ihre Stimmen im Flur. Wenn Sie so freundlich sein wollen, sie hineinzuführen?«

Schweigend machte sich Mr. Heseltine an die Ausführung dieses Auftrags, und Robert drehte die Zeitung um, so daß lediglich das vergleichsweise harmlose MÄDCHEN ALS BLINDER PASSAGIER für die Besucherinnen zu sehen war.

Mrs. Sharpe, die nun doch noch ihren Sinn für die Konventionen entdeckt hatte, trug aus Anlaß des Besuches einen Hut. Es war ein eher flaches Exemplar aus schwarzer Seide, und er sah aus wie ein Doktorhut. Daß diese Maßnahme ihre Wirkung nicht verfehlte, ließ sich an Mr. Heseltines erleichtertem Gesichtsausdruck ablesen.

Das war offenbar nicht die Art von Klientin, die er erwartet hatte – im Gegenteil, es war eine Klientin von der Art, die er gewöhnt war.

»Gehen Sie noch nicht«, forderte Robert ihn auf, während er die Besucher begrüßte. »Ich möchte Ihnen Mr. Heseltine vorstellen, den ältesten Mitarbeiter der Firma«, sagte er, den Neuangekommenen zugewandt.

Mrs. Sharpe geruhte huldvoll zu sein, und wenn die alte Mrs. Sharpe huldvoll zu sein geruhte, dann war sie ganz Victoria Regina.

Mr. Heseltine war mehr als nur erleichtert – er war hingerissen. Roberts erste Schlacht war geschlagen.

Als sie allein waren, sah Robert, daß Marion darauf gewartet hatte, etwas zu sagen.

»Heute morgen ist etwas Seltsames geschehen«, begann sie. »Wir gingen zu diesem Anne Boleyn, um dort Kaffee zu trinken – das tun wir häufig –, und es waren zwei Tische frei; doch als Mrs. Truelove uns kommen sah, lehnte sie in aller Eile die Stühle an die Tische und sagte, sie seien reserviert. Ich hätte es ihr sogar geglaubt, hätte sie nicht so verlegen dreingeblickt. Sie glauben doch nicht, daß bereits Gerüchte im Umlauf sind, oder? Daß sie sich so benahm, weil sie Klatschgeschichten über uns gehört hatte?«

»Nein«, antwortete Robert finster, »weil sie die heutige *Hallo!* gelesen hatte.« Er drehte die Zeitung um. »Es tut mir leid, daß ich so schlechte Neuigkeiten für Sie habe. Sie müssen einfach, wie kleine Jungs zu sagen pflegen, die Zähne zusammenbeißen und es über sich ergehen lassen. Ich nehme an, Sie haben dieses Schmierblatt noch niemals von nahem gesehen. Es ist bedauerlich, daß Sie es nun unter so häßlichen Umständen kennenlernen müssen.«

»Oh nein!« rief Marion vor Entsetzen, als ihr Blick auf das Bild des Franchise fiel.

Dann herrschte dumpfes Schweigen, als die beiden Frauen sich in den Bericht auf Seite zwei vertieften.

»Ich nehme an«, sagte Mrs. Sharpe schließlich, »daß wir keinerlei Handhabe gegen dergleichen Dinge haben?«

»Keine«, bestätigte Robert. »Alle Aussagen entsprechen der Wahrheit. Und es handelt sich ausschließlich um Aussagen, nicht um einen Kommentar. Selbst wenn sie es kommentierten – und der Kommentar wird kommen, da habe ich keine Zweifel –, es ist ja keine Anklage erhoben worden, folglich ist der Fall nicht *sub judice.* Es steht ihnen frei, einen Kommentar zu drucken, wenn ihnen danach zumute ist.«

»Es ist ja ohnehin ein einziger indirekter Kommentar«, sagte Marion, »demzufolge die Polizei es versäumt habe, ihre Pflicht zu tun. Was denken die denn, was wir getan haben? Die Polizei bestochen?«

»Ich glaube, was sie sagen wollen, ist, daß das arme Opfer weniger bei der Polizei ausrichten kann als die bösen Reichen.«

»Reich«, wiederholte Marion, und die Stimme versagte ihr vor Bitterkeit.

»Jeder, dessen Haus mehr als sechs Schornsteine hat, ist reich. Und nun lassen Sie uns, sofern Sie nicht zu entsetzt zum Nachdenken sind, unsere Lage überdenken. Wir wissen, daß das Mädchen niemals im Franchise war, daß sie keine –« Doch Marion unterbrach ihn.

»Wissen Sie das?« fragte sie.

»Ja«, antwortete Robert.

Ihr herausfordernder Blick verlor seine Schärfe, und sie blickte zu Boden.

»Danke«, sagte sie leise.

»Wenn das Mädchen niemals dort war, wie kann es dann das Haus gesehen haben? ... Auf irgendeine Weise hat sie es zu sehen bekommen. Daß sie einfach eine Beschreibung wiedergibt, die sie von jemand anderem gehört hat, ist so unwahrscheinlich, daß wir diese Möglichkeit vernachlässigen können. Wie hat sie es sehen können? Auf natürlichem Wege, meine ich.«

»Ich nehme an, man könnte es vom oberen Deck eines Busses aus sehen«, sagte Marion. »Aber auf der Milford-Route gibt es keine Doppeldeckerbusse. Oder von einem Heuwagen aus, wenn man obendrauf sitzt; aber es ist jetzt nicht die Jahreszeit zum Heumachen.«

»Es mag nicht die richtige Zeit für Heu sein«, krächzte Mrs. Sharpe, »aber Lastwagen haben immer Saison. Ich habe Lastwagen gesehen, die ebenso hoch beladen waren wie jeder Heuwagen.«

»Ja«, überlegte Marion. »Wir brauchen uns bloß vorzustellen, daß das Mädchen nicht in einem Personenwagen, sondern in einem Lastwagen mitgenommen wurde.«

»Da gibt es nur eins, was dagegen spricht. Wenn ein Mädchen in einem Lastwagen mitgenommen würde, dann würde sie im Führerhaus mitfahren, selbst wenn sie bei jemandem auf dem Schoß sitzen müßte. Man würde sie nicht oben auf die Ladung lassen. Zumal es, wie Sie sich erinnern werden, ein regnerischer Abend war ... Es ist nie jemand zum Franchise gekommen, um sich nach dem Weg zu erkundigen, um etwas zu verkaufen oder zu flicken – jemand, in dessen Begleitung das Mädchen gewesen sein könnte, wenn auch nur im Hintergrund?«

Nein; sie waren sich beide sicher, daß in der Zeit, in der das Mädchen Ferien gehabt hatte, niemand dort gewesen war.

»Dann können wir also davon ausgehen, daß sie das, was sie über das Franchise wußte, erfahren hat, indem sie es von einer Position aus sah, die hoch genug war, um über die Mauer zu blikken. Wir werden vermutlich niemals erfahren, wie sie es getan hat und wann, und selbst wenn wir es wüßten, könnten wir es wahrscheinlich nicht beweisen. Folglich werden wir unsere Energie nicht darauf konzentrieren müssen, zu beweisen, daß sie nicht im Franchise war, sondern darauf, daß sie an einem anderen Ort war!«

»Und wie groß ist unsere Chance?« fragte Mrs. Sharpe.

»Besser als vor dieser Veröffentlichung hier«, sagte Robert und wies auf die Titelseite der *Hallo!*. »Das ist sogar das einzig Gute an dieser üblen Sache. Wir wären nicht in der Lage gewesen, das Bild des Mädchens zu veröffentlichen, in der Hoffnung, dadurch etwas über ihren Aufenthaltsort während dieses Monats zu erfahren. Aber nun, wo sie es veröffentlicht hat – ihre eigene Familie, meine ich –, sollten wir diesen Nutzen daraus ziehen können. Sie haben die Geschichte an die Öffentlichkeit gezerrt – und das ist unser Pech; aber sie haben auch die Fotografie veröffentlicht – und wenn wir auch nur ein wenig Glück haben, dann wird irgend jemandem irgendwo auffallen, daß die Geschichte und die Fotografie nicht zusammenpassen, daß die Person, die auf dem Foto zu sehen ist, zur entscheidenden Zeit, die ja in der Geschichte genannt wird, unmöglich am angegebenen Ort gewesen sein kann, weil er weiß, daß sie sich an einem anderen Ort befand.«

Die Anspannung auf Marions Gesicht ließ ein wenig nach, und selbst Mrs. Sharpes schmaler Rücken wirkte etwas weniger steif. Was wie eine Katastrophe erschienen war, mochte womöglich noch das Mittel zu ihrer Rettung sein.

»Und welche Möglichkeiten privater Nachforschungen hätten wir?« fragte Mrs. Sharpe. »Ich nehme an, Sie wissen, daß wir sehr wenig Geld haben; und soviel ich weiß, ist ein Privatdetektiv eine teure Angelegenheit.«

»Meistens muß man mehr bezahlen, als man erwartet hatte, denn die Kosten sind schwer zu kalkulieren. Doch zunächst einmal werde ich selbst die verschiedenen von dieser Affäre betroffenen Personen aufsuchen und, soweit möglich, herausfinden, in welcher Richtung weitere Nachforschungen angestellt werden sollen. Ich muß in Erfahrung bringen, was sie getan haben könnte.«

»Wird man Ihnen das denn erzählen?«

»Das nicht. Man weiß dort wahrscheinlich selbst nicht, welche verborgenen Neigungen das Mädchen hat. Aber wenn sie überhaupt etwas über sie erzählen, muß sich ja ein Bild ergeben. Das hoffe ich zumindest.«

Für eine Weile herrschte Schweigen.

»Sie sind außerordentlich freundlich, Mr. Blair.«

Victoria Regina hatte sich wieder in Mrs. Sharpe verwandelt, doch es war ein neuer Unterton in ihre Stimme gekommen. Beinahe etwas Überraschtes – so als ob Freundlichkeit keines der Dinge gewesen sei, die sie im Leben kennengelernt habe, und sie sie folglich auch nicht erwarte. Ihr förmlicher und würdevoller Dank war ebenso beredt, als hätte sie gesagt: ›Sie wissen ja, daß wir arm sind und Sie vielleicht niemals angemessen honorieren können, und wir sind ganz und gar nicht die Leute, die Sie aus freien Stücken vertreten würden – und doch geben Sie sich solche

Mühe, uns nach Kräften zu helfen, und wir sind Ihnen dankbar dafür.‹

»Wann werden Sie fahren?« fragte Marion.

»Gleich nach dem Mittagessen.«

»Heute noch!«

»Je früher, desto besser.«

»Dann wollen wir Sie nicht länger aufhalten«, sagte Mrs. Sharpe und erhob sich. Einen Augenblick lang hielt sie inne und betrachtete die Zeitung, die ausgebreitet auf dem Tisch lag. »Wir haben das zurückgezogene Leben im Franchise sehr genossen«, sagte sie.

Nachdem er sie hinausgeführt und zu ihrem Wagen begleitet hatte, rief er Nevil in sein Büro und griff zum Telefonhörer, um Tante Lin zu bitten, seine Reisetasche zu packen.

»Ich nehme an, du liest niemals die *Hallo!*?« fragte er Nevil.

»Das darf ich wohl als rhetorische Frage verstehen«, war die Antwort.

»Wirf einen Blick auf die heutige Ausgabe. Hallo, Tante Lin.«

»Will jemand das Blatt wegen irgendwas verklagen? Wenn ja, dann ist das gutes Geld für uns. Sie einigen sich fast immer außergerichtlich. Sie haben einen speziellen Etat, um ...« Nevil verschlug es die Stimme. Er hatte die Titelseite erblickt, die ihn vom Schreibtisch aus anstarrte.

Robert warf ihm über den Telefonhörer einen verstohlenen Blick zu und vermerkte mit Genugtuung, wie in den sonst so souveränen Zügen seines Cousins das nackte Entsetzen geschrieben stand. Es hieß ja immer, die heutige Jugend halte sich für unerschütterlich; es war gut zu sehen, daß sich die jungen Leute, wenn sie einmal mit dem wirklichen Leben konfrontiert wurden, wie ganz gewöhnliche Menschen benahmen.

»Sei ein Engel, Tante Lin, und packe die Reisetasche für mich, bitte. Nur für eine Nacht ...«

Nevil hatte hastig umgeblättert und las nun die Reportage.

»Wahrscheinlich nur London und zurück, aber ich weiß es noch nicht genau. Jedenfalls nur den kleinen Koffer und nur das Notwendigste. Tu mir den Gefallen, pack nicht alles, was ich vielleicht brauchen könnte. Letztes Mal hast du mir eine Packung Bullrichsalz eingepackt, die bald ein Pfund wog, und wann zum Teufel brauche ich schon Bullrichsalz! ... Gut, dann bekomme ich eben Magengeschwüre ... Ja, ich bin in etwa zehn Minuten zum Essen da.«

»Diese verfluchten Schweine!« ließ sich der Dichter und Intellektuelle vernehmen, der auf die Umgangssprache hatte zurückgreifen müssen.

»Nun, was hältst du davon?«

»Davon halten! Wovon?«

»Von dieser Geschichte des Mädchens.«

»Was soll man davon schon halten? Das ist doch ganz offensichtlich die Sensationsgeschichte einer überdrehten Halbwüchsigen.«

»Und wenn ich dir sage, daß diese Halbwüchsige ein sehr stilles, unauffälliges, gut beleumundetes Schulmädchen ist, das alles andere als überdreht ist?«

»Kennst du sie denn?«

»Ja. Das Mädchen war der Grund, warum ich letzte Woche das erste Mal zum Franchise hinausgefahren bin – um dabeizusein, als Scotland Yard es dorthin brachte, um es den beiden gegenüberzustellen. Schreib dir das hinter die Ohren, mein kleiner Nevil. Mit dir mag sie sich über Hühner und Maupassant unterhalten, aber ich bin es, an den sie sich in ihrer Not wendet.«

»Damit du ihre Interessen wahren kannst.«

»Aber sicher.«

Nevil entspannte sich spürbar. »Na, dann ist es ja in Ordnung. Ich habe einen Augenblick lang gedacht, du seist gegen sie ... gegen die beiden. Aber dann ist es in Ordnung. Ich werde dir zur Seite stehen, damit wir« – er machte eine verächtliche Geste in Richtung Zeitung – »diesem Früchtchen einen Strich durch die Rechnung machen können.« Robert lachte über die für Nevil typische Wahl des Ausdrucks. »Was wirst du denn unternehmen, Robert?«

Robert erklärte ihm, was er vorhatte. »Du wirst hier die Stellung halten, während ich unterwegs bin.« Er sah, daß Nevil seine Aufmerksamkeit wieder dem ›Früchtchen‹ zugewandt hatte. Er ging zu ihm hinüber, und gemeinsam betrachteten sie das junge Gesicht, das ihnen so ruhig entgegenblickte.

»Ein attraktives Gesicht, alles in allem«, sagte Robert. »Oder hast du nichts für sie übrig?«

»Oh doch«, antwortete der Ästhet, der vor Wut zu sieden begann, »eine Faust, und zwar mitten ins Gesicht.«

Kapitel 7

Das Haus der Wynns lag in einem kleinen ländlichen Vorort von Aylesbury – jener Art von Gegend, wo Reihen von Doppelhäusern sich an den Rändern der noch intakten Felder entlangziehen, zaghaft, sich der Tatsache bewußt, daß sie Eindringlinge sind, oder selbstgefällig und rücksichtslos – je nachdem, welchen Charakter ihre Erbauer ihnen verliehen hatten. Die Wynns lebten in einer der schuldbewußten Straßen – einer Reihe erbärmlicher Häuschen aus rotem Backstein, bei deren Anblick Robert die Haare zu Berge standen, so unfertig, so primitiv, so jämmerlich waren sie. Doch als er langsam die Straße entlangfuhr und nach der richtigen Hausnummer suchte, war er gerührt angesichts der Liebe, mit der diese beklagenswerten Objekte herausgeputzt worden waren. Sie waren nicht mit Liebe gebaut worden; die kühle Kalkulation hatte die Architektur bestimmt. Doch für jeden Eigentümer, der einzog, hatte das nackte kleine Haus eine eigene Schönheit, und nachdem sie sie nun einmal entdeckt hatten, hielten sie sie in Ehren. Die Gärten waren kleine Wunder an Lieblichkeit – aus jedem von ihnen sprach neu das Herz eines Dichters, den man dort nicht vermutet hätte.

Nevil sollte hier sein, um sich das anzuschauen, dachte Robert und verlangsamte immer wieder den Wagen, wenn ein neues Meisterstück seine Aufmerksamkeit erregte. In diesen Gärten steckte mehr Poesie als in einem ganzen Jahrgang seines geliebten *Beobachters.* Alle seine Kriterien waren hier versammelt: Form, Rhythmus, Farbe, ganzheitlicher Gestus, Gestaltung, Wirkung.

Oder würde Nevil darin lediglich eine Reihe von Vorstadtgärten sehen – nichts als die Meadowside Lane in Aylesbury, mit einigen Pflanzen von Woolworth in den Gärten? Wahrscheinlich.

Nummer 39 war das Haus mit der glatten grünen Rasenfläche, eingesäumt von einem Steingarten. Es unterschied sich auch dadurch von den anderen, daß keine Vorhänge zu sehen waren. Kein züchtiger Store war über die Fensterscheibe gespannt, kein cremefarbener Schal hing an der Seite. Die Fenster standen ganz der Sonne, der Luft und den Blicken der Menschen offen. Robert war davon ebenso überrascht, wie es vermutlich die Nachbarn waren. Es zeugte von einem Nonkonformismus, den er nicht erwartet hatte.

Er klingelte und wünschte sich dabei, sich nicht so sehr wie ein Hausierer zu fühlen. Er kam als Bittsteller, und das war eine ungewohnte Rolle für Robert Blair.

Mrs. Wynn überraschte ihn noch mehr als ihre Fenster. Erst, als er ihr so gegenüberstand, wurde ihm klar, wie vollständig sein Bild gewesen war, daß er sich in Gedanken von der Frau gemacht hatte, die die kleine Betty Kane adoptiert und Mutters Stelle bei ihr vertreten hatte: das graue Haar, die stämmige, matronenhafte, schutzgewährende Gestalt, das klare, breite, vernünftige Gesicht; vielleicht sogar eine Schürze oder einer dieser geblümten Kittel, wie Hausfrauen sie zu tragen pflegten. Doch Mrs. Wynn entsprach ganz und gar nicht diesem Bild. Sie war zierlich, ordentlich, jung und modern, sie hatte dunkle Haare, rote Wangen und sah noch immer hübsch aus, und sie hatte die klügsten hellbraunen Augen, die Robert jemals gesehen hatte.

Als sie sah, daß er ein Fremder war, bekam ihr Blick etwas Abweisendes, und unwillkürlich schloß sie die Tür ein Stückchen; doch ein zweiter Blick schien sie zu beruhigen. Robert erklärte ihr, wer er sei, und sie hatte eine Art ihm zuzuhören, die er geradezu bewundernswert fand. Nur die wenigsten seiner Klienten, ganz gleich ob männlich oder weiblich, hörten ihm zu, ohne ihn zu unterbrechen.

»Sie sind in keiner Weise dazu verpflichtet, mit mir zu sprechen«, schloß er seine Rede, nachdem er erklärt hatte, warum er gekommen war. »Aber ich hoffe sehr, daß Sie es mir nicht verweigern werden. Ich habe Inspector Grant wissen lassen, daß ich im Namen meiner beiden Klienten heute nachmittag zu Ihnen hinausfahre.«

»Oh, wenn die Polizei Bescheid weiß und sie nichts dagegen hat...« Sie trat zurück, um ihn hineinzulassen. »Ich nehme an, Sie müssen für diese Leute tun, was Sie können, wo Sie doch ihr Anwalt sind. Und wir haben nichts zu verbergen. Aber wenn Sie nur gekommen sind, um mit Betty zu sprechen, dann muß ich

Ihnen sagen, daß das nicht möglich ist. Wir haben sie für heute zu Freunden aufs Land geschickt, um ihr die ganze Aufregung zu ersparen. Leslie hat es gut gemeint, aber es war eine Dummheit, die er da gemacht hat.«

»Leslie?«

»Mein Sohn. Aber wollen Sie sich nicht setzen?« Sie bot ihm einen Sessel in einem freundlichen, schlichten Wohnzimmer an. »Er war so wütend auf die Polizei, daß er nicht wußte, was er tat – ich meine, wütend, weil sie nichts unternahm, obwohl doch alles so eindeutig schien. Er hat Betty immer vergöttert. Bis zu seiner Verlobung waren die beiden sogar unzertrennlich.«

Robert spitzte die Ohren. Das waren die Dinge, die zu hören er gekommen war.

»Verlobt?«

»Ja. Kurz nach Neujahr hat er sich mit einem sehr netten Mädchen verlobt. Wir waren allesamt hingerissen.«

»War Betty auch hingerissen?«

»Sie war nicht eifersüchtig, falls Sie das meinen«, sagte sie und betrachtete ihn mit ihren klugen Augen. »Es wird wohl schon eine Umstellung gewesen sein, daß sie nun nicht mehr an erster Stelle bei ihm kam – so wie früher –, aber sie hat es sehr gut aufgenommen. Sie ist wirklich ein anständiges Mädchen, Mr. Blair. Glauben Sie mir das. Vor meiner Hochzeit war ich Lehrerin. Keine sonderlich gute – deshalb habe ich auch bei der ersten Gelegenheit geheiratet –, aber ich weiß eine Menge über Mädchen. Betty hat mir niemals auch nur einen Augenblick lang Kummer bereitet.«

»Ja, ich weiß. Jeder berichtet über sie nur das Beste. Geht die Verlobte Ihres Sohns zur selben Schule wie sie?«

»Nein, sie ist eine Fremde. Sie ist mit ihrer Familie hierher gezogen, und er hat sie bei einem Tanz kennengelernt.«

»Geht Betty tanzen?«

»Nicht zu den Tanzvergnügen der Erwachsenen. Dazu ist sie noch zu jung.«

»Sie kannte die Verlobte also nicht?«

»Ehrlich gesagt, keiner von uns kannte sie. Er hat uns ziemlich damit überrumpelt. Aber wir mochten sie so sehr, daß wir einverstanden waren.«

»Ist er nicht noch sehr jung, um einen eigenen Haushalt zu gründen?«

»Ach, die ganze Sache ist natürlich verrückt. Er ist 20 und sie 18. Aber sie sind so ein süßes Paar. Und ich war selbst noch blutjung, als ich geheiratet habe, und ich habe es nie bereut. Alles, was mir fehlte, war eine Tochter, und diese Stelle hat Betty eingenommen.«

»Was will sie werden, wenn sie mit der Schule fertig ist?«

»Das weiß sie nicht. Es gibt nichts, wofür sie eine besondere Begabung hätte, soweit ich das beurteilen kann. Ich denke mir, daß sie wohl früh heiraten wird.«

»Weil sie so attraktiv ist?«

»Nein, weil –« Sie hielt inne und überlegte sich das, was sie hatte sagen wollen, offenbar anders. »Mädchen, die nichts haben, wofür sie sich interessieren, gehen meistens früh eine Ehe ein.«

Er überlegte, ob das, was sie ursprünglich hatte sagen wollen, wohl etwas mit stahlblauen Augen zu tun gehabt hatte.

»Als Betty nicht rechtzeitig zum Schulbeginn wieder auftauchte, dachten Sie, sie schwänze die Schule – obwohl sie ein wohlerzogenes Mädchen war?«

»Ja, die Schule begann sie zu langweilen, und sie hat immer gesagt – und das ist ja auch die Wahrheit –, der erste Schultag sei ein verlorener Tag. Deshalb dachten wir, daß sie dieses eine Mal einfach die Gelegenheit ausnutze, wie man so sagt. ›Sie probiert, wie weit sie gehen kann‹, sagte Leslie, als er hörte, daß sie nicht aufgetaucht war.«

»Ich verstehe. Trug sie in den Ferien ihre Schuluniform?«

Zum ersten Mal warf Mrs. Wynn ihm einen mißtrauischen Blick zu – offenbar aus der Unsicherheit heraus, warum er das fragte.

»Nein. Nein, sie hatte ihr Sonntagskleid an ... Wissen Sie eigentlich, daß sie nur ihr Kleid und ihre Schuhe trug, als sie zurückkam?«

Robert nickte.

»Ich kann mir gar nicht vorstellen, daß es derart verkommene Frauen gibt, die ein hilfloses Kind so mißhandeln und schlagen können.«

»Wenn Sie die Frauen kennenlernen würden, Mrs. Wynn, dann könnten Sie es sich noch viel weniger vorstellen.«

»Aber das ist ja immer so, nicht wahr, daß die schlimmsten Verbrecher am unschuldigsten und harmlosesten aussehen.«

Robert ging nicht darauf ein. Er wollte etwas über die Verletzungen am Körper des Mädchens wissen. Waren es frische Prellungen?

»Oh ja, ganz frisch. Die meisten waren sogar noch nicht einmal blau geworden.«

Das überraschte Robert ein wenig. »Aber ich nehme an, es gab auch ältere blaue Flecken?«

»Wenn es welche gab, dann waren sie schon so weit abgeklungen, daß man sie zwischen den vielen neuen nicht mehr sah.«

»Wie sahen die neuen aus? So, als sei sie ausgepeitscht worden?«

»Oh nein. Es müssen Fausthiebe gewesen sein. Sogar in ihr armes kleines Gesicht. Auf der einen Seite war das Kinn geschwollen, und auf der anderen hatte sie einen großen Bluterguß an der Schläfe.«

»Die Polizei sagt, sie sei hysterisch geworden, als sie erzählen sollte, was ihr zugestoßen war.«

»Da war sie doch noch krank. Als sie uns die Geschichte erst einmal erzählt hatte und sich ordentlich ausgeschlafen hatte, war es nicht schwer, sie dazu zu bringen, sie bei der Polizei noch einmal zu wiederholen.«

»Ich weiß, Sie werden mir die nächste Frage offen beantworten, Mrs. Wynn. Haben Sie niemals den Verdacht gehegt, Bettys Geschichte könne nicht der Wahrheit entsprechen? Nicht einmal einen Augenblick lang?«

»Nicht einmal einen Augenblick lang. Warum sollte ich? Sie ist immer ein aufrichtiges Kind gewesen. Und selbst wenn sie das nicht gewesen wäre, wie hätte sie eine so lange, detaillierte Geschichte erfinden können, ohne daß man ihr auf die Schliche gekommen wäre? Die Leute von der Polizei haben ihr alle Fragen gestellt, die sie stellen wollten; es wurde niemals auch nur angedeutet, daß man bezweifelt, was sie sagt.«

»Als sie Ihnen die Geschichte zum ersten Mal erzählte, war es da eine zusammenhängende Erzählung?«

»Oh nein; es zog sich über ein, zwei Tage hin; zuerst die groben Umrisse, und dann hat sie die Einzelheiten hinzugefügt, so wie sie ihr einfielen. Daß es sich bei dem Dachfenster um ein rundes Fenster handelte, zum Beispiel.«

»Ihre tagelange Apathie hatte die Erinnerung nicht getrübt.«

»Ich glaube, die Gefahr hätte in keinem Fall bestanden. Bei der Art von Verstand, die Betty hat, meine ich. Sie hat ein fotografisches Gedächtnis.«

Was du nicht sagst! dachte Robert.

»Schon als kleines Kind konnte sie sich eine Seite in einem Buch ansehen – einem Bilderbuch natürlich – und das meiste, was auf dem Bild zu sehen war, aus dem Gedächtnis wiederholen. Und wenn wir das Kim-Spiel spielten – Sie wissen schon, man muß sich Gegenstände auf einem Tablett merken –, durfte Betty nie mitspielen, weil sie immer gewann. Oh nein, was sie einmal gesehen hat, das würde sie nicht wieder vergessen.«

Nun, erinnerte Robert sich, da gab es noch ein anderes Spiel, eins, bei dem es ›Es wird heißer!‹ hieß.

»Sie sagen, sie habe niemals gelogen – und alle bestätigen das –, aber hat sie sich nie Phantasiegeschichten über ihr eigenes Leben ausgedacht, wie Kinder das manchmal tun?«

»Niemals«, antwortete Mrs. Wynn fest. Der Gedanke schien sie sogar ein wenig zu amüsieren. »Das hätte sie gar nicht fertiggebracht«, fügte sie hinzu. »Wenn etwas nicht real war, dann konnte Betty nichts damit anfangen. Selbst wenn sie mit ihren Puppen ›Teeparty‹ spielte, hat sie sich nie die Sachen auf den Tellern vorgestellt, so wie das die meisten Kinder zu tun pflegen; es mußte wirklich etwas darauf sein, selbst wenn es nur ein kleines Brotstück war. Meistens war es natürlich etwas Schöneres; es war eine gute Art, eine Extraportion zu schnorren, und sie war immer ein wenig gierig.«

Robert bewunderte die Distanziertheit, mit der sie ihre ersehnte und geliebte Tochter betrachtete. Vielleicht der Rest Zynismus einer ehemaligen Lehrerin? Jedenfalls etwas, das für ein Kind so viel besser war als abgöttische Liebe. Es war ein Jammer, daß ihre Klugheit und Hingabe so schlecht belohnt worden waren.

»Ich möchte nicht lange über ein Thema sprechen, das für Sie unangenehm sein muß«, sagte Robert. »Aber vielleicht könnten Sie mir etwas über ihre Eltern erzählen.«

»Ihre Eltern?« fragte Mrs. Wynn überrascht.

»Genau. Haben Sie sie gut gekannt? Was waren das für Menschen?«

»Wir haben sie überhaupt nicht gekannt. Wir haben sie niemals gesehen.«

»Aber Sie hatten Betty – für wie lange war es: neun Monate? – bei sich, bevor ihre Eltern umkamen, oder?«

»Das stimmt; aber kurz nachdem Betty zu uns kam, schrieb ihre Mutter, ein Besuch würde das Kind nur verwirren und unglücklich machen, und das Beste für alle sei, wenn sie bei uns bliebe, bis sie wieder nach London kommen könne. Sie bat mich, mit Betty mindestens einmal am Tag über sie zu sprechen, damit ihre Tochter sie nicht vergäße.«

Roberts Herz zog sich zusammen vor Mitleid mit dieser unbekannten, längst toten Frau, die ihrem Kind zuliebe ein solches Opfer auf sich genommen hatte. Was für ein Füllhorn von Liebe und Fürsorge war auf Betty Kane ausgegossen worden, dem evakuierten Kind!

»Hat sie sich problemlos eingelebt, als sie zu Ihnen kam? Oder jammerte sie nach ihrer Mutter?«

»Sie weinte, weil sie unser Essen nicht mochte. Ich kann mich nicht erinnern, daß sie jemals wegen ihrer Mutter geweint hätte. In Leslie hat sie sich schon am ersten Abend verliebt – sie war natürlich noch ein Baby –, und ich glaube, ihr Interesse an ihm verdrängte alle Trauer, die sie verspürt haben mag. Und er, vier Jahre älter, war gerade im rechten Alter, um sich als ihr Beschützer zu fühlen. Das tut er immer noch – deshalb sind wir ja jetzt in diesen Schlamassel geraten.«

»Wie kam es denn zu dieser *Hallo!*-Affäre? Ich weiß, daß Ihr Sohn sich an die Zeitung gewandt hat, aber haben Sie eventuell selbst –«

»Um Himmels willen, nein«, sagte Mrs. Wynn empört. »Es war alles in die Wege geleitet, bevor wir irgend etwas dagegen tun konnten. Mein Mann und ich, wir waren nicht zu Hause, als Leslie mit dem Reporter kam. Als sie hörten, was er ihnen zu sagen hatte, schickten sie einen Mann mit ihm zurück, der sich die Geschichte noch einmal von Betty selbst erzählen ließ. Und als dann die –«

»Hat Betty sie wirklich aus freien Stücken erzählt?«

»Ich weiß nicht, wie freiwillig. Ich war nicht dabei. Mein Mann und ich, wir haben erst heute morgen davon erfahren, als Leslie uns die *Hallo!* vor die Nase hielt. Ein wenig trotzig, darf ich dazusagen. Nun, wo er es einmal getan hat, fühlt er sich gar nicht mehr wohl dabei. Ich möchte Ihnen auch versichern, Mr. Blair, daß die *Hallo!* nicht die Zeitung ist, an die mein Sohn sich unter normalen

Umständen wenden würde. Wenn man ihn nicht dazu angestiftet hätte –«

»Ich weiß. Ich kann mir nur allzu gut vorstellen, wie das abgelaufen ist. Und dieses ›Erzähle uns deine Sorgen, und wir kümmern uns darum, daß du dein Recht bekommst‹ – das ist eine üble Sache.« Er erhob sich. »Sie waren sehr freundlich, Mrs. Wynn, und ich bin Ihnen außerordentlich dankbar.«

Sein Ton war offenbar herzlicher, als sie erwartet hatte, und sie warf ihm einen mißtrauischen Blick zu.

Was habe ich denn gesagt, was Ihnen helfen kann? schien sie sich fast bestürzt zu fragen.

Er erkundigte sich nach der Adresse, wo Bettys Eltern in London gelebt hatten, und sie gab sie ihm. »Da steht heute nichts mehr«, fügte sie hinzu. »Nur das leere Grundstück. Es soll Teil eines neuen Bauprojektes werden, deshalb ist bisher nichts damit geschehen.«

Auf der Schwelle traf er Leslie.

Leslie war ein außerordentlich gutaussehender junger Mann, der sich dieser Tatsache überhaupt nicht bewußt zu sein schien – ein Charakterzug, der ihn Robert sympathisch machte, obwohl er ganz und gar nicht in der Stimmung war, ihn freundlich zu beurteilen. Robert hatte sich jemanden vom Typus ›Elefant im Porzellanladen‹ vorgestellt; doch er war im Gegenteil ein eher schmächtiger, freundlich wirkender Junge mit scheuen, ehrlichen Augen und ungekämmtem, weichem Haar. Er funkelte Robert in offener Feindschaft an, als seine Mutter ihn vorgestellt und erklärt hatte, warum er gekommen war. Doch, wie seine Mutter gesagt hatte, lag etwas Trotziges in diesem Funkeln. Es war nicht zu übersehen, daß Leslie an diesem Abend kein besonders gutes Gewissen hatte.

»Niemand wird meine Schwester verprügeln und ungeschoren davonkommen«, sagte er wütend, als Robert ihn sachte für seine Tat getadelt hatte.

»Ich verstehe Ihren Standpunkt«, sagte er, »aber ich persönlich würde mich lieber 14 Tage lang jeden Abend verprügeln lassen, als mein Foto auf der Titelseite der *Hallo!* veröffentlichen zu lassen. Besonders, wenn ich ein junges Mädchen wäre.«

»Wenn Sie 14 Tage lang jeden Abend verprügelt worden wären, und niemand unternähme etwas dagegen, dann wären Sie glücklich, wenn Ihr Foto publiziert wird – ganz gleich, in welchem

Blatt –, wenn Sie damit zu Ihrem Recht kommen«, erwiderte Leslie heftig und stürmte an ihm vorbei ins Haus.

Mrs. Wynn wandte sich Robert mit einem leichten, entschuldigenden Lächeln zu, und Robert, der sich diesen Umstand zunutze machte, sagte: »Mrs. Wynn, sollte Ihnen jemals der Verdacht kommen, irgend etwas an Bettys Erzählung klänge unglaubwürdig, dann hoffe ich, daß Sie nicht denken werden, man solle keine schlafenden Hunde wecken.«

»Hegen Sie da keine zu großen Hoffnungen, Mr. Blair.«

»Sie würden die Hunde schlafen und Unschuldige leiden lassen?«

»Oh nein; das wollte ich damit nicht sagen. Ich meinte die Hoffnung darauf, daß ich Bettys Geschichte anzweifeln werde. Wenn ich ihr zu Anfang geglaubt habe, dann ist es nicht sehr wahrscheinlich, daß mir später Zweifel kommen werden.«

»Das weiß man nie. Eines Tages könnte Ihnen aufgehen, daß dieses oder jenes nicht paßt. Sie sind mit einem scharfen Verstand ausgestattet; er mag zu einem Augenblick etwas aus Ihrem Unbewußten hervorholen, an dem Sie am wenigsten damit rechnen. Etwas, das Sie in Ihrem Inneren beschäftigt, weigert sich vielleicht, sich weiter unterdrücken zu lassen.«

Sie hatte ihn zum Tor begleitet, und während er diesen letzten Satz sprach, wandte er sich um, um sich zu verabschieden. Zu seiner Überraschung hatte diese leicht dahin gesagte Bemerkung einen neuen Ausdruck in ihre Augen treten lassen.

Sie war sich also doch nicht sicher. Irgendwo in der Geschichte, bei den Begleitumständen, gab es eine Kleinigkeit, die in diesem nüchternen, scharfen Verstand eine Frage offenließ. Was war es?

Und dann – später erinnerte er sich stets daran als den einzigen Fall perfekter telepathischer Kommunikation, den er jemals erlebt hatte – hielt er auf seinem Weg zum Wagen inne und fragte: »Hatte sie eigentlich etwas in den Taschen, als sie nach Hause kam?«

»Sie hatte nur eine Tasche: die an ihrem Kleid.«

»Und war etwas in dieser Tasche?«

Die Muskeln um ihre Lippen spannten sich ein wenig. »Nur ein Lippenstift«, sagte sie leise.

»Ein Lippenstift! Ist sie dafür nicht noch ein wenig zu jung?«

»Mein lieber Mr. Blair, die ersten Versuche mit Lippenstiften unternehmen die Kinder, wenn sie zehn sind. Als Unterhaltung für regnerische Tage ist es das für sie, was früher das Verkleiden in Mutters Kleidern war.«

»Ja, das mag sein; Woolworth ist schon ein Wohltäter.«

Sie lächelte, verabschiedete sich noch einmal und ging dann zurück in Richtung Haus, während er davonfuhr.

Was irritierte sie an diesem Lippenstift? fragte Robert sich, als er von der unasphaltierten Meadowside Lane auf das glatte, schwarze Band der Hauptstraße Aylesbury–London einbog. War es nur der Umstand, daß die Hexen im Franchise ihn dem Mädchen gelassen hatten? War es das, was sie seltsam fand?

Wie bemerkenswert, daß er ihre unbewußten Sorgen so unmittelbar empfunden hatte! Erst, als er sich diese Frage nach den Taschen des Mädchens schon stellen hörte, war sie ihm selbst bewußt geworden. Er allein wäre niemals auf die Idee gekommen, sich zu überlegen, was das Mädchen in der Tasche gehabt haben mochte. Er wäre nicht einmal auf die Idee gekommen, daß das Kleid überhaupt eine Tasche hatte.

Es gab also einen Lippenstift. Und daß es ihn gab, war etwas, was Mrs. Wynn beschäftigte.

Nun; das war ein weiterer Halm, den er der kleinen Garbe hinzufügen konnte, die er gesammelt hatte – zu der Tatsache, daß das Mädchen ein fotografisches Gedächtnis hatte, zu der Tatsache, daß sie erst vor wenigen Monaten ohne jede Vorwarnung eine schwere emotionale Zurücksetzung erfahren hatte, zu der Tatsache, daß sie sich in der Schule langweilte, und zu der Tatsache, daß sie ›die Wirklichkeit‹ mochte.

Aber – neben alldem – schien ihm der Umstand bedeutsam, daß niemand in diesem Haushalt, nicht einmal die distanzierte, aufmerksame Mrs. Wynn, wußte, was in Betty Kanes Kopf vorging. Es war völlig unvorstellbar, daß ein fünfzehnjähriges Mädchen, das der Mittelpunkt im Leben eines jungen Mannes gewesen war und sich über Nacht von diesem Platz verdrängt sah, nicht äußerst heftig darauf reagierte. Doch Betty hatte es ›sehr gut aufgenommen‹.

Das schien Robert ermutigend. Es war ein Beleg dafür, daß jenes offene junge Gesicht nicht im geringsten dazu taugte, zu sagen, was für ein Mensch Betty Kane war.

Kapitel 8

Robert gedachte eine ganze Reihe von Fliegen mit einer Klappe zu schlagen, indem er die Nacht über in London blieb.

Zunächst einmal wollte er sich unter die Arme greifen lassen. Und unter den gegebenen Umständen würde das niemand besser können als sein alter Schulfreund Kevin Macdermott. Wenn es etwas zum Thema Verbrechen gab, was Kevin unbekannt war, dann konnte es sich gar nicht um ein Verbrechen handeln. Als einer der bekanntesten Strafverteidiger verfügte er über eine Menschenkenntnis, die ebenso außergewöhnlich wie vielfältig und profund war.

Zur Zeit standen die Wetten eins zu eins, ob Macdermott vom Schlag getroffen würde, bevor er 60 war, oder ob er es mit 70 zum Lordkanzler gebracht hätte. Robert hoffte das letztere. Er hatte Kevin sehr gern.

In der Schule hatten sie sich kennengelernt, weil sie beide zur Juristerei wollten, doch Freunde waren sie geworden und es geblieben, weil sie sich gegenseitig ergänzten. Für den Iren hatte Roberts Gleichmut etwas Amüsantes, Provokatives und – wenn er müde war – Beruhigendes. Für Robert war Kevins keltischer Überschwang exotisch und faszinierend. Es war charakteristisch, daß Robert das Ziel gehabt hatte, in sein Landstädtchen zurückzukehren und ein Leben zu führen, wie er es kannte, während es Kevins Ehrgeiz gewesen war, alles neu zu machen, was man im Rechtswesen neu machen konnte, und dabei so viel Lärm zu schlagen wie nur möglich.

Bisher hatte Kevin nicht viel verändern können – auch wenn er sich alle Mühe gegeben hatte, was die Urteile mancher Richter anging –, doch Lärm hatte er in seiner nonchalanten, leicht maliziösen Art eine ganze Menge gemacht. Heute stieg allein dadurch, daß Kevin Macdermott dabei war, der Wert eines Prozesses für die Zeitungen um 50 Prozent – und die Kosten stiegen sogar noch um einiges mehr.

Er hatte geheiratet – eine gute Partie und doch glücklich –, besaß ein hübsches Haus in der Nähe von Weybridge und hatte drei Söhne, zähe Burschen, muskulös, dunkel und quirlig wie ihr Vater. Für die Zeit, die er in der Stadt war, hielt er eine kleine Wohnung am St. Paul's Churchyard, wo er sich, wie er zu sagen pflegte, ›das Vergnügen gönnen konnte, auf Queen Anne hinabzublicken‹. Und wann immer Robert in der Stadt war – was nur vorkam, wenn es sich gar nicht vermeiden ließ –, aßen sie zusammen, entweder in der Wohnung oder in dem neuesten Lokal, in dem Kevin soeben einen guten Burgunder entdeckt hatte. Außerhalb der Juristerei beschränkten sich Kevins Vorlieben auf Schaukämpfe, Burgunder und die lebensnäheren unter den Filmen der Warner Brothers.

Kevin habe heute abend einen Termin bei einem Juristenbankett, hatte die Sekretärin Robert wissen lassen, als er versuchte, ihn von Milford aus zu erreichen; aber er würde froh sein, wenn er einen Vorwand hätte, den Festreden zu entgehen; Robert solle also nach dem Abendessen in die Wohnung am St. Paul's Churchyard kommen und dort auf ihn warten.

Das war eine gute Sache; wenn Kevin von einem Festessen kam, dann würde er entspannt sein, bereit, den Abend in Ruhe zu verbringen – nicht rastlos, mit einem Dreiviertel seiner Gedanken noch im Gerichtssaal, wie das manchmal der Fall war.

Inzwischen würde er Grant bei Scotland Yard anrufen und in Erfahrung bringen, ob er morgen früh ein paar Minuten Zeit für ihn hatte. Er mußte sich selbst klar machen, wie er zu Scotland Yard stand: Sie waren Leidensgenossen, doch sie standen auf entgegengesetzten Seiten.

Im Fortescue, dem ehrwürdigen edwardianischen Hotel in der Jermyn Street, wo Robert übernachtete, seit er zum ersten Mal allein nach London hatte fahren dürfen, wurde er wie ein Familienmitglied begrüßt und bekam ›das Zimmer, das Sie letztes Mal auch hatten‹: eine düstere, behagliche Kammer mit einem schulterhohen Bett und einem Plüschsofa. Man brachte ihm ein Tablett, auf dem eine riesige irdene Teekanne stand, ein silbernes Sahnekännchen aus dem 18. Jahrhundert, ein gutes Pfund Kandiszucker in einer billigen Glasschale, eine Tasse aus Meißner Porzellan mit einem Dekor von Blumen und Burgen, ein rotgoldener Teller aus Worcester Porzellan, angefertigt für Ihre Majestäten Wilhelm IV. und seine Königin, sowie ein verbogenes Küchenmesser mit einem fleckigen braunen Griff. Der Tee, aber auch das Tablett, erfrischten Robert. Er ging mit einem unbestimmt hoffnungsvollen Gefühl hinaus auf die abendlichen Straßen.

Auf seiner Suche nach der Wahrheit über Betty Kane wanderte er, sich dessen nur halb bewußt, zu dem Trümmergrundstück hinaus, wo das Mietshaus gestanden hatte – dem Ort, an dem ihre Eltern beide durch die Explosion einer Bombe ums Leben gekommen waren. Das Grundstück war vom Schutt befreit worden und wartete nun darauf, daß die Zeit für den geplanten Neubau kam. Nichts deutete darauf hin, daß hier jemals ein Gebäude gestanden hatte. Rundum standen die unbeschädigten Häuser mit nichtssagenden, selbstgefälligen Gesichtern, wie geistig zurückgebliebene Kinder, die zu schwachsinnig sind, um zu begreifen, daß ein Unglück geschehen ist. Sie waren verschont geblieben, und das war alles, was sie darüber wußten und was sie interessierte.

Auf der anderen Seite der breiten Straße stand eine Reihe von kleinen Läden noch immer da, wie sie offenbar schon seit 50 Jahren oder länger dagestanden hatten. Robert ging zu ihnen hinüber und betrat den Tabakwarenladen, um Zigaretten zu kaufen. Tabak- und Zeitschriftenhändler sind in der Regel bestens informiert.

»Waren Sie dabei, als das da drüben passiert ist?« fragte Robert und wies mit dem Kopf in Richtung Tür.

»Als was passiert ist?« fragte der rosige kleine Mann, so sehr an die Baulücke gewöhnt, daß er sie schon lange nicht mehr wahrnahm. »Ach, der Bombentreffer. Nein, ich hatte Dienst, war Luftschutzwart.«

Er habe wissen wollen, ob er damals schon dieses Geschäft gehabt habe, erklärte Robert.

Oh ja; aber natürlich habe er den Laden damals schon gehabt, schon lange vorher. War in dem Viertel großgeworden und hatte das Geschäft von seinem Vater übernommen.

»Dann müßten Sie eigentlich die Leute hier in der Gegend gut kennen. Erinnern Sie sich vielleicht zufällig noch an das Hausmeisterehepaar von dem Mietshaus drüben?«

»Die Kanes? Natürlich. Warum sollte ich mich nicht mehr an die erinnern? Die sind jeden Tag hier aus- und eingegangen. Zuerst kam er am Morgen und holte seine Zeitung, kurz danach kam sie dann wegen Zigaretten, dann wieder er für die Abendzeitung und sie vielleicht zum dritten Mal wegen Zigaretten; und dann haben er und ich in dem Lokal an der Ecke ein Glas Bier zusammen getrunken, wenn mein Junge mit der Schule fertig war und mich hier ablösen kam. Haben Sie sie gekannt, Sir?«

»Nein. Aber neulich habe ich jemanden getroffen, der von ihnen erzählte. Wie kam es denn, daß das ganze Haus zerstört wurde?«

Der kleine, rosig aussehende Mann sog verächtlich die Luft zwischen den Zähnen ein.

»Pappdeckel. Von Spekulanten gebaut. Alles Pappdeckel. Die Bombe schlug da drüben ein – dadurch sind die Kanes umgekommen; sie waren in ihrem Souterrain und fühlten sich sicher genug da unten –, und das ganze Ding fiel zusammen wie ein Kartenhaus. Unglaublich.« Er rückte einen Stoß Abendzeitungen zurecht. »Für s i e war es ja Pech – zum ersten Mal seit Wochen zu Hause bei ihrem Mann, und ausgerechnet da muß die Bombe fallen.« Dieser Gedanke schien ihm ein hämisches Vergnügen zu bereiten.

»Wo war sie denn normalerweise?« fragte Robert. »Hat sie abends irgendwo gearbeitet?«

»Gearbeitet!« rief der kleine Mann voller Verachtung. »Die und arbeiten!« Doch dann faßte er sich wieder. »Es tut mir leid, wirklich. Ich hatte für einen Augenblick vergessen, daß Sie womöglich Freunde von –«

Robert beeilte sich ihm zu versichern, daß sein Interesse an den Kanes rein akademischer Natur sei. Jemand hatte sich daran erinnert, daß sie Hausmeister in diesem Mietshaus gewesen waren, und das sei auch schon alles. Wenn Mrs. Kane nicht arbeitete, wohin ging sie denn dann am Abend?

»Sie hat sich amüsiert, was sonst. Oh ja, selbst damals haben die Leute ihren Spaß gehabt – wenn sie es wirklich wollten und wirklich danach gesucht haben. Kane wollte, daß sie mit dem kleinen Mädchen, das sie hatten, aufs Land zieht, aber meinen Sie, das hätte sie getan? Die doch nicht! Schon drei Tage auf dem Land würden sie umbringen, hat sie gesagt. Die hat sich nicht mal von dem kleinen Ding verabschiedet, als die Leute kamen und sie evakuiert haben. Die Behörden, meine ich. Zusammen mit den anderen Kindern. Wenn Sie mich fragen, die hat sich diebisch gefreut, als sie das Kind los war und abends tanzen gehen konnte.«

»Mit wem ist sie denn tanzen gegangen?«

»Offiziere«, antwortete der Mann knapp. »Macht ja auch viel mehr Spaß als dem Gras beim Wachsen zuzusehen. Verstehen Sie mich recht«, fügte er hastig hinzu, »ich will nicht sagen, daß sie tatsächlich irgendwas Unrechtes getan hat. Sie ist tot, und ich will ihr nichts anhängen, jetzt, wo sie sich nicht mehr verteidigen kann, verstehen Sie. Aber sie war eine schlechte Mutter und eine schlechte Ehefrau, da gibt's nichts dran zu rütteln; und es hat auch nie jemand was anderes behauptet.«

»Sah sie gut aus?« fragte Robert und dachte an die Sympathie, die er an Bettys Mutter verschwendet hatte.

»Auf eine mürrische Art, ja. Es war wie ein glimmendes Feuer, und man fragte sich immer, wie sie wohl sein würde, wenn die Flammen loderten. Richtig in Fahrt, meine ich, nicht betrunken. Betrunken habe ich sie nie gesehen. Die hatte andere Methoden, um in Stimmung zu kommen.«

»Und ihr Mann?«

»Ah, der war in Ordnung, der Bert Kane. Er hätte was Besseres verdient gehabt als diese Frau. Er war einer von den Besten, der Bert. Furchtbar vernarrt in das kleine Mädchen. Hat sie natürlich völlig verwöhnt. Sie brauchte sich nur was zu wünschen, und er lief schon und holte es ihr; aber sie war ein nettes Mädchen, trotz allem. Zurückhaltend; sah aus, als ob sie kein Wässerlein trüben könnte. Tja, der Bert, der hätte was Besseres im Leben verdient gehabt als so ein Flittchen von einer Frau und ein Kind, das nur an ihm hing, wenn es etwas von ihm wollte. War sicher einer von den Besten, der Bert ...« Nachdenklich betrachtete er das leere Grundstück auf der anderen Seite der Straße. »Sie haben fast eine Woche gebraucht, bis sie ihn gefunden hatten«, sagte er.

Robert zahlte seine Zigaretten und trat hinaus auf die Straße, ebenso betrübt wie erleichtert. Betrübt wegen Bert Kane, der etwas Besseres verdient hatte; erleichtert, daß Betty Kanes Mutter nicht die Frau gewesen war, die er sich ausgemalt hatte. Während der ganzen Fahrt nach London hatte er in Gedanken Mitleid mit dieser toten Frau gehabt – der Frau, die zum Wohle ihres Kindes ein solch großes Opfer gebracht hatte. Der Gedanke war ihm unerträglich gewesen, daß das Kind, das sie so geliebt hatte, Betty Kane sein sollte. Nun war ihm diese Last genommen. Betty Kanes Mutter war genau die Mutter, die er, wäre er Gott, für sie ausgesucht hätte. Und sie selbst schien so ganz die Tochter ihrer Mutter zu sein.

›Ein Kind, das nur an ihm hing, wenn es etwas von ihm wollte.‹ Nun gut. Und was hatte Mrs. Wynn gesagt? ›Sie weinte, weil sie unser Essen nicht mochte. Ich kann mich nicht erinnern, daß sie wegen ihrer Mutter geweint hätte.‹ Und offenbar ebensowenig um den Vater, der sie mit solcher Liebe verwöhnt hatte.

Wieder im Hotel angelangt, nahm er sein Exemplar der *Hallo!* aus der Aktentasche und beschäftigte sich bei seinem einsamen Abendessen im Fortescue noch einmal in aller Ruhe mit der Geschichte auf Seite zwei. Von der plakativen Eröffnung –

> Spät abends an einem Apriltag kam ein Mädchen nach Hause; die Kleine hatte nichts als ein Kleid und ein Paar Schuhe an. Sie hatte ihr Haus als munteres, glückliches Schulmädchen verlassen, ohne die leiseste …

bis hin zum Tremolo von Schluchzern am Schluß war es ein kleines Meisterwerk seiner Art. Es bewältigte die Aufgabe, die es sich gestellt hatte, perfekt. Und diese Aufgabe bestand darin, so viele Leser wie irgend möglich mit ein und derselben Geschichte anzusprechen. Denjenigen, die Sex wollten, bot es den Mangel an Kleidern, dem Sentimentalen Jugend und Charme, dem edlen Ritter ihre Hilflosigkeit, dem Sadisten die Einzelheiten ihrer Auspeitschung, demjenigen, der an Klassenhaß litt, eine Beschreibung des großen weißen Hauses hinter den hohen Mauern, und der warmherzigen britischen Öffentlichkeit das Gefühl, die Polizei sei, wenn schon nicht gekauft, so doch zumindest lasch gewesen, so daß Unrecht geschehen war.

Ja, es war schon raffiniert.

Natürlich war die Angelegenheit wie für sie geschaffen – deshalb hatten sie dem jungen Leslie Wynn auch gleich einen Reporter mitgegeben.

Aber Robert hatte ohnehin den Eindruck, daß die *Hallo!*, wenn es darauf ankam, auch aus einer gebrochenen Pleuelstange eine gute Reportage machen konnte.

Es mußte ein ödes Geschäft sein, ausschließlich die menschlichen Schwächen zu bedienen. Er blätterte die Seiten durch, und es fiel ihm auf, mit welcher Regelmäßigkeit jeder der Artikel an die niederen Instinkte seiner Leser appellierte. Selbst EINE MILLION VERSCHENKT handelte, wie er feststellte, von einem verachtenswerten alten Mann, der die Einkommenssteuer umgehen wollte, und nicht von einem Jungen, der sich mit Mut und Unternehmergeist aus eigenen Kräften aus dem Slum befreit hatte.

Mit einem Anflug von Übelkeit steckte er das Blatt wieder in die Aktentasche, und diese nahm er mit zum St. Paul's Churchyard. Dort wartete die Haushälterin bereits in Hut und Mantel auf ihn. Mr. Macdermotts Sekretärin habe angerufen, um zu sagen, daß einer seiner Freunde komme, daß er es sich gemütlich machen solle und daß man ihn getrost in der Wohnung allein lassen könne; sie sei nur noch dageblieben, um ihn einzulassen; sie würde ihn nun sich selbst überlassen; Whisky stehe auf dem kleinen Tisch neben dem Kamin, und im Schrank sei eine zweite Flasche – allerdings sei es, wenn sie das sagen dürfe, klug, Mr. Macdermott nicht daran zu erinnern, sonst würde er zu lange aufbleiben, und sie hätte große Mühe, ihn morgens aus dem Bett zu bekommen.

»Es liegt nicht am Whisky«, sagte Blair lächelnd, »das ist das irische Blut. Kein Ire steht morgens gerne auf.«

Das ließ sie auf der Schwelle noch einmal innehalten; offenbar beschäftigte sie dieser neue Gedanke.

»Das würde mich nicht wundern«, sagte sie. »Mein Alter ist genauso, und der ist auch Ire. Bei ihm ist es nicht der Whisky; einfach nur die Erbsünde. Zumindest habe ich das immer gedacht. Aber vielleicht ist es einfach nur sein Pech, daß er ein Murphy ist.«

Es war eine hübsche kleine Wohnung, warm und freundlich, und nun, wo der Verkehrslärm der Innenstadt abgeebbt war, war sie auch friedlich. Er goß sich etwas zu trinken ein; dann ging er zum Fenster, um auf Queen Anne hinabzublicken. Er hielt einen Augenblick lang inne, um wieder einmal zu betrachten, wie schwerelos die St.-Pauls-Kathedrale auf ihren Fundamenten schwebte – so proportioniert, so ausgeglichen, daß es wirkte, als könne man sie auf die Handfläche legen und darauf schaukeln lassen; dann setzte er sich, und zum ersten Mal, seit er am Morgen aufgebrochen war, um eine alte Frau aufzusuchen, die einen fast wieder um den Verstand bringen konnte, wenn sie wieder mal ihr Testament ändern wollte, entspannte er sich.

Er war eingenickt, als er Kevins Schlüssel im Türschloß hörte, und sein Gastgeber stand im Zimmer, bevor er sich auch nur aufrichten konnte.

Macdermott kniff ihn schmerzhaft in den Nacken, als er hinter ihm vorbei zum Tisch mit den Karaffen ging. »So fängt's an, alter Junge«, sagte er, »so fängt's an.«

»Was fängt an?« fragte Robert.

»Dein hübscher Hals wird allmählich fett.«

Robert rieb sich träge den schmerzenden Nacken. »Stimmt, jetzt, wo du davon sprichst – ich spüre es neuerdings im Genick, wenn es zieht.«

»Meine Güte, Robert, kann dich denn nichts aus der Ruhe bringen?« rief Kevin, die hellen klaren Augen blickten spöttisch unter ihren dunklen Brauen. »Nicht einmal die Aussicht, daß es schon bald mit deinem guten Aussehen ein Ende haben wird?«

»Im Augenblick bin ich schon ein wenig beunruhigt, aber das hat nichts mit meinem Aussehen zu tun.«

»Na, bei einer Firma wie Blair, Hayward und Bennet kann es sich ja wohl kaum um Bankrott handeln; es muß also eine Frau sein.«

»Ja, aber nicht so, wie du denkst.«

»Du spielst mit dem Gedanken zu heiraten? Das solltest du tun, Rob.«

»Das hast du schon öfter gesagt.«

»Du willst doch einen Erben für Blair, Hayward und Bennet, oder?«

Die Ruhe und Geborgenheit von Blair, Hayward und Bennet hatte Kevin schon immer zu Sticheleien gereizt, das wußte Robert.

»Man wüßte nie, ob es nicht ein Mädchen wird. Außerdem kümmert Nevil sich darum.«

»Das einzige, was die junge Frau, die Nevil da im Auge hat, jemals zur Welt bringen wird, wird eine Schallplatte sein. Dieser Tage hat sie wieder auf dem Podium gestanden, wie ich höre. Wenn sie das Geld für ihre Fahrkarten selber verdienen müßte, wäre ihr Drang vielleicht nicht ganz so groß, landauf, landab als Stimme der Minderheit in Erscheinung zu treten.« Er setzte sich mit seinem Glas. »Ich brauche gar nicht erst zu fragen, ob du geschäftlich hier bist. Irgendwann solltest du wirklich einmal kommen, um dir diese Stadt anzusehen. Ich nehme an, du triffst dich morgen um zehn mit irgend jemandes Notar, und dann geht es nichts wie ab nach Hause.«

»Nein«, sagte Robert. »Mit Scotland Yard.«

Kevin stutzte, das Glas halb hochgehoben. »Robert, du bist unkonzentriert«, sagte er. »Was hat denn der Yard mit deinem Elfenbeinturm zu tun?«

»Das ist es ja gerade«, sagte Robert und ignorierte diese weitere Stichelei. »Scotland Yard steht vor der Tür, und ich weiß nicht, wie ich damit umgehen soll. Ich möchte den Rat eines Menschen, der meine Lage versteht. Ich weiß auch nicht, warum ich es gerade dir aufbürde. Dir müssen solche Probleme ja zu den Ohren herauskommen. Aber du hast schließlich schon immer die Algebraaufgaben für mich gelöst.«

»Und du, wenn ich mich recht erinnere, diejenigen, bei denen es um Aktien und Börsenkurse ging. An der Börse habe ich mich schon immer dumm angestellt. Ich stehe nach wie vor in deiner Schuld, weil du mich vor einer schlechten Investition bewahrt hast. Zwei schlechten Investitionen«, fügte er hinzu.

»Zwei?«

»Tamara und die Topeka Zinnminen.«

»Ich erinnere mich noch, daß ich dich vor Topeka Zinn gewarnt habe, aber mit deiner Trennung von Tamara habe ich nichts zu tun.«

»So, hast du nicht! Mein lieber Robert, wenn du dein Gesicht hättest sehen können, als ich sie dir vorstellte. Oh nein, nicht diese Art von Gesicht. Ganz im Gegenteil. Diese plötzliche Freundlichkeit in deinem Gesicht, diese verdammte englische Maske aus Höflichkeit und Wohlerzogenheit – sie verriet alles. Ich malte mir aus, wie ich mein Leben damit verbringen würde, den Leuten Tamara vorzustellen und zu sehen, welch wohlerzogene Mienen sie dabei machten. Das hat mich in null Komma nichts von ihr kuriert. Und ich bin dir immer dankbar dafür gewesen. Also, dann zeige einmal, was du in deiner Aktentasche hast.«

Es gab nichts, was Kevins Aufmerksamkeit verborgen blieb, dachte Robert, während er sein Exemplar des polizeilichen Protokolls von Betty Kanes Aussage hervorholte.

»Hier haben wir eine sehr kurze Aussage. Ich möchte, daß du sie liest und mir dann sagst, welchen Eindruck du davon hast.«

Er schaute, wie es – ohne Präliminarien, die diese Wirkung abgemildert hätten – auf Kevin wirkte.

Macdermott nahm das Protokoll, überflog den ersten Absatz mit einem einzigen Blick: »Das ist der Schützling der *Hallo!*, wenn ich das richtig sehe.«

»Ich hatte keine Ahnung, daß du jemals eine *Hallo!* zu Gesicht bekommen hast«, entgegnete Robert überrascht.

»Lieber Himmel, die *Hallo!* ist mein tägliches Brot. Ohne Verbrechen keine *Causes celèbres,* ohne *Causes celèbres* kein Kevin Macdermott oder jedenfalls nur ein Teil von ihm.« Mehr sagte er nicht. Vier Minuten lang war er so vertieft, daß Robert sich allein in dem Zimmer fühlte, so, als sei sein Gastgeber gegangen. »Hum«, sagte Kevin, als er zu Ende gelesen hatte.

»Nun?«

»Ich nehme an, deine Klienten sind die fraglichen Frauen, nicht das Mädchen?«

»Selbstverständlich.«

»Und nun erzählst du mir deinen Teil der Geschichte«, sagte Kevin und hörte zu.

Robert erzählte sie ihm von Anfang an. Wie er die beiden widerstrebend aufgesucht hatte; seine wachsende Anteilnahme an den beiden Frauen, als ihm klar wurde, daß er sich zwischen Betty Kane und ihnen entscheiden mußte; wie Scotland Yard beschlossen hatte, auf der Basis des vorliegenden Beweismaterials nichts zu unternehmen; wie Leslie Wynn so unklug gewesen war, sich an die Redaktion der *Hallo!* zu wenden.

»Das heißt«, sagte Macdermott, »in diesem Moment setzt der Yard Himmel und Hölle in Bewegung, um Beweismaterial zu finden, das die Geschichte des Mädchens untermauert.«

»Das nehme ich an«, stimmte Robert finster zu. »Aber was ich von dir wissen möchte, ist: Glaubst du die Geschichte dieses Mädchens, oder glaubst du sie nicht?«

»Ich glaube niemals irgend jemandes Geschichte«, wies Kevin ihn maliziös und doch sanft zurecht. »Was du wissen möchtest, ist: Kommt mir die Geschichte des Mädchens glaubwürdig vor? Und natürlich tut sie das.«

»Tatsächlich!«

»Aber ja. Warum nicht?«

»Aber es ist eine absurde Geschichte!« rief Robert, wütender, als er beabsichtigt hatte.

»Es ist nichts Absurdes daran. Frauen, die ein einsames Leben führen, tun wahnsinnige Dinge – besonders, wenn es arme Frauen aus besseren Kreisen sind. Erst neulich habe ich von einer älteren Frau gehört, die ihre Schwester ans Bett gekettet hatte, in einem Zimmer, das nicht größer war als ein großer Schrank. Sie hatte sie drei Jahre lang so gehalten und ihr Brotkrusten und Kartoffelschalen und andere Abfälle, die sie nicht wollte, zu essen gegeben. Als man dahinterkam, sagte sie, das Geld rinne ihr durch die Finger, und dies sei ihre Methode gewesen, damit auszukommen. In Wirklichkeit hatte sie eine ganze Menge auf dem Sparkonto, doch die Angst, ausgelöst durch die Unsicherheit, trieb sie in den Wahnsinn. Diese Geschichte ist viel unglaubwürdiger – absurder, aus deiner Perspektive – als diejenige des Mädchens.«

»Wirklich? Ich finde, das ist die ganz gewöhnliche Geschichte einer Wahnsinnigen.«

»Nur, weil du weißt, daß sie sich tatsächlich zugetragen hat. Daß jemand es wirklich gesehen hat, meine ich. Stell dir vor, das sei nicht der Fall gewesen, und nur das Gerücht habe die Runde gemacht; die wahnsinnige Schwester habe davon Wind bekommen und ihr Opfer freigelassen, bevor irgendwelche Nachforschungen angestellt werden konnten. Bei den Nachforschungen fand man lediglich zwei alte Damen vor, die ein scheinbar ganz normales Leben führten, nur daß die eine ein wenig kränklich wirkte. Was dann? Würdest du die Geschichte vom angeketteten Opfer glauben? Oder wäre es nicht wahrscheinlicher, daß du es eine ›absurde Geschichte‹ genannt hättest?«

Robert sagte nichts und versank noch ein Stück tiefer in seine Depression.

»Hier haben wir zwei einsame Damen, die knapp bei Kasse sind und ein großes Landhaus am Halse haben; die eine ist zu alt, um noch groß im Hause zu arbeiten, die andere verabscheut die Hausarbeit. Was ist die wahrscheinlichste Art, in der sich ein Anflug von Wahnsinn äußern würde? Natürlich, sich ein Mädchen zu fangen, das als Dienerin für sie arbeiten muß.«

Kevins Advokatenseele sollte verflucht sein. Blair hatte geglaubt, er wolle Kevins Meinung hören; in Wirklichkeit hatte er sich von ihm lediglich die eigene Meinung bestätigen lassen wollen.

»Das Mädchen, das sie festhalten, ist zufällig ein unbescholtenes Schulmädchen, glücklicherweise fernab von zu Hause. Es ist das Pech der beiden, daß sie so unbescholten ist, denn da sie bis dahin noch niemals bei einer Lüge erwischt worden ist, wird jedermann ihr glauben und nicht den beiden Frauen. Wenn ich an der Stelle der Polizei gewesen wäre, hätte ich den Prozeß riskiert. Mir scheint, die werden allmählich weich.«

Er warf Robert, der in seinen Sessel versunken war und finster auf seine neben dem Kamin ausgestreckten Beine hinunterblickte, einen amüsierten Blick zu. Er saß da und genoß für einen langen Augenblick das Unglück seines Freundes.

»Natürlich«, sagte er schließlich, »könnten sie sich auch an einen Präzedenzfall erinnert haben, bei dem jedermann der herzerweichenden Geschichte des Mädchens Glauben geschenkt hatte und von ihr gründlich hinters Licht geführt wurde.«

»Ein Präzedenzfall!« rief Robert, schlug die Beine übereinander und richtete sich in seinem Sessel auf. »Wann?«

»1700 und etwas. Kann mich nicht mehr an das genaue Jahr erinnern.«

»Oh«, sagte Robert, von neuem niedergeschmettert.

»Ich weiß nicht, was du mit diesem ›Oh‹ sagen willst«, sagte Macdermott sanft. »Die Machart von Alibis hat sich nicht groß geändert in den letzten 200 Jahren.«

»Alibis?«

»Sofern der Präzedenzfall den richtigen Weg weist, handelt es sich bei der Geschichte des Mädchens um ein Alibi.«

»Dann glaubst du also – ich meine, du hältst es für möglich, daß die Geschichte des Mädchens Unsinn ist.«

»Erfunden und erlogen, von vorne bis hinten.«

»Du treibst mich noch zum Wahnsinn, Kevin. Du hast doch gesagt, du findest sie glaubwürdig.«

»Das tue ich auch. Aber ich halte es auch für durchaus möglich, daß es eine reine Lügengeschichte ist. Ich bin für keine Seite voreingenommen. Ich könnte in kürzester Zeit für jede von beiden ein ausgezeichnetes Plädoyer aufsetzen. Alles in allem würde ich es allerdings vorziehen, die junge Dame aus Aylesbury zu verteidigen. Sie würde sich wunderbar im Zeugenstand machen, und nach dem, was du mir erzählt hast, wäre keine der Sharpes, rein äußerlich gesehen, einem Verteidiger eine große Hilfe.«

Er stand auf, um sich noch einen Whisky nachzugießen, wobei er die andere Hand nach Roberts Glas ausstreckte. Doch Robert war nicht nach einem geselligen Abend zumute. Er schüttelte den Kopf, ohne seinen Blick vom Feuer abzuwenden. Er war müde, und er begann sich über Kevin zu ärgern. Es war ein Fehler gewesen, hierher zu kommen. Wenn ein Mann schon seit so vielen Jahren wie Kevin Strafverteidiger war, dann gab es in seinem Kopf nur noch Standpunkte, keine Überzeugungen mehr. Er würde warten, bis Kevin das Glas, mit dem er sich nun wieder setzte, halb ausgetrunken hatte, und sich dann anschicken zu gehen. Es würde ihm guttun, sich aufs Ohr zu legen und zu vergessen, daß er Verantwortung für die Probleme anderer Menschen trug. Genauer gesagt, für die Lösung dieser Probleme.

»Ich frage mich, was sie den ganzen Monat über angestellt hat«, sagte Kevin im Plauderton und nahm einen großen Schluck fast unverdünnten Whisky.

Robert hatte den Mund schon geöffnet, um zu sagen: ›Dann glaubst du also *doch*, daß das Mädchen eine Lügnerin ist!‹, doch er bremste sich rechtzeitig. Er weigerte sich, an diesem Abend noch weiter nach Kevins Pfeife zu tanzen.

»Wenn du so viel Whisky nach dem Burgunder trinkst«, sagte er, »dann weiß ich, was *du* einen Monat lang tun wirst, nämlich dich davon kurieren.« Zu seiner Überraschung lehnte Kevin sich zurück und lachte lauthals los.

»Ach, Rob, ich liebe dich«, sagte er begeistert. »Du bist England in Person. Alles, was wir Iren an euch bewundern und warum wir Euch beneiden. Da sitzt du so freundlich, so höflich, und läßt dich von den Leuten ärgern, bis sie glauben, du seiest ein alter Kater, mit dem sie machen können, was sie wollen, und gerade, wenn sie sich damit brüsten wollen, gehen sie den kleinen Schritt zu weit, und *zack!* schlägt die tüchtige Pfote mit ausgestreckten Krallen zu!« Er nahm Robert das Glas ohne ein ›Wenn du gestattest‹ aus der Hand und erhob sich, um es zu füllen, und Robert ließ ihn gewähren. Er fühlte sich besser.

Kapitel 9

Die Straße von London nach Larborough war ein gerades, schwarzes Band im Sonnenschein, das diamanten funkelte, wenn das Licht sich in den Scheiben der vielen Fahrzeuge brach. Schon bald würden Luft und Straßen so überfüllt sein, daß niemand sich mehr ohne Mühe fortbewegen konnte, und alle, die rasch vorankommen wollten, müßten zur Eisenbahn zurückkehren. Das war also der Fortschritt.

Kevin hatte noch gestern abend gesagt, daß es bei den Möglichkeiten der modernen Verkehrsmittel durchaus denkbar war, daß Betty Kane ihren einmonatigen Urlaub in Sydney, in New South Wales, verbracht hatte. Es war ein entmutigender Gedanke. Sie konnte überall gewesen sein zwischen Kamtschatka und Peru, und alles was er, Blair, zu tun hatte, war die Kleinigkeit, zu beweisen, daß sie die Zeit nicht in einem Haus an der Straße von Larborough nach Milford zugebracht hatte. Wäre es nicht ein sonniger Morgen gewesen und hätte er nicht Mitleid mit Scotland Yard gehabt, hätte er nicht Kevin, um ihm unter die Arme zu greifen, und wäre er nicht schon auf eigene Faust ein gutes Stück vorangekommen, so hätte er sich womöglich deprimiert fühlen können.

Daß er einmal Mitleid mit Scotland Yard haben könnte, wäre das letzte gewesen, was er jemals erwartet hätte. Doch so war es. Die Leute von Scotland Yard arbeiteten mit allen Kräften daran, die Schuld der Sharpes und die Wahrheit von Betty Kanes Geschichte zu beweisen – aus dem einfachen Grund, daß sie die Sharpes tatsächlich für schuldig hielten. Doch wonach sich jeder einzelne von ihnen tief in seinem Inneren sehnte, das war, mit dem Fall Betty Kane der *Hallo!* einen Denkzettel zu verpassen; und das konnten sie nur, indem sie bewiesen, daß ihre Geschichte Unsinn war. Ja, das Maß an Frustration, das bei den starken, unerschütterlichen Männern des Yard herrschte, war schon bemerkenswert.

Grant war in seiner ruhigen, vernünftigen Art sehr freundlich gewesen – es hatte, dachte Robert nun, etwas von einem Besuch beim Arzt gehabt –, und er hatte sich gern bereit erklärt, ihn alles über Briefe wissen zu lassen, die auf den Artikel in der *Hallo!* hin vielleicht eingehen mochten.

»Aber Sie sollten keine großen Hoffnungen darauf setzen«, hatte er ihn freundschaftlich gewarnt. »Auf einen einzigen Brief, der beim Yard eingeht und der einen brauchbaren Hinweis enthält, kommen 5 000, die Blödsinn sind. Briefeschreiben ist die natürliche Äußerungsform für alle, die a n d e r s sind. Die ›Sich-in-alles-Einmischer‹, die Gelangweilten, die Perversen, die Übergeschnappten, die ›Empfinde-es-als-meine-Pflicht-Leute‹.«

»Pro Bono Publico –«

»Und dazu *civis*«, sagte Grant lächelnd. »Nicht zu vergessen die gewöhnlichen Schwachsinnigen. Allesamt Briefeschreiber. Verstehen Sie, das ist die sichere Möglichkeit für sie. Auf dem Papier können sie so besserwisserisch, so langatmig, so obszön, so pathetisch, so starrsinnig sein, wie sie wollen, und niemand kann ihnen dafür einen Tritt versetzen. Deshalb schreiben sie. Meine Güte, und wie sie schreiben!«

»Aber es besteht die Möglichkeit –«

»Oh ja. Die Möglichkeit besteht. Deshalb müssen all diese Briefe durchgesehen werden, ganz gleich, wie abwegig sie sind. Alles, was von Bedeutung sein könnte, wird an Sie weitergeleitet, das verspreche ich Ihnen. Doch ich sage Ihnen, ein Brief eines normalen, vernünftigen Bürgers kommt einmal unter 5 000 vor. So jemand mag es nicht, wenn er, wie er denkt, ›seine Nase in anderer Leute Dinge steckt‹. Deshalb sitzt er zur Empörung der Amerikaner, die noch immer ein provinzlerisches Interesse an anderen Menschen haben schweigend in einem Eisenbahnabteil. Außerdem ist er ein vielbeschäftigter Mensch, ausgelastet mit seinen eigenen Angelegenheiten, und sich hinzusetzen und der Polizei einen Brief zu einer Sache zu schreiben, die ihn nichts angeht, widerspricht all seinen Instinkten.«

So kam es, daß Robert, als er aufbrach, Sympathie und Mitleid für den Yard empfand. Er zumindest wußte, welchen Pfad er zu gehen hatte. Er würde keine sehnsüchtigen Blicke zum Pfad nebenan werfen und sich wünschen, lieber dort zu gehen. Und dazu hatte er noch Kevins Wort, daß der Pfad, den er gewählt hatte, der richtige war.

»Es ist mir schon ernst«, hatte Kevin gesagt, »wenn ich sage, daß ich, wenn ich an der Stelle der Polizei gewesen wäre, den Prozeß eventuell riskiert hätte. Für eine Anklage haben sie genug in der Hand. Und ein hübscher kleiner Schuldspruch bringt immer irgend jemanden eine Sprosse weiter auf der Karriereleiter. Unglücklicherweise – oder glücklicherweise für die Allgemeinheit – ist der Mann, der entscheidet, ob Anklage erhoben wird oder nicht, immer derjenige, der schon eine Sprosse höher sitzt, und er hat kein Interesse daran, daß einer seiner Untergebenen rasch befördert wird. Ist das nicht erstaunlich, daß Weisheit ein Nebenprodukt der Büroroutine sein sollte?«

Robert, vom Whisky milde gestimmt, hatte den Zynismus gelten lassen.

»Aber wenn sie auch nur den kleinsten Beweis finden, dann werden sie schneller mit dem Haftbefehl an der Tür des Franchise stehen, als du den Telefonhörer heben kannst.«

»Sie werden kein Beweismaterial finden«, sagte Robert milde. »Warum sollten sie? Wie sollte das möglich sein? Was wir machen müssen, ist, die Geschichte des Mädchens auf eigene Faust zu entkräften, sonst vergällt sie den Sharpes das Leben bis ans Ende ihrer Tage. Wenn ich morgen erst einmal den Onkel und die Tante besucht habe, dann haben wir vielleicht genug Informationen über das Mädchen zusammen, um mit unseren eigenen Nachforschungen beginnen zu können.«

Nun war er unterwegs auf der schimmernden schwarzen Straße Richtung Larborough, um Bettys Verwandte in Mainshill zu besuchen – die Leute, bei denen sie jene denkwürdigen Ferien verbrachte. Es handelte sich um Mr. und Mrs. Tilsit. Tilsit, Cherrill Street 93, Mainshill, Larborough; der Ehemann war Reisender einer Bürstenfabrik in Larborough, und sie waren kinderlos. Das war alles, was Robert über sie wußte.

Er hielt für einen Augenblick an, als er in Mainshill von der Hauptstraße abbog. Das war die Stelle, an der Betty auf den Bus gewartet hatte. Oder zumindest behauptete, sie habe da gewartet. Drüben auf der anderen Seite mußte es gewesen sein. Von dort ging keine Straße ab, und der Bürgersteig erstreckte sich ununterbrochen zu beiden Seiten, so weit das Auge reichte. Eine recht vielbefahrene Straße um diese Tageszeit, doch vergleichsweise leer, nahm Robert an, in den Flautezeiten am späten Nachmittag.

Die Cherrill Street war eine einzige Folge länglicher Erkerfenster auf schmutzigen roten Backsteinsockeln, die beinahe bis an die niedrige Backsteinmauer heranreichten, die sie vom Bürgersteig trennte. Der saure Boden beiderseits des Erkers, der die Stelle eines Gartens vertrat, hatte nichts von der frisch gegrabenen Erde der Meadowside Lane, Aylesbury; hier wuchsen nur magere Studentenblumen, von Unkraut überwucherter Goldlack und mottenzerfressene Vergißmeinnicht. Natürlich regierte der Stolz der Hausfrau in der Cherrill Street ebenso wie in Aylesbury, und dieselben steifen Vorhänge hingen an den Fenstern; doch wenn es Dichter gab in der Cherrill Street, so fanden sie andere Mittel, ihr Innerstes zum Ausdruck zu bringen, als ihre Gärten.

Nachdem er vergebens bei der Nummer 93 erst geklingelt und dann geklopft hatte – das Haus unterschied sich, soweit er sah, nur durch die aufgemalte Hausnummer von den anderen –, stieß eine Frau nebenan den Fensterflügel im ersten Stock auf, lehnte sich hinaus und rief: »Suchen Sie Mrs. Tilsit?« Robert bestätigte ihr, daß er das tue.

»Sie ist zum Kaufmann gegangen. Der Laden an der Ecke.«

»Oh, danke. Wenn es weiter nichts ist, dann warte ich.«

»Würde ich nicht tun an Ihrer Stelle, wenn Sie sie schnell zu sehen bekommen wollen. Ich würd' hinfahren und sie holen.«

»Oh. Geht sie von dort aus noch anderswo hin?«

»Nein, sie geht nur zum Kaufmann; ist der einzige Laden hier in der Gegend. Aber die braucht den ganzen Morgen, um sich zwischen zwei Sorten Weizenflocken zu entscheiden. Sie müssen eine von den beiden Packungen nehmen und ihr in die Einkaufstasche stecken, dann ist sie zufrieden.«

Robert dankte ihr und schickte sich an, die Straße hinunterzugehen, als sie ihm nachrief: »Das Auto sollten Sie nicht da stehen lassen. Nehmen Sie's lieber mit.«

»Aber es ist doch nur ein Katzensprung, oder?«

»Das kann schon sein, aber es ist Samstag.«

»Samstag?«

»Die Schule ist aus.«

»Oh, ich verstehe. Aber es ist nichts drin, was man ...« ›stehlen könnte‹, hatte er sagen wollen, doch er verbesserte sich in »nichts Bewegliches«.

»Beweglich! Ha! Das ist 'n Witz. Wir hatten mal Blumenkästen. Bei Mrs. Laverty drüben war ein Tor. Mrs. Biddows hatte zwei schöne hölzerne Wäschepfähle und 18 Ellen Wäscheleine. Die haben alle geglaubt, das wär' nichts Bewegliches. Lassen Sie Ihr Auto für zehn Minuten da stehen, dann können Sie froh sein, wenn Sie noch den Rahmen wiederfinden!«

Also bestieg Robert gehorsam den Wagen und fuhr die Straße hinunter zum Kaufmann. Auf der Fahrt fiel ihm etwas ein, und die Erinnerung beschäftigte ihn. Dies war der Ort, wo Betty Kane sich so wohl gefühlt hatte. Diese reichlich heruntergekommene, reichlich schmutzige Straße – eine in einem Gewirr von Straßen genau der gleichen Art. So wohl gefühlt, daß sie geschrieben hatte, sie bleibe noch für den Rest der Ferien dort.

Was hatte sie hier gefunden, was ihr so gut gefiel?

Dieser Gedanke beschäftigte ihn, als er den Kaufmannsladen betrat und sich breitmachte, Mrs. Tilsit unter den vormittäglichen Kunden zu finden. Aber es war nicht schwer zu erraten. Im Laden befand sich nur eine Frau, und ein einziger Blick auf den geduldigen Gesichtsausdruck des Kaufmanns und die beiden Pappschachteln, die die Frau links und rechts in der Hand hielt, genügte, um zu bestätigen, daß dies Mrs. Tilsit war.

»Womit kann ich dienen, Sir?« fragte der Kaufmann und wandte sich kurz von der angesichts der Bedeutung der Entscheidung sich windenden Kundin ab – heute waren es keine Weizenflocken, es war Waschpulver – und Robert zu.

»Danke, ich warte nur auf diese Dame«, erwiderte Robert.

»Auf mich?« fragte die Frau. »Wenn Sie vom Gaswerk sind, dann –«

Robert beeilte sich, ihr zu versichern, daß er nicht vom Gaswerk sei.

»Einen Staubsauger habe ich auch, und er funktioniert ausgezeichnet«, unternahm sie noch einen Versuch und war im Begriff, sich wieder ihrem Problem zuzuwenden.

Robert sagte, er habe seinen Wagen draußen und werde warten, bis sie fertig sei, und zog sich in aller Eile zurück, doch sie rief: »Ein Auto! Oh. Na, da können Sie mich ja mit zurücknehmen, nicht wahr, da brauche ich die vielen Sachen nicht zu tragen. Wieviel macht das bitte, Mr. Carr?«

Mr. Carr, der ihr, während sie mit Robert beschäftigt gewesen war, eine der beiden Waschmittelpackungen aus der Hand genommen und ihr in die Einkaufstasche gesteckt hatte, nahm das Geld, gab ihr heraus, wünschte ihr dankbar einen schönen Tag und warf Robert, der der Frau hinaus zu seinem Wagen folgte, einen mitleidsvollen Blick zu.

Robert hatte gewußt, daß es zuviel verlangt war, auf eine weitere Frau mit Mrs. Wynns Distanz und Klugheit zu hoffen, doch sein Mut sank, als er Mrs. Tilsit betrachtete. Mrs. Tilsit war eine jener Frauen, die immer gerade in Gedanken mit etwas anderem beschäftigt sind.

Sie plaudern freundlich mit einem, sie stimmen allem zu, was man sagt, sie bewundern die Kleidung, die man trägt, sie geben einem gute Ratschläge, und in Wirklichkeit überlegen sie dabei, was sie mit dem Fisch machen sollen oder was Florrie ihnen über Minnies Ältesten erzählt hatte oder wo sie den Einkaufszettel gelassen hatten, womöglich sogar, was für eine schlechte Plombe das war, die man im rechten Schneidezahn hatte – sie dachten an alles und jedes, nur nicht an das Thema, über das man gerade redete.

Roberts Automobil schien sie zu beeindrucken, und sie bat ihn auf eine Tasse Tee hinein – offenbar gab es keine Stunde des Tages, wo man nicht eine Tasse Tee anbieten konnte. Robert fand, er dürfe nicht ihre Gastfreundschaft genießen – nicht einmal auf eine Tasse Tee –, ohne daß er ihr vorher seine Position als sozusagen feindlicher Anwalt erläutert hatte. Er versuchte sein Bestes, doch es blieb zweifelhaft, ob sie ihn verstand; es war nicht zu übersehen, daß sie in Gedanken bereits mit der Frage beschäftigt war, ob sie ihm Teegebäck oder die Waffelmischung zum Tee anbieten sollte. Auch die Erwähnung ihrer Nichte machte keineswegs den Eindruck auf sie, den er erwartet hatte.

»Eine wirklich unglaubliche Sache, nicht wahr?« sagte sie. »Sie einfach so mitzunehmen und zu verprügeln. Was sie sich wohl davon versprochen haben? Setzen Sie sich, Mr. Blayne, kommen Sie hinein, und setzen Sie sich. Ich muß nur eben –«

Ein Kreischen, das einem das Blut in den Adern gefrieren ließ, gellte durchs Haus. Ein drängendes, schrilles, verzweifeltes Kreischen, das weiter und weiter ging, ohne daß es auch nur zum Atemholen innehielt.

Mrs. Tilsit drückte ihre Einkäufe in einem Anflug von Erschöpfung an sich. Sie lehnte sich weit genug zu Robert hinüber, um in Rufweite zu kommen, und brüllte ihm ins Ohr: »Mein Kessel«, schrie sie. »Bin gleich wieder da.«

Robert setzte sich, machte sich von neuem seine Gedanken über diese Gegend und überlegte, warum es Betty Kane hier so gut gefallen hatte. Mrs. Wynns Vorderzimmer war ein Wohnzimmer gewesen: ein Zimmer, in dem Leben herrschte, warm von Menschen, die dort lebten und miteinander umgingen. Dieses hier war eindeutig eine ›gute Stube‹, reserviert für Besucher, die man nicht gut genug kannte, um sie in die hinteren Räume zu lassen; das wirkliche Leben des Hauses spielte sich in dem engen Raum auf der Rückseite ab, einer Küche oder Wohnküche. Und doch hatte Betty Kane hierbleiben wollen. Hatte sie Freunde gefunden? Ein Nachbarsmädchen? Einen Nachbarsjungen?

Es schienen gerade erst zwei Minuten vergangen, als Mrs. Tilsit mit dem Teetablett zurückkam. Robert wunderte sich ein wenig über diese Schnelligkeit, bis er sah, was sich auf dem Tablett befand. Mrs. Tilsit hatte nicht gewartet, bis sie zu einem Entschluß gekommen war; sie hatte einfach beide Sorten mitgebracht: Waffeln und Teegebäck. Zumindest, dachte er und betrachtete sie, während sie eingoß, erklärte diese Frau einen der unverständlichen Aspekte der Angelegenheit: den Umstand, daß die Tante – als die Wynns geschrieben hatten, sie solle Betty unverzüglich nach Hause zurückschicken – nicht sofort zum nächsten Telegrafenbüro gestürmt war, um ihnen mitzuteilen, daß Betty das Haus bereits vor fast 14 Tagen verlassen hatte. Betty, die zwei Wochen zuvor abgereist war, hätte in Mrs. Tilsits Gedanken nicht annähernd soviel Platz eingenommen wie ein Pudding.

»Ich habe mir überhaupt keine Sorgen um sie gemacht.« Mrs. Tilsits Bemerkung war wie ein Echo seiner Gedanken. »Als der Brief aus Aylesbury kam, da wußte ich, die taucht schon wieder auf. Mr. Tilsit war furchtbar wütend darüber, als er nach Hause kam – er ist nämlich immer für eine Woche oder zehn Tage am Stück unterwegs: er ist Reisender für Weekses –, war völlig durchgedreht deswegen, und ich habe nur gesagt, warte mal ab, die taucht schon wieder auf, gesund und munter, und das ist sie ja auch. Na, jedenfalls beinahe.«

»Sie sagt, sie hätte die Ferien hier sehr genossen.«

»Ich glaube schon«, sagte sie unbestimmt, ohne dabei so erfreut auszusehen, wie Robert es erwartet hatte. Er blickte zu ihr auf und sah, daß sie in Gedanken schon wieder mit etwas anderem beschäftigt war – mit der Frage, ob sein Tee stark genug war, ihrer Blickrichtung nach zu urteilen.

»Was hat sie denn den Tag über so getan? Hat sie sich mit jemandem angefreundet?«

»Oh nein; die meiste Zeit war sie in Larborough.«

»Larborough!«

»Na ja, wenn ich sage, ›die meiste Zeit‹, dann tue ich ihr unrecht. Morgens hat sie im Haus geholfen, aber bei einem Haus von dieser Größe und wo ich daran gewöhnt bin, alles selber zu machen, gibt es nicht viel zu tun. Und außerdem hatte sie doch Ferien, nicht wahr, das arme Ding, nach der vielen Arbeit in der Schule. Wozu diese ganze Leserei für ein junges Mädchen gut sein soll, das verstehe ich nicht. Die Tochter von Mrs. Harrop drüben, die konnte kaum ihren Namen schreiben, und trotzdem hat sie den dritten Sohn eines Lords geheiratet. Oder war es der Sohn eines dritten Sohns?« fügte sie nachdenklich hinzu. »Ich kann mich nicht mehr genau erinnern. Sie –«

»Was hat sie denn so getan, in Larborough? Betty, meine ich.«

»Ist meistens ins Theater gegangen.«

»Theater? Oh, ich verstehe, ins Kino.«

»In Larborough kann man das von morgens bis abends machen, wenn man Spaß an so was hat. Die großen öffnen um halb elf, und die meisten wechseln einmal die Woche das Programm, und es gibt ungefähr 40 davon – da kann man einfach von einem zum anderen gehen, bis es Zeit ist, nach Hause zu kommen.«

»Und das hat Betty getan.«

»Oh nein. Sie ist ja ein vernünftiges Mädchen, unsere Betty. Sie ist immer in die Morgenvorstellung gegangen, weil es am Vormittag billiger ist, und dann ist sie mit dem Bus spazierengefahren.«

»Mit dem Bus? Wohin?«

»Oh, überallhin, nach Lust und Laune. Nehmen Sie doch noch einen Keks, Mr. Bain; ich habe die Packung frisch aufgemacht. Einmal ist sie nach Norton gefahren, um sich die Burg anzusehen. Norton ist nämlich der Grafschaftssitz. Jeder denkt, das ist Larborough, weil es so groß ist, aber Norton war schon immer –«

»Sie ist also nicht zum Mittagessen nach Hause gekommen?«

»Bitte? Ach. Betty. Nein, sie hat irgendwo in einer Cafeteria etwas gegessen. Bei uns gibt es das große Essen nämlich immer erst am Abend, wo Mr. Tilsit doch den ganzen Tag über nicht da ist, und ich hatte immer ein Essen für sie fertig, wenn sie nach Hause kam. Das war immer mein Stolz, ein gutes, nahrhaftes, warmes Essen fertig zu haben, wenn meine –«

»Um welche Zeit war das? Sechs Uhr?«

»Nein, Mr. Tilsit ist meistens nicht vor halb acht hier.«

»Aber Betty war doch wohl lange vorher wieder zu Hause, nehme ich an.«

»Meistens schon. Einmal kam sie später, weil sie eine Nachmittagsvorstellung im Theater besucht hatte, aber Mr. Tilsit hat einen dermaßenen Krach deswegen gemacht – obwohl das meiner Meinung nach wirklich nicht nötig war. Was soll einem denn schon passieren, wenn man ins Theater geht? Und von da an war sie immer vor ihm zu Hause. Das heißt, wenn er hier war. Wenn er unterwegs war, hat sie's nicht so genau genommen.«

Das Mädchen hatte also gut 14 Tage lang tun und lassen können, was es wollte. Sie hatte kommen und gehen können, wann sie wollte, und nur die Summe des Taschengelds setzte ihren Unternehmungen Grenzen. Es klang nach harmlosen 14 Tagen, und bei den meisten Mädchen ihres Alters wären sie das sicher auch gewesen. Kino oder Schaufensterbummel am Morgen; ein Imbiß in einer Cafeteria, am Nachmittag eine Busfahrt übers Land – für ein junges Mädchen eine wunderbare Art, die Ferien zu verbringen; die erste Kostprobe einer Freiheit ohne elterliche Aufsicht.

Doch Betty Kane war kein gewöhnliches junges Mädchen. Sie war das Mädchen, das der Polizei jene lange, detailreiche Geschichte erzählt hatte, ohne mit der Wimper zu zucken. Das Mädchen, das vier Wochen seines Lebens verschwunden gewesen war. Das Mädchen, das irgend jemand am Ende gnadenlos zusammengeschlagen hatte. Wie also hatte Betty Kane diese Freiheit ohne elterliche Aufsicht genutzt?

»Wissen Sie, ob sie mit dem Bus nach Milford gefahren ist?«

»Nein; das haben die anderen mich natürlich auch schon gefragt, aber ich konnte es nicht beantworten.«

»Die anderen?«

»Von der Polizei.«

Ja, natürlich; er hatte im Augenblick gar nicht daran gedacht, daß die Polizei natürlich jede einzelne Aussage Betty Kanes überprüft hatte, soweit das nur irgend möglich war.

»Sie haben doch gesagt, Sie sind nicht von der Polizei, nicht wahr?«

»Nein.« Robert erklärte es ihr zum zweiten Mal. »Ich bin Anwalt. Ich vertrete die beiden Frauen, die Betty entführt haben sollen.«

»Oh ja. Das haben Sie mir erzählt. Ich nehme an, die beiden brauchen genauso einen Anwalt wie jemand anderer auch, die Ärmsten. Jemanden, der für sie Erkundigungen einzieht. Ich hoffe, Sie erfahren die Dinge von mir, die Sie wissen möchten, Mr. Blayne.«

Er ließ sich noch eine weitere Tasse Tee einschenken in der Hoffnung, früher oder später werde er eines der Dinge von ihr erfahren, die er wissen wollte. Doch mittlerweile drehte sich das Gespräch im Kreise.

»Wußte die Polizei, daß Betty den ganzen Tag über allein unterwegs war?« fragte er.

Darüber dachte sie wirklich nach. »Das weiß ich nicht mehr«, sagte sie. »Die Polizei hat mich gefragt, wie sie ihre Zeit verbracht hat, und ich habe ihnen gesagt, meistens sei sie ins Kino gegangen oder mit dem Bus spazierengefahren, und sie fragten, ob ich sie begleitet hätte, und da habe ich – nun, ich muß zugeben, da habe ich etwas geflunkert und gesagt, ich sei manchmal dabei gewesen. Ich wollte nicht, daß sie denken, Betty wäre allein ausgegangen. Obwohl natürlich nichts Schlimmes daran war.«

Was hatte die Frau nur für einen Verstand!

»Hat sie Briefe bekommen, während sie hier war?« fragte er und erhob sich bereits zum Gehen.

»Nur von zu Hause. Ganz sicher, das wüßte ich. Ich habe die Briefe immer aus dem Kasten geholt. Aber die hätten ihr doch sowieso nicht geschrieben, oder?«

»Wer?«

»Diese Frauen, die sie gekidnappt haben.«

Mit einem Gefühl der Erleichterung fuhr Robert nach Larborough hinein. Er fragte sich, ob Mr. Tilsit wohl schon immer ›zehn Tage am Stück‹ von zu Hause fort gewesen war oder ob der die Arbeit als Handlungsreisender angenommen hatte, um nicht davonzulaufen oder sich umzubringen.

In Larborough machte Blair das Depot der Busgesellschaft für Larborough und Umgebung ausfindig. Er klopfte an die Tür des kleinen Büros, das die eine Seite des Eingangs bewachte, und ging hinein. Ein Mann in Schaffneruniform war damit beschäftigt, auf der Theke Papiere zu sortieren. Er musterte Robert kurz und ging dann weiter seiner eigenen Beschäftigung nach, ohne ihn zu fragen, was er wünsche.

Robert sagte, er wünsche jemanden zu sprechen, der sich mit der Linie nach Milford auskenne.

»Fahrplan hängt an der Wand«, brummte der Mann, ohne aufzublicken.

»Mich interessieren nicht die Abfahrtszeiten. Die kenne ich. Ich wohne in Milford. Ich möchte wissen, ob auf dieser Linie jemals Doppeldeckerbusse eingesetzt werden.«

»Nein«, sagte der Mann.

»Niemals?« fragte Robert.

Diesmal bekam er überhaupt keine Antwort. Der Schaffner ließ ihn spüren, daß die Sache für ihn erledigt war.

»Hören Sie«, sagte Robert. »Es geht um eine wichtige Angelegenheit. Ich bin Partner in einer Milforder Anwaltskanzlei, und ich –«

»Meinetwegen können Sie der Schah von Persien sein«, schnauzte der Mann ihn an. »Es gibt keine Doppeldeckerbusse auf der Strecke nach Milford! Und was willst du denn noch hier?« wandte er sich an einen schmächtigen Mechaniker, der hinter Robert in der Tür erschienen war.

Der Mechaniker zögerte, so als sei das, weswegen er eigentlich gekommen sei, durch ein neuerwachtes Interesse verdrängt worden. Doch er nahm sich zusammen und brachte seine Frage vor. »Es geht um die Ersatzteile für Norton. Soll ich –«

Als Robert sich an ihm vorbei zur Bürotür hinauszwängte, fühlte er, wie er am Mantel gezogen wurde, und verstand, daß der kleine Mechaniker mit ihm reden wollte und er in der Nähe bleiben sollte. Robert ging hinaus und beugte sich über seinen Wagen; kurz darauf erschien der Mechaniker neben ihm.

»Sie wollten was über Doppeldeckerbusse wissen? Ich konnte dem da drin ja nicht offen widersprechen; bei der Stimmung, die er heute hat, könnte mich das glatt meinen Job kosten. Wollen Sie mit einem Doppeldecker fahren, oder wollen Sie nur wissen, ob es überhaupt welche auf der Strecke gibt? Zum Fahren kann man nämlich keinen bekommen, weil die Busse auf der Strecke alle –«

»Ich weiß, ich weiß. Es sind alles Eindecker. Was ich wissen wollte, war, ob es schon mal vorkommt, daß Doppeldeckerbusse auf der Strecke nach Milford verkehren.«

»Tja, wissen Sie, eigentlich sollen da keine fahren, aber ein-, zweimal dieses Jahr haben wir welche einsetzen müssen, wenn einer von den alten Eindeckern plötzlich nicht lief. Früher oder später werden wir nur noch Doppeldecker haben, aber auf der Milford-Strecke gibt es nicht genug Passagiere dafür, und deshalb landen nach und nach alle alten Krücken von Eindeckern auf dieser und ein paar anderen Strecken in der Art. Und da –«

»Sie sind mir eine große Hilfe. Wäre es möglich, genau die Tage herauszufinden, an denen auf dieser Strecke ein Doppeldekker fuhr?«

»Aber sicher«, sagte der Mechaniker und klang ein wenig bitter dabei. »Bei dieser Firma wird sogar aufgeschrieben, wie oft jemand spuckt. Aber die Listen sind da drin«, er neigte den Kopf in Richtung Büro, »und so lange *der* da ist, ist nichts zu machen.«

Robert fragte, wann denn etwas zu machen sein würde.

»Tja, Feierabend machen wir beide zur selben Zeit – um sechs. Aber ich könnte noch ein paar Minuten dableiben, bis er weg ist, und dann in der Liste nachsehen, wenn Ihnen so viel daran liegt.«

Robert wußte nicht, wie er es fertigbringen sollte, bis sechs Uhr zu warten, aber vor sechs Uhr war ja nun einmal nichts zu machen.

»Abgemacht. Ich treffe Sie in der Glocke – das ist die Kneipe am Ende der Straße – gegen Viertel nach sechs. Geht das?«

Das ginge ausgezeichnet, sagte Robert. Ausgezeichnet. Und er machte sich auf, um zu sehen, ob er den Barkeeper des Midland Hotels nicht bestechen konnte, ihm auch außerhalb der Schankstunden etwas auszuschenken.

Kapitel 10

»Du wirst wohl schon wissen, was du tust, mein Junge«, sagte Tante Lin, »aber ich kann mir nicht helfen, ich finde es sehr ungehörig von dir, solche Leute zu verteidigen.«

»Ich ›verteidige‹ sie nicht«, sagte Robert geduldig. »Ich vertrete sie. Und es gibt keinen Grund zu der Annahme, daß sie ›solche Leute‹ sind.«

»Da ist die Aussage des Mädchens, Robert. Sie kann das nicht alles einfach erfunden haben.«

»Warum nicht?«

»Was hätte sie denn davon, wenn sie einen Haufen Lügen erzählt?« Sie stand auf der Türschwelle und wechselte das Gebetbuch von einer Hand in die andere, während sie ihre weißen Handschuhe anzog. »Was soll sie denn sonst getan haben, wenn sie nicht im Franchise war?«

Robert unterdrückte gerade noch ein »Da würdest du staunen!« Bei Tante Lin war es immer das Beste, wenn man sie so wenig Widerstand wie möglich spüren ließ.

Sie strich ihre Handschuhe zurecht. »Wenn du nur ritterlich sein willst, Robert, mein Junge, dann muß ich sagen, du hast dich da in eine Idee verrannt. Und mußt du denn auch noch zu ihnen ins Haus gehen? Sie könnten doch morgen in dein Büro kommen. Es besteht kein Grund zur Eile, oder? Es ist ja nicht so, als ob sie in der nächsten Minute verhaftet werden sollten.«

»Ich habe selbst vorgeschlagen, daß ich zum Franchise hinausfahre. Wenn dich jemand beschuldigen würde, du hättest bei Woolworth etwas aus dem Regal gestohlen, und du könntest nicht das Gegenteil beweisen, dann würdest du wohl auch nicht gern am hellichten Tage die High Street von Milford hinuntergehen.«

»Ich würde es nicht gern tun, aber tun würde ich es mit Sicherheit – allein schon, um Mr. Hensell meine Meinung zu sagen.«

»Wer ist Mr. Hensell?«

»Der Filialleiter. Könntest du nicht erst mit mir in die Kirche kommen und dann zum Franchise hinausfahren? Du bist schon so lange nicht mehr mitgekommen, mein Junge.«

»Wenn du noch lange so dastehst, dann wirst du zum ersten Mal seit zehn Jahren zu spät kommen. Du gehst jetzt zur Kirche und betest, daß der Herr mir Einsicht verleihen möge.«

»Ich werde mit Sicherheit für dich beten, mein Junge. Das tue ich immer. Ich werde auch ein kleines Gebet für mich selbst sprechen. Es ist eine schwere Zeit für mich.«

»Für dich?«

»Nun, wo du für diese Leute arbeitest, werde ich mit niemandem darüber reden können. Das macht einen ganz verrückt, mein Junge, wenn man dasitzen und zuhören muß, wie jemand Dinge als lautere Wahrheit erzählt, von denen man ganz genau weiß, daß sie nicht stimmen. Das ist, als ob man sich übergeben will und es noch aufschieben muß. Meine Güte, es hat aufgehört zu läuten. Dann werde ich mich einfach bei den Bracketts in die Reihe dazusetzen müssen. Denen macht das nichts aus. Du wirst doch nicht zum Mittagessen in diesem Haus bleiben, nicht wahr, mein Junge?«

»Ich glaube nicht, daß ich eingeladen werde.«

Im Franchise wurde er so freundlich willkommen geheißen, daß er sich vorstellen konnte, womöglich doch noch eingeladen zu werden. Er würde natürlich ablehnen; nicht, weil Tante Lins Hühnchen auf ihn wartete, sondern weil Marion Sharpe sonst hinterher den Abwasch machen müßte. Wenn niemand da war, aßen sie wahrscheinlich nicht am Eßtisch, sondern in der Küche – wer wußte das schon?

»Es tut mir leid, daß wir gestern abend nicht ans Telefon gegangen sind«, sagte Marion und entschuldigte sich noch einmal. »Aber nach dem vierten oder fünften Mal war es wirklich zuviel. Wir hatten auch nicht damit gerechnet, daß Sie so früh Neuigkeiten für uns haben würden. Schließlich waren Sie ja erst am Freitagnachmittag aufgebrochen.«

»Ihre Anrufer – waren sie männlich oder weiblich?«

»Ein Mann und vier Frauen, wenn ich mich recht erinnere. Als Sie heute morgen anriefen, dachte ich schon, es ginge wieder los, aber offenbar schlafen solche Leute lang. Oder vielleicht werden sie auch erst gegen Abend wirklich bösartig. Jedenfalls haben wir für die Samstagsunterhaltung der Landjugend gesorgt. Sie hatten sich in der Einfahrt zusammengerottet und pfiffen. Doch Nevil fand im Schuppen einen hölzernen Balken –«

»Nevil?«

»Ja, Ihr Neffe – Ihr Cousin, meine ich. Er stattete uns, wie er sich ausdrückte, einen Beileidsbesuch ab – sehr aufmerksam von ihm. Er fand einen Balken, den man hinter das Tor klemmen konnte, so daß es geschlossen blieb; wir haben nämlich keinen Schlüssel dafür. Aber das konnte sie natürlich nicht lange aufhalten. Sie halfen sich gegenseitig auf die Mauer, und dort saßen sie einer neben dem anderen und beschimpften uns, bis es Zeit für sie war, zu Bett zu gehen.«

»Mangel an Bildung«, sagte die alte Mrs. Sharpe nachdenklich, »ist ein schweres Handicap, wenn man jemanden beschimpfen will. Sie hatten nicht die geringste Variationsbreite.«

»Das haben Papageien auch nicht«, entgegnete Robert, »und doch können sie einem gründlich auf die Nerven gehen. Wir müssen sehen, welchen Anspruch auf Polizeischutz wir haben. Aber erst einmal kann ich Ihnen etwas Erfreulicheres über diese Mauer erzählen. Ich weiß, wie das Mädchen darüberblicken konnte.« Er erzählte ihnen von seinem Besuch bei Mrs. Tilsit und seiner Entdeckung, daß das Mädchen sich mit Busausflügen die Zeit vertrieb – oder das zumindest behauptete –, und von seinem anschließenden Besuch in der Garage des Busdienstes für Larborough und Umgebung.

»In den 14 Tagen, die das Mädchen in Mainshill war, gab es zweimal Pannen von Eindecker-Bussen, die auf der Strecke nach Milford verkehren, und jedesmal mußte statt dessen ein Doppeldecker eingesetzt werden. Sie müssen wissen, es gibt pro Richtung nur drei Verbindungen täglich. Und in beiden Fällen hatte der Bus, der zum Mittagstermin von Larborough abgehen sollte, eine Panne. Es gab also mindestens zwei Gelegenheiten in diesen beiden Wochen, zu denen sie das Haus, den Hof, Sie beide und den Wagen alles auf einen Blick gesehen haben kann.«

»Aber könnte jemand, der auf dem oberen Deck eines Busses vorbeifährt, so viel auf einmal wahrnehmen?«

»Sind Sie jemals auf dem oberen Deck eines Überlandbusses gefahren? Selbst wenn der Bus seine 50 Kilometer pro Stunde fährt, erscheint es einem als Schneckentempo. Man kann Dinge sehen, die viel weiter weg sind, und man behält sie viel länger im Blick. In der unteren Etage schlagen die Hecken an das Fenster, und man hat das Gefühl, man fährt schnell, weil alles viel näher ist. Das ist der eine Punkt. Der andere ist, daß das Mädchen ein fotografisches Gedächtnis hat.« Und er erzählte ihnen, was Mrs. Wynn gesagt hatte.

»Lassen wir die Polizei das alles wissen?« fragte Mrs. Sharpe.

»Nein. Bewiesen ist damit noch nichts; wir haben nur die Frage geklärt, wie sie von Ihnen wissen konnte. Als sie ein Alibi brauchte, erinnerte sie sich an Sie und ließ es darauf ankommen, daß Sie nicht in der Lage sein würden zu beweisen, daß Sie ganz woanders waren. Übrigens, wenn Sie Ihren Wagen vorfahren, welche Seite ist dann der Tür zugewandt?«

»Immer die rechte Seite, ganz gleich, ob ich ihn aus der Garage hole oder von der Straße aus die Auffahrt hinaufkomme, denn rechts kann man leichter aussteigen.«

»Gut; die linke Seite mit dem dunkler gestrichenen Vorderrad stünde also zum Tor hin«, folgerte Robert. »Das ist das Bild, das sie gesehen hat: das Gras, der zweigeteilte Weg, vor der Tür der Wagen mit dem unpassenden Rad, zwei Frauen – beide unverwechselbar –, das runde Dachfenster. Sie brauchte sich bloß das Bild, das sie im Kopf hatte, ins Gedächtnis zu rufen und es zu beschreiben. Der Tag, für den sie dieses Bild verwendete – der Tag, an dem sie angeblich gekidnappt wurde –, lag über einen Monat zurück, und es stand 1000 zu eins, daß Sie nicht in der Lage sein würden zu sagen, was Sie an diesem Tag unternommen hatten oder wo Sie gewesen waren.«

»Und ich nehme an«, sagte Mrs. Sharpe, »die Chancen stehen noch viel schlechter, daß *wir* herausfinden könnten, was *sie* in diesem Monat unternommen hat oder wo sie war?«

»Die Chancen stehen schlecht, das ist wahr. Wie mein Freund Kevin Macdermott vorgestern abend sagte, es gibt keinen Grund, warum sie nicht in Sydney in New South Wales gewesen sein soll. Aber irgendwie bin ich heute bei weitem optimistischer, als ich es am Freitagvormittag war. Wir wissen inzwischen so viel mehr über das Mädchen.« Er berichtete ihnen von seinen Gesprächen in Aylesbury und Mainshill.

»Aber wenn die Ermittlungen der Polizei nicht ergeben haben, was sie in diesem Monat angestellt hat –«

»Die polizeilichen Ermittlungen dienten der Überprüfung ihrer Aussage. Die Polizei ist nicht, wie wir das tun, davon ausgegangen, daß die Aussage von vorne bis hinten erlogen ist. Sie überprüfte sie und fand keine Widersprüche. Für sie bestand kein Grund, die Aussage anzuzweifeln. Das Mädchen hatte einen makellosen Ruf, und als sie sich bei ihrer Tante erkundigte, wie sie ihre Ferien verbracht habe, erfuhr sie, daß diese aus unschuldigen Besuchen im Kino und Busausflügen aufs Land bestanden hätten.«

»Und was meinen Sie, woraus sie bestanden?« wollte Mrs. Sharpe wissen.

»Ich denke mir, daß sie jemanden in Larborough kennengelernt hat. Das ist jedenfalls die naheliegende Erklärung. Meiner Meinung nach sollte jede Untersuchung, die wir unternehmen, von dieser Annahme ausgehen.«

»Und wie stellen wir es nun an, einen Detektiv zu engagieren?« fragte Mrs. Sharpe. »Kennen Sie jemanden?«

»Nun«, antwortete Robert zögernd, »ich hatte mir überlegt, daß Sie mich meine Untersuchungen noch ein wenig weiterverfolgen lassen könnten, bevor wir einen Profi engagieren. Ich weiß, daß –«

»Mr. Blair«, unterbrach ihn die alte Frau, »Sie sind unversehens in diese unangenehme Affäre hineingezogen worden, und ich glaube nicht, daß Sie davon sehr begeistert waren. Es war wirklich sehr freundlich von Ihnen, daß Sie Ihr Bestes für uns getan haben, doch wir können nicht erwarten, daß Sie sich um unseretwillen plötzlich in einen Privatdetektiv verwandeln. Wir sind nicht reich – genaugenommen haben wir sogar kaum genug zum Leben –, doch solange wir Geld haben, werden wir für getane Arbeit auch bezahlen. Und es schickt sich nicht, daß Sie sich um unseretwillen in einen – wie war doch gleich sein Name? – Sexton Blake verwandeln.«

»Es mag sich nicht schicken, aber es würde mir großen Spaß machen. Glauben Sie mir, Mrs. Sharpe, ich habe diesen Vorschlag wirklich nicht mit dem Hintergedanken gemacht, Ihre Finanzen zu schonen. Als ich gestern abend mit dem Wagen nach Hause fuhr, da wurde mir klar, wie ungern ich diese Ermittlungen an jemand anderen abgeben würde. Diese Jagd ist zu meiner persönlichen Angelegenheit geworden. Bitte verwehren Sie es mir jetzt nicht –«

»Wenn Mr. Blair bereit ist, noch ein wenig weiterzuforschen«, warf Marion ein, »dann sollten wir ihm, glaube ich, von Herzen danken und sein Angebot annehmen. Ich kann mir gut vorstellen, wie ihm zumute ist. Ich wünschte, ich könnte selbst mit auf die Jagd gehen.«

»Zweifellos wird der Punkt kommen, an dem ich den Fall einem professionellen Detektiv übergeben muß, ob ich nun will oder nicht – wenn die Spur zum Beispiel weit von Larborough wegführt. Ich habe zu viele andere Verpflichtungen, um ihr dann weiter zu folgen. Aber solange sie hier vor unserer Haustür verläuft, möchte ich derjenige sein, der ihr folgt.«

»Wie gedenken Sie denn, die Spur aufzunehmen?« fragte Marion interessiert.

»Nun, ich dachte mir, man könnte in den Cafeterien beginnen. In Larborough, meine ich. Schon, weil es davon nicht so viele geben kann. Und außerdem wissen wir, daß das zumindest zu Anfang die Art von Lokal war, in der das Mädchen zu Mittag zu essen pflegte.«

»Warum sagen Sie ›zu Anfang‹?« fragte Marion.

»Nachdem sie erst einmal den hypothetischen X kennengelernt hatte, mag sie vielleicht auch anderswo gegessen haben. Aber bis dahin zahlte sie selbst für ihr Essen, und zwar für Essen ›à la Cafeteria‹. Ein Mädchen in diesem Alter bevorzugt ohnehin ein Sandwich, selbst wenn es das Geld für ein zweigängiges Mahl hat. Also konzentriere ich mich auf die Cafeterien. Ich zeige den Kellnerinnen die *Hallo!* und bringe mit dem Takt eines Anwalts vom Lande in Erfahrung, ob sie dieses Mädchen jemals in ihrem Lokal gesehen haben. Klingt das für Sie vernünftig?«

»Sehr vernünftig«, bestätigte Marion.

Robert wandte sich an Mrs. Sharpe. »Aber wenn Sie meinen, daß ein Profi Ihnen bessere Dienste erweisen wird – und das könnte ich sehr gut verstehen –, dann werde ich meinen Abschied nehmen und –«

»Ich kann mir nicht vorstellen, daß jemand uns bessere Dienste erweisen wird als Sie«, entgegnete Mrs. Sharpe. »Ich habe Ihnen bereits meinen Dank für die Mühe ausgesprochen, die Sie sich um unseretwillen gemacht haben. Wenn es Ihnen wirklich Vergnügen bereitet, auf die Jagd zu gehen nach diesem ... diesem –«

»Früchtchen«, schlug Robert gutgelaunt vor.

»Flittchen«, verbesserte Mrs. Sharpe, »dann können wir nur einverstanden sein und Ihnen danken. Aber ich könnte mir vorstellen, daß es eine sehr langwierige Suche wird.«

»Warum langwierig?«

»Für meine Begriffe klafft da noch eine gewaltige Lücke zwischen dem Tag, an dem sie den hypothetischen X in Larborough kennengelernt haben soll, und demjenigen, an dem sie ordentlich durchgeprügelt in ihrem Haus in Aylesbury angekommen ist – mit nichts als einem Kleid und einem Paar Schuhe an. Marion, ich glaube, es ist noch etwas von dem Amontillado da.«

Marion ging, um den Sherry zu holen, und in dem Schweigen, das nun eintrat, spürte man, wie still das alte Haus war. Es gab keine Bäume im Hof, die im Wind hätten rauschen können, und keine Vögel, die zwitscherten. Es herrschte eine Stille, so vollkommen wie die mitternächtliche Ruhe einer kleinen Stadt. Empfanden sie es als friedlich, überlegte Robert, nach der Betriebsamkeit einer Pension? Oder als einsam und ein wenig bedrükkend? Sie hätten das zurückgezogene Leben genossen, hatte die alte Mrs. Sharpe am Freitagmorgen in seinem Büro gesagt. Aber war es wirklich ein schönes Leben, abgeschieden hinter den hohen Mauern und in ewiger Ruhe?

»Mir scheint«, sagte Mrs. Sharpe, »das Mädchen ging ein großes Risiko ein, als es das Franchise wählte, wo es doch nichts über den Haushalt und die Bewohner wußte.«

»Natürlich ging sie ein Risiko ein«, sagte Robert. »Das mußte sie, aber ich glaube, sie brauchte nicht ganz so sehr auf ihr Glück zu vertrauen, wie Sie meinen.«

»Nein?«

»Nein. Was Sie sagen wollen, ist, daß – nach dem, was das Mädchen wußte – der Haushalt des Franchise ebensogut aus vielen jungen Leuten und drei Hausangestellten hätte bestehen können.«

»Genau.«

»Aber ich glaube, sie wußte nur zu genau, daß es so etwas hier nicht gab.«

»Wie sollte sie?«

»Entweder hat sie mit dem Schaffner geplaudert, oder – und ich glaube, das ist wahrscheinlicher – sie hat Gespräche anderer Passagiere mit angehört. Sie wissen ja, wie so etwas geht: ›Da wohnen die Sharpes. Wenn man sich das vorstellt, allein in dem riesigen Haus, nur die beiden. Und kein Dienstmädchen, das allein in dem einsamen Haus bleiben will, so weit weg von den Geschäften und vom Kino –‹ und so weiter. Der Bus zwischen Larborough und Milford ist hauptsächlich für die Einheimischen da. Und es ist eine einsame Strecke, ohne Häuser an der Straße und mit Ham Green als einzigem Dorf. Meilenweit ist das Franchise der einzige bewohnte Ort. Ich glaube, es wäre zuviel von der menschlichen Natur verlangt, das Interesse, das Haus, Bewohner und deren Wagen wecken, einfach zu übergehen.«

»Ich verstehe. Ja, das klingt vernünftig.«

»Auf gewisse Weise wünsche ich mir natürlich, daß sie tatsächlich im Gespräch mit dem Schaffner etwas über Sie erfahren hat. Dann wäre die Wahrscheinlichkeit größer, daß er sich an sie erinnert. Das Mädchen behauptet, es sei nie in Milford gewesen und wisse gar nicht, wo es liegt. Wenn ein Schaffner sich an sie erinnern würde, könnten wir ihre Glaubwürdigkeit wenigstens in diesem einen Punkt erschüttern.«

»So wie ich die junge Dame kenne, würde sie ihre großen Kinderaugen aufreißen und sagen: ›Ach, das war Milford? Ich bin einfach nur in irgendeinen Bus eingestiegen und bis zur Endstation und zurück gefahren.‹«

»Stimmt. Es würde uns nicht viel weiterhelfen. Aber wenn es mir nicht gelingt, die Spur des Mädchens in den Cafeterien aufzunehmen, dann werde ich mit ihrem Bild zu den hiesigen Busschaffnern gehen. Ich wünschte nur, sie wäre eine einprägsamere Erscheinung.«

Die Stille senkte sich wieder auf sie hinab, während sie beide über die wenig einprägsame Erscheinung Betty Kanes grübelten.

Sie saßen im Wohnzimmer gegenüber dem Fenster, das auf die grasbewachsene Hoffläche und die verwitterte rote Backsteinmauer ging. Und während sie noch hinausblickten, wurde das Tor aufgestoßen, und eine kleine Gruppe von sieben oder acht Leuten erschien und begaffte das Haus. Sie hatten keinerlei Hemmungen: Gegenseitig machten sie sich auf die interessantesten Punkte aufmerksam, wobei ihre Vorliebe offenbar dem runden Dachfenster galt. Das Franchise, das gestern schon für die Samstagabendunterhaltung der Landjugend gesorgt hatte, war nun, so schien es, einen Sonntagmorgenausflug von Larborough wert. Mit Sicherheit hatten sie ihre Autos draußen vor dem Tor stehen, denn die Frauen waren nicht für draußen angezogen und trugen alberne dünne Schuhe.

Robert warf Mrs. Sharpe einen Blick zu, doch außer, daß sie ihre stets grimmigen Lippen noch fester zusammengepreßt hatte, zeigte sie keine Reaktion.

»Unser Publikum«, sagte sie nach einer Weile mit Grabesstimme.

»Soll ich hinausgehen und sie davonjagen?« fragte Robert. »Es ist meine Schuld, daß ich den Pfosten nicht wieder ins Tor geklemmt habe, den Sie für mich herausgenommen hatten.«

»Lassen Sie sie gewähren«, sagte sie. »Sie werden bald von sich aus gehen. Dergleichen muß die Königsfamilie täglich über sich ergehen lassen; da werden wir es ja wohl ein paar Augenblicke lang ertragen können.«

Doch die Besucher machten keinerlei Anstalten zu gehen. Eine Gruppe war sogar hinter das Haus gegangen, um die Nebengebäude zu inspizieren; der Rest stand noch immer davor, als Marion mit dem Sherry zurückkehrte. Robert entschuldigte sich zum zweiten Mal, daß er den Balken nicht wieder vorgeschoben hatte. Er fühlte sich klein und unfähig. Es ging ihm gegen den Strich, ruhig dazusitzen und zuzusehen, wie Fremde um das Haus spazierten, als ob es ihnen gehörte oder als ob sie sich mit dem Gedanken trügen, es zu kaufen.

Aber wenn er hinausginge und sie aufforderte zu gehen, und sie weigerten sich, welche Mittel hätte er dann, sie zu zwingen? Und welchen Eindruck würde er in den Augen der Sharpes machen, wenn er sich ins Haus zurückziehen und diese Leute als Sieger auf dem Feld lassen müßte?

Der Expeditionstrupp kam von seinem Ausflug rund um das Haus zurück, und sie berichteten lachend und gestikulierend, was sie gesehen hatten. Er hörte Marion vor sich hin murmeln und fragte sich, ob sie fluchte. Sie sah aus wie eine Frau, die ein erlesenes Repertoire an Flüchen hatte. Sie hatte das Sherrytablett abgestellt und es offenbar vergessen; es war nicht der rechte Augenblick für Gastfreundschaft. Er wünschte, etwas Entscheidendes, Spektakuläres tun zu können, um ihr zu gefallen, so wie er sich mit 15 gewünscht hatte, die Dame seines Herzens aus einem brennenden Haus zu retten. Doch leider war die Tatsache nicht zu leugnen, daß er Anfang 40 war und inzwischen gelernt hatte, daß es klüger war, auf die Feuerwehr zu warten.

Und während er noch zögerte, wütend auf sich selbst und auf jene ungehobelten Menschen draußen, traf die Feuerwehr auch bereits in Gestalt eines großgewachsenen jungen Mannes im schrillen Tweedanzug ein.

»Nevil«, hauchte Marion, die die Szene betrachtete.

Nevil musterte die Gesellschaft mit einem unerträglich überlegenen Gesichtsausdruck, und es schien, daß sie unter seinem Blick ein wenig kleiner wurden, doch offenbar waren sie entschlossen, sich zu behaupten. Der Mann in Sportjacke und gestreifter Hose schickte sich offenbar schon an, ihm gegenüberzutreten.

Nevil betrachtete sie noch einige Sekunden lang schweigend, dann angelte er in seiner Innentasche nach etwas. Schon bei der ersten Handbewegung ging eine seltsame Wandlung in dem Grüppchen vor. Die am Rande Stehenden lösten sich und verschwanden unauffällig durch das Tor; die, die vorne standen, verloren ihre dreiste Art und bekamen etwas Beschwichtigendes, und schließlich sah man auch die Sportjacke kleine, beteuernde Gesten der Kapitulation machen und ebenfalls den Rückzug durch das Tor antreten.

Nevil schlug das Tor hinter ihnen zu, zwängte den hölzernen Balken an seinen Platz und kam den Weg zur Tür hinaufspaziert, wobei er sich die Hände an einem ausgesprochen entsetzlichen Taschentuch abwischte. Marion lief zur Haustür, um ihn zu begrüßen.

»Nevil!« hörte Robert sie sagen. »Wie haben Sie das gemacht?«

»Was gemacht?« fragte Nevil.

»Wie sind Sie diese Gestalten losgeworden?«

»Oh, ich habe einfach nach ihren Namen und Adressen gefragt«, sagte Nevil. »Sie können sich gar nicht vorstellen, wie diskret die Leute werden, wenn man sein Notizbuch hervorzieht und Namen und Adressen fordert. Es ist das moderne Gegenstück zu ›Flieht! Alles ist verraten‹. Die sind so schnell verschwunden, daß sie sich nicht einmal mehr die Zeit genommen haben, nach der Dienstmarke zu fragen – man könnte ja tatsächlich eine haben. Hallo, Robert. Guten Morgen, Mrs. Sharpe. Eigentlich bin ich unterwegs nach Larborough, aber ich sah das Tor offenstehen und diese beiden entsetzlichen Automobile davor, und da hielt ich an, um der Sache nachzugehen. Ich wußte nicht, daß Robert hier war.«

Diese unschuldige Andeutung, daß Robert natürlich ebenso befähigt war wie er, mit der Lage fertig zu werden, war die größte Gemeinheit von allen. Robert hätte ihm den Schädel einschlagen können.

»Tja, nun, wo Sie einmal hier sind und uns mit solchem Geschick von diesem Ärgernis befreit haben, müssen Sie auch bleiben und ein Glas Sherry mit uns trinken«, sagte Mrs. Sharpe.

»Könnte ich auf dem Rückweg am Abend vorbeikommen und es dann trinken?« fragte Nevil. »Ich bin nämlich unterwegs zum Mittagessen mit meinem zukünftigen Schwiegervater, und am Sonntag handelt es sich dabei um ein strenges Ritual. Man muß rechtzeitig zu den Aufwärmübungen dort sein.«

»Aber natürlich, kommen Sie auf dem Rückweg vorbei«, sagte Marion. »Wir werden uns freuen. Woran erkennen wir, daß Sie es sind? Wegen des Tores, meine ich.« Sie goß ein Glas Sherry ein und reichte es Robert.

»Kennen Sie das Morse-Alphabet?«

»Ich schon, aber sagen Sie mir nicht, daß S i e es kennen.«

»Warum nicht?«

»Sie sehen ganz und gar nicht wie ein Funker aus.«

»Oh, als ich 14 war, da wollte ich zur See, und enthusiastisch, wie ich war, habe ich eine ganze Reihe dummer Nebensächlichkeiten dafür gelernt. Ich werde, wenn ich komme, die Initialen Ihres wunderbaren Namens mit der Hupe geben. Zweimal lang, dreimal kurz. Und nun muß ich eilen. Der Gedanke, heute abend mit Ihnen zu plaudern, wird mir helfen, das Mahl beim Bischof zu überstehen.«

»Wird Rosemary denn gar keine Hilfe sein?« fragte Robert, dessen gemeine Seite wieder einmal die Oberhand gewonnen hatte.

»Ich glaube kaum. Sonntags ist Rosemary immer ganz Tochter in ihres Vaters Haus. Eine Rolle, die sie wenig kleidet. *Au revoir,* Mrs. Sharpe. Achten Sie darauf, daß Robert nicht den ganzen Sherry austrinkt.«

»Und wann«, hörte Robert Marion fragen, als sie Nevil zur Tür begleitete, »beschlossen Sie, doch nicht zur See zu gehen?«

»Mit 15. Ich wandte mich statt dessen der Ballonfahrt zu.«

»Theoretisch, nehme ich an.«

»Nun, die heiße Luft hatte ich schon.«

Warum gingen sie so freundschaftlich miteinander um, so unverkrampft? fragte Robert sich. Als ob sie alte Bekannte wären. Warum gefiel ihr dieser Windhund Nevil?

»Und als Sie 16 waren?«

Wenn sie wüßte, wie viele Sachen Nevil im Laufe der Zeit begonnen und dann wieder fallengelassen hatte, dann würde sie sich vielleicht nicht ganz so wohl bei dem Gedanken fühlen, die neueste in dieser Reihe zu sein.

»Ist Ihnen der Sherry zu trocken, Mr. Blair?« erkundigte sich Mrs. Sharpe.

»Aber nein, nein, er ist ausgezeichnet.« War es denkbar, daß man ihm seine Verstimmung angesehen hatte? Um Gottes willen!

Er warf der alten Dame einen vorsichtigen Blick zu und hatte den Eindruck, daß sie leicht amüsiert aussah. Und es war kein angenehmer Anblick, die alte Mrs. Sharpe amüsiert zu sehen.

»Ich glaube, ich mache mich lieber auf den Weg, bevor Miss Sharpe hinter Nevil das Tor schließt«, sagte er. »Sonst muß sie noch ein zweites Mal mit mir hinauskommen.«

»Aber wollen Sie denn nicht zum Essen bleiben? Im Franchise gibt es kein Ritual dabei.«

Doch Robert entschuldigte sich. Er mochte den Robert Blair nicht, zu dem er sich entwickelte. Kleinlich und kindisch und unfähig.

Er würde nach Hause fahren, ein ganz normales Sonntagsessen mit Tante Lin einnehmen und wieder der Robert Blair von Blair, Hayward und Bennet sein – gleichmütig, geduldig und im Frieden mit der Welt.

Nevil war – als er das Tor erreichte – bereits mit einem Röhren, das die Sonntagsruhe erschütterte, abgefahren, und Marion war gerade im Begriff, das Tor zu schließen.

»Ich kann mir nicht vorstellen, daß der Bischof dieses Fortbewegungsmittel seines zukünftigen Schwiegersohns zu schätzen weiß«, sagte sie und blickte dem dröhnenden Gefährt nach, wie es die Straße hinunterschoß.

»Schall und Rauch, das ist alles«, sagte Robert, der immer noch sarkastisch aufgelegt war.

Sie lächelte ihn an. »Ich glaube, das ist die erste wirklich geistreiche Bemerkung, die ich jemals gehört habe«, sagte sie. »Ich hatte gehofft, Sie blieben zum Mittagessen, aber auf eine gewisse Weise bin ich auch erleichtert, daß Sie es nicht tun.«

»Sind Sie das?«

»Ich habe einen Pudding gemacht, aber er ist nicht fest geworden. Ich bin eine sehr schlechte Köchin. Ich folge haargenau den Anweisungen im Kochbuch, aber gelingen tut es mir fast nie. Ja, mir verschlägt es die Sprache, wenn mal etwas klappt. Da werden Sie mit dem Apfelkuchen Ihrer Tante Lin besser bedient sein.«

Plötzlich und wider alle Vernunft wünschte sich Robert, daß er bleiben könne, um den Pudding, der nicht fest geworden war, mit ihnen zu teilen und neben ihrer Kochkunst auch noch ihren sanften Spott über sich ergehen zu lassen.

»Morgen abend lasse ich Sie wissen, wie ich in Larborough vorankomme«, sagte er nüchtern. Da sie sich mit ihm ja nicht über Hühner und Maupassant unterhielt, würde er das Gespräch auf praktische Dinge beschränken. »Und ich werde Inspector Hallam anrufen und sehen, ob er ein- oder zweimal pro Tag einen Mann vorbeischicken kann, der sich hier umsieht – nur um die Uniform zu zeigen, sozusagen, und zu verhindern, daß jemand hier herumlungert.«

»Das ist sehr freundlich von Ihnen, Mr. Blair«, sagte sie. »Ich kann mir gar nicht vorstellen, was wir ohne Sie als Stütze machen sollten.«

Nun, wenn er nicht jung sein konnte und kein Dichter, so konnte er doch als Krücke dienen. Ein langweiliges Ding, eines, an das man sich nur erinnerte, wenn man in Not war, aber nützlich, so nützlich.

Kapitel 11

Um halb elf am Montagmorgen saß er bei König vor einer Tasse dampfendem Kaffee. Er hatte bei König begonnen, denn wenn man überhaupt an Kaffee denkt, denkt man an Königs Kaffeegeschäft, mit dem Laden in der unteren Etage, wo es nach frisch geröstetem Kaffee duftet, und dem Obergeschoß, wo man ihn aufgebrüht an den kleinen Tischen genießen kann. Und wenn er schon Kaffee im Übermaß trinken mußte, dann wollte er wenigstens mit etwas Gutem beginnen, solange er es noch genießen konnte.

Er hielt die *Hallo!* so in der Hand, daß der Blick der Kellnerinnen einfach auf das Bild des Mädchens fallen mußte, in der vagen Hoffnung, sein Interesse für den Artikel könnte eine von ihnen dazu veranlassen zu sagen: ›Das Mädchen da, das hat früher jeden Morgen hier Kaffee getrunken.‹ Zu seiner Überraschung wurde ihm die Zeitung vorsichtig aus der Hand genommen, und als er hochblickte, sah er, daß die Bedienung ihn mit einer Art Lächeln anschaute.

»Das ist die vom letzten Freitag«, sagte sie. »Hier.« Und sie bot ihm die neueste *Hallo!* an.

Er dankte ihr und sagte, er würde zwar gern die Zeitung dieses Morgens lesen, aber die vom Freitag wolle er behalten. Dann fragte er, ob jenes Mädchen, das Mädchen von der Titelseite der Freitagsausgabe, jemals bei ihnen zum Kaffee gewesen sei?

»Oh nein, da hätten wir uns dran erinnert, wenn die hier gewesen wäre. Am Freitag hat jeder hier über den Fall gesprochen. Wenn man sich das vorstellt, daß sie sie halb totgeschlagen haben.«

»Dann glauben Sie also, daß sie das wirklich getan haben?«

Sie sah überrascht aus. »Das steht doch in der Zeitung.«

»Nein, die Zeitung berichtet nur, was das Mädchen erzählt hat.«

Offenbar verstand sie nicht, was er sagen wollte. Das ist die Demokratie, die wir vergöttern.

»Die würden doch so eine Geschichte nicht drucken, wenn's nicht stimmt. Das können die sich doch gar nicht leisten. Sind Sie Detektiv?«

»Teilzeit«, sagte Robert.

»Wieviel kriegt man da pro Stunde?«

»Viel zu wenig.«

»Das kann ich mir vorstellen. Sie haben sicher auch keine Gewerkschaft. Ohne Gewerkschaft kommt man nie zu seinem Recht in dieser Welt.«

»Nur zu wahr«, sagte Robert. »Könnte ich jetzt die Rechnung haben?«

»Die Rechnung, sofort.«

Im Filmpalast, dem größten und neuesten unter den Kinos, nahm das Restaurant die Etage hinter dem Balkon ein; die Teppiche waren so dick, daß man auf ihnen stolperte, und das Licht so gedämpft, daß die Tischtücher schmutzig wirkten. Eine gelangweilte Houri mit vergoldetem Haar, einem Rock mit schiefem Saum und einem Batzen Kaugummi in der rechten Backe nahm seine Bestellung auf, ohne ihn eines einzigen Blickes zu würdigen, und eine Viertelstunde später stellte sie eine Tasse dünner Brühe vor ihn hin, ohne daß ihre Augen dabei auch nur annähernd in seine Richtung wanderten. Da Robert in diesen 15 Minuten festgestellt hatte, daß die Technik, niemals einen Kunden anzusehen, ihnen allen gemeinsam war – vermutlich würden sie allesamt schon im übernächsten Jahr Filmstars sein, und man konnte nicht erwarten, daß sie sich für ihre provinzielle Kundschaft interessierten –, zahlte er für die Brühe und ging, ohne sie probiert zu haben.

Im Capitol, dem anderen großen Kino, öffnete das Restaurant erst am Nachmittag.

Im Rex – ganz Purpur und Gold – hatte niemand sie gesehen. Robert ließ alle Verstellung fallen und fragte unverblümt danach.

Im Obergeschoß des Kaufhauses Griffon und Waldron war gerade Hauptgeschäftszeit, und die Kellnerin fuhr ihn an: »Halten Sie mich nicht auf!«

Die Abteilungsleiterin, die ihn mit einem mißtrauischen, abwesenden Blick betrachtete, sagte: »Wir geben niemals Auskünfte über unsere Kundschaft.«

In der Alten Linde – klein und dunkel und gemütlich – unterhielten die ältlichen Serviererinnen sich interessiert mit ihm über den Fall. »Das arme kleine Ding«, sagten sie. »Was sie da durchmachen mußte. Und so ein liebes Gesicht. Fast noch ein Baby. Das arme kleine Ding.«

Im Alençon – altrosa Plüschsofas entlang der cremefarbenen Wände – gab man ihm zu verstehen, daß man von einer Zeitung namens *Hallo!* noch niemals gehört habe und daß jemand, dessen Fotografie in einem solchen Blatt erscheine, unmöglich in ihrem Hause verkehren könne.

Im Anker – Fresken mit Seefahrtsmotiven und Kellnerinnen in Seemannshosen – war das Personal einhellig der Meinung, jedes Mädchen, das per Anhalter fahre, müsse damit rechnen, daß es am Ende zu Fuß nach Hause laufen müsse. Im Gänseblümchen – alte polierte Tische mit Bastmatten und dünne, ungelernte Kellnerinnen in geblümten Kleidern – diskutierte man über die soziale Dimension des Arbeitskräftemangels im Dienstbotengewerbe und die Unberechenbarkeit der Psyche von Halbwüchsigen.

In der Teekanne war kein Tisch zu haben und keine Bedienung bereit ihn anzuhören, doch ein näherer Blick auf den heruntergekommenen Laden überzeugte ihn davon, daß Betty Kane, wo sie die anderen Lokale zur freien Auswahl hatte, niemals dieses gewählt hätte. Um halb eins taumelte er in den Salon des Midland und rief nach Alkoholischem. Seines Wissens hatte er alle in Frage kommenden Lokale im Zentrum von Larborough abgeklappert, und in keinem einzigen davon hatte irgend jemand sich an das Mädchen erinnern können. Und, was noch schlimmer war, alle waren sich einig, daß sie sich erinnert hätten, wäre sie wirklich jemals bei ihnen gewesen. Als Robert das anzweifelte, hatte man ihm erklärt, daß ein Großteil der Kundschaft aus Stammgästen bestehe, und deshalb falle ein ungewohnter Besucher auf, man registriere ihn ganz automatisch und erinnere sich an ihn.

Als Albert, der rundliche kleine Kellner, ihm sein Glas brachte, fragte Robert ihn eher aus Gewohnheit als mit Absicht: »Sie haben nicht zufällig einmal dieses Mädchen hier gesehen, Albert?«

Albert betrachtete die Titelseite der *Hallo!* und schüttelte den Kopf. »Nein, Sir. Nicht daß ich wüßte. Sieht auch ein wenig jung für die Bar des Midland aus, Sir, wenn ich mir die Bemerkung erlauben darf.«

»Vielleicht sähe sie nicht mehr so jung aus, wenn sie einen Hut aufhätte«, sagte Robert und versuchte, sie sich so vorzustellen.

»Ein Hut.« Albert stutzte. »Augenblick mal, ein Hut.« Albert stellte sein kleines Tablett ab und nahm die Zeitung, um sie näher zu betrachten. »Ja natürlich – das ist das Mädchen mit dem grünen Hut!«

»Soll das heißen, sie kam hierher zum Kaffee?«

»Nein, zum Tee.«

»Zum Tee!«

»Ja natürlich, das ist das Mädchen. Stellen Sie sich das vor – die habe ich jetzt doch tatsächlich nicht erkannt, und das, obwohl wir doch die Zeitung letzten Freitag in der Küche hatten und stundenlang von nichts anderem geredet haben! Das muß allerdings inzwischen schon eine Weile her sein, oder? Ungefähr sechs Wochen müssen das sein. Sie kam immer zeitig so gegen drei, wenn wir den ersten Tee servieren.«

So hatte sie also ihre Zeit verbracht. Was für ein Dummkopf er gewesen war, daß er nicht darauf gekommen war. Sie ging in die Morgenvorstellung im Kino gerade noch rechtzeitig, um eine billige Karte zu bekommen – das hieß kurz vor Mittag – und kam gegen drei wieder heraus, und das war die Zeit für einen Tee und nicht für einen Kaffee. Aber warum hatte sie das Midland gewählt, wo der Tee, wie immer in Hotels, mäßig und teuer war, wo sie sich doch anderswo mit Kuchen vollstopfen konnte?

»Sie fiel mir auf, weil sie immer allein kam. Das erste Mal, als sie kam, dachte ich, sie wartet auf ihre Verwandten. So sah sie nämlich aus. Sie wissen schon: hübsch und einfach gekleidet, niemals aufgeputzt.«

»Wissen Sie noch, was sie anhatte?«

»Oh ja. Sie hatte immer dasselbe an, einen grünen Hut und ein passendes Kleid dazu, und darüber einen hellgrauen Mantel. Aber es kam nie jemand, mit dem sie sich traf. Und dann, eines Tages, hat sie sich an den Mann am Nachbartisch herangemacht. Da wäre ich beinahe umgefallen, so baff war ich.«

»Sie meinen, er hat sich an sie herangemacht.«

»Das denken Sie! Er hat sie gar nicht bemerkt gehabt. Sie sah überhaupt nicht danach aus, Sir, das kann ich Ihnen versichern. Man dachte, jeden Moment kommt eine Tante oder die Mutter herein und sagt: ›Tut mir leid, daß du warten mußtest, mein Liebes.‹ Kein Mann wäre auf die Idee gekommen, es bei ihr zu versuchen. Oh nein, die Kleine hat sich an ihn herangemacht. Und lassen Sie sich das sagen, Sir, mit einem Geschick, als ob sie ihr Leben lang nichts anderes getan hätte. Mensch, daß ich die nicht wiedererkannt habe, ohne ihren Hut!« Verwundert betrachtete er das Bild.

»Was war das für ein Mann. Kannten Sie ihn?«

»Nein, keiner von unseren Stammgästen. Dunkel, eher jung; Geschäftsmann, würde ich sagen. Ich war ein wenig überrascht, wen sie sich da ausgesucht hatte, fällt mir jetzt wieder ein; da kann er also wohl nichts Besonderes gewesen sein.«

»Das heißt, Sie würden ihn nicht wiedererkennen?«

»Vielleicht, Sir, vielleicht. Aber ich könnte es nicht beschwören. Ähm – brauchen Sie es für irgendwas, was man beschwören muß, Sir?«

Robert kannte Albert seit fast 20 Jahren und hatte ihn stets als bemerkenswert diskret erlebt. »Die Sache ist so, Albert«, sagte er. »Diese Leute hier sind meine Klienten.« Er tippte auf das Foto des Franchise, und Albert stieß einen leisen Pfiff aus.

»Eine schlimme Sache für Sie, Mr. Blair.«

»Stimmt, da haben Sie recht – eine schlimme Sache. Aber hauptsächlich für die beiden. Sie können sich gar nicht vorstellen, wie schlimm es für die beiden ist. Eines Tages steht aus heiterem Himmel dieses Mädchen vor der Tür – mit der Polizei, der sie ihre Lügengeschichte erzählt hatte. Vor diesem Tag hatte keine der beiden Frauen sie jemals gesehen. Die Polizei ist sehr zurückhaltend und kommt zu dem Schluß, daß die Beweise nicht ausreichen, um Anklage zu erheben. Dann erfährt die *Hallo!* davon und schlägt Kapital daraus, und ganz England kennt die Geschichte. Im Franchise ist man natürlich völlig hilflos. Die Polizei hat nicht genug Leute, um es rund um die Uhr zu bewachen, und Sie können sich vorstellen, was die beiden Frauen durchzumachen haben. Mein junger Cousin, der gestern abend kurz vor dem Abendessen dort vorbeischaute, hat berichtet, von Mittag an seien die Wagen aus Larborough in Scharen gekommen, und die Leute seien auf die Autodächer geklettert oder hätten sich die Mauer hinaufgezogen, um zu gaffen oder zu fotografieren. Nevil kam nur hinein, weil er zusammen mit dem Polizisten eintraf, der seine Abendrunde machte, doch sobald sie fort waren, kamen die Schwärme von Autos zurück. Das Telefon läutete ununterbrochen, bis sie die Vermittlung baten, keine Anrufe mehr durchzustellen.«

»Und die Polizei hat die Sache also ganz fallenlassen?«

»Das nicht; aber sie können nichts tun, was uns von Nutzen wäre. Wonach die Polizei sucht, das sind Beweise für die Richtigkeit der Geschichte des Mädchens.«

»Na, das ist doch nicht sehr wahrscheinlich, oder? Daß sie so etwas finden, meine ich.«

»Das nicht. Aber Sie verstehen, in welcher Klemme wir uns befinden. Wenn es uns nicht gelingt herauszufinden, wo das Mädchen in den Wochen, in denen es angeblich im Franchise war, wirklich gesteckt hat, werden die Sharpes auf ewig leben müssen, als seien sie für eine Tat verurteilt worden, derentwegen man sie nicht einmal angeklagt hat!«

»Tja, wenn es sich um das Mädchen im grünen Hut handelt – und da bin ich mir sicher, Sir –, dann würde ich vermuten, sie genoß, wie man so sagt, das *dolce vita,* Sir. Die hatte es faustdick hinter den Ohren für ein Mädchen dieses Alters. Sah aus, als ob sie kein Wässerlein trüben könnte.«

›Sah aus, als ob sie kein Wässerlein trüben könnte.‹ Genau das hatte auch der Tabakhändler von der kleinen Betty gesagt. Und auf *dolce vita* hatte Stanley getippt, als er das Bild des Mädchens sah, das der ›Kleinen, die er in Ägypten hatte‹, so sehr ähnelte.

Und der kleine Kellner mit seiner Menschenkenntnis hatte beide Wendungen für das schweigsame Mädchen im ›passenden‹ Kleid benutzt, das jeden Tag gekommen war und im Hotelsalon gesessen hatte.

›Vielleicht war es nur ein kindlicher Wunsch, die große Dame zu spielen‹, schlug das Gute in ihm vor; doch sein gesunder Menschenverstand ließ das nicht gelten. Als große Dame hätte sie sich auch im Alençon fühlen können, und sie hätte dazu noch gut gegessen und gutgekleidete Leute gesehen.

Er ging ins Restaurant, um zu Mittag zu essen, und verbrachte dann einen Gutteil des Nachmittags mit dem Versuch, Mrs. Wynn telefonisch zu erreichen. Mrs. Tilsit besaß kein Telefon, und er hatte auch nicht die Absicht, sich ein weiteres Mal mit Mrs. Tilsit zu unterhalten, wenn es sich vermeiden ließ. Als er sie nicht erreichen konnte, fiel ihm ein, daß Scotland Yard, gründlich, wie man dort war, höchstwahrscheinlich eine Beschreibung der Kleidung hatte, die das Mädchen trug, als es zuletzt gesehen wurde. Und in noch nicht einmal sieben Minuten hatte er sie. Ein grüner Filzhut, Kleid aus passendem grünen Wollstoff, ein hellgrauer Tuchmantel mit großen grauen Knöpfen, beige Nylonstrümpfe und schwarze Pumps mit mittelhohem Absatz.

Nun, wenigstens den hatte er gefunden, den Ort, an dem alles begonnen hatte; den Ort, an dem er seine Untersuchung beginnen konnte. Auf dem Rückweg hielt er im Salon inne und schrieb eine Nachricht an Kevin Macdermott, daß seine junge Dame aus Aylesbury doch kein so gefundenes Fressen für ihn sei, wie es am Freitagabend den Anschein gehabt hatte; natürlich wollte er ihn – zwischen den Zeilen – auch wissen lassen, daß Blair, Hayward und Bennet durchaus etwas ausrichten konnten, wenn es sich als erforderlich erwies.

»Ist sie noch einmal zurückgekommen?« fragte er Albert, der gerade vorbeikam. »Ich meine, nachdem sie ›ihren Mann gefunden hatte‹.«

»Ich kann mich nicht erinnern, jemals einen der beiden wiedergesehen zu haben, Sir.«

Nun, der hypothetische X war also keine Hypothese mehr. Man konnte ihn jetzt schlicht und einfach X nennen. Er, Robert, konnte heute abend triumphierend zum Franchise zurückkehren. Er hatte eine Theorie aufgestellt, und die Theorie hatte sich als Faktum erwiesen, und er war es gewesen, der den Beweis erbracht hatte. Natürlich war es deprimierend, daß es sich bei den Briefen, die Scotland Yard bisher bekommen hatte, durchweg um anonyme Beschimpfungen des Yard für seine ›Laschheit‹ gegenüber den ›Reichen‹ gehandelt hatte und nicht um die Mitteilung, man habe Betty Kane gesehen. Es war deprimierend, daß praktisch jeder, mit dem er am Vormittag gesprochen hatte, die Geschichte des Mädchens ohne weiteres geglaubt hatte, ja, daß sie überrascht und ratlos waren, wenn man sie bat, einen anderen Standpunkt in Erwägung zu ziehen. ›Das hat doch in der Zeitung gestanden.‹ Doch das waren Kleinigkeiten im Vergleich zu der Befriedigung, die es bereitete, einen Startpunkt erreicht zu haben, X gefunden zu haben. Er konnte nicht glauben, daß das Schicksal so grausam sein und sich herausstellen könnte, daß Betty Kane sich auf den Stufen des Midland von ihrem Bekannten getrennt und ihn nie wiedergesehen hätte. Diese Begegnung im

Salon mußte einfach zu weiteren Rendezvous geführt haben. Die Ereignisse der folgenden Wochen ließen keine andere Möglichkeit zu.

Doch wie machte man einen jungen, dunklen Geschäftsmann ausfindig, der vor ungefähr sechs Wochen zum Tee in den Salon des Midland gekommen war? Junge, dunkle Geschäftsmänner waren die typischen Gäste des Midland; soweit Blair das sah, glichen sie sich ohnehin wie ein Ei dem anderen. Er hatte die starke Befürchtung, daß dies der Punkt war, an dem er die Bühne einem berufsmäßigen Spürhund überlassen mußte. Diesmal hatte er keine Fotografie, die ihm helfen konnte. Er wußte nichts über den Charakter und die Gewohnheiten von X, so wie das bei dem Mädchen der Fall gewesen war. Es würde eine langwierige Folge von kleinen Erkundungen sein – die Arbeit für einen Experten. Alles, was er, soweit er sah, im Augenblick tun konnte, war, sich eine Liste der Gäste des Midland in der fraglichen Zeit zu besorgen.

Zu diesem Zweck ging er zum Geschäftsführer, einem Franzosen, der Verständnis für seine Vorgehensweise *sub rosa* hatte, ihn mit Freuden unterstützte, von bewundernswertem Verständnis für die geschmähten Damen im Franchise war und tröstend zynisch, was glattgesichtige Mädchen in passenden Kleidern anging, die aussahen, als könnten sie kein Wässerlein trüben. Er schickte einen Untergebenen, die Einträge aus dem Gästebuch zu kopieren, und servierte Robert einen Likör aus seinem Privatschrank. Robert hatte nie viel für die französische Art übrig gehabt, zu allen möglichen Tageszeiten kleine Gläschen undefinierbarer süßer Flüssigkeiten zu sich zu nehmen, doch er schluckte das Zeug dankbar und steckte die Liste, die ihm der Angestellte brachte, so sorgfältig in die Tasche, wie man seinen Paß in die Tasche steckt. Ihr tatsächlicher Wert war vermutlich gleich null, doch es war ein schönes Gefühl, sie zu haben. Und wenn er die Arbeit an einen Profi übergeben mußte, dann hatte dieser Profi etwas, wo er zu wühlen beginnen konnte. Wahrscheinlich hatte X nie in seinem Leben im Midland gewohnt; wahrscheinlich war er einfach nur eines Tages zum Tee hineinspaziert. Andererseits war es immerhin möglich, daß sein Name auf der Liste in seiner Tasche stand – jener entsetzlich langen Liste.

Auf der Rückfahrt beschloß er, nicht am Franchise anzuhalten. Es war unfair, Marion ans Tor zu rufen, nur um einer Nachricht willen, die er ihr auch telefonisch mitteilen konnte. Er würde der Vermittlung sagen, wer er war und daß es sich um einen offiziellen Anruf handelte, und dann würden sie das Gespräch auch annehmen. Vielleicht würde morgen die erste Welle des Interesses an ihrem Haus schon abgeebbt sein, und man könnte es riskieren, das Tor wieder zu öffnen. Doch das bezweifelte er. Die heutige *Hallo!* war nicht darauf ausgerichtet gewesen, eine beruhigende Wirkung auf die Massen auszuüben. Zugegeben, es gab keine Schlagzeilen auf der Titelseite mehr; die Franchise-Affäre hatte sich auf die Leserbriefseite zurückgezogen. Doch die Briefe, die die *Hallo!* dort zum Abdruck ausgewählt hatte – und zwei Drittel der Seite beschäftigten sich mit der Franchise-Affäre – würden nicht gerade Öl auf die Wogen gießen. Eher waren sie wie Paraffin, das man in ein Feuer goß, welches ohnehin schon lodernd brannte.

Während er sich einen Weg durch das Verkehrsgewühl von Larborough bahnte, gingen ihm die dummen Phrasen durch den Kopf, und er wunderte sich erneut über die Gehässigkeit, die diese fremden Frauen in den Köpfen der Briefschreiber aufgestachelt hatten. Wut und Haß wurden in diesen Spalten ausgegossen; ungezügelte Bosheit sprach aus diesen beinahe analphabetischen Sätzen. Es war wirklich eine erstaunliche Sammlung. Seltsam, wie viele dieser Briefschreiber – empört über die Gewalt – die besagten Frauen halbtot zu prügeln wünschten. Diejenigen, die nicht vorschlugen, die Frauen auszupeitschen, wollten die Polizei reformieren. Einer schlug vor, einen Fonds für dieses arme junge Opfer der Unfähigkeit und Voreingenommenheit der Polizei einzurichten. Ein anderer schlug vor, jeder Mensch mit dem Herzen auf dem rechten Fleck solle seinem Abgeordneten im Parlament schreiben und ihm das Leben zur Hölle machen, bis etwas gegen die skandalösen Zustände bei der Justiz unternommen würde. In einem dritten Brief wurde die Frage gestellt, ob denn niemandem die große Ähnlichkeit zwischen Betty Kane und der Heiligen Bernadette aufgefallen sei.

Wenn man die heutige Leserbriefseite der *Hallo!* als Kriterium nahm, so deutete alles darauf hin, daß ein Betty-Kane-Kult geboren war. Er hoffte nur, daß es nicht als Folge davon zu einem Rachefeldzug gegen das Franchise kommen würde.

Als er sich dem Haus näherte, über das so viel Unglück gekommen war, wuchsen seine Sorgen, und er fragte sich, ob den beiden wohl auch der Montag wieder eine große Zahl an Schaulustigen beschert hatte. Es war ein wunderbarer Abend; das Sonnenlicht fiel in breiten goldenen Streifen schräg über die Frühlingsfelder, ein Abend, der selbst Larborough in die langweilige Midlandlandschaft von Milford hinauslockte. Es wäre ein Wunder, wenn das Haus nach den Leserbriefen in der *Hallo!* nicht zu einem Mekka abendlicher Ausflüge geworden wäre. Doch als er in Sichtweite kam, sah er, daß die lange, gerade Straße verlassen dalag; und als er näher kam, sah er, warum. Vor dem Tor des Franchise stand stattlich, unerschütterlich und makellos im Abendlicht die dunkelblau-silberne Gestalt eines Polizisten.

Hocherfreut, daß Hallam so großzügig jemanden aus seiner dürftig besetzten Truppe abgestellt hatte, verlangsamte Robert das Tempo, um ihn zu begrüßen; doch der Gruß erstarb ihm auf den Lippen. Quer über die hohe Backsteinmauer, in beinahe zwei Meter großen Lettern, stand ein Schriftzug geschmiert. FASCHISTEN!, schrieen die riesigen weißen Großbuchstaben. Und auch auf die andere Seite des Tors war FASCHISTEN! geschmiert worden.

»Bitte weiterfahren«, sagte der Polizist und näherte sich Robert, der die Wand anstarrte, mit einer geduldigen, bedrohlichen Höflichkeit. »Anhalten verboten.«

Robert stieg langsam aus dem Wagen.

»Oh, Mr. Blair. Bitte um Entschuldigung. Habe Sie nicht erkannt, Sir.«

»Ist es Tünche?«

»Nein, Sir, beste Qualitätsfarbe.«

»Mein Gott!«

»Manche Leute werden nie zu groß dafür.«

»Wofür?«

»Fürs Wändebeschmieren. Immerhin hätten sie etwas Schlimmeres schreiben können.«

»Sie haben die schlimmste Beleidigung geschrieben, die sie kannten«, sagte Robert trocken. »Ich nehme an, die Übeltäter sind Ihnen entwischt?«

»Ja, Sir. Ich kam während meiner Abendrunde vorbei, um die üblichen Gaffer davonzujagen – oh, das waren Dutzende –, und fand es so vor, als ich ankam. Zwei Männer in einem Auto, wenn man den Berichten glauben kann.«

»Wissen die Sharpes davon?«

»Ja, ich mußte hineingehen und telefonieren. Wir haben ein Zeichen verabredet, wir und die Leute im Franchise. Ich binde mein Taschentuch ans Ende meines Gummiknüppels und winke damit über das Tor, wenn ich mit ihnen sprechen will. Möchten Sie hinein, Sir?«

»Nein, ich glaube, wenn ich es mir recht überlege, lieber nicht. Ich werde die Vermittlung überreden, mich telefonisch durchzustellen. Dafür muß man sie nicht zum Tor rufen. Wenn das so weitergeht, müssen sie sich Schlüssel für das Tor besorgen, so daß ich meinen eigenen bekommen kann.«

»Sieht ganz so aus, als ob es noch eine Weile so weitergeht, Sir. Haben Sie die heutige *Hallo!* gesehen?«

»Allerdings.«

»Heiliger Strohsack!« rief der Schutzmann, den beim Gedanken an die *Hallo!* sein Gleichmut verließ. »Wenn man die liest, könnte man denken, wir tun den ganzen Tag über nichts anderes, als die Hand aufzuhalten! Übrigens ein Wunder, daß wir das nicht tatsächlich tun. Sollten sich lieber dafür einsetzen, daß wir besser bezahlt werden, statt uns so zu verleumden.«

»Da sind Sie in guter Gesellschaft, falls das ein Trost für Sie ist«, sagte Robert. »Es kann nichts Bewährtes, Anständiges oder Lobenswertes geben, das von denen nicht irgendwann verleumdet worden ist. Ich werde entweder noch heute abend oder gleich morgen früh jemanden herschicken, um etwas gegen diese – diese Obszönität zu unternehmen. Bleiben Sie hier?«

»Als ich anrief, sagte der Sergeant, ich solle bis zum Einbruch der Dunkelheit hierbleiben.«

»Niemand über Nacht?«

»Nein, Sir. Nicht genug Leute. Aber da passiert schon nichts, wenn's erst mal dunkel ist. Die gehen nach Hause, besonders die aus Larborough. Die fühlen sich nicht wohl auf dem Land, wenn es dunkel ist.«

Robert, der sich erinnerte, wie still das einsame Haus sein konnte, hatte da seine Zweifel. Zwei Frauen allein im Dunkeln in diesem großen, einsamen Haus und auf der anderen Seite der Mauer Haß und Gewalt – das war kein angenehmer Gedanke. Das Tor war verbarrikadiert, doch wenn die Menschen sich auf die Mauer hieven konnten, um dort zu sitzen und Beleidigungen zu rufen, dann konnten sie sich auch genausogut auf der anderen Seite im Dunkeln hinuntergleiten lassen.

»Machen Sie sich keine Sorgen, Sir«, sagte der Schutzmann, der seinen Gesichtsausdruck sah. »Denen passiert schon nichts. Das ist schließlich immer noch England hier.«

»Auch die *Hallo!* ist England«, erinnerte Robert ihn, doch er bestieg schon wieder seinen Wagen. Schließlich war es tatsächlich England, und noch dazu das ländliche England – berühmt dafür, daß jeder sich um seine eigenen Angelegenheiten kümmerte. Es war nicht die Hand eines Landmanns, die dort FASCHISTEN! an die Wand geschmiert hatte. Er bezweifelte, daß man auf dem Lande diesen Ausdruck jemals gehört hatte. Wenn man auf dem Lande jemanden beschimpfte, dann benutzte man ältere, angelsächsische Worte.

Sicher hatte der Polizist recht; wenn es erst einmal dunkel war, würden alle nach Hause gehen.

Kapitel 12

Als Robert bei der Garage in der Sin Lane anlangte, um seinen Wagen abzugeben, streifte Stanley eben vor der Bürotür den Overall ab. Er warf ihm nur einen Blick zu und fragte: »Wieder Fehlanzeige?«

»Keine Pferdewette, Stanley«, sagte Robert, »diesmal ist es die menschliche Natur.«

»Wenn man erst einmal anfängt, über die Schlechtigkeit der Menschen zu klagen, dann hat man für nichts anderes mehr Zeit. Haben Sie versucht, jemandem gute Ratschläge zu geben?«

»Nein, ich habe versucht, jemanden zu finden, der ein wenig Farbe von einer Wand beseitigt.«

»Ach, Arbeit!« Stanleys Tonfall deutete an, daß allein die Annahme, daß heutzutage jemand seine Arbeit tat, von einem geradezu wahnwitzigen Optimismus zeugte.

»Ich wollte jemanden finden, der eine Schmiererei von den Mauern des Franchise entfernt, aber ganz plötzlich sind alle ungeheuer beschäftigt.«

Stanley stoppte seine Verrenkungen im Overall. »Eine Schmiererei«, sagte er. »Wie sieht die aus?« Bill, der das Gespräch mitbekommen hatte, zwängte sich durch die enge Bürotür, um zuzuhören.

Robert erzählte es ihnen. »In bester weißer Farbe, hat mir der Streifenpolizist versichert.«

Bill stieß einen Pfiff aus. Stanley schwieg; seinen Overall hatte er bis zur Hüfte abgestreift, und er hing ihm in Ziehharmonikafalten um die Beine.

»Bei wem haben Sie's versucht?« wollte Bill wissen.

Robert zählte sie auf. »Keiner von ihnen kann heute abend noch etwas ausrichten, und all ihre Leute haben, wie es scheint, gleich morgen früh sehr wichtige Arbeiten zu erledigen.«

»Das darf doch nicht wahr sein«, sagte Bill. »Meinen Sie etwa, die haben Angst, daß man ihnen die Hucke vollhaut?«

»Nein, da muß ich sie in Schutz nehmen – das ist es nicht. Ich glaube, auch wenn sie mir das niemals ins Gesicht sagen würden, sind sie im Grunde davon überzeugt, daß die Frauen im Franchise es nicht besser verdienen.« Für einen Augenblick herrschte Schweigen.

»Als ich bei den Fernmeldern war«, sagte Stanley und begann in aller Ruhe, seinen Overall wieder hochzuziehen und in das obere Teil zu schlüpfen, »da habe ich ja eine kostenlose Rundreise durch Italien machen dürfen. Beinahe ein Jahr war ich unterwegs. Und ich hab' die Malaria überstanden und die Itaker und die Partisanen und die Truppentransporte der Yankees und die meisten der anderen kleinen Unannehmlichkeiten. Aber damals habe ich einen Haß entwickelt. Schmierereien auf Wänden sind mir ein Greuel geworden.«

»Womit kriegen wir das ab?« fragte Bill.

»Wozu hat man die modernste und bestausgestattete Garage Milfords – da werden wir doch wohl was haben, um einen Spritzer Farbe wegzubekommen!« erwiderte Stanley und zog den Reißverschluß zu.

»Wollen Sie es wirklich versuchen?« fragte Robert überrascht und erfreut.

Bill grinste übers ganze Gesicht. »Fernmelder, Instandsetzungstruppe und zwei Besen«, sagte Stanley. »Was wollen Sie mehr?«

»Ihr seid großartig«, sagte Robert, »alle beide. Ich habe nur den einen Wunsch für heute nacht – noch vor dem Frühstück die Schmiererei von der Wand zu bekommen. Ich komme mit und helfe.«

»Aber nicht in Ihrem Londoner Maßanzug, das kommt nicht in Frage«, sagte Stanley. »Und wir haben keine passende Kleidung in Ihrer –«

»Gut, dann ziehe ich mir etwas Altes an und komme nach.«

»Hören Sie«, sagte Stanley geduldig, »bei so einer kleinen Sache brauchen wir keine Hilfe. Und wenn, dann würden wir Harry mitnehmen.« Harry war der Lehrjunge.

»Sie haben noch nicht zu Abend gegessen und wir schon, und ich habe mir sagen lassen, daß Miss Bennet es gar nicht mag, wenn ihr gutes Abendessen verbrutzelt. Ich nehme an, es macht

Ihnen nichts aus, wenn ein paar Flecken auf der Wand bleiben? Schließlich sind wir nur hilfsbereite Mechaniker und keine Anstreicher.«

Die Läden waren geschlossen, als er die High Street zu seinem Haus, der Nummer 10, hinunterging, und er betrachtete die Umgebung wie ein Fremder auf einem Sonntagabendspaziergang. Während dieses Tages in Larborough war er so weit fort von Milford gewesen, daß es ihm vorkam, als wären Jahre vergangen. Die angenehme Ruhe der Nummer 10 – die sich so gänzlich von der Grabesstille des Franchise unterschied – hieß ihn willkommen und beruhigte ihn.

Ein leichter Duft von Bratäpfeln drang aus der Küche. Durch die halboffene Wohnzimmertür sah er die Schatten des Kaminfeuers an der Wand flackern. Wärme, Sicherheit und Geborgenheit schwollen in einer sanften Woge an, und er versank in ihr.

Er verspürte ein Schuldgefühl, weil der Frieden, der hier auf ihn wartete, ganz für ihn allein war, und er griff zum Telefonhörer, um mit Marion zu sprechen.

»Ach, Sie sind es – wie schön!« sagte sie, nachdem er endlich die Vermittlung davon hatte überzeugen können, daß seine Absichten ehrbar waren, und die unerwartete Wärme ihrer Stimme – in Gedanken war er noch immer bei der weißen Farbe – traf ihn mitten ins Herz und raubte ihm einen Augenblick lang den Atem. »Ich bin so froh. Ich hatte schon überlegt, wie wir Sie erreichen könnten; aber ich hätte mir denken können, daß Ihnen schon etwas einfällt. Ich nehme an, Sie brauchen nur zu sagen, daß Sie Robert Blair sind, und die Post stellt Ihnen ihre Einrichtungen zur Verfügung.«

Das sah ihr ähnlich, dachte er. Die aufrichtige Dankbarkeit des ›ich hätte mir denken können, daß Ihnen schon etwas einfällt‹ und dann der leise Spott des folgenden Satzes.

»Ich nehme an, Sie haben unseren Wandschmuck gesehen?«

Das habe er, sagte Robert, doch von nun an werde ihn niemand mehr sehen, denn bis Sonnenaufgang werde er verschwunden sein.

»Morgen früh!«

»Die beiden Männer, denen meine Garage gehört, haben sich bereit erklärt, die Inschrift noch heute nacht zu entfernen.«

»Aber – wenn sieben Mägde sieben Jahr –?«

»Ich weiß es nicht; doch wenn Stanley und Bill sich das in den Kopf gesetzt haben, dann wird es auch gemacht. Sie sind in einer Schule erzogen worden, die keine Niederlagen duldet.«

»Was ist das für eine Schule?«

»Die britische Armee. Und ich habe noch eine gute Nachricht für Sie: Ich habe festgestellt, daß X tatsächlich existiert. Sie hat einmal mit ihm Tee getrunken. Hat sich an ihn herangemacht, im Salon des Midland Hotel.«

»Sich an ihn herangemacht? Aber sie ist doch noch ein Kind, und dabei so ... Na, schließlich hat sie ja auch diese Geschichte erzählt. Wer so etwas tut, dem ist alles zuzutrauen. Wie haben Sie das herausbekommen?«

Er erzählte es ihr.

»Sie im Franchise haben einen schlimmen Tag gehabt, nicht wahr?« fragte er, als er mit seiner Geschichte zu Ende war.

»Ja, ich fühle mich von Kopf bis Fuß besudelt. Schlimmer noch als das Publikum und die beschmierte Mauer war die Post. Der Postbote übergab sie der Polizei, und die brachte sie ins Haus. Es kommt nicht oft vor, daß man die Polizei der Verbreitung obszöner Schriften bezichtigen kann.«

»Ich hatte mir schon gedacht, daß es reichlich schlimm gewesen sein muß. Das war nicht anders zu erwarten.«

»Tja, wir bekommen so wenig Post, daß wir beschlossen haben, in Zukunft alles ungeöffnet zu verbrennen, wenn wir nicht die Handschrift erkennen. Benutzen Sie also keine Maschine, wenn Sie uns schreiben.«

»Kennen Sie denn meine Handschrift?«

»Aber ja, Sie haben uns doch eine Nachricht geschrieben, wissen Sie das nicht mehr? Die, die Nevil an jenem Nachmittag überbrachte. Hübsche Handschrift.«

»Haben Sie Nevil heute gesehen?«

»Nein. Aber einer der Briefe stammte von ihm. Das heißt, ein Brief war es eigentlich nicht.«

»Irgendwelche Papiere?«

»Nein, ein Gedicht.«

»Oh. Haben Sie es verstanden?«

»Nein, aber es klang sehr schön.«

»Das tun Fahrradklingeln auch.«

Ihm war, als lachte sie kurz. »Es ist schön, ein Gedicht über meine Augenbrauen zu bekommen«, sagte sie. »Aber noch schöner ist es, wenn man meine Wand saubermacht. Ich möchte Ihnen dafür danken. Ihnen und – wie heißen die beiden – Bill und Stanley. Wenn Sie uns einen sehr großen Gefallen tun wollen, könnten Sie uns dann vielleicht morgen etwas zu essen bringen oder schicken?«

»Zu essen!« rief er, entsetzt, daß er daran nicht vorher gedacht hatte; das kam davon, daß man ein Leben führte, in dem Tante Lin einem alles fix und fertig vorsetzte, es einem beinahe noch in den Mund stopfte – man dachte einfach nicht an so etwas. »Ja natürlich. Ich hatte vergessen, daß Sie ja nicht einkaufen können.«

»Nicht nur das. Der Lebensmittelwagen, der sonst montags kommt, war heute nicht da. Oder vielleicht«, fügte sie rasch hinzu, »war er hier und konnte sich nur nicht bemerkbar machen. Jedenfalls wären wir sehr dankbar, wenn Sie uns ein paar Sachen besorgen könnten. Haben Sie etwas zu schreiben?«

Sie gab ihm eine Liste von Dingen durch und fragte dann: »Wir haben die heutige *Hallo!* nicht gelesen. Stand etwas über uns drin?«

»Nur ein paar Briefe auf der Leserbriefseite.«

»Alle gegen uns, nehme ich an.«

»So ist es, leider. Morgen früh, wenn ich die Lebensmittel bringe, bringe ich ein Exemplar mit, und dann können Sie es sich selbst ansehen.«

»Ich fürchte, wir nehmen Ihre Zeit sehr in Anspruch.«

»Für mich ist das längst eine persönliche Angelegenheit geworden«, sagte er.

»Persönlich?« fragte sie unschlüssig.

»Mein größter Wunsch ist es, zu beweisen, daß Betty Kane lügt.«

»Oh, ah ja, ich verstehe.« Sie klang halb erleichtert, halb – konnte das sein? – enttäuscht. »Nun, wir freuen uns, daß Sie morgen kommen.«

Doch sie sollte ihn schon lange vorher zu Gesicht bekommen.

Er ging früh zu Bett, konnte aber nicht einschlafen; im Geiste probte er ein Telefonat, das er mit Kevin Macdermott führen wollte; er ließ sich verschiedene Möglichkeiten durch den Kopf gehen, wie man die Suche nach X bewerkstelligen könnte; er fragte sich, ob Marion wohl schlief in jenem stillen alten Haus oder ob sie wach lag und auf Geräusche achtete.

Sein Schlafzimmer lag zur Straße hin, und gegen Mitternacht hörte er, wie ein Wagen vorfuhr und hielt, und kurz darauf hörte er durch das offene Fenster Bill vorsichtig rufen – es war kaum mehr als ein heiseres Flüstern. »Mr. Blair! He, Mr. Blair!«

Noch ehe zum zweiten Mal sein Name gerufen wurde, war er auch schon am Fenster.

»Gott sei Dank«, sagte Bill. »Ich dachte schon, das Licht gehört zu Miss Bennets Zimmer.«

»Nein, sie hat ein Zimmer zum Garten. Was ist los?«

»Es gibt Ärger beim Franchise. Ich muß die Polizei verständigen – die Telefonleitung ist durchgeschnitten. Aber ich dachte mir, Sie wollen Bescheid wissen, deshalb bin ich –«

»Was für einen Ärger?«

»Randalierer. Ich nehme Sie auf dem Rückweg mit, in ungefähr vier Minuten.«

»Ist Stanley bei ihnen geblieben?« fragte Robert, als Bills massige Gestalt bereits wieder im Wagen verschwand.

»Ja, Stan bekommt gerade seinen Kopf verbunden. Bin gleich wieder da.« Und der Wagen schoß die dunkle, stille High Street hinauf.

Noch bevor Robert sich vollständig angezogen hatte, hörte er leise Motorgeräusche unter seinem Fenster und wußte, daß die Polizei bereits auf dem Wege war. Kein nächtliches Sirenengeheul, kein röhrender Auspuff; leise, wie der Sommerwind in den Blättern raschelt, wurde hier für Recht und Ordnung gesorgt. Als er die Haustür vorsichtig öffnete, damit Tante Lin nicht aufwachte – Christina konnten nur die Posaunen des Jüngsten Gerichts wecken –, hielt Bills Wagen eben am Bürgersteig.

»Und nun erzählen Sie«, sagte Robert, als sie unterwegs waren.

»Tja, wir haben unseren kleinen Auftrag im Licht der Scheinwerfer erledigt – nicht sehr fachmännisch, das nicht, aber es sieht doch viel besser aus als vorher – und dann die Lampen abgeschaltet und begonnen, unsere Sachen zu verstauen. Ganz gemächlich – es bestand kein Anlaß zur Eile, und die Nacht war schön. Wir hatten uns gerade eine Zigarette angesteckt und wollten uns auf den Weg machen, als wir aus dem Haus das Klirren von zerbrochenen Fensterscheiben hörten. Auf unserer Seite war keiner hineingekommen, solange wir da waren, also wußten wir, daß es an einer der Seiten oder auf der Rückseite sein mußte. Stanley griff in den Wagen und nahm seine Taschenlampe heraus – meine lag auf dem Sitz, weil wir sie eben gebraucht hatten – und sagte: ›Du gehst da rum, und ich gehe hier rum, und dann nehmen wir sie in die Zange.‹«

»Kann man denn außen herumgehen?«

»Na, es war ganz schön schwierig. Die Hecke reicht bis direkt an die Mauer heran. Normal angezogen hätte ich's nicht machen wollen, aber im Overall schiebt man sich einfach durch und hofft das Beste. Bei Stan geht das leichter; der ist dünn. Aber ich kann mich nur gegen die Hecke stemmen, bis sie umfällt, sonst ist da kein Durchkommen für mich. Na, jedenfalls haben wir es geschafft, jeder auf seiner Seite, und dann noch mal durch die Hekken auf der Rückseite, und trafen uns in der Mitte – aber wir hatten keine Menschenseele gesehen. Doch dann hörten wir wieder Glas klirren, und da wußten wir, daß die damit noch lange nicht fertig waren. Stan sagte: »Schieb mich hoch auf die Mauer, und dann ziehe ich dich nach.‹ Na, das würde er wohl so schnell nicht schaffen, mich da hochzuziehen, aber zum Glück reicht das Feld auf der Rückseite ziemlich hoch an die Mauer heran – ich glaube, da haben sie seinerzeit den Garten etwas tiefer gelegt –, deshalb war es nicht allzu schwer rüberzukommen. Stan fragte mich, ob ich außer meiner Taschenlampe noch etwas hätte, womit ich zuschlagen könne, und ich sagte ja, ich hätte noch einen Schraubenschlüssel. Und Stan meinte: ›Laß den blöden Schraubenschlüssel in der Tasche, und brauch lieber deine Fäuste, die sind größer.‹«

»Und er, was wollte er brauchen?«

»Sein altes Rugby-Tackley, sagte er. Stan war früher ein ziemlich guter Verteidiger. Na, jedenfalls sind wir im Dunkeln losgegangen, dahin, wo das Glas klirrte. Offenbar zogen sie rund ums Haus und schmissen ein Fenster nach dem anderen ein. Wir holten sie ein, als sie fast schon wieder auf der Vorderseite waren, und schalteten unsere Taschenlampen ein. Ich glaube, es waren sieben. Jedenfalls viel mehr, als wir erwartet hatten. Wir schalteten die Lampen sofort wieder aus, bevor sie merken konnten, daß wir nur zu zweit waren, und schnappten uns den erstbesten. Stan rief: ›Sie nehmen den da, Sergeant‹, und ich dachte noch, er redet mich aus alter Gewohnheit mit meinem Dienstrang an, aber jetzt verstehe ich, daß er ihnen vormachen wollte, wir wären Polizisten. Ein paar müssen sich gleich aus dem Staub gemacht haben. Obwohl es eine ziemliche Keilerei gab, können das nie im Leben sieben Mann gewesen sein. Und dann plötzlich war alles still – wir hatten ein ganz schönes Geschrei gemacht –, und ich merkte, daß sie uns gerade entwischten. Stan rief von irgendwo am Boden: ›Schnapp dir einen, Bill, bevor sie über die Mauer sind!‹, und ich lief ihnen mit eingeschalteter Lampe nach. Der letzte wurde eben über die Mauer gezogen, und ich griff mir seine Beine und hielt fest. Doch er strampelte dermaßen, und ich hatte ja noch die Lampe in der Hand, daß er mir aus der Hand glitt wie ein Aal und drüben war, bevor ich wieder neu zupacken konnte. Damit war ich aus dem Rennen, denn von innen ist die Mauer auf der Rückseite noch höher als die vordere. Also ging ich wieder zu Stan. Er saß immer noch auf der Erde. Jemand hatte ihm eins über den Schädel gezogen, mit einer Flasche, sagte er, und er sah ziemlich mitgenommen aus. Und dann erschien Miss Sharpe oben auf der Eingangstreppe und fragte, ob jemand verletzt sei. Sie konnte uns im Licht der Taschenlampe sehen. Also haben wir Stan ins Haus gebracht – die alte Dame war auch da, und das Haus war mittlerweile hell erleuchtet –, und ich ging zum Telefon. Aber Miss Sharpe sagte: ›Das brauchen Sie gar nicht erst zu versuchen. Die Leitung ist tot. Wir haben gleich, als die kamen, versucht, die Polizei zu rufen.‹ Also habe ich gesagt, dann fahre ich los und hole sie. Und Sie bringe ich besser auch mit, habe ich gesagt. Aber Miss Sharpe sagte nein, Sie hätten einen sehr anstrengenden Tag hinter sich, und ich solle Sie nicht stören. Aber ich dachte mir, Sie sollten wissen, was da vorgeht.«

»Das war richtig, Bill, das sollte ich auch.«

Das Tor war weit offen, als sie ankamen, der Polizeiwagen stand vor der Tür, die meisten Fenster auf der Vorderseite waren erleuchtet, und wo die Scheiben zerbrochen waren, wehten die Vorhänge sanft im Nachtwind. In dem Salon, der den Sharpes offenbar als Wohnzimmer diente, wurde Stanley, der eine Wunde oberhalb der Augenbraue hatte, gerade von Marion verarztet, ein Sergeant der Polizei machte sich Notizen, und sein Gehilfe breitete die Beweisstücke aus. Wie es schien, handelte es sich um halbe Backsteine, Flaschen und beschriebene Papierfetzen.

»Ach Bill, ich habe Ihnen doch gesagt, Sie sollen es nicht tun«, sagte Marion, als sie aufblickte und Robert sah.

Robert bemerkte, mit welchem Geschick sie Stanleys Wunde versorgte – diese Frau, die es nicht fertigbrachte zu kochen. Er grüßte den Sergeanten und bückte sich dann, um die Beweisstücke zu begutachten. Es gab eine ganze Batterie von Wurfgeschossen, aber nur vier Zettel, und die Botschaften lauteten: ›Verschwindet!‹, ›Verschwindet, oder wir helfen nach!‹, ›Fremdenpack!‹ und ›Das ist erst der Anfang!‹

»So, ich glaube, wir haben alle beisammen«, sagte der Sergeant. »Jetzt suchen wir noch den Garten nach Fußspuren und sonstigen Indizien ab.« Er warf einen fachmännischen Blick auf die Schuhsohlen, die Bill und Stanley ihm auf seine Bitte hin zeigten, und ging mit seinem Untergebenen hinaus in den Garten, gerade als Mrs. Sharpe mit einer dampfenden Kanne und Tassen hereinkam.

»Ah, Mr. Blair«, sagte sie. »Sie finden uns auch weiterhin außergewöhnlich fesselnd?«

Sie war vollständig angekleidet – anders als Marion, die in ihrem alten Morgenrock ganz und gar nicht mehr wie die Jungfrau von Orleans aussah – und, wie es schien, gänzlich unbeeindruckt von den Ereignissen. Er fragte sich, was wohl vorfallen müßte, bevor Mrs. Sharpe in Verlegenheit käme.

Bill kam mit Holzscheiten aus der Küche und zündete das erloschene Kaminfeuer an. Mrs. Sharpe verteilte das heiße Getränk – es war Kaffee, und Robert lehnte ab, denn er hatte in letzter Zeit genug Kaffee gesehen, um jedes Interesse daran zu verlieren –, und Stanleys Gesicht bekam allmählich wieder Farbe. Als der Polizist aus dem Garten zurückkam, ging es in dem Zimmer trotz der wehenden Vorhänge und der leeren Fensterrahmen zu wie bei einem Familientreffen. Robert bemerkte, daß offenbar weder Stanley noch Bill die Sharpes seltsam oder schwierig fanden – im Gegenteil, sie wirkten entspannt und schienen sich wie zu Hause zu fühlen. Vielleicht lag es daran, daß die Sharpes ihre Anwesenheit als selbstverständlich hinnahmen; sie akzeptierten diese Invasion von Fremden, als sei es ein ganz alltägliches Ereignis. Jedenfalls machte Bill sich im Hause nützlich, als lebe er schon seit Jahren hier; und Stanley hielt seine Tasse hin, um sich nachgießen zu lassen, ohne daß man ihn dazu aufgefordert hatte. Unwillkürlich dachte Robert daran, wie lieb und umständlich Tante Lin an ihrer Stelle gewesen wäre, und die beiden hätten sicherlich auf den Kanten der Stühle gesessen, weil sie an ihre schmutzigen Overalls gedacht hätten.

Vielleicht war es diese selbstverständliche Art, die Nevil so mochte.

»Beabsichtigen Sie denn hierzubleiben, Madam?« fragte der Sergeant, als die beiden wieder hereinkamen.

»Aber gewiß«, antwortete Mrs. Sharpe und goß ihnen Kaffee ein.

»Nein«, sagte Robert. »Das dürfen Sie nicht, wirklich nicht. Ich werde Ihnen ein ruhiges Hotelzimmer in Larborough besorgen, wo Sie –«

»Ich habe noch nie etwas Absurderes gehört. Natürlich bleiben wir hier. Was machen die paar zerbrochenen Fensterscheiben schon aus?«

»Es bleibt vielleicht nicht bei zerbrochenen Fensterscheiben«, sagte der Sergeant. »Wir tragen die Verantwortung für Sie, solange Sie hier sind, und es ist eine Verantwortung, die wir paar Mann, die wir sind, eigentlich nicht tragen können; das müssen Sie verstehen.«

»Ich bedaure es aufrichtig, daß wir Ihnen so zur Last fallen, Sergeant. Wir hätten unsere Fenster nicht mit Backsteinen einwerfen lassen, wenn wir es hätten vermeiden können, das versichere ich Ihnen. Aber hier ist unser Zuhause, und hier bleiben wir. Und mal ganz abgesehen von der ethischen Seite – was würde denn von dem Haus noch übrig sein, wohin wir zurückkommen könnten, wenn wir es leerstehen ließen? Ich nehme an, wenn Sie nicht genug Männer haben, um Menschen zu schützen, dann haben Sie erst recht keine Männer, ein leerstehendes Haus zu schützen?«

Der Sergeant wirkte ein wenig verlegen, wie Leute das so oft taten, wenn Mrs. Sharpe das Wort an sie richtete. »Tja, so ist das, Madam«, gab er widerstrebend zu.

»Und damit erübrigt sich wohl die Frage, ob wir das Franchise verlassen sollen. Zucker, Sergeant?«

Robert griff dieses Thema wieder auf, nachdem die beiden Polizisten sich verabschiedet hatten und Bill sich einen Handfeger und eine Kehrschaufel aus der Küche geholt hatte und – in einem Zimmer nach dem anderen – die Scherben aufkehrte. Wiederum drängte er darauf, daß es klüger sei, in ein Hotel in Larborough zu ziehen, doch im Grunde stand er weder mit seinem Herzen noch mit seinem Verstand hinter diesem Vorschlag. Er selbst wäre nicht gegangen, wenn er an der Stelle der Sharpes gewesen wäre, und da konnte er nicht erwarten, daß sie es taten; und außerdem mußte er zugeben, daß Mrs. Sharpes Ansichten darüber, was mit dem Haus geschehe, wenn man es leerstehen ließe, schon etwas für sich hatten.

»Was Sie brauchen, ist ein Untermieter«, sagte Stanley, dem es als ambulantem Patienten nicht gestattet war, die Scherben aufzukehren. »Ein Untermieter mit einer Pistole. Wie finden Sie das, wenn ich nachts hier schlafen würde. Ohne Verpflegung; nur als ein Nachtwächter, der hier schläft. Die schlafen doch sowieso immer, die Nachtwächter.«

Es war an ihren Gesichtern abzulesen, daß beide Sharpes zu schätzen wußten, daß er sich in dem, was die Ausmaße eines Kleinkriegs angenommen hatte, unmißverständlich auf ihre Seite schlug; doch sie ersparten ihm die peinlichen Dankesworte.

»Haben Sie denn keine Frau?« fragte Marion.

»Jedenfalls keine eigene«, war Stanleys trockene Antwort.

»Ihre Frau – wenn Sie eine hätten – würde es vielleicht gutheißen, daß Sie hier übernachten«, warf Mrs. Sharpe ein, »aber ich bezweifle, daß es Ihrem Geschäft bekommen wird, Mr. ... ähm ... Mr. Peters.«

»Meinem Geschäft?«

»Ich könnte mir vorstellen, daß sich Ihre Kunden, wenn sie herausbekämen, daß Sie Nachtwächter im Franchise geworden sind, eine andere Garage suchen würden.«

»Die nicht«, sagte Stanley zuversichtlich. »Das können die gar nicht. Lynch ist fünf Tage in der Woche betrunken, und Biggins weiß nicht mal, wie man eine Fahrradkette spannt. Außerdem lasse ich mir nicht von den Kunden vorschreiben, was ich in meiner Freizeit tue.«

Und als Bill zurückkehrte, war er ganz Stanleys Meinung. Bill war ein sehr verheirateter Mann, und es kam gar nicht in Betracht, daß er anderswo als zu Hause schlafen würde. Aber daß Stanley im Franchise übernachten solle, das schien beiden die naheliegende Lösung des Problems.

Robert war ungeheuer erleichtert.

»Nun«, sagte Marion, »wenn Sie unser Nachtgast sein wollen, dann können Sie ja auch jetzt gleich hier bleiben. Ich bin sicher, Ihr Kopf fühlt sich wie ein wunder Kürbis an. Ich werde Ihnen ein Bett zurechtmachen. Hätten Sie gern ein Zimmer nach Süden?«

»Ja bitte«, sagte Stanley ernst. »Und keinen Küchen- und Radiolärm.«

»Ich werde tun, was ich kann.«

Sie verabredeten noch, daß Bill bei Stanleys Vermieterin einen Zettel unter der Tür durchschieben sollte, auf dem er mitteilte, daß er wie üblich zum Mittagessen komme. »Die macht sich schon keine Sorgen um mich«, sagte Stanley und meinte seine Hauswirtin damit. »Ich bin schon öfter über Nacht weggeblieben.« Er sah den Blick, den Marion ihm zuwarf, und fügte hinzu: »Autos überführen ... für die Kunden – da braucht man nachts nur die halbe Zeit.«

Die Vorhänge in den unteren Zimmern befestigten sie mit Reißnägeln, so daß die Räume ein wenig geschützt waren, falls es vor dem Morgen zu regnen begänne, und Robert versprach, ihnen so früh wie irgend möglich einen Glaser zu schicken – und beschloß insgeheim, daß er sich an eine Firma in Larborough wenden und es nicht noch einmal riskieren würde, sich eine Reihe von höflichen Abfuhren in Milford zu holen.

»Außerdem werde ich mich um einen Schlüssel für das Tor kümmern, so daß ich meinen eigenen Zweitschlüssel haben kann«, sagte er, als Marion mit ihnen hinauskam, um das Tor zu verbarrikadieren, »dann müssen Sie nicht mehr neben allem anderen auch noch den Pförtner spielen.«

Sie gab erst Bill, dann ihm die Hand. »Ich werde Ihnen niemals vergessen, was Sie drei für uns getan haben. Wenn ich an diese Nacht zurückdenke, dann nicht an die Rüpel dort« – sie wies mit dem Kopf zu dem fensterlosen Haus hinüber – »sondern an Sie drei.«

»Die Rüpel waren Leute von hier – ich nehme an, daß wissen Sie«, sagte Bill, als sie durch die stille Frühlingsnacht zurückfuhren.

»Ja«, stimmte Robert zu. »Ich weiß. Schon weil sie kein Auto hatten. Und ›Fremdenpack!‹ riecht nach der rückständigen Provinz, so wie ›Faschisten!‹ nach der fortschrittlichen Stadt riecht.«

Bill kommentierte das noch mit einigen Bemerkungen über den Fortschritt.

»Es war dumm von mir, daß ich mich gestern abend habe überreden lassen. Der Polizist, der Wache hielt, war sich so sicher, daß ›die alle nach Hause gehen, wenn es erst einmal dunkel ist‹, daß ich es ihm geglaubt habe. Dabei hätte ich an die Hexenjäger denken müssen, vor denen man mich gewarnt hatte.«

Doch Bill hörte gar nicht zu. »Das ist schon ’ne komische Sache, wie unsicher man sich in einem Haus ohne Fenster fühlt«, sagte er. »Nehmen Sie ein Haus, bei dem die Rückwand glatt weggesprengt worden ist und in dem keine Tür mehr richtig schließt: Da kann man trotzdem noch gut in einem Zimmer zur Vorderfront hinaus leben, solange die Fenster noch drin sind. Aber ohne Fenster fühlt man sich selbst in einem Haus, das sonst ganz in Ordnung ist, unsicher.«

Das war nicht gerade eine Betrachtung, die für Robert ein großer Trost war.

Kapitel 13

»Ob du wohl so gut sein und den Fisch mitbringen könntest, mein Junge?« fragte Tante Lin ihn per Telefon am Dienstagnachmittag. »Nevil kommt zum Abendessen, und deshalb haben wir das, was wir zum Frühstück essen wollten, als Extragang. Ich sehe es zwar eigentlich nicht ein, daß es etwas Besonderes nur wegen Nevil geben soll, aber Christina sagt, es werde ihn von dem abhalten, was sie ›Übergriffe‹ auf den Obstkuchen nennt, der noch morgen für ihren freien Abend reichen soll. Wenn es dir also nichts ausmacht, mein Junge.«

Er freute sich nicht gerade, ein oder gar zwei weitere Stunden in Nevils Gesellschaft zu verbringen, doch er war so zufrieden mit sich selbst, daß er es erträglicher fand als gewöhnlich. Er hatte dafür gesorgt, daß eine Firma aus Larborough die Fenster des Franchise instandsetzte; er hatte auf wundersame Weise einen Schlüssel aufgetrieben, der zum Tor des Franchise paßte, und morgen würden zwei Nachschlüssel davon fertig sein; und er hatte persönlich die Lebensmittel überbracht – zusammen mit dem schönsten Blumenstrauß, der in Milford zu haben war. Die Begrüßung war so herzlich gewesen, daß er es fast schon nicht mehr bedauerte, daß er keine geistreiche Konversation in Nevils Art treiben konnte. Es gab schließlich Wichtigeres, als sich schon in der ersten halben Stunde beim Vornamen zu nennen.

Um die Mittagszeit hatte er Kevin Macdermott angerufen und mit dessen Sekretärin verabredet, daß Kevin sich am Abend, sobald er Zeit habe, telefonisch in der High Street Nummer 10 melden würde. Die Dinge gerieten außer Kontrolle, und er brauchte Kevins Ratschlag.

Er hatte drei Einladungen zum Golfspiel ausgeschlagen, wobei er sich bei seinen verblüfften Kumpanen damit entschuldigte, er habe ›keine Zeit, einem Stück Guttapercha quer über den Golfplatz nachzujagen‹.

Er hatte einen wichtigen Klienten aufgesucht, der ihn schon seit dem vergangenen Freitag zu sprechen versuchte und der soweit gegangen war, ihn am Telefon zu fragen, ob er ›eigentlich noch für Blair, Hayward und Bennet arbeite‹.

Er hatte die liegengebliebene Arbeit erledigt – zusammen mit dem vorwurfsvoll schweigenden Mr. Heseltine, der, auch wenn er sich auf die Seite der Sharpes geschlagen hatte, offenbar nach wie vor der Meinung war, daß die Franchise-Affäre nichts war, worin eine Firma wie die ihre verwickelt sein sollte.

Und er hatte sich Tee von Miss Tuff servieren lassen, in der blaugemusterten Porzellantasse auf dem Lacktablett, bedeckt mit dem ordentlichen weißen Tuch, und dazu zwei Vollkornplätzchen auf einem Teller.

Nun stand es auf seinem Schreibtisch, das Teetablett, genau wie es vor 14 Tagen dort gestanden hatte, als das Telefon geklingelt und er den Hörer abgenommen und zum ersten Mal Marion Sharpes Stimme gehört hatte. Erst zwei Wochen war das her. Er hatte dort gesessen und das vom Sonnenlicht beschienene Tablett betrachtet, und er hatte sich unwohl gefühlt, weil er ein so bequemes Leben lebte und spürte, wie die Zeit ihm unter den Händen zerrann. Doch heute blickten ihn die Vollkornkekse nicht vorwurfsvoll an, denn er hatte die Routine, für die sie standen, hinter sich gelassen. Er fand nichts mehr dabei, mit Scotland Yard zu telefonieren; er war Rechtsbeistand zweier skandalumwitterter Frauen geworden; er hatte sich zu einem Amateurdetektiv entwickelt; und er hatte die gewalttätigen Massen kennengelernt. Er lebte in einer völlig anderen Welt. Selbst die Leute, denen er begegnete, waren andere geworden. Die dunkle, magere Frau zum Beispiel, die er manchmal auf der High Street hatte einkaufen sehen, war für ihn nun Marion geworden.

Nun, eine Folge des Umstands, daß er das geregelte Leben aufgegeben hatte, war natürlich, daß er nicht mehr um vier Uhr nachmittags seinen Hut aufsetzen und nach Hause schlendern konnte. Er schob das Teetablett beiseite und machte sich an die Arbeit, und es war halb sieben, bevor er das nächste Mal auf die Uhr schaute, und sieben, bevor er die Haustür mit der Nummer 10 öffnete.

Die Wohnzimmertür stand wie üblich einen Spalt offen – wie so oft bei alten Häusern schwang sie ein wenig hin und her, wenn sie nicht eingeklinkt war –, und er konnte Nevil im Zimmer sprechen hören.

»Im Gegenteil, ich finde das ausgesprochen dumm von dir«, sagte Nevil gerade.

Robert erkannte den Tonfall sofort wieder. Es war die nackte Wut, mit der der vierjährige Nevil einmal einem Gast gesagt hatte: ›Ich bedaure sehr, daß ich dich zu meiner Party eingeladen habe.‹ Nevil mußte wirklich sehr wütend über irgend etwas sein.

Den Mantel halb ausgezogen, blieb Robert stehen, um zu horchen.

»Du mischst dich in etwas ein, wovon du nicht die geringste Ahnung hast; du kannst wohl kaum behaupten, daß das eine intelligente Vorgehensweise ist.«

Es war keine zweite Stimme zu hören – er sprach also wohl am Telefon, und wahrscheinlich verhinderte dieser Grünschnabel, daß Kevin ihn erreichen konnte.

»Ich bin in niemanden vernarrt. Ich bin niemals in irgend jemanden vernarrt gewesen. Du bist vernarrt – in deine Ideen. Wie ich bereits gesagt habe, du benimmst dich unglaublich dumm ... Du ergreifst die Partei einer verwirrten Halbwüchsigen in einer Sache, über die du nichts weißt; das genügt doch wohl als Beweis, daß du verblendet bist ... Du kannst deinem Vater von mir ausrichten, daß daran nichts Christliches ist, es ist nichts als unbefugte Einmischung. Ich glaube, es ist sogar Anstiftung zur Gewalt. ... Ja, gestern abend ... Nein, sämtliche Fenster eingeworfen und die Wände beschmiert ... Wenn ihm wirklich so viel an Gerechtigkeit liegt, könnte er sich ja vielleicht einmal darum kümmern. Aber du und dein ganzer Verein kümmert euch ja niemals um Gerechtigkeit, nicht wahr? Nur um Ungerechtigkeit ... Was das heißen soll, du und dein ganzer Verein? Genau das, was ich sage. Du und deine Genossen, die ihr euch für jeden Taugenichts einsetzt und ihn vor der Welt verteidigt. Ihr würdet keinen Finger krumm machen, um einem tüchtigen kleinen Mann zu helfen, der vor die Hunde geht, aber wenn ein alter Knastbruder mal kein Geld für eine warme Mahlzeit hat, dann kann man euch bis in die Antarktis schluchzen hören. Mir wird schlecht, wenn ich an euch denke ... Ja, ich sagte, mir wird schlecht, wenn ich an euch denke ... Speiübel. Mir dreht sich der Magen um. Mir kommt's hoch!«

Der Schlag, mit dem der Hörer auf die Gabel knallte, machte deutlich, daß der Dichter gesagt hatte, was zu sagen war.

Robert hing seinen Mantel in den Schrank und ging hinein. Nevil goß sich gerade mit finsterer Miene einen großen Whisky ein.

»Für mich auch einen«, sagte er. »Ich konnte nicht anders, ich mußte es mit anhören«, fügte er hinzu. »Das war doch nicht etwa Rosemary?«

»Wer sonst? Gibt es denn sonst noch jemanden in ganz England, der zu einem dermaßen unglaublichen Schwachsinn fähig wäre?«

»Welcher Art?«

»Ach, das hast du nicht mitgekriegt? Sie hat sich der verfolgten Betty Kane angenommen.« Nevil nahm einen großen Schluck und funkelte Robert an, als ob es dessen Schuld sei.

»Na, ich glaube nicht, daß es einen großen Unterschied macht, wenn auch sie sich noch auf die Seite der *Hallo!* schlägt.«

»Die *Hallo!* Es geht nicht um die *Hallo!;* es geht um den *Beobachter.* Dieser Schwachsinnige, der sich ihr Vater nennt, hat einen Brief für die Freitagsausgabe geschrieben. Ja, mach ruhig ein entsetztes Gesicht. Als ob wir nicht schon genug auszuhalten hätten, auch ohne daß diese aufgeblasenen Idioten mit ihrer verdrehten Gefühlsduselei ihren Senf dazu geben!«

Wenn man bedachte, daß der *Beobachter* das einzige Blatt war, das jemals Gedichte Nevils veröffentlicht hatte, sprach – so fand Robert – eine gewisse Undankbarkeit aus seinen Worten. Doch die Beschreibung war angemessen.

»Vielleicht drucken sie es nicht«, sagte er. Er hoffte es nicht wirklich, er suchte nur Trost.

»Du weißt genau, daß die alles drucken, was er ihnen zu schikken geruht. Wessen Geld hat sie denn gerettet, als sie beinahe zum dritten Mal pleite gegangen wären? Das des Bischofs natürlich.«

»Dasjenige seiner Frau, meinst du wohl.« Der Bischof hatte eine der beiden Enkelinnen von Cowans Preiselbeersoße geheiratet.

»Nun gut, das Geld seiner Frau. Für den Bischof ist der *Beobachter* die Kanzel für seine weltlichen Predigten. Und es gibt nichts, was so dumm wäre, daß er es darin nicht sagen würde, oder so unwahrscheinlich, daß sie es nicht drucken würden. Erinnerst du dich noch an das Mädchen, das überall kaltblütig Taxifahrer erschoß – für ungefähr sieben Shilling und elf Pence Beute pro Nase? Das Mädchen war ein gefundenes Fressen für ihn. Er hat sich ihretwegen beinahe ins Koma geschluchzt. Er schrieb einen langen, herzzerreißenden Brief über sie an den *Beobachter,* legte dar, wie unterprivilegiert sie sei, erzählte, wie sie ein Stipendium für eine weiterführende Schule bekommen habe und nicht in der Lage gewesen sei, es anzunehmen, weil ihre Familie zu arm war, um ihr Bücher und anständige Kleider zu kaufen, und deshalb habe sie keine ordentliche Arbeit bekommen können und sei in schlechte Gesellschaft geraten – und von da, mußte man folgern, zum Taxifahrermord, auch wenn er auf diese kleine Sache nicht weiter einging. Na, und die Leser des *Beobachters* stürzten sich natürlich regelrecht darauf; das war ganz nach ihrem Geschmack. Für die Leser des *Beobachters* ist jeder Verbrecher ein gefallener Engel. Und dann schrieb der Vorsitzende des Beirats der betreffenden Schule – der Schule, wo sie angeblich ein Stipendium bekommen hatte. Er stellte klar, daß sie ganz und gar nicht zu den Auserwählten gehört habe, sondern im Gegenteil die 159. unter 200 Bewerbern gewesen sei; außerdem sollte jemand, der sich so sehr für das Schulwesen interessiere wie der Bischof, eigentlich wissen, daß niemand aus Geldnot ein Stipendium ausschlagen müsse, da in Fällen der Bedürftigkeit Bücher und Beihilfen automatisch gewährt würden. Tja, da hätte man doch gedacht, daß ihm das einen Schlag versetzen würde, nicht wahr? Aber nicht die Spur. Der Brief des Vorsitzenden wurde auf einer der letzten Seiten in kleiner Type abgedruckt, und in der nächsten Nummer schluchzte der alte Knabe schon über einen anderen Fall, von dem er genauso wenig Ahnung hatte. Und am Freitag, Gott sei's geklagt, wird er um Betty Kane schluchzen.«

»Ich überlege – wenn ich morgen hinfahre und mit ihm spreche –«

»Es geht morgen in Druck.«

»Richtig. Vielleicht, wenn ich ihn anriefe –«

»Du wirst doch nicht so naiv sein zu glauben, irgend jemand oder irgend etwas könne seine Exzellenz dazu veranlassen, einen fertigen Artikel der Öffentlichkeit vorzuenthalten.«

Das Telefon klingelte.

»Wenn das Rosemary ist – ich bin in China«, sagte Nevil.

Doch es war Kevin Macdermott.

»Na, du Spürhund«, sagte Kevin. »Gratuliere. Aber das nächste Mal vergeudest du keinen Nachmittag mit dem Versuch, Privatleute in Aylesbury anzurufen, wenn du dieselbe Information postwendend von Scotland Yard bekommen kannst.«

Robert entgegnete, daß er noch immer zu sehr Privatmann sei, um an Scotland Yard zu denken, daß er aber äußerst schnell dazulerne.

Er gab Kevin einen Überblick der Ereignisse der vergangenen Nacht und sagte: »Ich kann es mir nicht mehr leisten, Zeit zu verlieren. Wir brauchen rasch Ergebnisse, um sie von diesen Verdächtigungen reinzuwaschen.«

»Heißt das, ich soll dir den Namen eines Privatdetektivs nennen?«

»Ja, ich glaube, wir sind jetzt an den Punkt gekommen. Aber ich habe mich gefragt –«

»Was hast du dich gefragt?« wiederholte Kevin, als er zögerte.

»Nun, ich habe überlegt, ob ich nicht zu Grant beim Yard gehen und offen sagen soll, daß ich herausgefunden habe, wie sie etwas von den Sharpes und dem Haus erfahren haben könnte, daß sie einen Mann in Larborough kennengelernt hat und daß ich einen Zeugen für dieses Treffen habe.«

»Und was sollten sie dann tun?«

»Dann sollte die Polizei herausfinden, wo das Mädchen in diesem Monat gewesen ist, und nicht wir.«

»Und du meinst, das würde sie tun?«

»Natürlich. Warum denn nicht?«

»Weil sie nichts davon hätte. Wenn sie herausfände, daß das Mädchen nicht glaubwürdig ist, würde sie nichts weiter tun, als den Fall dankbar zu den Akten zu legen. Da sie nie schwören mußte, könnte man sie nicht einmal wegen Meineids belangen.«

»Man könnte gegen sie vorgehen, weil sie die Polizei irregeführt hat.«

»Schon, aber das würde sich nicht lohnen. Es wäre nicht einfach, herauszufinden, was sie diesen Monat über getan hat – da kannst du sicher sein. Und zusätzlich zu all diesen überflüssigen Ermittlungen hätte man auch noch die Mühe, ein Verfahren einzuleiten und Anklage zu erheben. Es ist höchst unwahrscheinlich, daß eine überarbeitete Institution, die von wichtigen Fällen geradezu überflutet wird, sich so viele Umstände machen würde, wenn sie die ganze Geschichte auch auf der Stelle stillschweigend vergessen kann.«

»Aber es ist doch eine Institution, die für Gerechtigkeit sorgen soll. Da bleibt den Sharpes –«

»Nein, eine Institution, die über Recht und Ordnung wacht. Die Gerechtigkeit beginnt erst vor Gericht. Wie du ja selbst nur zu gut weißt. Außerdem kannst du ihnen nicht den geringsten Beweis liefern, Rob. Du weißt nicht, ob sie jemals nach Milford gefahren ist. Und der Umstand, daß sie im Midland einen Mann aufgegabelt und mit ihm Tee getrunken hat, widerlegt in keiner Weise ihre Geschichte, daß sie von den Sharpes mitgenommen wurde. Im Grunde heißt deine einzige Rettung Alec Ramsden, Spring Gardens 5, Fulham, South West.«

»Wer ist das?«

»Dein Privatdetektiv. Und ein sehr guter, das kannst du mir glauben. Er verfügt über eine Schar von dienstbaren Geistern; das heißt, wenn er selbst beschäftigt ist, kann er dir einen anständigen Ersatzmann verschaffen. Sag ihm, daß ich ihn dir empfohlen habe, dann schiebt er die Sache bestimmt keinem Blindgänger zu. Das würde er sowieso nicht tun. Eine Seele von Mensch. Aus dem Polizeidienst ausgeschieden ›infolge einer Verletzung, die ihm in Erfüllung seiner Pflicht zugefügt wurde‹. Er wird dir erstklassige Dienste erweisen. Und jetzt muß ich weiter. Wenn ich sonst noch etwas für dich tun kann, brauchst du nur anzurufen. Ich wünschte, ich hätte Zeit, zu euch hinauszukommen und mir das Franchise und deine Hexen anzusehen. Sie gefallen mir immer besser. Bis demnächst.«

Robert legte den Hörer auf, um ihn gleich wieder in die Hand zu nehmen, verlangte die Auskunft und ließ sich die Nummer von Alec Ramsden geben. Niemand ging an den Apparat, und er schickte ihm ein Telegramm, daß er, Robert Blair, einen dringenden Auftrag habe und Kevin Macdermott ihn – Ramsden – als den richtigen Mann dafür empfohlen habe.

»Robert«, sagte Tante Lin, die errötet und entrüstet ins Zimmer trat, »weißt du eigentlich, daß du den Fisch auf der Kommode im Flur hast liegenlassen, obwohl Christina darauf wartete, und daß er inzwischen bis auf das Mahagoni durchgeweicht war?«

»Ist der Fleck auf dem Mahagoni der Hauptanklagepunkt oder die wartende Christina?«

»Wirklich, Robert, ich weiß gar nicht, was in dich gefahren ist. Seit du in diese Franchise-Affäre verwickelt bist, bist du überhaupt nicht mehr wiederzuerkennen. Vor 14 Tagen hättest du nicht im Traum daran gedacht, eingepackten Fisch auf einer polierten Mahagonikommode liegen zu lassen und dort zu vergessen. Und wenn du es getan hättest, dann hätte es dir leid getan, und du hättest dich entschuldigt.«

»Ich entschuldige mich, Tante Lin; ich bin aufrichtig zerknirscht. Aber es kommt nicht oft vor, daß ich eine so schwere Verantwortung wie im Augenblick trage, und du mußt mir verzeihen, wenn ich ein wenig erschöpft bin.«

»Ich habe nicht das Gefühl, daß du erschöpft bist. Im Gegenteil, ich habe dich noch nie so zufrieden mit dir selbst gesehen. Ich glaube, du genießt diese abscheuliche Geschichte geradezu. Noch heute morgen hat mir Miss Truelove im Anne Boleyn ihr Mitgefühl ausgesprochen, weil du in diese Affäre verwickelt bist.«

»Tatsächlich? Na, mein Mitgefühl gilt Miss Trueloves Schwester.«

»Mitgefühl weswegen?«

»Weil sie eine Schwester wie Miss Truelove hat. Du hast wirklich viel durchzumachen, nicht wahr, Tante Lin?«

»Sei nicht sarkastisch, mein Junge. Niemand in der Stadt ist froh über die traurige Berühmtheit, die wir hier erlangt haben. Es war immer ein ruhiger und anständiger kleiner Ort.«

»Mir gefällt Milford nicht mehr so gut wie noch vor 14 Tagen«, sagte Robert nachdenklich, »deshalb werde ich mir meine Tränen sparen.«

»Nicht weniger als vier Ausflugsbusse sind heute von Larborough herübergekommen, und das nur, um unterwegs das Franchise zu sehen.«

»Und wer hat sie bewirtet?« fragte Robert, der wußte, daß Ausflugsbusse in Milford nicht gern gesehen waren.

»Niemand. Die waren ganz schön wütend.«

»Das wird ihnen eine Lehre sein, ihre Nase nicht überall reinzustecken. Es gibt nichts, was jemandem aus Larborough wichtiger ist als sein gutgefüllter Magen.«

»Die Frau des Pfarrers besteht darauf, es vom christlichen Standpunkt aus zu sehen, aber ich finde, das ist völlig falsch.«

»Christlich?«

»Ja – ›Richtet nicht . . .‹, du verstehst schon. Das ist einfach nur Zaghaftigkeit, kein Christentum. Selbstverständlich spreche ich nicht über den Fall, Robert, mein Junge. Ich bin die Verschwiegenheit in Person. Aber natürlich weiß sie, was ich darüber denke, und ich weiß, was sie darüber denkt, und da ist es kaum notwendig, daß man sich noch darüber unterhält.«

Ein eindeutig prustendes Geräusch kam aus der Richtung, in der Nevil in einem Sessel versunken war.

»Hast du etwas gesagt, Nevil, mein Junge?«

Dieser Gouvernantentonfall schüchterte Nevil offenbar ein. »Nein, Tante Lin«, sagte er lammfromm.

Doch so leicht sollte er nicht davonkommen; das Prusten war unmißverständlich ein Prusten gewesen. »Ich gönne dir ja dein Gläschen, mein Junge, aber ist das nicht schon der dritte Whisky, den du da trinkst? Es gibt einen Traminer zum Essen, und nach all den harten Sachen wirst du überhaupt nichts mehr davon schmecken. Du kannst dir keine schlechten Angewohnheiten leisten, wenn du die Tochter eines Bischofs heiraten willst.«

»Ich habe nicht vor, Rosemary zu heiraten.«

Miss Bennet starrte ihn entgeistert an. »Nicht!«

»Da könnte ich gleich die staatliche Fürsorgebehörde heiraten.«

»Aber Nevil!«

»Da könnte ich gleich ein Radio heiraten.« Robert fiel Kevins Bemerkung wieder ein, daß alles, was Rosemary jemals zur Welt bringen werde, eine Schallplatte sein würde. »Da könnte ich gleich ein Krokodil heiraten.« Da Rosemary eine Schönheit war, nahm Robert an, daß das ›Krokodil‹ sich irgendwie auf Tränen bezog. »Da könnte ich gleich ein Rednerpult heiraten.« ›Hyde Park Corner‹, dachte Robert. »Da könnte ich gleich die *Hallo!* heiraten.« Damit war wohl alles gesagt.

»Aber warum denn, Nevil, mein Junge?«

»Weil sie eine sehr dumme Person ist. Beinahe so dumm wie der *Beobachter*.«

Robert sah heroischerweise davon ab, den Umstand zu erwähnen, daß während der letzten sechs Jahre der *Beobachter* Nevils Bibel gewesen war.

»Nun übertreib nicht, mein Junge; ihr habt einen Krach gehabt; das passiert allen Verlobten. Es ist gut, wenn man schon vor der Heirat die Fronten klärt. Die Paare, die sich in der Verlobungszeit niemals streiten, führen später bemerkenswert turbulente Ehen; du solltest eine kleine Meinungsverschiedenheit nicht so ernst nehmen. Du kannst sie heute abend noch anrufen, bevor du nach Hause gehst –«

»Es ist eine sehr grundlegende Meinungsverschiedenheit«, sagte Nevil eisig, »und es besteht nicht die geringste Aussicht, daß ich sie anrufe.«

»Aber Nevil, mein Junge, was –«

Die drei dünnen, hohlen Klänge des Gongs tönten in ihren Protest und ließen sie innehalten. Unvermittelt traten dringendere Fragen an die Stelle des Dramas einer geplatzten Verlobung.

»Da ist der Gong. Ich glaube, du nimmst dein Glas lieber mit hinein, mein Junge. Christina trägt die Suppe gern sofort auf, wenn sie das Ei hineingeschlagen hat, und sie ist heute abend ohnehin nicht besonders gut gelaunt, weil sie so lange auf den Fisch warten mußte. Obwohl ich nicht weiß, warum sie deswegen soviel Aufhebens macht. Er wird ja nur gegrillt, und das geht doch im Handumdrehen. Es ist ja nicht, als ob sie den Fischfleck von der Mahagonikommode hätte wischen müssen; das habe ich schon selbst getan.«

Kapitel 14

Weiteren Kummer bereitete es Tante Lin, daß Robert am nächsten Morgen schon um Viertel vor acht frühstücken wollte, so daß er zeitig ins Büro gehen konnte. Es war ein weiteres Zeichen jenes Verfalls der Sitten, den die Franchise-Affäre mit sich gebracht hatte. Zeitig zu frühstücken, so daß man einen Zug erreichen, sich auf den Weg zu einem entlegenen Jagdtreffen machen oder an der Beerdigung eines Klienten teilnehmen konnte, das war eine Sache. Aber zeitig zu frühstücken, nur damit man zur selben Zeit wie der Laufbursche im Büro sein konnte, das war ein völlig abwegiger Gedanke und schickte sich nicht für einen Blair.

Robert lächelte vor sich hin, als er auf der stillen, sonnigen High Street an den geschlossenen Läden entlangging. Er hatte die frühen Morgenstunden immer gemocht; es war die Zeit, in der Milford am schönsten war; seine Rosa- und Sepia- und Cremetöne wirkten im Sonnenlicht so zart wie eine lavierte Zeichnung. Der Frühling wich allmählich dem Sommer, und die Pflastersteine strahlten die Sonnenwärme in die kühle Luft ab; die gestutzten Linden standen in voller Blüte. Das hieß, die Nächte für die einsamen Frauen im Franchise wurden kürzer, dachte er mit einem Gefühl der Freude. Doch vielleicht – mit etwas Glück – wären die beiden ja auch schon voll und ganz rehabilitiert, bevor der Sommer da war, und ihr Heim wäre keine belagerte Festung mehr.

An die noch verschlossene Tür der Kanzlei gelehnt, stand ein großer, hagerer, grauhaariger Mann, der ausschließlich aus Knochen zu bestehen schien.

»Guten Morgen«, sagte Robert. »Wollten Sie mich sprechen?«

»Nein«, sagte der graue Mann. »Sie wollten mich sprechen.«

»Ich?«

»Zumindest stand es so in Ihrem Telegramm. Sie sind doch Mr. Blair?«

»Aber das kann doch nicht sein, daß Sie jetzt schon hier sind!« rief Robert.

»Na, so weit ist es ja nicht«, sagte der Mann lakonisch.

»Kommen Sie herein«, sagte Robert, der versuchte, es Mr. Ramsden in der Knappheit seines Ausdrucks gleichzutun.

Im Büro fragte er, während er seinen Schreibtisch aufschloß: »Haben Sie schon gefrühstückt?«

»Ja, ich hatte Eier und Speck im Weißen Hirschen.«

»Ich bin überaus erleichtert, daß Sie persönlich kommen konnten.«

»Ich hatte gerade einen Fall abgeschlossen. Und Kevin Macdermott hat schon viel für mich getan.«

Ja, wie boshaft er sich auch gab und wie hektisch sein Leben auch war, hatte Kevin doch die Zeit und die Energie, denen zu helfen, die seiner Hilfe würdig waren. Darin unterschied er sich himmelweit vom Bischof von Larborough, der die Unwürdigen bevorzugte.

»Das Beste ist vielleicht, wenn Sie erst einmal diese Aussage lesen«, sagte Robert und reichte Ramsden den Durchschlag des polizeilichen Protokolls von Betty Kanes Aussage, »und dann erzähle ich Ihnen die Geschichte von da an weiter.«

Ramsden nahm die Blätter, ließ sich auf dem Besuchersessel nieder – er faltete sich hinein, wäre vielleicht der bessere Ausdruck – und entzog sich Roberts Gegenwart, genau wie Kevin das in jenem Zimmer am St. Paul's Churchyard getan hatte. Robert, der sich seine eigene Arbeit vornahm, beneidete sie um dieses Konzentrationsvermögen.

»Nun, Mr. Blair?« sagte er bald darauf, und Robert erzählte ihm den Rest der Geschichte – wie das Mädchen das Haus und seine Bewohnerinnen identifiziert hatte; wie Robert selbst in diese Affäre geraten war; von der Entscheidung der Polizei, auf der Basis des vorliegenden Beweismaterials nichts zu unternehmen; von Leslie Wynns Groll, der zum Artikel in der *Hallo!* führte; von seiner Entdeckung, daß das Mädchen Busausflüge gemacht hatte und daß ein Doppeldecker in den fraglichen Wochen die Route nach Milford befahren hatte, und davon, daß er auf Mr. X gestoßen war.

»Mehr über X herauszufinden, das ist Ihr Auftrag, Mr. Ramsden. Albert, der Kellner im Salon, weiß, wie er aussieht, und hier haben wir eine Liste der Hotelgäste in dem entsprechenden Zeitraum. Es wäre unverschämtes Glück, wenn er wirklich im Midland gewohnt hätte, aber möglich ist es immerhin. Von da an sind Sie auf sich gestellt. Und sagen Sie Albert, daß Sie in meinem Auftrag kommen. Ich kenne ihn schon seit langem.«

»Gut. Dann mache ich mich gleich auf den Weg nach Larborough. Bis morgen werde ich mein eigenes Foto des Mädchens haben, aber vielleicht können Sie mir Ihres aus der *Hallo!* für heute leihen.«

»Selbstverständlich. Wie werden Sie es anstellen, eine Fotografie von ihr zu bekommen?«

»Oh, ich habe da meine Möglichkeiten.«

Robert nahm an, daß Scotland Yard ein Bild bekommen hatte, als das Mädchen als vermißt gemeldet wurde, und daß seine alten Kollegen im Präsidium keine großen Skrupel haben würden, ihm einen Abzug zu überlassen; also fragte er nicht weiter nach.

»Es besteht ja auch noch eine gewisse Chance, daß der Schaffner eines dieser Doppeldeckerbusse sich an sie erinnert«, sagte er, während Ramsden sich schon zum Gehen anschickte. »Busdienst für Larborough und Umgebung. Die Garage ist in der Victoria Street.«

Um halb zehn trafen seine Mitarbeiter ein – einer der ersten darunter war Nevil; es war ein Wandel seiner Gewohnheiten, der Robert überraschte. Gewöhnlich war Nevil immer der letzte und begann als letzter mit der Arbeit. Er pflegte hineinspaziert zu kommen und sich in seinem eigenen kleinen Raum hinten seines Mantels zu entledigen; dann wandelte er zum Büro, um guten Morgen zu sagen, und danach ins hinten gelegene Wartezimmer, um Miss Tuff zu begrüßen, und spazierte schließlich in Roberts Zimmer zurück, um die Banderole einer jener esoterischen Publikationen aufzuschlitzen, die er per Post bekam, und seine Kommentare über die unweigerlich entsetzlichen Zustände zu liefern, die in England herrschten. Robert war längst daran gewöhnt, seine Morgenpost unter Nevils obligatorischem Gerede durchzusehen. Doch heute traf Nevil zu Beginn der Bürozeit ein, ging in sein eigenes Zimmer, schloß die Tür hinter sich und machte sich, sofern man das Auf- und Zuziehen von Schubladen als Indiz nehmen konnte, unverzüglich an die Arbeit.

Miss Tuff kam mit ihrem Notizbuch und ihrem strahlendweißen Bubikragen herein, und damit hatte Roberts normaler Arbeitstag begonnen. Miss Tuff trug schon seit 20 Jahren Bubikragen über ihrem dunklen Kleid und hätte ohne sie schlecht gekleidet, ja halbnackt gewirkt. Jeden Morgen legte sie einen frischen an – derjenige vom Vortag war noch am selben Abend gewaschen worden und lag bereit, am Tag darauf wieder getragen zu werden. Die einzige Unterbrechung dieser Routine war der Sonntag. Einmal hatte Robert Miss Tuff an einem Sonntag getroffen und sie überhaupt nicht erkannt, denn sie trug ein Jabot an ihrem Kleid.

Robert arbeitete bis halb elf, doch dann machte es sich bemerkbar, daß er zu einer ungewöhnlich frühen Stunde gefrühstückt hatte, und ihm war nach etwas Nahrhafterem als einer Tasse Tee im Büro zumute. Er würde auf einen Kaffee und ein Sandwich ins Rose and Crown gehen. Den besten Kaffee Milfords gab es im Anne Boleyn, doch es war stets voller einkaufender Frauen – ›Wie schön, dich zu sehen, mein Liebe! Wir haben dich so vermißt auf Ronnies Party! Und hast du schon gehört ...‹ –, und diese Atmosphäre hätte er nicht für allen Kaffee Brasiliens ertragen wollen. Er würde hinüber zum Rose and Crown gehen, dann ein wenig für die Leute im Franchise einkaufen, und nach dem Essen zu ihnen hinausfahren und ihnen vorsichtig die unangenehme Sache mit dem *Beobachter* beibringen. Telefonisch konnte er es nicht tun, da sie ja kein Telefon mehr hatten. Die Firma aus Larborough war mit Leitern und Kitt und großen Glasplatten gekommen und hatte problemlos die Fenster instandgesetzt. Aber das war natürlich eine Privatfirma. Die Post als staatliche Einrichtung hatte das Telefon zur Reparatur vorgemerkt und würde in ihrer schwerfälligen Art irgendwann einmal tätig werden, wenn die Zeit gekommen war. So hatte Robert denn einen Teil des Nachmittags dafür vorgesehen, den Sharpes eine Nachricht zu überbringen, die er ihnen auch telefonisch hätte übermitteln können.

Es war noch sehr früh für ein zweites Frühstück, und der Salon des Rose and Crown mit seinem Chintz und seinem alten Eichenholz war menschenleer bis auf Ben Carley, der am Fenstertisch saß und die *Hallo!* las. Robert hatte nie viel für Carley übrig gehabt – und dieser, wie er vermutete, genausowenig für ihn –, doch der gemeinsame Beruf verband sie – eins der stärksten Bande, das die menschliche Natur kennt. In einem kleinen Ort wie Milford machte sie das beinahe zu Busenfreunden. So kam es, daß Robert sich ganz selbstverständlich an Carleys Tisch setzte; er hatte dabei auch nicht vergessen, daß er Carley noch Dank schuldete für seine leider mißachtete Warnung vor der Gewalttätigkeit des Landvolks.

Carley ließ die *Hallo!* sinken und betrachtete ihn mit jenen allzu lebhaften dunklen Augen, die so fehl am Platze in dieser Idylle der englischen Midlands wirkten. »Es scheint sich zu legen«, sagte er. »Nur ein einziger Brief, und das auch nur, um das Feuer am Glimmen zu halten.«

»Bei der *Hallo!* schon. Der *Beobachter* beginnt seine eigene Kampagne am Freitag.«

»Der *Beobachter!* Seit wann stößt der denn ins Horn der *Hallo!*?«

»Das wäre ja nicht das erste Mal«, sagte Robert.

»Nein, wahrscheinlich nicht«, stimmte Carley ihm nachdenklich zu. »Zwei Seiten derselben Münze, wenn man es recht betrachtet. Na, sei's drum. Deswegen brauchen Sie sich keine Sorgen zu machen. Die Gesamtauflage des *Beobachters* liegt bei 20000. Höchstens.«

»Das mag sein. Aber praktisch jeder dieser 20000 hat einen Vetter zweiten Grades im öffentlichen Dienst dieses Landes.«

»Na und? Hat man je davon gehört, daß der öffentliche Dienst für eine Sache auch nur einen Finger krumm gemacht hätte, die nicht in seinem Zuständigkeitsbereich liegt?«

»Nein, aber sie geben den Schwarzen Peter weiter, und früher oder später kommt er dann an – ähm – auf –«

»Auf fruchtbaren Boden«, sagte Carley, mit Absicht die Bilder vermischend.

»Genau. Früher oder später meint irgendein Wichtigtuer, ein gefühlsdusliger Kerl oder ein Egoist, der nicht genug zu tun hat, da müsse aber etwas geschehen, und läßt seine Beziehungen spielen. Und im öffentlichen Dienst ist das wie bei diesen Schaukästen mit Märchenfiguren. Mit einem Anstoß wird eine ganze Folge von Figuren in Bewegung gesetzt, ob sie nun wollen oder nicht. Gerald tut Tony einen Gefallen, und Reggie ist Gerald verpflichtet und immer so weiter, und die Folgen sind unabsehbar.«

Carley schwieg eine Weile. »Es ist schon ein Jammer. Gerade als die *Hallo!* an Fahrt verlor. Noch zwei Tage, und sie hätten es endgültig fallenlassen. Sie sind ohnehin schon zwei Tage überfällig. Ich habe noch nie erlebt, daß sie ein Thema länger durchgezogen haben als über drei Nummern. Die Resonanz muß gewaltig gewesen sein, daß sie der Sache so viel Raum geschenkt haben.«

»Wie wahr«, pflichtete Robert ihm düster bei.

»Natürlich war das ein gefundenes Fressen für sie. Entführte Mädchen, die ausgepeitscht werden, hat man nicht alle Tage. Es war eine unbezahlbare Abwechslung für die Speisekarte. Wenn man, wie die *Hallo!*, nur drei oder vier Gerichte anbietet, ist es gar nicht so leicht, dem Kunden einen ordentlichen Gaumenkitzel zu bereiten. Ein Leckerbissen wie die Franchise-Affäre muß ihre Auflage um Tausende in die Höhe getrieben haben – allein in der Gegend um Larborough.«

»Die Auflage wird auch wieder zurückgehen; das ist nur eine Flutwelle. Aber ich muß mich dann um das kümmern, was am Strand zurückbleibt.«

»Und es ist ein sehr übelriechender Strand, wenn ich das sagen darf«, bemerkte Carley. »Kennen Sie diese dicke, lila geschminkte Blondine mit dem strammen BH, die das Sportgeschäft neben dem Anne Boleyn betreibt? Die finden Sie in Ihrem Strandgut.«

»Wieso das?«

»Es scheint, daß sie in London in derselben Pension wohnte wie die Sharpes; und sie erzählt die hübsche Geschichte, wie Marion Sharpe einmal in einem Wutanfall einen Hund halbtot geschlagen habe. Ihre Kunden waren ganz begeistert von dieser Geschichte. Ebenso die Gäste im Anne Boleyn. Dort trinkt sie ihren Morgenkaffee.« Er warf Robert, dem die Zornesröte ins Gesicht gestiegen war, einen ironischen Blick zu. »Ich brauche Ihnen wohl nicht zu sagen, daß sie selbst Besitzerin eines Hundes ist, der niemals in seinem verwöhnten Leben erzogen wurde und der in Kürze an Verfettung eingehen wird, weil er wahllos Häppchen zugeworfen bekommt, wann immer der dicken Blonden warm ums Herz wird.«

Es gab Augenblicke, dachte Robert, in denen er Ben Carley beinahe um den Hals fallen konnte, Nadelstreifenanzug hin oder her.

»Na, wie dem auch sei, das geht vorüber«, sagte Carley mit der Anpassungsfähigkeit einer Rasse, die seit langem gewöhnt ist, keinen Widerstand zu leisten und zu warten, bis der Sturm vorüber ist.

Robert blickte überrascht. Die Überraschung einer Ahnenreihe von 40 Generationen aufrechten Widerstands sprach aus diesem Blick. »Ich verstehe nicht, was wir davon haben sollen, wenn es vorübergeht«, sagte er. »Das hilft meinen Klienten nicht im geringsten.«

»Aber was können Sie denn machen?«

»Kämpfen natürlich.«

»Wogegen wollen Sie denn kämpfen? Wenn Sie eine Verleumdungsklage meinen, damit kommen Sie nicht durch.«

»Nein, daran hatte ich nicht gedacht. Ich will herausfinden, was das Mädchen in diesen Wochen wirklich getan hat.«

Carley blickte amüsiert drein. »Nur so«, war sein Kommentar zu diesem ehrgeizigen Vorhaben.

»Es wird nicht einfach sein, und wahrscheinlich kostet es sie ihr ganzes Vermögen, aber es gibt keine Alternative dazu.«

»Sie könnten fortgehen von hier. Das Haus verkaufen und sich irgendwo anders niederlassen. In einem Jahr wird sich niemand außerhalb der Gegend von Milford mehr an diese Affäre erinnern.«

»Das würden sie niemals tun, und ich würde es ihnen niemals raten, selbst wenn sie dazu bereit wären. Es geht nicht, daß man eine Blechdose an den Schwanz gebunden bekommt und sein Leben weiterführt, als sei sie nicht da. Außerdem ist es völlig undenkbar, daß dieses Mädchen mit seiner Geschichte davonkommt. Das ist eine Frage des Prinzips.«

»Sehen Sie sich vor, daß Sie keinen zu hohen Preis für Ihre verdammten Prinzipien zahlen. Trotzdem, ich wünsche Ihnen jedenfalls Glück. Spielen Sie mit dem Gedanken, einen Privatdetektiv anzuheuern? Wenn ja, kann ich Ihnen einen sehr guten –«

Robert sagte, er habe schon einen Agenten, und dieser sei bereits an der Arbeit.

Aus Carleys beredten Zügen sprach amüsierte Anerkennung für diese rasche Aktion der sonst so konservativen Blair, Hayward und Bennet.

»Da muß der Yard sich ja in acht nehmen, daß Sie ihm nicht den Rang ablaufen«, sagte er. Sein Blick wanderte zur Straße jenseits des bleiverglasten Fensters, und der amüsierte Ausdruck wich einer gespannten Aufmerksamkeit. Ein, zwei Sekunden blickte er wie gebannt hinaus, dann sagte er leise: »Na, die haben Nerven!«

Es war ein Ausdruck der Bewunderung, nicht der Empörung, und Robert drehte sich um, um zu sehen, was seine Bewunderung weckte.

Auf der anderen Straßenseite stand der klapprige alte Wagen der Sharpes, das falsch lackierte Vorderrad war deutlich zu erkennen. Und an ihrem üblichen Platz auf dem Rücksitz und mit ihrem üblichen Ausdruck leichten Protests gegen diese Form der Fortbewegung thronte Mrs. Sharpe. Der Wagen war vor dem Lebensmittelladen abgestellt, und vermutlich war Marion hineingegangen, um einzukaufen.

Er konnte nur ein paar Augenblicke lang dort gestanden haben, sonst wäre er Ben Carley früher aufgefallen, aber zwei Botenjungen waren bereits stehengeblieben und gafften. Auf ihre Fahrräder gelehnt, genossen sie dieses kostenlose Schauspiel. Und noch während Robert die Szene betrachtete, kamen Leute an die Türen der umliegenden Läden gelaufen, denn die Neuigkeit verbreitete sich in Windeseile.

»Was für eine unglaubliche Dummheit!« rief Robert ärgerlich.

»Von wegen Dummheit«, sagte Carley, der den Blick gar nicht abwenden konnte. »Ich wünschte, das wären meine eigenen Klienten.«

Er suchte in seiner Tasche nach Münzen für den Kaffee, und Robert stürzte hinaus. Er erreichte die ihm zugewandte Seite des Wagens in genau dem Augenblick, in dem Marion auf der anderen Seite hinaus auf den Bürgersteig trat. »Mrs. Sharpe«, sagte er streng, »was Sie hier tun, ist außerordentlich unvernünftig. Sie verschlimmern lediglich –«

»Oh, guten Morgen, Mr. Blair«, entgegnete sie im schönsten Plauderton. »Haben Sie schon Ihren Morgenkaffee getrunken, oder möchten Sie uns ins Anne Boleyn begleiten?«

»Miss Sharpe!« sagte er und wandte sich an Marion, die gerade ihre Einkäufe auf dem Sitz ablegte. »Sie müssen doch wissen, daß das eine sehr unvernünftige Sache ist.«

»Ehrlich gesagt, ich weiß nicht, ob es unvernünftig ist oder nicht«, antwortete sie, »doch ich glaube, es ist etwas, was wir tun müssen. Vielleicht sind wir kindisch geworden, weil wir zu lange allein gelebt haben, aber wir konnten beide diese Brüskierung im Anne Boleyn nicht vergessen – jene Verurteilung ohne Verfahren. Wir leiden unter einer seelischen Magenverstimmung, Mr. Blair. Und wenn man einen Kater hat, dann soll man ihn ersäufen. In unserem Falle in einer Tasse von Miss Trueloves ausgezeichnetem Kaffee.«

»Aber es ist so unnötig! So –«

»Wir denken uns, daß es vormittags um halb elf eine stattliche Zahl freier Tische im Anne Boleyn geben muß«, sagte Mrs. Sharpe schroff.

»Keine Sorge, Mr. Blair«, sagte Marion. »Wir wollen nur ein Zeichen setzen. Wenn wir erst einmal unsere symbolische Tasse Kaffee im Anne Boleyn getrunken haben, werden wir nie wieder einen Fuß über seine Schwelle setzen.«

»Aber Sie tun nichts weiter, als Milford ein kostenloses –«

Doch Mrs. Sharpe unterbrach ihn, bevor er das Wort aussprechen konnte. »Milford muß sich an das Schauspiel gewöhnen, das wir ihnen bieten«, sagte sie trocken, »denn wir sind zu dem Schluß gekommen, daß wir nicht gedenken, nur noch in unseren vier Wänden zu leben.«

»Aber –«

»Sie werden sich schnell daran gewöhnen, Monstren zu sehen, und dann werden sie nichts mehr dabei finden. Wenn man nur einmal im Jahr eine Giraffe sieht, bleibt sie eine Sensation; wenn man sie täglich sieht, wird sie zum Teil der Landschaft. Wir gedenken, Teil der Landschaft von Milford zu werden.«

»Gut, dann planen Sie also, Teil der Landschaft zu werden. Aber tun Sie mir jetzt einen Gefallen.« Schon wurden die Vorhänge der Fenster im ersten Stock beiseitegeschoben, und Gesichter erschienen. »Geben Sie Ihren Plan mit dem Anne Boleyn auf – geben Sie ihn wenigstens für heute auf –, und kommen Sie mit mir auf einen Kaffee ins Rose and Crown.«

»Mr. Blair, es wäre uns ein Vergnügen, mit Ihnen im Rose and Crown Kaffee zu trinken, aber es würde ganz und gar nicht gegen meine seelische Magenverstimmung helfen, die mich, wie der Volksmund zu sagen pflegt, ›noch um die Ecke bringt‹.«

»Miss Sharpe, ich flehe Sie an. Sie wissen, Sie haben es selbst gesagt, daß es ein kindisches Verhalten ist, und – nun, ich als Ihr Rechtsbeistand möchte Sie um den persönlichen Gefallen bitten, den Anne-Boleyn-Plan nicht weiter zu verfolgen.«

»Das ist Erpressung«, bemerkte Mrs. Sharpe.

»Darauf läßt sich nichts mehr erwidern«, meinte Marion mit einem leichten Lächeln. »Es scheint, daß wir unseren Kaffee im Rose and Crown trinken.« Sie seufzte. »Und das, wo ich gerade in der Stimmung war, ein Zeichen zu setzen!«

»Na, die haben Nerven!« war von oben zu vernehmen. Genau der Satz, den auch Carley gebraucht hatte, doch nichts von Carleys Bewunderung schwang darin mit; er war voller Entrüstung gesprochen worden.

»Sie können Ihren Wagen hier nicht stehen lassen. Ganz abgesehen von den Verkehrsregeln ist er ja sozusagen Beweisstück Nummer eins.«

»Oh, das hatten wir auch nicht vor«, sagte Marion. »Wir bringen ihn zur Garage, damit Stanley einige technische Dinge in seinem Inneren in Ordnung bringen kann, mit den Geräten, die er dort hat. Stanley äußert sich sehr verächtlich über unseren Wagen.«

»Das glaube ich gern. Gut, ich komme mit; und nun geben Sie lieber Gas, bevor wir auch noch beschuldigt werden, einen Volksauflauf zu verursachen.«

»Armer Mr. Blair«, sagte Marion und drückte den Startknopf. »Es muß fürchterlich sein, nicht mehr zu dieser Landschaft dazuzugehören, nachdem Sie so viele Jahre lang so völlig in ihr aufgingen.«

Sie sagte das ohne Bosheit – im Gegenteil, es schwang sogar echtes Mitgefühl darin mit –, doch der Satz blieb ihm im Gedächtnis und hinterließ eine kleine schmerzende Stelle, während sie die Sin Lane hinauffuhren und fünf Mietpferden und einem Pony auswichen, die störrisch aus dem Mietstall getrottet kamen; kurze Zeit später hielten sie im Halbdunkel der Garage.

Bill kam, um sie zu begrüßen, und wischte sich die Hände an einem ölverschmierten Lappen ab. »Morgen, Mrs. Sharpe. Schön, daß Sie da sind. Morgen, Miss Sharpe. Das war saubere Arbeit, die Sie da an Stanleys Stirn geleistet haben. Die Wunde ist so gut zugeheilt, als ob sie genäht wäre. Sie hätten Krankenschwester werden sollen.«

»Nein danke. Ich habe keine Geduld mit den Marotten anderer Leute. Aber Chirurg hätte ich werden können. Auf dem Operationstisch kann man ja nicht allzu launisch sein.«

Stanley erschien aus dem Hintergrund, kümmerte sich nicht im geringsten um die beiden Frauen, die ja nun als Hausgenossen galten, und übernahm den Wagen.

»Wann wollen Sie dieses Wrack zurückhaben?«

»Reicht eine Stunde?«

»Da würde ein Jahr nicht reichen; aber ich werde tun, was man in einer Stunde tun kann.« Sein Blick wanderte zu Robert weiter. »Haben Sie 'nen Tip?«

»Ich habe gehört, Bali Boogie soll gut in Form sein.«

»Unsinn«, wandte die alte Mrs. Sharpe ein. »Kein Abkömmling von Hippocras hat je bei einem Kopf-an-Kopf-Rennen durchgehalten. Allesamt Versager.«

Verblüfft starrten die drei Männer sie an.

»Sie interessieren sich für Pferderennen?« fragte Robert ungläubig.

»Nein, aber für Pferde. Mein Bruder hat Vollblüter gezüchtet.« Als sie sah, was für Gesichter die drei machten, gab sie ein trockenes Lachen von sich, das an das Gackern eines Huhnes erinnerte. »Haben Sie gedacht, ich nehme zu meinem Nachmittagsschläfchen die Bibel mit, Mr. Blair? Oder vielleicht ein Buch über schwarze Magie? Nein, ganz und gar nicht. Ich nehme aus der Tageszeitung die Seite mit den Rennergebnissen. Und Stanley wäre gut beraten, nicht sein Geld zu verschwenden, indem er es auf Bali Boogie setzt; wenn je ein Gaul einen so obszönen Namen verdiente, dann dieser.«

»Und wer statt dessen?« fragte Stanley, sparsam mit seinen Worten wie immer.

»Es heißt ja, Pferdeverstand sei der Verstand, der die Pferde davon abhält, auf Menschen zu wetten. Aber wenn Sie wirklich so dumm sein und wetten wollen, dann sollten Sie Ihr Geld lieber auf Kominsky setzen.«

»Kominsky!« rief Stanley. »Aber der steht eins zu 60!«

»Wenn Sie wollen, können Sie Ihr Geld natürlich auch zu einer günstigeren Quote verlieren«, kommentierte sie trocken. »Gehen wir, Mr. Blair?«

»Na gut«, sagte Stanley. »Also Kominsky; und Sie kriegen ein Zehntel von meinem Gewinn.«

Sie spazierten zurück zum Rose and Crown, und als sie aus der vergleichsweise intimen Sin Lane zurück auf die Hauptstraße kamen, überkam Robert jenes Gefühl der Schutzlosigkeit, das er früher immer gehabt hatte, wenn er bei einem schweren Luftangriff draußen war. Alle Aufmerksamkeit und alle Bösartigkeit einer solchen unruhigen Nacht schienen dann auf seine winzig kleine Person konzentriert zu sein. Und auch nun, im hellen Sonnenlicht eines Frühsommertages, fühlte er sich nackt und schutzlos, als er so die Straße entlangging. Er schämte sich, wenn er sah, wie elegant und, wie es schien, sorglos Marion neben ihm herschlenderte, und hoffte, daß man ihm seine Beklommenheit nicht anmerkte. Er unterhielt sich so unbefangen, wie er konnte, doch er hatte nicht vergessen, mit welcher Leichtigkeit sie stets seine eigenen Gedanken nachvollzogen hatte und daß er sich nicht allzu geschickt anstellte.

Ein einsamer Kellner steckte gerade den Shilling ein, den Ben Carley auf dem Tisch zurückgelassen hatte, ansonsten war der Salon menschenleer. Sie setzten sich an einen runden schwarzen Eichentisch, auf dem eine Blumenschale mit Mauerblümchen stand, und Marion sagte: »Sie wissen, daß unsere Fenster wieder in Ordnung sind?«

»Ja; Wachtmeister Newsam kam gestern auf dem Nachhauseweg kurz vorbei, um es mir zu berichten. Das war gute Arbeit.«

»Haben Sie sie bestochen?« wollte Mrs. Sharpe wissen.

»Nein. Ich habe nur erwähnt, daß Randalierer die Fenster zerschlagen hätten. Wären Ihre Scheiben durch einen Sturm eingedrückt worden, so wären Sie wahrscheinlich noch immer den Elementen ausgeliefert. Sturmschäden gelten als höhere Gewalt und folglich als etwas, womit man sich abfinden muß. Aber Randalierer gehören zu den ›Sachen, die man nicht durchgehen lassen darf‹. Daher Ihre neuen Fenster. Ich wünschte, alles wäre so einfach wie die Reparatur Ihrer Fenster.«

Es war ihm nicht bewußt geworden, daß sein Tonfall sich verändert hatte, doch Marion blickte ihn fragend an und sagte: »Hat sich etwas Neues ergeben?«

»Ich fürchte, ja. Ich wollte heute nachmittag zu Ihnen kommen, um Ihnen davon zu berichten. Wie es scheint, will gerade jetzt, wo die *Hallo!* das Thema fallen läßt – in der heutigen Ausgabe ist nur ein einziger Brief, und der noch gemäßigt im Ton –, gerade jetzt, wo die *Hallo!* der Sache Betty Kane müde geworden ist, der *Beobachter* sich der Angelegenheit annehmen.«

»Na prima!« sagte Marion. »Der *Beobachter,* der der ermatteten *Hallo!* die Fackel aus der Hand reißt, das ist doch ein Bild für die Götter.«

›Seit wann stößt der denn ins Horn der *Hallo!*‹, hatte Ben Carley es formuliert, doch ihre Einstellung war dieselbe.

»Haben Sie Spitzel in der Redaktion des *Beobachters,* Mr. Blair?« fragte Mrs. Sharpe.

»Nein. Nevil hat von der Sache Wind bekommen. Es soll ein Brief seines zukünftigen Schwiegervaters abgedruckt werden, des Bischofs von Larborough.«

»Ha!« sagte Mrs. Sharpe. »Toby Byrne.«

»Sie kennen ihn?« fragte Robert und dachte, daß der Tonfall ihrer Worte durchaus scharf genug war, um die Politur vom Holz zu ätzen.

»Er ist mit meinem Neffen zur Schule gegangen – dem Sohn jenes Bruders, der das Gestüt hatte. So, so, Toby Byrne. Der ändert sich nie.«

»Ich nehme an, Sie mochten ihn nicht?«

»Ich habe ihn nie gesehen. Einmal brachte mein Neffe ihn für die Schulferien mit nach Hause, aber er wurde kein zweites Mal eingeladen.«

»Oh?«

»Er erfuhr erst bei dieser Gelegenheit, daß Stallburschen schon in aller Herrgottsfrühe aufstehen müssen, und war entsetzt darüber. Das sei ja Sklaverei, sagte er; und er nahm sich die Jungen vor und versuchte sie dazu zu bringen, für ihre Rechte auf die Barrikaden zu gehen. Wenn sie sich zusammentäten, sagte er, dann würde kein Pferd den Stall vor neun Uhr morgens verlassen. Die Jungs haben sich noch Jahre später über ihn lustig gemacht; aber er ist nie wieder eingeladen worden.«

»Tja, er ist unverbesserlich«, stimmte Robert zu. »Nach dieser Methode ist er seither unzählige Male vorgegangen, zu jedem Thema – von Kaffern bis zu Kinderhorten. Je weniger er über eine Sache weiß, desto deutlicher vertritt er seine Meinung darüber. Was diesen Brief angeht, so war Nevil der Ansicht, es sei nichts mehr dagegen zu machen, da der Bischof ihn bereits abgefaßt habe und es für ihn undenkbar sei, etwas in den Papierkorb zu werfen. Aber ich habe es nicht fertiggebracht, einfach nur dazusitzen und nichts zu tun; also rief ich ihn nach dem Abendessen an und gab ihm so taktvoll, wie ich nur konnte, zu verstehen, daß er in einem höchst umstrittenen Fall Partei ergreife und gleichzeitig zwei möglicherweise unschuldigen Menschen großen Schaden zufüge. Doch ich hätte mir meinen Atem sparen können. Er erklärte mir, der *Beobachter* existiere zum Zwecke der freien Meinungsäußerung und deutete an, daß ich diese Meinungsfreiheit unterbinden wolle. Am Ende fragte ich ihn, ob er denn ein Befürworter der Lynchjustiz sei, wo er doch alles tue, es dazu kommen zu lassen. Zu diesem Zeitpunkt hatte ich bereits eingesehen, daß es aussichtslos war, und verzichtete darauf, taktvoll zu sein.« Er nahm die Tasse Kaffee, die Mrs. Sharpe ihm eingegossen hatte.

»Wir haben mit ihm einen schlechten Tausch gegen seinen Amtsvorgänger gemacht, der der Schrecken eines jeden Übeltäters in fünf Grafschaften war und ein Gelehrter obendrein.«

»Wie ist Toby Byrne denn zu Amt und Würden gekommen?« wunderte sich Mrs. Sharpe.

»Ich nehme an, Cowans Preiselbeersoße hat eine nicht unerhebliche Rolle bei seiner Beförderung gespielt.«

»Ah ja. Seine Frau. Ich vergaß. Zucker, Mr. Blair?«

»Übrigens, hier sind zwei Nachschlüssel zum Tor des Franchise. Ich nehme an, einen darf ich behalten. Den anderen sollten Sie, meine ich, der Polizei geben, damit sie nach Belieben ihre Kontrollgänge machen kann. Ich muß Ihnen auch mitteilen, daß Sie inzwischen einen Privatdetektiv in Ihren Diensten haben.« Und er erzählte ihnen von Alec Ramsden, der um halb neun Uhr morgens vor der Haustüre gestanden hatte.

»Nichts davon zu hören, daß jemand das Foto auf dem Titelblatt der *Hallo!* erkannt und sich bei Scotland Yard gemeldet hat?« fragte Marion. »Darauf hatte ich große Hoffnungen gesetzt.«

»Bisher nicht. Aber es gibt noch Hoffnung.«

»Es ist fünf Tage her, seit die *Hallo!* das Bild veröffentlicht hat. Wenn es jemals jemand erkannt hätte, dann wäre das inzwischen geschehen.«

»Sie vergessen das Altpapier. Das ist die Art, wie so etwas fast immer geschieht. Jemand wickelt seine Tüte Pommes frites aus und sagt: ›Mensch, wo habe ich denn das Gesicht schon mal gesehen?‹ Oder jemand nimmt ein Bündel Zeitungen, um in einem Hotel Schubladen damit auszulegen. Irgend etwas in dieser Art. Verlieren Sie nicht die Hoffnung, Miss Sharpe. Mit Gottes und Alec Ramsdens Hilfe werden wir am Ende doch noch triumphieren.«

Sie blickte ihn ernst an. »Sie glauben das wirklich, nicht wahr?« sagte sie, wie jemand, der etwas Exotisches betrachtet.

»Das tue ich.«

»Sie glauben an den Sieg des Guten?«

»Ja.«

»Warum?«

»Ich weiß es nicht. Wahrscheinlich, weil das Gegenteil unvorstellbar ist. Etwas Positiveres oder Löblicheres steckt nicht dahinter.«

»Ich hätte mehr Vertrauen zu einem Gott, der nicht gerade Toby Byrne zum Bischof auserkoren hätte«, sagte Mrs. Sharpe. »Übrigens, wann erscheint Tobys Brief?«

»Am Freitagmorgen.«

»Ich kann es kaum erwarten«, sagte Mrs. Sharpe.

Kapitel 15

Doch am Freitagnachmittag war Robert sich nicht mehr so sicher, daß das Gute am Ende stets triumphiert.

Nicht der Brief des Bischofs war es, der ihn in seinem Glauben erschütterte. Ja, die Ereignisse des Freitags nahmen in vielerlei Hinsicht dem Bischof den Wind aus den Segeln; und wenn jemand Robert am Mittwochmorgen gesagt hätte, er werde es noch einmal bedauern, daß es etwas gäbe, was den Schwung des Bischofs bremsen könnte, dann hätte er ihn ausgelacht.

Der Brief seiner Lordschaft erreichte nicht ganz den gewohnten Standard. Der *Beobachter,* schrieb er, sei stets gegen Gewaltanwendung gewesen und habe natürlich auch nun nicht die Absicht, sie gutzuheißen, doch es gebe Zeiten, in denen Ausbrüche von Gewalt nichts weiter seien als ein Zeichen von sozialer Unruhe, von Unsicherheit und Groll. Wie bei den jüngsten Zwischenfällen in Nullahbad zum Beispiel. (Tatsächlich hatten sich ›Unruhe, Unsicherheit und Groll‹ bei den Zwischenfällen in Nullahbad ausschließlich in den Herzen zweier Diebe feststellen lassen, die das Opalarmband nicht finden konnten, dessentwegen sie gekommen waren, und die deshalb zur Vergeltung die sieben Bewohner des Hauses im Schlaf in ihren Betten umgebracht hatten.) Unzweifelhaft gebe es Zeiten, in denen das Proletariat sich außerstande sehe, gegen ein offensichtliches Unrecht anzugehen, und es sei nicht verwunderlich, daß die ›leidenschaftlichen Gemüter‹ unter ihnen sich zu ›persönlichen Protesten‹ hinreißen ließen. (Bill und Stanley, dachte Robert, würden in den ›leidenschaftlichen Gemütern‹ die Rüpel vom Montagmorgen wohl kaum wiedererkennen. Und er fand auch, daß ›persönliche Proteste‹ ein etwas untertriebener Ausdruck für die Zerstörung sämtlicher Erdgeschoßfenster des Franchise war.) Die Verantwortung für diese Unruhe – der *Beobachter* drückte sich mit Leidenschaft euphemistisch aus: Unruhe, die Unterprivilegierten, die geistig Zurückgebliebenen, die gefallenen Mädchen, wo der Rest der Welt von Gewalt, Armut, Schwachsinnigen und Prostituierten sprach; und eine der Überzeugungen, die der *Beobachter* mit der *Hallo!* gemeinsam hatte, war, daß alle Prostituierten Mädels mit einem Herzen aus Gold seien, die lediglich auf die schiefe Bahn gekommen seien –, die Verantwortung für diese Unruhe sei nicht bei jenen vielleicht irregeleiteten Individuen zu suchen, die ihrem Unmut so unmißverständlich Ausdruck verliehen hätten, sondern bei denjenigen Institutionen, deren Schwäche, Unfähigkeit und Gleichgültigkeit ungerechterweise zu einer Einstellung des Verfahrens geführt habe. Es sei traditionell englische Art, Gerechtigkeit nicht nur zu praktizieren, sondern sie auch zu demonstrieren, und der Platz hierfür sei eine öffentliche Gerichtsverhandlung.

»Wer, glaubt er denn, hätte etwas davon, wenn die Polizei ihre Zeit damit verschwendet, einen Prozeß anzustrengen, den sie unweigerlich verlieren müßte?« wandte Robert sich an Nevil, der den Brief über seine Schulter hinweg las.

»Uns hätte es sehr geholfen«, antwortete dieser. »Daran hat er offenbar nicht gedacht. Wenn der Richter die Klage dann abgewiesen hätte, wäre der Eindruck, daß der arme mißhandelte Liebling das Blaue vom Himmel lügt, kaum länger von der Hand zu weisen gewesen, oder? Bist du schon da, wo sie geschunden wird?«

»Nein.«

Geschunden wurde sie erst gegen Ende. Der ›arme geschundene Leib‹ dieses jungen und unbescholtenen Mädchens, verkündete seine Lordschaft, sei eine himmelschreiende Anklage gegen ein Rechtswesen, das unfähig gewesen sei, sie zu schützen, und nun unfähig sei, sie zu rehabilitieren. Die Umstände dieses Falles seien so gelagert, daß sie die gründlichste Untersuchung verlangten.

»Das wird dem Yard einen sehr unglücklichen Vormittag bescheren«, meinte Robert.

»Nachmittag«, verbesserte Nevil.

»Wieso Nachmittag?«

»Normalerweise liest niemand im Yard ein Käseblatt wie den *Beobachter*. Sie werden erst davon erfahren, wenn jemand es ihnen mit der Nachmittagspost schickt.«

Aber wie sich herausstellte, hatten sie bereits davon erfahren. Grant hatte es im Zug gelesen. Er hatte den *Beobachter* zusammen mit drei anderen Blättern am Zeitungskiosk mitgenommen – nicht aus Überzeugung, sondern weil er lediglich die Wahl zwischen ihm und bunten Illustrierten mit Badenixen auf dem Titelbild gehabt hatte.

Robert verließ das Büro, um das Exemplar des *Beobachters* zusammen mit der neusten Ausgabe der *Hallo!* – die definitiv das Interesse an der Franchise-Affäre verloren hatte – zum Franchise zu bringen. Seit dem letzten, verhaltenen Brief am Mittwoch war die Sache nicht mehr erwähnt worden. Es war ein wunderbarer Tag; das Gras im Hof des Franchise war unglaublich grün, der schmutzigweißen Front des Hauses verlieh die Sonne beinahe Charme, das Licht, das die rote Backsteinmauer zurückwarf, erfüllte das ärmliche Wohnzimmer und gab ihm eine wohlige Wärme. Sehr zufrieden hatten sie dort zu dritt beisammengesessen. Die *Hallo!* hatte es aufgegeben, ihnen in aller Öffentlichkeit die Kleider vom Leib zu reißen; der Brief des Bischofs war im Grunde nicht so schlimm, wie er es hätte sein können; Alec Ramsden war in Larborough in ihrer Angelegenheit tätig und würde ohne Zweifel früher oder später Fakten ans Tageslicht fördern, die sie retten würden; der Sommer hatte Einzug gehalten mit hellen, kurzen Nächten; Stanley erwies sich als ein richtiger Schatz; gestern waren sie zum zweiten Mal in Milford gewesen, in ihrem Bemühen, Teil des dortigen Lebens zu werden, und nichts Schlimmeres war ihnen dabei zugestoßen, als daß man sie begafft, ihnen böse Blicke zugeworfen und ein paar gehässige Bemerkungen gemacht hatte.

Alles in allem hatten sie das Gefühl, daß die Dinge schlechter stehen könnten.

»Wieviel Aufsehen wird das hier erregen?« wandte sich Mrs. Sharpe an Robert und stieß mit ihrem mageren Zeigefinger auf die Leserbriefseite des *Beobachters*.

»Nicht viel, glaube ich. Selbst im Leserkreis des *Bobachters* wird der Bischof, soviel ich weiß, mittlerweile nicht mehr ganz für voll genommen. Er hat sich viele Sympathien verscherzt, als er sich für Mahoney einsetzte.«

»Wer war Mahoney?« fragte Marion.

»Erinnern Sie sich nicht mehr? Mahoney war der irische ›Freiheitskämpfer‹, der einer Frau in einer belebten englischen Straße eine Bombe in den Fahrradkorb legte und vier Menschen in die Luft jagte, darunter auch die Frau, die man später nur anhand ihres Eherings identifizieren konnte. Der Bischof war der Meinung, Mahoney sei lediglich irregeleitet, aber kein Mörder; er kämpfe für eine unterdrückte Minderheit – ob Sie's glauben oder nicht, er meinte damit die Iren –, und man solle ihn nicht zum Märtyrer machen. Das war ein wenig zuviel, selbst für den Geschmack des *Beobachters,* und seither ist das Ansehen des Bischofs, soviel ich gehört habe, nicht mehr das, was es einmal war.«

»Ist das nicht entsetzlich, wie man alles wieder vergißt, wenn man nicht selbst betroffen ist!« sagte Marion. »Ist Mahoney gehängt worden?«

»Das ist er, darf ich mit Genugtuung sagen – und sehr zu seiner eigenen schmerzlichen Überraschung. So viele seiner Vorgänger hatten von dem Appell profitiert, man solle keine Märtyrer aus ihnen machen, daß Mord in ihren Vorstellungen längst nicht mehr als gefährliches Handwerk galt. Viel hätte nicht mehr gefehlt, und es wäre ebenso sicher gewesen wie ein Posten bei der Bank.«

»Wo wir gerade von der Bank reden«, sagte Mrs. Sharpe, »ich glaube, es wäre das beste, wenn wir Ihnen unsere finanziellen Verhältnisse offenlegen, und zu diesem Zweck sollten Sie sich mit dem Notar des alten Mr. Crowle in London in Verbindung setzen, der unser Vermögen verwaltet. Ich werde dorthin schreiben und ihn anweisen, Ihnen vollständige Einsicht zu gewähren, damit Sie wissen, wieviel wir zum Lebensunterhalt zur Verfügung haben, und entscheiden, wie es zur Verteidigung unseres guten Namens angelegt werden kann. Es ist zwar nicht gerade die Art, wie wir geplant hatten, es auszugeben ...«

»Wir sollten dankbar sein, daß wir es haben und ausgeben können«, sagte Marion. »Was macht ein mittelloser Mensch in einem Fall wie diesem?«

Robert mußte zugeben, daß er es nicht wußte. Er ließ sich die Adresse des Notars von Mr. Crowle geben und fuhr dann nach Hause, um mit Tante Lin zu Mittag zu essen, und er fühlte sich wohler als zu irgendeinem anderen Zeitpunkt, seit er am vergangenen Freitag zum ersten Mal die Titelseite der *Hallo!* auf Bills Schreibtisch gesehen hatte. Er fühlte sich wie in einem Unwetter, wenn das Tosen des Sturms zum ersten Mal nachläßt; er hat noch nicht aufgehört zu toben, und es wird wahrscheinlich noch eine Weile unangenehm bleiben, doch man spürt schon, daß es besser werden wird, während es noch einen Augenblick zuvor nichts als das entsetzliche J e t z t gab.

Selbst Tante Lin schien das Franchise für eine Weile vergessen zu haben. Sie war sprunghaft und liebenswert, so, wie er sie mochte – nichts als die Geburtstagsgeschenke im Kopf, die sie für Lettice' Zwillinge in Saskatchewan kaufen wollte. Es gab sein Lieblingsmittagessen – kalter Schinken, gekochte Kartoffeln und Apfelauflauf mit Schlagsahne –, und von Minute zu Minute fand er es unverständlicher, daß dies der Freitagvormittag sein sollte, den er so sehr gefürchtet hatte, weil mit ihm die Kampagne des *Beobachters* gegen sie begann. Er hatte den Eindruck, der Bischof von Larborough war ganz und gar das, was Lettice' Mann einen ›Sack voll heißer Luft‹ zu nennen pflegte. Er konnte sich gar nicht mehr erklären, warum er je einen Gedanken an ihn verschwendet hatte.

Das war die Stimmung, in der er ins Büro zurückkehrte. Und in dieser Stimmung griff er zum Telefonhörer, um einen Anruf Hallams entgegenzunehmen.

»Mr. Blair?« sagte Hallam. »Ich bin im Rose and Crown. Ich fürchte, ich habe schlechte Nachrichten für Sie. Inspector Grant ist hier.«

»Im Rose and Crown?«

»Jawohl. Und er hat einen Haftbefehl dabei.«

Roberts Verstand setzte aus. »Gegen wen?« fragte er verwirrt.

»Gegen die Sharpes.«

»Nein!«

»Ich fürchte, doch.«

»Aber das kann doch nicht sein!«

»Ich kann mir schon vorstellen, daß das ein ziemlicher Schock für Sie ist. Ich hatte selbst nicht mit so etwas gerechnet.«

»Soll das heißen, er hat einen Zeugen gefunden – einen Zeugen der Anklage?«

»Zwei sogar. Die Sache ist unter Dach und Fach.«

»Das kann ich nicht glauben.«

»Kommen Sie herüber, oder sollen wir zu Ihnen kommen? Ich nehme an, Sie werden mit uns mitkommen wollen.«

»Wohin mitkommen? Ach so. Ja, natürlich will ich das. Ich werde gleich zu Ihnen ins Rose and Crown hinüberkommen. Wo finde ich Sie? Im Salon?«

»Nein, in Grants Zimmer. Nummer fünf. Das mit dem großen Fenster zur Straße – über der Bar.«

»In Ordnung. Ich komme sofort. Moment noch!«

»Ja?«

»Ein Haftbefehl für beide?«

»Jawohl. Für zwei.«

»In Ordnung. Danke. Ich werde gleich bei Ihnen sein.«

Er blieb noch einen Augenblick lang sitzen, bis er wieder zu Atem gekommen war, und versuchte zu überlegen, was er als nächstes tun sollte. Nevil war geschäftlich unterwegs, doch Nevil war ohnehin nie eine große Stütze in der Not gewesen. Er erhob sich, nahm seinen Hut und ging zur Tür des Büros.

»Mr. Heseltine, bitte«, sagte er in jenem höflichen Ton, den er stets in Gegenwart jüngerer Angestellter anschlug, und der alte Mann folgte ihm über den Flur zur sonnenbeschienenen Haustür.

»Timmy«, sagte Robert, »wir sind in Schwierigkeiten. Inspector Grant vom Präsidium ist hier, und er hat einen Haftbefehl, um die Leute aus dem Franchise zu verhaften.« Noch während er diese Worte sprach, konnte er sich nicht vorstellen, daß so etwas tatsächlich Wirklichkeit sein sollte.

Ebensowenig konnte Mr. Heseltine das, was nicht zu übersehen war. Er starrte wortlos vor sich hin, Entsetzen lag in seinen hellen alten Augen.

»Ein ziemlicher Schock, nicht wahr, Timmy?« Er hätte sich keine Hilfe von seinem gebrechlichen alten Bürovorsteher erhoffen sollen.

Doch so schockiert er auch sein mochte, so gebrechlich, so alt – Mr. Heseltine war immerhin Bürovorsteher einer Anwaltskanzlei, und auch jetzt enttäuschte er ihn nicht. Er hatte sein Leben mit Paragraphen zugebracht, und ganz automatisch konnte sein Verstand gar nicht anders, als die Sache wörtlich zu nehmen.

»Ein Haftbefehl«, sagte er. »Warum ein Haftbefehl?«

»Weil man niemanden ohne Haftbefehl verhaften kann«, antwortete Robert ein wenig gereizt. Wurde der alte Timmy allmählich zu alt für seine Arbeit?

»Das wollte ich nicht sagen. Was ich sagen wollte, war, daß es schließlich ein Vergehen ist, dessen sie angeklagt sind, und kein Kapitalverbrechen. Hätte da nicht eine Vorladung genügt, Mr. Robert? Es ist doch mit Sicherheit nicht notwendig, sie zu verhaften, nicht wahr? Doch nicht für ein Vergehen.«

Daran hatte Robert nicht gedacht. »Eine gerichtliche Vorladung«, sagte er. »Ja, warum nicht? Aber natürlich kann man sie nicht daran hindern, sie zu verhaften, wenn sie das wollen.«

»Aber warum sollten sie so etwas wollen? Menschen wie die Sharpes laufen doch nicht davon. Und sie werden auch keine weiteren Straftaten begehen, während sie auf ihre Verhandlung warten. Hat man Ihnen gesagt, von wem der Haftbefehl ausgestellt worden ist?«

»Nein, davon war nicht die Rede. Besten Dank, Timmy; Sie haben mich gestärkt wie ein doppelter Whisky. Und nun muß ich hinüber zum Rose and Crown – Inspector Grant ist mit Hallam dort – und der Sache ins Auge blicken. Es gibt keine Möglichkeit, das Franchise zu warnen; ihr Telefon funktioniert ja nicht mehr. Ich werde zu ihnen hinausfahren müssen, mit Grant und Hallam im Schlepptau. Und das, wo wir doch gerade heute morgen schon glaubten, einen Silberstreif am Horizont zu sehen. Sie sagen Nevil Bescheid, wenn er zurückkommt, nicht wahr? Und hindern Sie ihn daran, irgend etwas Dummes oder Unüberlegtes zu tun.«

»Sie wissen doch genau, Mr. Robert, daß ich noch nie in der Lage war, Mr. Nevil von etwas abzubringen, was er sich einmal in den Kopf gesetzt hatte. Obwohl ich den Eindruck hatte, daß er die letzte Woche über außergewöhnlich nüchtern war. Im übertragenen Sinne, meine ich.«

»Wir wollen hoffen, daß er das noch eine Weile bleibt«, sagte Robert und trat hinaus auf die sonnenbeschienene Straße.

Im Rose and Crown herrschte gerade Nachmittagsflaute. Er durchquerte die Halle, ging die breiten, flachen Stufen hinauf, ohne irgend jemanden zu treffen, und klopfte an die Tür der Nummer fünf. Grant, ruhig und höflich wie immer, ließ ihn ein. Hallam – er blickte ein wenig unglücklich drein – stand an den Toilettentisch am Fenster gelehnt.

»Ich nehme an, damit hatten Sie nicht gerechnet, Mr. Blair«, sagte Grant.

»Nein, das hatte ich allerdings nicht. Um ehrlich zu sein, es war ein schwerer Schock für mich.«

»Setzen Sie sich«, sagte Grant. »Wir haben Zeit.«

»Inspector Hallam sagt, Sie haben neue Beweise.«

»Ja, und zwar, wie wir finden, schlagende Beweise.«

»Darf ich wissen, worum es sich handelt?«

»Aber gewiß. Wir haben einen Mann, der gesehen hat, wie Betty Kane an der Bushaltestelle in den Wagen gestiegen ist –«

»In e i n e n Wagen«, korrigierte Robert.

»Wenn Sie so wollen, in einen Wagen – aber die Beschreibung paßt auf denjenigen der Sharpes.«

»Und auf 10 000 andere in England. Und zweitens?«

»Das Mädchen vom Bauernhof, das früher zweimal die Woche im Franchise putzen ging, beschwört, daß sie Schreie vom Dachboden gehört hat.«

»Putzen ging? Tut sie es denn nicht mehr.«

»Nicht mehr, seit die Kane-Affäre in aller Munde ist.«

»Verstehe.«

»Für sich genommen handelt es sich um kein allzu wertvolles Beweismaterial, aber es ist sehr nützlich, um die Geschichte des Mädchens zu untermauern. Sie hat also tatsächlich jenen Überlandbus von London nach Larborough verpaßt. Unser Zeuge sagt, er sei ihm etwa einen Kilometer weiter südlich begegnet. Als kurz darauf die Haltestelle in Sicht gekommen sei, habe das Mädchen dort gestanden und gewartet. Die Hauptstraße nach London, die durch Mainshill führt, ist eine lange, gerade Straße –«

»Ich weiß. Ich war dort.«

»Ja, nun, als er noch ein ganzes Stück von dem Mädchen entfernt war, sah er, wie ein Wagen neben ihm hielt, sah, wie sie einstieg, und sah, wie sie mit jemandem davonfuhr.«

»Aber den Fahrer des Wagens sah er nicht?«

»Nein. Dazu war er noch zu weit entfernt.«

»Und dieses Mädchen vom Bauernhof – hat sie von sich aus von den Schreien auf dem Dachboden erzählt?«

»Uns nicht. Aber sie sprach zu ihren Freundinnen darüber. Wir bekamen einen Hinweis, und sie war dann auch ohne zu zögern dazu bereit, ihre Geschichte zu beschwören.«

»Hat sie ihren Freundinnen schon davon erzählt, bevor die Gerüchte um Betty Kanes Entführung die Runde machten?«

»Ja.«

Das kam unerwartet, und Robert spürte, wie er den Boden unter den Füßen verlor. Wenn das wirklich stimmte und das Mädchen von Schreien gesprochen hatte, bevor irgend jemand wissen konnte, daß die Sharpes verdächtigt wurden, wäre das ein zur Überführung hinreichender Beweis. Robert erhob sich und ging nervös zum Fenster und zurück. Er dachte mit Neid an Ben Carley. Ben wäre diese Situation nicht so verhaßt, wie sie ihm war, unfähig und hilflos, wie er sich fühlte. Ben wäre in seinem Element, er wäre begeistert angesichts dieser Aufgabe und der Möglichkeit, den Autoritäten ein Schnippchen zu schlagen. Unterschwellig war Robert sich bewußt, daß sein eigener, tief verwurzelter Respekt gegenüber Amt und Würden eher ein Handicap für ihn war als ein Vorteil; was ihm fehlte, war ein wenig von Bens angeborener Überzeugung, daß die Autoritäten dazu da sind, überlistet zu werden.

»Tja, ich danke Ihnen für Ihre Offenheit«, sagte er schließlich. »Ich will das Vergehen, dessen Sie diese Leute beschuldigen, nicht herunterspielen, aber es ist ein Vergehen und kein Kapitalverbrechen – warum also ein Haftbefehl? Eine Vorladung wäre doch der Sache voll und ganz angemessen?«

»Eine Vorladung wäre zweifellos denkbar«, sagte Grant teilnahmslos. »Aber wenn ein schweres Vergehen vorliegt – und dafür halten meine Vorgesetzten den gegenwärtigen Fall –, wird ein Haftbefehl ausgestellt.«

Robert konnte nicht umhin, sich zu fragen, inwieweit wohl die Schmeißfliege *Hallo!* Einfluß auf die sonst so vernünftige Vorgehensweise des Yard genommen hatte. Er blickte Grant in die Augen und wußte, daß Grant seine Gedanken gelesen hatte.

»Das Mädchen war einen ganzen Monat lang vermißt – vielleicht einen Tag oder zwei weniger«, sagte Grant, »und sie ist übel zugerichtet worden, und zwar mit Absicht. Das ist kein Fall, den man auf die leichte Schulter nehmen kann.«

»Aber was gewinnen Sie denn durch eine Verhaftung?« fragte Robert, der sich an Mr. Heseltines Argumente erinnerte. »Bei diesen Leuten ist nicht zu befürchten, daß sie der Vorladung nicht Folge leisten würden. Ebensowenig ist denkbar, daß sie in der Zwischenzeit ein weiteres ähnliches Verbrechen verüben könnten. Übrigens, für wann planen Sie denn, sie dem Untersuchungsrichter vorzuführen?«

»Ich hatte vor, sie am Montag vor das Polizeigericht zu bringen.«

»Dann schlage ich vor, daß Sie sie für Montag vorladen.«

»Meine Vorgesetzten haben sich für einen Haftbefehl entschieden«, sagte Grant ungerührt.

»Aber Sie könnten Ihren Ermessensspielraum ausschöpfen. Ihre Vorgesetzten können zum Beispiel nichts über die Zustände vor Ort wissen. Wenn das Franchise unbewohnt ist, wird es in einer Woche völlig verwüstet sein. Haben Ihre Vorgesetzten auch daran gedacht? Und wenn Sie die beiden Frauen verhaften, können Sie sie ohnehin nur bis Montag in Gewahrsam nehmen, denn dann werde ich beantragen, sie gegen Kaution freizulassen. Es wäre doch ein Jammer, das Franchise den Randalierern preiszugeben, nur weil man auf der Geste einer Verhaftung beharrt. Und ich weiß ja, daß Inspector Hallam keine Männer zur Verfügung hat, das Haus zu schützen.«

Mit dieser Rechts-Links-Kombination gab er ihnen beiden Zeit nachzudenken. Es war schon bemerkenswert, wie tief verwurzelt der Respekt vor Grundeigentum im Charakter des Engländers war. Zum erstenmal hatte Grants Gesichtsausdruck sich verändert, als von der möglichen Verwüstung des Franchise die Rede gewesen war. Robert verspürte eine unerwartete Dankbarkeit für die Rüpel, die einen Präzedenzfall geschaffen hatten und mit ihrem Beispiel Roberts Argument Gewicht verliehen. Und was Hallam anging, so war er, ganz abgesehen davon, daß er nicht genug Leute hatte, mit Sicherheit nicht erfreut über die Aussicht, ein zweites Mal in seinem Bezirk mit Randalierern zu tun zu bekommen und neuen Übeltätern nachspüren zu müssen.

Es entstand eine lange Pause; dann sagte Hallam zögernd: »Da ist schon etwas dran, an dem, was Mr. Blair sagt. Hier auf dem Lande neigen die Leute sehr zur Gewalt, und ich glaube nicht, daß sie das Haus ungeschoren ließen, wenn es leerstünde. Besonders, wenn sich erst einmal herumgesprochen hat, daß wir die Frauen verhaftet haben.«

Allerdings brauchten sie noch fast eine halbe Stunde, bis sie Grant überzeugt hatten. Aus irgendwelchen Gründen nahm Grant diese Sache persönlich, und Robert hatte keine Ahnung, warum er das tat und was ihm daran so wichtig sein mochte.

»Na«, sagte der Inspector schließlich, »um eine Vorladung zuzustellen, brauchen Sie mich ja nicht.« Er benahm sich wie ein Chirurg, der es für unter seiner Würde hält, ein Geschwür aufzuschneiden, dachte Robert, amüsiert und höchst erleichtert. »Das überlasse ich Hallam und fahre zurück nach London. Aber wir sehen uns am Montag vor dem Untersuchungsrichter. Soviel ich weiß, steht die nächste Gerichtsperiode unmittelbar bevor, das heißt, wenn wir alle Verzögerungen vermeiden, kann der Fall direkt zur Verhandlung kommen. Meinen Sie, Sie können bis Montag alles für die Verteidigung zusammen haben?«

»Inspector, bei dem, was meine Klienten zu ihrer Verteidigung anzuführen haben, könnte ich bis zum Tee soweit sein«, antwortete Robert bitter.

Zu seiner Überraschung wandte Grant sich ihm mit einem breiteren Lächeln zu, als man es sonst von ihm kannte; und es war ein sehr freundliches Lächeln. »Mr. Blair«, sagte er, »heute nachmittag haben Sie mich um eine Verhaftung gebracht, aber ich will es Ihnen nicht übelnehmen. Im Gegenteil, ich finde, daß Ihre Klientinnen einen weitaus besseren Rechtsbeistand haben, als sie es verdienen. Ich werde darum beten, daß sie weniger glücklich in der Wahl ihres Verteidigers sind! Sonst lasse ich mich womöglich noch überreden, zu ihren Gunsten auszusagen.«

So kam es, daß Robert doch nicht ›mit Grant und Hallam im Schlepptau‹ und Gott sei dank auch ohne Haftbefehl zum Franchise hinausfuhr, in Hallams vertrautem Wagen – die Vorladung in der Seitentasche. Ihm wurde flau im Magen vor Erleichterung, wenn er daran dachte, wie knapp sie noch einmal davongekommen waren, und flau, wenn er sich ausmalte, wie tief in der Klemme sie steckten.

»Inspector Grant schien aus persönlichen Gründen viel an der Vollstreckung dieses Haftbefehls zu liegen«, sagte er unterwegs zu Hallam. »Meinen Sie, das war die *Hallo!,* die ihm so zugesetzt hat?«

»Oh nein«, antwortete Hallam. »Es gibt wohl keinen Menschen, dem so etwas weniger ausmacht als Grant.«

»Warum dann?«

»Tja, ich glaube – ganz unter uns gesagt –, er kann es nicht verwinden, daß sie ihn hinters Licht geführt haben. Die Sharpes, meine ich. Sie müssen wissen, er ist im Yard berühmt für seine Menschenkenntnis; und – das bleibt auch unter uns – er hat von der kleinen Kane genauso wenig gehalten wie von ihrer Geschichte; und er mochte sie noch weniger, als er die Leute im Franchise erst einmal kannte, trotz aller Beweise. Jetzt denkt er, er hätte sich täuschen lassen, und das macht ihm zu schaffen. Ich glaube, es hätte ihm wirklich Freude gemacht, plötzlich mit seinem Haftbefehl dort im Wohnzimmer zu stehen.«

Als sie vor dem Tor des Franchise hielten und Robert seinen Schlüssel hervorholte, sagte Hallam: »Wenn Sie beide Flügel öffnen, fahre ich den Wagen hinein, auch wenn es nur für ein paar Minuten ist. Man muß es ja nicht an die große Glocke hängen, daß wir hier sind.« Und während er das schmiedeeiserne Tor aufschob, dachte Robert, daß die ausländischen Filmschauspielerinnen, die bei ihren Besuchen zu sagen pflegten, ›Was haben Sie für wunderbare Polizisten hier!‹, gar nicht wußten, wie recht sie damit hatten. Er stieg wieder ein, und Hallam fuhr den Wagen die kurze Auffahrt und den halbrunden Weg bis zur Tür hinauf. Als Robert gerade ausstieg, kam Marion um die Ecke des Hauses; sie trug Arbeitshandschuhe und einen sehr verschlissenen Rock. Wo der Wind es an der Stirn ein wenig nach oben geweht hatte, wirkte das sonst so dichte, schwere Haar auf einmal sanft und weich. Die erste Sonmersonne hatte ihre Haut gebräunt, und sie sah mehr denn je wie eine Zigeunerin aus. Sie trat Robert so unvermittelt gegenüber, daß sie keine Zeit hatte, ihre Züge unter Kontrolle zu bringen, und das Strahlen, das über ihr Gesicht ging, als sie ihn erblickte, ließ sein Herz schneller schlagen.

»Was für eine Überraschung!« rief sie. »Mutter ruht noch, aber sie wird bald herunterkommen, und dann mache ich uns einen Tee. Ich –« Erst jetzt erblickte sie Inspector Hallam, und ihre Stimme wurde unsicher. »Guten Tag, Inspector.«

»Guten Tag, Miss Sharpe. Ich bedaure, daß ich den Mittagsschlaf Ihrer Mutter störe, aber es wäre wohl besser, wenn Sie sie herunterbäten. Es geht um eine Angelegenheit von großer Wichtigkeit.«

Sie hielt für einen Augenblick inne, dann führte sie sie hinein. »Selbstverständlich. Ist etwas – hat sich etwas Neues ergeben? Kommen Sie herein, und nehmen Sie Platz.« Sie führte sie in das Wohnzimmer, das er mittlerweile so gut kannte – der hübsche Spiegel, der gräßliche Kaminsims, der Sessel mit der Perlenstickerei, die guten alten Stücke, der alte rosa Teppich, ausgebleicht zu einem schmutzigen Grau. Da stand sie nun und versuchte in ihren Gesichtern zu lesen, denn sie spürte das Unheilschwangere der Stimmung.

»Worum geht es?« fragte sie Robert.

Doch Hallam sagte: »Ich glaube, es wäre einfacher, wenn Sie zuerst Mrs. Sharpe holten, dann kann ich es Ihnen beiden gleichzeitig sagen.«

»Ja, ja natürlich«, stimmte sie ihm zu und wandte sich zum Gehen, doch das war gar nicht mehr nötig. Mrs. Sharpe betrat den Raum ganz in der Art, in der sie das auch das letzte Mal getan hatte, als Robert und Hallam dort zusammen gewesen waren: Die kurzen Strähnen ihres weißen Haars standen zu Berge, so wie das Kissen sie hochgedrückt hatte, die Augen waren klar und fragend wie die einer Möwe.

»Nur zwei Arten von Leuten«, sagte sie, »kommen in lautlosen Automobilen: Millionäre und die Polizei. Da keiner der ersteren zu unserem Bekanntenkreis zählt, während unsere Bekanntschaft mit letzterer immer umfangreicher wird, kam ich zu dem Schluß, daß wohl jemand von unseren Bekannten gekommen sein mußte.«

»Ich fürchte, ich bin sogar noch weniger willkommen als gewöhnlich, Mrs. Sharpe. Ich komme, um Ihnen und Miss Sharpe eine Vorladung zuzustellen.«

»Eine Vorladung?« fragte Marion ungläubig.

»Eine Vorladung für Montagmorgen. Sie werden sich vor dem Untersuchungsrichter wegen Entführung und Körperverletzung verantworten müssen.« Hallam war deutlich anzumerken, daß ihm nicht wohl in seiner Haut war.

»Das glaube ich nicht«, sagte Marion langsam. »Das glaube ich nicht. Sie meinen, Sie erheben wirklich Anklage wegen dieser Sache?«

»Jawohl, Miss Sharpe.«

»Aber wieso? Warum jetzt?« Sie wandte sich an Robert.

»Die Polizei glaubt, daß sie den stichhaltigen Beweis gefunden hat, der ihr fehlte«, erklärte Robert.

»Was für ein Beweis ist das?« fragte Mrs. Sharpe, die erst jetzt reagierte.

»Ich glaube, am besten übergibt Inspector Hallam Ihnen jetzt Ihre Vorladungen, und dann können wir die Angelegenheit ausführlicher besprechen, nachdem er gegangen ist.«

»Soll das heißen, wir müssen die Vorladung akzeptieren?« fragte Marion. »Vor einem öffentlichen Gericht erscheinen ... und meine Mutter dazu ... für eine solche ... wegen einer solchen Sache angeklagt sein?«

»Ich fürchte, Sie haben keine Wahl.«

Sie schien halb eingeschüchtert, weil er so kurz angebunden war, halb ärgerlich, daß er sich nicht nachdrücklicher für sie einsetzte. Hallam, der ihr die Dokumente überreichte, schien ihre Empfindungen zu spüren und sich seinerseits darüber zu ärgern.

»Und ich glaube, ich sollte Ihnen noch sagen – für den Fall, daß er es nicht selber tut –, daß Sie, wenn Mr. Blair nicht gewesen wäre, nicht mit einer Vorladung davongekommen wären; ohne ihn wäre es ein Haftbefehl gewesen, und Sie hätten die nächste Nacht in einer Zelle verbracht statt in Ihrem eigenen Bett. Bemühen Sie sich nicht, Miss Sharpe – ich finde allein hinaus.«

Und Robert, der ihm nachblickte und sich daran erinnerte, wie Mrs. Sharpe ihn einfach übersehen hatte, als er zum ersten Mal in dieses Zimmer gekommen war, hatte den Eindruck, daß es nunmehr eins zu eins stand.

»Ist das wahr?« fragte Mrs. Sharpe.

»Voll und ganz«, bestätigte Robert und erzählte ihnen, daß Grant gekommen sei, um sie zu verhaften. »Aber nicht mir müssen Sie danken, daß Sie davongekommen sind; danken Sie dem alten Mr. Heseltine im Büro.« Und er beschrieb ihnen, wie der Verstand des alten Bürovorstehers ganz automatisch auf jeden juristischen Stimulus reagierte.

»Und was sind das für neue Beweise, die sie zu haben glauben?«

»Sie haben sie tatsächlich«, entgegnete Robert nüchtern. »Das ist keine Frage des Glaubens.« Er erzählte ihnen, daß das Mädchen gesehen worden sei, als es an der Hauptstraße von Mainshill in einen Wagen stieg. »Das bestätigt nur, was wir ohnehin vermuteten: daß sie, als sie die Cherrill Street verließ – vorgeblich, um nach Hause zu fahren –, in Wirklichkeit eine Verabredung hatte. Aber die zweite Zeugenaussage ist wesentlich schwerwiegender. Sie haben mir doch einmal erzählt, Sie hätten eine Frau – ein Mädchen – vom Bauernhof, die einmal die Woche komme und für Sie putze.«

»Ja, Rose Glyn.«

»Wie ich höre, kommt sie nicht mehr, seit die Gerüchte im Umlauf sind.«

»Seit die Gerüchte – Sie meinen die Geschichte mit Betty Kane? Aber wir hatten sie schon an die Luft gesetzt, bevor diese Sache überhaupt ans Tageslicht kam.«

»An die Luft gesetzt?« fragte Robert scharf.

»Ja. Warum überrascht Sie das so? Für uns ist es keine ungewöhnliche Erfahrung, daß wir eine Hausangestellte entlassen müssen.«

»Nein, aber in diesem Fall mag es vieles erklären. Weshalb haben Sie sie entlassen?«

»Diebstahl«, sagte die alte Mrs. Sharpe.

»Sie hatte schon immer einen Shilling oder zwei aus dem Portemonnaie mitgehen lassen, wenn man es liegen ließ«, fügte Marion hinzu, »aber da wir so dringend eine helfende Hand brauchten, drückten wir ein Auge zu und sorgten dafür, daß unsere Geldbeutel außer Reichweite lagen. Ebenso alle kleinen, verführerischen Gegenstände wie etwa Strümpfe. Und dann hat sie die Armbanduhr gestohlen, die ich 20 Jahre lang hatte. Ich hatte sie abgenommen, um ein paar Sachen zu waschen – der Seifenschaum kommt einem dabei immer bis ans Handgelenk –, und als ich sie wieder anziehen wollte, war sie verschwunden. Ich fragte sie danach, aber natürlich hatte sie ›keine Ahnung‹. Das war zuviel. Diese Uhr war ein Teil von mir, ebenso wie mein Haar oder meine Fingernägel. Es war unmöglich, sie zurückzubekommen, denn wir hatten ja keinerlei Beweis, daß sie sie gestohlen hatte. Doch nachdem sie gegangen war, berieten wir, was wir tun sollten. Am nächsten Morgen sind wir dann rüber zum Bauernhof und haben lediglich gesagt, daß wir ihre Dienste nicht mehr benötigten. Das war am Dienstag – sie kam immer montags –, und am selben Nachmittag, nachdem meine Mutter sich hingelegt hatte, kam Inspector Grant mit Betty Kane im Wagen.«

»Ich verstehe. War irgend jemand sonst dabei, als Sie dem Mädchen auf dem Bauernhof sagten, sie sei entlassen?«

»Das weiß ich nicht mehr. Ich glaube nicht. Sie gehört nicht zu dem Bauernhof – zu Staples, meine ich; das sind angenehme Leute. Sie ist die Tochter eines der Landarbeiter dort. Und wenn ich mich recht erinnere, trafen wir sie vor ihrem Häuschen und teilten ihr die Sache lediglich im Vorbeigehen mit.«

»Wie nahm sie es auf?«

»Sie errötete stark und wirkte ein wenig verlegen.«

»Sie wurde feuerrot und blies sich auf wie ein Truthahn«, verbesserte Mrs. Sharpe. »Warum fragen Sie?«

»Weil sie bereit ist zu beschwören, sie habe, als sie hier arbeitete, Schreie von Ihrem Dachboden gehört.«

»Dazu ist sie bereit«, sagte Mrs. Sharpe nachdenklich.

»Und noch schlimmer ist, daß es Beweise gibt, daß sie diese Schreie bereits erwähnte, bevor die Gerüchte um Betty Kane im Umlauf waren.«

Darauf folgte völliges Schweigen. Wieder einmal spürte Robert, wie still das Haus war, wie tot. Selbst die französische Uhr auf dem Kaminsims schwieg. Durch einen Luftzug wurde der Vorhang am Fenster aufgebläht und schwang dann wieder so lautlos wie in einem Stummfilm zurück.

»Das«, sagte Marion schließlich, »ist wohl das, was man einen Schlag ins Gesicht nennt.«

»Allerdings.«

»Auch ein Schlag ins Gesicht für Sie.«

»Für uns alle.«

»Ich meinte nicht die berufliche Seite.«

»Nein? Was dann?«

»Sie müssen der Möglichkeit ins Gesicht sehen, daß wir Sie belogen haben.«

»Aber Marion!« sagte er ungeduldig und bemerkte gar nicht, daß er sie zum ersten Mal bei ihrem Vornamen genannt hatte. »Wenn überhaupt, dann muß ich mich der Frage stellen, ob ich Ihrem Wort oder dem der Freunde von Rose Glyn glaube.«

Doch sie schien ihm gar nicht zuzuhören. »Ich wünschte«, rief sie erregt, »ich wünschte so sehr, es gäbe einen kleinen, nur einen klitzekleinen Punkt, der für uns spräche! Sie kommt durch, dieses Mädchen kommt mit allem durch, mit allem. Immer wieder sagen wir: ›Das ist gelogen‹, aber wir haben nichts in der Hand, was beweisen könnte, daß sie lügt. Wir haben nichts Konstruktives. Wir haben nichts Schlüssiges. Wir können immer nur jämmerlich abstreiten. Alles kommt zusammen, um ihre Lügen zu untermauern, und nichts geschieht, was uns helfen könnte, zu beweisen, daß wir die Wahrheit sagen. Nichts!«

»Setz dich, Marion«, sagte ihre Mutter. »Es hilft uns überhaupt nichts, wenn du eine Szene machst.«

»Ich könnte das Mädchen umbringen; ich könnte sie umbringen. Mein Gott, ich könnte sie ein Jahr lang zweimal täglich foltern, und am Neujahrstag wieder von vorn beginnen. Wenn ich daran denke, was sie uns angetan hat, dann könnte ich –«

»Daran sollen Sie nicht denken«, unterbrach Robert sie. »Denken Sie statt dessen an den Tag, an dem sie in einer öffentlichen Gerichtsverhandlung entlarvt wird. Und wenn ich auch nur einen Funken Menschenkenntnis besitze, dann wird das unserer Miss Kane bei weitem größere Schmerzen bereiten als die Prügel, die ihr jemand verabreicht hat.«

»Halten Sie das denn immer noch für möglich?« fragte Marion ungläubig.

»Durchaus. Ich weiß zwar nicht recht, wie wir es zuwege bringen sollen, aber d a ß wir es zuwege bringen werden, daran glaube ich.«

»Wo wir doch nicht das kleinste Indiz haben, das für uns spricht, nicht ein einziges; und ihr die Indizien einfach ... einfach so in den Schoß fallen?«

»Ja. Trotzdem.«

»Ist das der Ihnen eigene Optimismus, Mr. Blair«, fragte Mrs. Sharpe, »oder Ihr unerschütterlicher Glaube an den Triumph des Guten oder was sonst?«

»Ich weiß es nicht. Ich glaube, die Wahrheit ist ein Wert an sich.«

»Dreyfus hat nicht viel von dieser Wahrheit zu spüren bekommen, und Slater auch nicht, und es gibt noch mehr solche Fälle in den Akten«, sagte sie nüchtern.

»Am Ende sind sie rehabilitiert worden.«

»Also ehrlich gesagt, ich freue mich nicht gerade auf ein Leben im Gefängnis in der Erwartung, daß die Wahrheit sich als Wert an sich erweist.«

»Ich glaube nicht, daß es so weit kommt – daß Sie ins Gefängnis müssen, meine ich. Sie werden am Montag vor den Untersuchungsrichter müssen, und da wir nichts Nennenswertes zu unserer Verteidigung vorbringen können, wird zweifellos Anklage erhoben. Aber wir werden eine Freilassung auf Kaution beantragen, und das heißt, daß Sie weiterhin hier wohnen können, bis das Grafschaftsgericht in Norton tagt. Und bis dahin wird, so hoffe ich, Alec Ramsden die Spur des Mädchens aufgenommen haben. Denken Sie daran, wir müssen gar nicht wissen, was sie den ganzen Monat über gemacht hat, wir müssen lediglich beweisen, daß sie an dem Tag, an dem sie angeblich von Ihnen mitgenommen wurde, etwas anderes getan hat. Demontiert man diesen ersten Teil, bricht ihre ganze Geschichte zusammen. Und ich bin fest entschlossen, ihn in aller Öffentlichkeit zu demontieren.«

»Sie in der Öffentlichkeit auszuziehen, so wie die *Hallo!* uns ausgezogen hat? Meinen Sie, das würde ihr etwas ausmachen?« fragte Marion, »ihr so viel ausmachen wie uns?«

»Sie war die Heldin einer Sensationsgeschichte in der Zeitung, und mehr noch, der geliebte Mittelpunkt einer Familie, die sie vergötterte – wenn sie da vor aller Augen als Lügnerin entlarvt würde, als Betrügerin, als leichtes Mädchen ... Ich glaube schon, daß ihr das etwas ausmachen würde. Und eine Sache würde ihr sogar besonders viel ausmachen. Ein Zweck ihrer Eskapade war ja, Leslie Wynns Aufmerksamkeit zu erringen – die Aufmerksamkeit, die sie verloren hatte, als er sich verlobte. Solange sie die verfolgte Unschuld ist, kann sie sich dieser Aufmerksamkeit sicher sein; wenn wir sie erst einmal entlarvt haben, hat sie sie für immer verloren.«

»Mr. Blair, ich hätte nie erwartet, die Milch der Menschenliebe so in Ihren sanften Adern gerinnen zu sehen«, kommentierte Mrs. Sharpe seine Worte.

»Wäre es die Verlobung des Jungen gewesen, die sie aus der Bahn geworfen hätte – und das wäre ja durchaus denkbar –, dann könnte sie meines Mitleids gewiß sein. Sie ist in einem schwierigen Alter, und seine Verlobung muß ein Schock für sie gewesen sein. Aber ich glaube nicht, daß das eine große Rolle gespielt hat. Ich glaube, daß sie auf ihre Mutter kommt und daß sie den Weg, den ihre Mutter ging, nur in einem ungewöhnlich frühen Alter eingeschlagen hat. Sie ist so selbstsüchtig, hemmungslos, so unersättlich und raffiniert wie die, deren Blut sie geerbt hat. Und nun wird es Zeit, daß ich gehe. Ich habe Ramsden gesagt, daß ich nach fünf zu erreichen bin, für den Fall, daß er etwas zu berichten hat. Und ich will Kevin Macdermott anrufen und mich von ihm über die Verteidigung und all das beraten lassen.«

»Ich fürchte, wir – das heißt, ich – haben uns vorhin nicht gerade gut benommen«, sagte Marion. »Sie haben schon so viel für uns getan und tun immer noch mehr. Aber es war ein solcher Schock. So durch und durch unerwartet und aus heiterem Himmel. Sie müssen mir verzeihen, wenn ich –«

»Da gibt es nichts, was ich Ihnen verzeihen müßte. Ich finde, Sie haben es beide sehr tapfer aufgenommen. Haben Sie denn jemanden, der die Stelle der diebischen und zum Meineid bereiten Rose einnehmen kann? Sie können doch dieses riesige Haus nicht ganz allein in Ordnung halten.«

»Tja, aus der Umgebung würde natürlich niemand kommen. Aber Stanley – was täten wir ohne Stanley? –, Stanley kennt eine Frau in Larborough, die sich vielleicht überreden ließe, einmal die Woche mit dem Bus herauszukommen. Wissen Sie, wenn der Gedanke an dieses Mädchen zuviel für mich wird, dann denke ich an Stanley.«

»Ja«, sagte Robert und lächelte. »Das Salz der Erde.«

»Er bringt mir sogar das Kochen bei. Inzwischen kann ich Eier in der Pfanne wenden, ohne daß sie dabei zerlaufen. ›Müssen Sie denn dabei herumfuchteln, als ob Sie die Philharmoniker dirigieren?‹ fragte er mich. Und als ich wissen wollte, woher er seine Geschicklichkeit habe, sagte er, das komme vom ›Kochen im Biwakzelt, zwei mal zwei Fuß groß‹.«

»Wie kommen Sie denn zurück nach Milford?« fragte Mrs. Sharpe.

»Der Nachmittagsbus aus Larborough wird mich mitnehmen. Noch nichts von Ihrer Telefonreparatur gehört, nehme ich an?«

Die beiden Frauen verstanden diese Frage als Bemerkung, die keiner Antwort bedurfte. Mrs. Sharpe verabschiedete sich schon im Wohnzimmer von ihm, doch Marion kam mit hinaus zum Tor. Als sie über das grasbewachsene Rondell gingen, das durch die zweigeteilte Auffahrt gebildet wurde, meinte er: »Gut, daß Sie keine große Familie haben, sonst gäbe es hier längst einen Trampelpfad zur Tür.«

»Den gibt es auch so schon«, sagte sie und betrachtete die dunklere Linie in dem ungepflegten Gras. »Es wäre zuviel von der menschlichen Natur verlangt, diese unnötige Kurve zu gehen.«

Nur Konversation, dachte er; nichts als Konversation. Müßige Worte, um die Trostlosigkeit der Lage zu überdecken. Er hatte ja schön und heroisch geklungen, als er von der Macht der Wahrheit sprach, aber was davon war mehr als bloßes Gerede? Wie standen die Chancen, daß Ramsden rechtzeitig für die Verhandlung am Montag auf eine Spur stieß? Rechtzeitig für die Verhandlung im Grafschaftsgericht? Alles stand extrem gegen sie. Und es war wohl besser, sich frühzeitig an diesen Gedanken zu gewöhnen.

Um halb sechs rief Ramsden an und erstattete, wie versprochen, Bericht; es war ein Fehlschlag auf der ganzen Linie. Natürlich hatte er sich auf die Suche nach dem Mädchen gemacht, denn der Mann hatte sich nicht als Hotelgast identifizieren lassen, so daß also nicht das geringste über ihn in Erfahrung zu bringen war. Doch auch von ihr hatte sich nirgends nur die kleinste Spur finden lassen. Er hatte seine Leute mit Abzügen der Fotografie ausgestattet, und sie hatten auf Flughäfen, Bahnhöfen, bei Reisebüros und in den infragekommenden Hotels Erkundigungen eingezogen. Niemand erinnerte sich, sie gesehen zu haben. Er selbst hatte Larborough durchkämmt, und es war ihm ein gewisser Trost, daß zumindest das Foto, das er bekommen hatte, gut war, denn überall, wo Betty Kane tatsächlich gewesen war, hatte man sie darauf wiedererkannt: in den beiden größten Kinos zum Beispiel – wohin sie, wie die Kassiererin sich erinnerte, stets allein gekommen war – und auf der Damentoilette des Busbahnhofs. Er hatte es bei den Garagen versucht, doch ohne Erfolg.

»Das wundert mich nicht«, sagte Robert. »Er hat sie von unterwegs mitgenommen, von der Bushaltestelle an der Straße, die durch Mainshill nach London führt – die Haltestelle, von der aus sie nach Hause fahren sollte.«

Er unterrichtete Ramsden über die neuesten Entwicklungen. »Die Sache ist also jetzt wirklich dringend. Am Montag werden sie dem Untersuchungsrichter vorgeführt. Wenn wir nur herausfinden könnten, was Betty Kane am ersten Abend getan hat! Damit würden wir ihre ganze Lügengeschichte zum Einsturz bringen.«

»Was war es für ein Auto?« fragte Ramsden.

Robert beschrieb es, und man konnte Ramsden am anderen Ende der Leitung seufzen hören.

»Tja«, stimmte Robert ihm zu. »Gibt gut 10000 davon zwischen London und Carlisle. Das wär's für heute. Ich will noch Kevin Macdermott anrufen und ihm unser Leid klagen.«

Kevin war nicht in seinem Büro und auch nicht in der Wohnung am St. Paul's Churchyard, aber schließlich spürte Robert ihn in seinem Haus bei Weybridge auf. Er klang entspannt und gutgelaunt; als er erfuhr, daß die Polizei ihr Beweismaterial gefunden hatte, spitzte er die Ohren. Ohne zu unterbrechen, hörte er zu, während Robert sich die ganze Geschichte von der Seele redete.

»Du siehst also, Kevin«, kam Robert zum Schluß, »wir sitzen ganz schön in der Patsche.«

»Wie ein Schuljunge das ausdrücken würde«, antwortete Kevin, »doch außerordentlich treffend. Ich würde dir empfehlen, sie dem Untersuchungsrichter ›zum Fraß vorzuwerfen‹ und dich auf die Gerichtsverhandlung zu konzentrieren.«

»Kevin, könntest du nicht übers Wochenende zu uns herauskommen, damit ich die Sache mit dir besprechen kann? Es ist schon sechs Jahre her, hat Tante Lin gestern noch gesagt, seit du das letzte Mal bei uns übernachtet hast – das heißt, es ist ohnehin überfällig. Könntest du nicht kommen?«

»Ich habe Sean versprochen, am Sonntag mit ihm nach Newbury zu fahren, damit er sich ein Pony aussuchen kann.«

»Aber könntest du das nicht verschieben? Ich bin sicher, Sean hätte Verständnis dafür, wenn er wüßte, daß es für eine gute Sache ist.«

»Sean«, sagte sein liebender Vater, »hat noch nie auch nur das geringste Interesse für irgend etwas aufgebracht, das nicht zu seinem eigenen unmittelbaren Vorteil gewesen wäre. Da kommt er ganz auf den Vater. Wenn ich käme, würdest du mich dann mit deinen Hexen bekannt machen?«

»Aber selbstverständlich.«

»Und würde Christina ihren Butterkuchen für mich backen?«

»Versprochen.«

»Und bekäme ich das Zimmer mit dem gestickten Bibelwort?«

»Kevin, du kommst?«

»Tja, es ist eine verdammt langweilige Gegend, dieses Milford, außer im Winter« – das war eine Anspielung auf die Jagd, denn nur auf dem Rücken eines Pferdes hatte Kevin Sinn für das Landleben –, »und ich hatte mich auf einen sonntäglichen Ausritt in den Downs gefreut. Aber eine Kombination aus Hexen, Butterkuchen und einem Schlafzimmer mit gestickten Bibelworten ist auch nicht zu verachten.«

Als er schon auflegen wollte, zögerte Kevin und sagte: »Hör mal, Rob?«

»Ja?« fragte Robert und wartete.

»Hast du eigentlich einmal daran gedacht, daß die Polizei im Recht sein könnte?«

»Du meinst, daß die absurde Geschichte dieses Mädchens wahr sein könnte?«

»Genau. Du behältst das im Kopf, nicht wahr? Nur als eine Möglichkeit, meine ich.«

»Wenn ich das würde, könnte ich nicht –«, platzte Robert ärgerlich los, doch dann lachte er. »Komm zu uns heraus, und schau sie dir an«, sagte er.

»Ich komme ja, ich komme«, versicherte Kevin und legte auf.

Robert rief die Garage an, und als Bill sich meldete, fragte er, ob Stanley noch da sei.

»Es ist ein Wunder, daß Sie ihn nicht bis zu sich nach Hause brüllen hören«, antwortete er.

»Was ist los?«

»Wir haben gerade Matt Ellis' braunes Pony aus unserer Arbeitsgrube geholt. Wollten Sie Stan sprechen?«

»Nein, ich wollte nur wissen, ob er noch da ist. Würden Sie wohl so nett sein und ihn bitten, heute abend auf dem Weg zu den Sharpes noch bei mir vorbeizukommen und eine Nachricht mitzunehmen?«

»Aber sicher. Was ich fragen wollte, Mr. Blair, stimmt das wirklich, daß es neuen Ärger in der Franchise-Affäre geben wird? Oder darf ich das nicht wissen?«

Milford! dachte Robert. Wie brachten sie das nur fertig? War es eine Art Gerüchtebazillus, den der Wind verstreute?

»Ja, ich fürchte, das stimmt«, antwortete er. »Ich nehme an, die beiden werden es Stanley erzählen, wenn er heute abend zu ihnen geht. Aber vergessen Sie nicht, ihm die Sache mit der Nachricht zu sagen.«

»Keine Sorge.«

Kevin Macdermott, schrieb er an das Franchise, werde ihn am Samstagabend besuchen kommen. Ob es wohl möglich sei, am Sonntagnachmittag, bevor Kevin zurück in die Stadt fahre, mit ihm bei ihnen vorbeizukommen?

Kapitel 16

»Muß Kevin Macdermott sich eigentlich wie ein Pferdeknecht verkleiden, wenn er auf dem Lande ist?« fragte Nevil am folgenden Abend, während er mit Robert darauf wartete, daß der Gast seine Toilette beendete und zum Abendessen hinunterkam.

In Wirklichkeit, dachte Robert, sah Kevin, wenn er sich fürs Land zurechtmachte, eher wie ein etwas dubioser Trainer von Springpferden für die kleineren Turniere aus, doch das behielt er für sich. Er erinnerte sich nur zu gut an die Kleidung, mit der Nevil die letzten Jahre über das Landvolk schockiert hatte, und fand, daß Nevil nicht der Mann war, irgend jemandes Geschmack zu kritisieren. Nevil war zum Abendessen in einem dezenten dunkelgrauen Anzug von untadeligster Konventionalität erschienen und glaubte offenbar, diese plötzliche Konformität berechtige ihn dazu, seinen eigenen Avantgardismus der jüngsten Vergangenheit zu vergessen.

»Ich nehme an, Christina wird wieder einmal von ihren Gefühlen übermannt?«

»Eher vom Eischnee, soweit ich das beurteilen kann.«

Für Christina war Kevin ›der Satan in Person‹, und sie verehrte ihn. Das Teuflische an ihm war nicht sein Äußeres – obwohl Kevin durchaus ein wenig satanisch wirkte –, sondern die Tatsache, daß er ›sich um des schnöden Mammons willen für die Sünder einsetzte‹. Und sie verehrte ihn, weil er gut aussah, ein potentielles Opfer für Bekehrungen war und weil er ihre Backkünste zu schätzen wußte.

»Na, ich hoffe, es ist ein Soufflé und nicht dieses Baiserzeug. Meinst du, man könnte Macdermott die Idee schmackhaft machen, hinauszukommen und sie vor dem Grafschaftsgericht in Norton zu verteidigen?«

»Ich glaube, dazu hat er viel zuviel zu tun, selbst wenn er interessiert wäre. Aber ich hoffe, daß einer seiner Untergebenen kommen wird.«

»Mit Instruktionen von Macdermott?«

»So stelle ich es mir vor.«

»Ich sehe wirklich nicht ein, daß Marion sich abrackern soll, um Macdermott ein Mittagessen zu kochen. Weiß er eigentlich, daß sie jede Kleinigkeit selbst vorbereiten, abräumen und abwaschen muß, ganz zu schweigen davon, daß sie alles eine Tagesreise weit aus ihrer vorsintflutlichen Küche herbei- und wieder zurückschleppen muß?«

»Marion hat von sich aus vorgeschlagen, daß er zum Essen kommen soll. Ich nehme an, sie hält es für der Mühe wert.«

»Ach, du hast ja schon immer soviel Aufhebens um Kevin gemacht; und du bist einfach überhaupt nicht in der Lage, eine Frau wie Marion zu schätzen. Das ist – das ist obszön, daß sie ihre Energie auf stumpfsinnige Haushaltsarbeit verschwenden soll, eine solche Frau. Sie sollte sich einen Weg durch den Dschungel bahnen oder die Klippen erklimmen oder über einen Stamm von Barbaren herrschen oder den Lauf der Planeten erforschen. 10 000 schwachköpfige Blondinen, von Kopf bis Fuß mit Nerz behängt, haben nichts anderes zu tun, als sich zurückzulehnen und ihre Raubtierkrallen frisch lackieren zu lassen – und Marion schleppt Kohlen. Kohlen! Marion! Und ich nehme an, wenn sie diesen Prozeß überstanden haben, haben sie keinen Pfennig mehr, um ein Dienstmädchen zu bezahlen, selbst wenn sie eins fänden, das für sie arbeitet.«

»Hoffen wir lieber, daß sie nicht zur Zwangsarbeit verurteilt worden sind, wenn sie diesen Prozeß hinter sich haben.«

»Robert, so weit kann es doch einfach nicht kommen. Das ist unvorstellbar.«

»Ja, das ist unvorstellbar. Ich glaube, es ist immer unvorstellbar, daß jemand, den man kennt, ins Gefängnis kommen soll.«

»Schlimm genug, daß die beiden überhaupt auf die Anklagebank kommen sollen. Marion, die niemals in ihrem Leben etwas Grausames oder Gemeines oder Unrechtes getan hat. Und nur, weil eine ... Weißt du was, neulich habe ich einen wunderbaren Abend verbracht; ich habe ein Buch über Foltermethoden aufgetrieben, und ich war bis zwei Uhr nachts damit beschäftigt, mir zu überlegen, welche ich für Betty Kane auswählen würde.«

»Du solltest dich mit Marion zusammentun. Ihre Gedanken gehen in die gleiche Richtung.«

»Und was würdest du tun?« Ein Hauch von Verachtung schwang in seiner Stimme mit, so, als verstehe es sich von selbst, daß Robert keiner großen Emotionen in dieser Sache fähig wäre. »Oder hast du mit dem Gedanken nicht gespielt?«

»Ich brauche mit dem Gedanken nicht zu spielen«, sagte Robert ruhig. »Ich werde ihr in aller Öffentlichkeit die Kleider vom Leibe reißen.«

»Was?«

»Na, nicht so. Ich werde ihr vor versammeltem Gericht ihre falsche Maske herunterreißen, so daß jeder sieht, was sie in Wirklichkeit ist.«

Nevil betrachtete ihn einen Augenblick lang nachdenklich. »Amen«, sagte er dann. »Ich wußte nicht, daß dir die Sache so nahegeht, Robert.« Er wollte noch etwas hinzufügen, doch die Tür öffnete sich, und Macdermott kam herein.

Während er sich mannhaft durch Tante Lins erstklassiges Dinner aß, überlegte Robert, ob es nicht ein Fehler gewesen war, Kevin für den Sonntag zum Mittagessen im Franchise einzuladen. Es lag ihm sehr viel daran, daß die Sharpes einen guten Eindruck auf Kevin machten; und es war nicht zu leugnen, daß Kevin eigensinnig war, und die Sharpes waren nicht nach jedermanns Geschmack. War es da wirklich wahrscheinlich, daß ein Mittagessen im Franchise von Vorteil für ihre Sache war – ein Mittagessen, das Marion für Kevin kochen würde, einen Gourmet? Als er die Einladung zum ersten Mal gelesen hatte – Stanley hatte sie am Morgen hereingereicht –, war er angesichts dieser Geste glücklich gewesen, doch nun kamen ihm allmählich Bedenken. Und während in aller Ruhe auf Tante Lins poliertem Mahagonitisch Meisterwerk auf Meisterwerk serviert wurde und Christinas rundes Gesicht in wohlwollender Geschäftigkeit jenseits des Kerzenlichts schwebte, wuchsen diese Bedenken, bis er schließlich ganz von ihnen erfüllt war. In seiner Brust mochte ein ›Pudding, der auseinanderläuft‹, einen wohlwollenden Beschützerinstinkt wecken, doch man konnte kaum erwarten, daß er auf Kevin dieselbe Wirkung haben würde.

Zumindest schien Kevin froh zu sein, daß er hier war, dachte er, als er hörte, wie unverhohlen Macdermott mit Tante Lin flirtete und ab und zu ein Wort an Christina einflocht, um sie gutgelaunt und bei der Stange zu halten. Mein Gott, diese Iren! Nevil zeigte sich von seiner besten Seite, voller ungekünstelter Aufmerksamkeit. Dann und wann fügte er ein dezentes ›Sir‹ ein – gerade genug, um Kevin ein Gefühl der Überlegenheit zu geben, aber nicht so oft, daß er sich alt fühlen müßte – ein perfektes Beispiel der raffinierten englischen Art der Schmeichelei. Tante Lin war wie ein Mädchen, rotbackig und strahlend; sie saugte die Komplimente auf wie ein Schwamm, ließ sie eine Art chemischen Prozeß durchlaufen und goß sie dann in Form von Charme wieder aus. Wie er ihr so zuhörte, bemerkte Robert zu seiner Erheiterung, daß sich in ihrer Einstellung zu den Sharpes eine wunderbare Wandlung vollzogen hatte. Allein durch die Tatsache, daß sie Gefahr liefen, ins Gefängnis zu kommen, waren sie nun nicht mehr ›diese Leute‹, sondern sie waren in den Rang von ›die Ärmsten‹ erhoben worden. Das hatte nichts mit Kevins Anwesenheit zu tun – es war eine Mischung aus natürlicher Gutherzigkeit und der Konfusion, die in ihren Gedanken herrschte.

Es war doch seltsam, dachte Robert, als er in die Runde blickte, daß der Anlaß zu dieser so fröhlichen, so warmherzigen, so geborgenen Familienfeier die große Not zweier hilfloser Frauen sein sollte, die in diesem dunklen, stillen Haus zwischen den endlosen Feldern lebten.

Auch als er zu Bett ging, fühlte er noch diese Aura von Wärme, die ihn schon während des Abends umgeben hatte, doch in seinem Herzen spürte er ein Gefühl der Beklemmung, einen Schmerz. Ob sie schliefen, dort draußen im Franchise? Wieviel Schlaf mochten sie in der letzten Zeit gefunden haben?

Er lag lange wach und erwachte zeitig; er lauschte der Stille des Sonntagmorgens und hoffte, daß es ein schöner Tag würde – am unattraktivsten sah das Franchise im Regen aus, wenn sich sein schmutziges Weiß beinahe in Grau verwandelte – und daß das, was Marion zum Essen machte, nicht ›auseinanderlaufen‹ würde. Kurz vor acht fuhr ein Wagen in die Stadt. Er hielt vor dem Fenster, und jemand pfiff leise ein Hornsignal. Es war das Signal der Kompanie B. Das mußte Stanley sein. Er stand auf und schaute zum Fenster hinaus.

Stanley, wie immer ohne Hut – er hatte Stanley noch niemals mit irgendeiner Kopfbedeckung gesehen –, saß im Wagen und betrachtete ihn mit mildem Tadel.

»Was seid ihr doch für Langschläfer«, sagte Stanley.

»Haben Sie mich aus dem Bett geholt, nur um sich über mich lustig zu machen?«

»Nein. Ich bringe eine Nachricht von Miss Sharpe. Sie sagt, wenn Sie nachher rüberkommen, sollen Sie Betty Kanes Aussage mitbringen, das dürfen Sie auf keinen Fall vergessen, es ist von allergrößter Wichtigkeit. Das muß wirklich was Wichtiges sein! Sie sieht aus, als ob sie 'nen Schatz gefunden hätte.«

»Sie sieht glücklich aus!« sagte Robert ungläubig.

»Wie eine Braut. Wenn ich mir's so überlege, dann habe ich keine Frau mehr in solch einer Stimmung gesehen, seit meine Cousine Beulah ihren Polen geheiratet hat. Das reinste Mondgesicht, meine Cousine Beulah, aber glauben Sie mir, an dem Tag sah sie aus wie Venus, Kleopatra und Helena in einer Person.«

»Wissen Sie, was das ist, was Miss Sharpe so glücklich macht?«

»Nein. Ich habe meine Fühler ausgestreckt, aber wie's scheint, will sie es für Sie aufheben. Na, jedenfalls vergessen Sie nicht das Protokoll von dieser Aussage, sonst klappt die Sache nicht. Der Schlüssel steckt in dem Protokoll.«

Stanley setzte seinen Weg zur Sin Lane fort und ließ einen Robert zurück, der äußerst verwirrt sein Handtuch nahm und ins Badezimmer ging. In der Zeit, in der er auf das Frühstück wartete, suchte er das Protokoll unter den Papieren in seinem Aktenkoffer heraus und las es noch einmal mit voller Aufmerksamkeit durch. Was konnte Marion entdeckt, woran konnte sie sich erinnert haben, was sie so glücklich machte? Irgendwo mußte Betty Kane ein Fehler unterlaufen sein, soviel war klar. Marion war glücklich, und Marion wollte, daß er das Protokoll mitbrachte, wenn er kam. Das konnte nur heißen, daß es irgendwo in dem Protokoll eine Stelle gab, die bewies, daß Betty Kane log.

Er las die Aussage durch, ohne einen Satz zu finden, der dafür in Frage kam, und begann noch einmal von vorn. Was konnte es sein? War es, daß sie behauptete, es habe geregnet, und in Wirklichkeit hatte es gar nicht geregnet? Aber das war kein entscheidender Bestandteil ihrer Geschichte; es würde kaum eine Rolle spielen. Der Bus nach Milford? Der, dem sie begegnet sein wollte, während sie im Wagen der Sharpes fuhr? Stimmte die Zeit nicht? Aber sie hatten den Fahrplan schon vor langem überprüft und festgestellt, daß alles korrekt war. Das ›Leuchtschild‹ an dem Bus? War es noch zu früh gewesen, als daß die Beleuchtung hätte eingeschaltet sein können? In diesem Fall hätte ihr nur ihr Gedächtnis einen Streich gespielt, es wäre nichts, was die Glaubwürdigkeit ihrer Geschichte untergraben würde.

Er hoffte verzweifelt, daß Marion nicht in ihrem Bemühen, das eine kleine Indiz zu finden, das zu ihren Gunsten sprach, irgendeine kleine Widersprüchlichkeit zum Beweis von Betty Kanes Unehrlichkeit hochstilisierte. Die Zerstörung einer solchen Hoffnung wäre schlimmer als die Hoffnungslosigkeit zuvor.

Diese wirkliche Sorge verdrängte die Sorge um die Qualität des Mittagessens fast ganz aus seinen Gedanken, und es war ihm nicht mehr allzu wichtig, ob Kevin sein Essen im Franchise genießen würde oder nicht.

Als Tante Lin ihn bei ihrem Aufbruch zur Kirche verstohlen fragte: »Was meinst du, was sie euch zum Essen vorsetzen werden, mein Junge? Ich bin sicher, sie leben von diesen gerösteten Flocken in Pappschachteln, die Ärmsten«, da antwortete er nur knapp: »Sie wissen einen guten Tropfen zu schätzen, und das sollte Kevin gefallen.«

»Was ist denn mit dem jungen Bennet los?« fragte Kevin auf der Fahrt hinaus zum Franchise.

»Er ist nicht eingeladen worden«, antwortete Robert.

»Das meinte ich nicht. Was ist aus seinen schreienden Anzügen, aus seiner Überheblichkeit und der Streitsucht des *Beobachters* geworden?«

»Oh, er hat wegen dieser Sache dem *Beobachter* die Freundschaft aufgekündigt.«

»Ah!«

»Zum ersten Mal ist er in der Lage, einen Fall tatsächlich persönlich beurteilen zu können, über den der *Beobachter* sich ausläßt, und ich glaube, die Erfahrung war ein gewisser Schock für ihn.«

»Wird die Bekehrung von Dauer sein?«

»Tja, du wirst es nicht glauben, aber würde mich gar nicht wundern, wenn sie das wäre. Einmal ganz davon abgesehen, daß er in ein Alter kommt, in dem man normalerweise das kindische Benehmen aufgibt, und es so ohnehin an der Zeit war, sich zu ändern – ich glaube, er ist auch ein wenig in sich gegangen und fragt sich, ob es unter den unschuldigen Lieblingen des *Beobachters* noch andere gibt, deren Fall ähnlich gelagert ist wie der von Betty Kane. Kotowitsch zum Beispiel.«

»Ha!« sprach Kevin vielsagend. »Der Freiheitskämpfer!«

»So ist es. Noch letzte Woche hat er mich über unsere Pflicht gegenüber Kotowitsch belehrt – ihn zu schützen und zu ehren und ihm, nehme ich an, am Ende einen britischen Paß zu geben. Ich möchte bezweifeln, daß er heute noch genauso naiv wäre. Er ist bemerkenswert erwachsen geworden in den letzten paar Tagen. Ich wußte nicht einmal, daß er einen Anzug wie denjenigen, den er gestern abend trug, überhaupt besitzt. Er muß ihn zur Schulabschlußfeier getragen haben, denn seither habe ich ihn mit Sicherheit in nichts derart Dezentem gesehen.«

»Ich hoffe in seinem eigenen Interesse, daß es von Dauer ist. Er hat Köpfchen, der Junge, und wenn er erst einmal seine Clownerien los würde, dann wäre er ein Gewinn für die Firma.«

»Tante Lin ist erschüttert, daß er sich wegen der Franchise-Affäre mit Rosemary zerstritten hat, und sie befürchtet, daß er nun doch keine Bischofstochter heiratet.«

»Hurra! Möge er die Kraft finden! Ich beginne, den Jungen zu mögen. Du treibst noch ein paar Keile in diesen Riß, Rob – ganz unauffällig –, und sorgst dafür, daß er ein hübsches, dummes englisches Mädel heiratet, das ihm fünf Kinder schenkt und am Samstagnachmittag zwischen den Regenschauern Tennisparties gibt. Das ist eine so viel angenehmere Art von Schwachköpfigkeit, als auf ein Podium zu steigen und sich über Sachen auszulassen, von denen man nicht die geringste Ahnung hat. Ist es das da vorn?«

»Ja, das ist das Franchise.«

»Ein geheimnisvolles Haus, wie es im Buche steht.«

»Als es gebaut wurde, war es längst nicht so gespenstisch. Wie du siehst, ist das Tor eine Kunstschmiedearbeit, das heißt, das ganze Haus war von der Straße aus zu sehen. Durch den simplen Akt, das Tor mit Eisenplatten zu hinterlegen, wurde das Haus von etwas ganz Gewöhnlichem in etwas Geheimnisvolles verwandelt.«

»Jedenfalls genau das richtige Haus für Betty Kanes Zwecke. Was für ein Glück für sie, sich daran zu erinnern.«

Später sollte Robert Schuldgefühle haben, daß er kein größeres Vertrauen in Marion gehabt hatte, sowohl, was Betty Kanes Aussage anging, als auch in punkto Mittagessen. Er hätte sich daran erinnern müssen, wie besonnen sie war, wie analytisch; und er hätte sich an das Talent der Sharpes erinnern sollen, Leute so zu nehmen, wie sie waren, und an die beruhigende Wirkung, die das auf die betreffenden Leute hatte. Die Sharpes hatten nicht den Versuch unternommen, Tante Lins Standard von Gastfreundschaft zu erreichen, sie hatten nicht versucht, ein konventionelles Sonntagsmenü aufzutischen. Sie hatten am Wohnzimmerfenster einen Tisch für vier Personen gedeckt, dort, wo die Sonne hineinschien. Es war ein Kirschholztisch, sehr schön gemasert, doch leider recht verkratzt. Die Weingläser hingegen waren poliert worden, bis sie strahlten wie ein Diamant. Wie typisch für Marion, dachte er, sich auf das Wesentliche zu konzentrieren und die reinen Äußerlichkeiten zu vernachlässigen.

»Das Speisezimmer ist ein unglaublich düsterer Raum«, sagte Mrs. Sharpe. »Kommen Sie, und sehen Sie es sich an, Mr. Macdermott.«

Und das war genauso typisch. Man saß nicht dumm rum, mit dem Sherryglas in der Hand, und machte Konversation. Kommen Sie mit, schauen Sie sich unser entsetzliches Speisezimmer an. Und ehe er sich versah, gehörte der Besucher bereits zum Haushalt dazu.

»Also«, wandte Robert sich an Marion, als die beiden allein waren, »was ist das nun für ein –«

»Nein, das kommt erst nach dem Essen zur Sprache. Das bekommen Sie als Likör. Es ist wirklich ein unglaublicher Glücksfall, daß mir das gestern abend eingefallen ist, wo doch Mr. Macdermott heute zum Essen hier ist. Dadurch entsteht eine ganz neue Situation. Natürlich bringt es das Verfahren nicht zum Erliegen, aber wir stehen doch ganz anders da. Es ist die Kleinigkeit, das kleine Indiz, das für uns spricht, um das ich gebetet habe. Haben Sie Mr. Macdermott davon erzählt?«

»Von Ihrer Nachricht? Nein, ich habe nichts gesagt. Ich dachte, es ist besser ... es nicht zu tun.«

»Robert!« sagte sie und blickte ihn fröhlich und spöttisch an. »Sie haben mir nicht vertraut. Sie hatten Angst, daß ich Unsinn rede.«

»Ich dachte, Sie bauen vielleicht mehr auf ein schwaches Fundament, als ... als es aushalten kann. Ich –«

»Keine Sorge«, sagte sie beruhigend. »Es hält schon. Möchten Sie mit in die Küche kommen und das Tablett mit der Suppe für mich tragen?«

Sie arrangierte das Essen, ohne sich unnötige Umstände zu machen und ohne unnötige Aufregung. Robert trug das Tablett mit vier Suppentellern, und Marion folgte ihm mit einer großen Schüssel mit silberner Haube, und das schien auch schon alles zu sein. Nachdem sie die Suppe gegessen hatten, stellte Marion die große Schüssel vor ihre Mutter und eine Flasche Wein vor Kevin. In der Schüssel befand sich ein Hühnerragout mit Gemüse; der Wein war ein Montrachet.

»Ein Montrachet!« rief Kevin. »Sie wunderbare Frau.«

»Robert erzählte uns, daß Sie ein Bordeaux-Liebhaber sind«, sagte Marion, »aber was im Keller des alten Mr. Crowle noch übrig ist, hat seine beste Zeit lange hinter sich. Das heißt, wir hatten nur die Wahl zwischen diesem hier und einem sehr schweren Burgunder, der wunderbar zu einem Winterabend paßt, aber nicht ganz so gut zu Geflügel von der Staples Farm an einem Sommertag.«

Kevin machte eine Bemerkung, wie selten es sei, daß Frauen sich für etwas interessieren, was nicht sprudele oder knalle.

»Um ehrlich zu sein«, sagte Mrs. Sharpe, »wenn der Weinvorrat zum Verkauf geeignet gewesen wäre, dann hätten wir ihn wahrscheinlich verkauft, doch wir waren hocherfreut, daß er dafür zu bunt zusammengewürfelt war. Man hat mich gelehrt, Wein zu schätzen. Mein Mann hatte einen recht guten Keller, auch wenn sein Gaumen nicht so fein war wie der meine. Aber der Keller bei meinem Bruder in Lessways war wunderbar, und er hatte auch die Kennerschaft, die dazu gehört.«

»Lessways?« fragte Kevin und musterte sie, als versuche er, eine Ähnlichkeit in ihren Zügen zu finden. »Sie sind doch nicht etwa Charlie Merediths Schwester?«

»Das bin ich. Kannten Sie Charles? Aber das kann nicht sein. Sie sind zu jung dazu.«

»Mein erstes eigenes Pony kam aus der Zucht von Charlie Meredith« antwortete Kevin. »Ich hatte es sieben Jahre lang, und es hat nicht ein einziges Mal einen falschen Schritt getan.«

Und von da an hatten die beiden natürlich nicht mehr das geringste Interesse an den anderen, und auch das Essen hatte beträchtlich an Bedeutung eingebüßt.

Robert bemerkte den amüsierten und anerkennenden Blick, den Marion ihm zuwarf, und sagte: »Sie haben Ihr Licht sehr unter den Scheffel gestellt, als Sie sagten, Sie könnten nicht kochen.«

»Wenn Sie eine Frau wären, dann wäre Ihnen aufgefallen, daß ich überhaupt nichts gekocht habe. Die Suppe kommt direkt aus der Dose, und ich habe sie nur erhitzt und ein wenig Sherry und

Gewürze hinzugefügt; das Huhn habe ich, so wie es von Staples kam, in einen Topf gesteckt, ein wenig kochendes Wasser darübergegossen, alles dazugesteckt, was mir einfiel, und es dann mit einem Stoßgebet dem Backofen überlassen, und auch der Käse stammt von der Farm.«

»Und die wunderbaren Brötchen, die es zum Käse gab?«

»Die hat Stanleys Zimmerwirtin gebacken.«

Sie lachten ein wenig, aber leise, sehr leise.

Morgen kam sie auf die Anklagebank. Morgen sollte sie zum Vergnügen von ganz Milford zum Mittelpunkt eines Spektakels werden. Doch heute gehörte ihr Leben noch ihr selbst, und sie konnte ihr Vergnügen mit ihm teilen, konnte den Augenblick genießen. So schien es zumindest, wenn man ihren leuchtenden Augen Glauben schenken konnte.

Sie zogen den beiden anderen, die nicht einmal lange genug in ihrem Gespräch innehielten, um es überhaupt zu bemerken, die Käseteller unter der Nase weg, trugen die Tabletts mit dem schmutzigen Geschirr in die Küche und setzten dort den Kaffee auf.

Es war ein weitläufiger, düsterer Raum mit einem Boden aus Steinplatten und einem altmodischen Spülstein, der ihn unglücklich machte, als er ihn nur sah.

»Den Küchenherd heizen wir nur am Montag an, wenn Großreinemachen ist«, sagte Marion, die sah, wie interessiert er den Raum betrachtete. »An den anderen Tagen kochen wir auf dem kleinen Ölherd.«

Er dachte an das heiße Wasser, das so selbstverständlich in die blitzblanke Badewanne geflossen war, als er am Morgen den Hahn geöffnet hatte, und er schämte sich. Nach all den Jahren der Bequemlichkeit konnte er sich kaum ein Leben vorstellen, bei dem man in Wasser badete, das man sich auf dem Ölherd erwärmt hatte.

»Ihr Freund ist ein richtiger Charmeur, nicht wahr?« sagte sie und goß den Kaffee in die Kanne. »Ein wenig mephistophelisch – als Anwalt der Gegenseite würde er einem sicherlich große Angst machen –, aber ein Charmeur.«

»Das ist das irische Blut«, antwortete Robert finster. »Für die ist das so selbstverständlich wie für uns das Atmen. Wir armen Angelsachsen mühen uns ab in unserer ungeschliffenen Art und fragen uns, wie sie das wohl anstellen.«

Sie hatte sich ihm zugewandt, um ihm das Tablett zu übergeben, und so standen sie sich gegenüber, und ihre Hände berührten sich beinahe. »Die Angelsachsen haben die beiden Charakterzüge, die mir die wichtigsten sind in der Welt – zwei Eigenschaften, die der Grund dafür sind, daß die Erde ihnen zugefallen ist: Freundlichkeit und Verläßlichkeit, oder, wenn Ihnen das lieber ist, Toleranz und Verantwortungsbewußtsein. Das sind zwei Eigenschaften, die die Kelten niemals hatten; deshalb ist das Erbe der Iren nichts als Zank und Streit. Verdammt, jetzt habe ich die Sahne vergessen. Warten Sie einen Moment. Sie steht in der Waschküche.« Sie kehrte zurück und meinte im Tonfall eines Dörflers: »Hab' ja gehört, in manchen Häusern, da soll's ja jetzt solche Dinger geben, Kühlschränke heißen die, aber wir, wir ham so was nicht nötig.«

Und während er den Kaffee in das sonnendurchflutete Wohnzimmer trug, malte er sich die Eiseskälte aus, die im Winter in dieser Küche herrschen mußte, ohne die prasselnden Flammen im Herd, wie es sie in den glücklicheren Tagen des Hauses gegeben haben mußte, als eine Köchin das Regiment über ein halbes Dutzend Dienstboten geführt und man die Kohlen in Wagenladungen gekauft hatte. Wie sehnte er sich danach, Marion von hier fortzubringen. Wohin er sie bringen wollte, das wußte er nicht recht – sein eigenes Heim war durchdrungen von der Aura Tante Lins. Es mußte ein Ort sein, wo es nichts zu putzen und nichts umherzutragen gab und wo praktisch alles per Knopfdruck geschah. Er konnte sich nicht vorstellen, daß Marion ihre alten Tage damit verbringen würde, die Mahagonimöbel zu pflegen.

Während sie ihren Kaffee tranken, brachte er das Gespräch behutsam auf die Möglichkeit, daß sie irgendwann das Franchise verkaufen und an einem anderen Ort ein Häuschen erwerben könnten.

»Niemand würde dieses Ding kaufen«, sagte Marion. »Es ist zu nichts zu gebrauchen – nicht groß genug für eine Schule; zu abgelegen, um Wohnungen daraus zu machen; und zu groß als Wohnhaus für die Familien von heutzutage. Es würde ein gutes Irrenhaus abgeben«, fügte sie nachdenklich hinzu, den Blick auf die hohe rote Mauer jenseits des Fensters gerichtet, und Robert sah, wie Kevin ihr einen schnellen Blick zuwarf und ihn dann wieder abwandte. »Zumindest ist es ruhig – keine knarrenden Bäume, kein Efeu, das an den Fensterscheiben raschelt, keine Vögel, die

›piep, piep, piep‹ machen, bis man schreien könnte. Es ist ein sehr friedlicher Ort, wie geschaffen für strapazierte Nerven. Vielleicht gäbe es ja wirklich jemanden, der das in Erwägung ziehen würde.«

Sie mochte also die Ruhe; die Stille, die ihm als so tot erschienen war. Vielleicht war es das, wonach sie sich in ihrem Leben in London gesehnt hatte, diesem Leben voller Lärm und Enge und voller Forderungen, die man an sie stellte, diesem kümmerlichen Leben in beengten Verhältnissen. Das große, stille, häßliche Haus war ein Zufluchtsort gewesen. Und nun war es mit diesem Zufluchtsort vorbei.

Der Tag würde kommen – oh Gott, laß ihn kommen –, an dem er ein für allemal dafür sorgen würde, daß Betty Kane all ihre Glaubwürdigkeit und Sympathie verlieren würde.

»Und nun«, sagte Marion, »laden wir Sie ein, die ›schändliche Dachkammer‹ zu inspizieren.«

»Ja«, sagte Kevin. »Es würde mich sehr interessieren, die Dinge zu sehen, die das Mädchen angeblich identifiziert hat. All ihre Beschreibungen schienen mir das Ergebnis logischer Vermutungen zu sein – der härtere Teppich in der zweiten Etage zum Beispiel. Oder die hölzerne Kommode – das ist etwas, was man fast mit Sicherheit in jedem Haus auf dem Lande findet. Oder auch den Schrankkoffer mit dem flachen Deckel.«

»Ja, seinerzeit fand ich es ziemlich beängstigend, wie sie immer wieder Sachen benennen konnte, die wir besaßen –, und man hatte mir ja keine Zeit gelassen, zu überlegen. Erst später wurde mir klar, wie wenig sie in ihrer Aussage in Wirklichkeit identifiziert hatte. Und sie hat einen groben Schnitzer gemacht – nur hatte ihn bis gestern abend niemand bemerkt. Haben Sie das Protokoll dabei, Robert?«

»Hier.« Er zog es aus der Tasche.

Die drei, also sie und Robert und Macdermott, waren die letzte – nicht mit Teppich belegte – Treppe hinaufgestiegen, und Marion führte sie in die Dachkammer. »Gestern abend kam ich hier hinauf, als ich meinen üblichen samstäglichen Rundgang mit dem Mop durch das Haus machte. So lösen wir das Problem der Hausarbeit, falls Sie das interessiert. Einmal die Woche geht man mit einem großen, gut mit einem staubbindenden Putzmittel getränkten Mop über sämtliche Fußböden. Es dauert fünf Minuten pro Zimmer umd hält den Staub unter Kontrolle.«

Kevin sah sich bereits in der Kammer um und inspizierte den Blick aus dem Fenster. »Das ist also der Blick, den sie beschrieben hat«, sagte er.

»Ja«, sagte Marion. »Das ist der Blick, den sie beschrieben hat. Und wenn ich mich an den Wortlaut ihrer Aussage, so wie er mir gestern abend in den Sinn kam, korrekt erinnere, dann hat sie etwas gesagt, das sie nicht – Robert, könnten Sie die Stelle vorlesen, an der sie den Blick aus dem Fenster beschreibt?«

Robert suchte die entsprechende Passage heraus und begann zu lesen. Kevin hatte sich ein wenig vorgebeugt und blickte zu dem runden Fenster hinaus. Marion stand mit dem Anflug eines Sibyllenlächelns hinter ihm.

»›Von dem Dachfenster aus konnte ich eine hohe Backsteinmauer mit einem großen eisernen Tor in der Mitte sehen. Auf der anderen Seite der Mauer war eine Straße; ich konnte nämlich die Telegrafenmasten sehen. Nein, den Verkehr habe ich nicht sehen können, dazu war die Mauer zu hoch. Höchstens manchmal das Obere von Lastwagenladungen. Durch das Tor konnte man wegen der Blechplatten auf der Innenseite nichts sehen. Auf dieser Seite des Tors ging die Auffahrt ein kurzes Stück geradeaus, dann teilte sie sich und kam in einer Kreisform an der Tür wieder zusammen. Nein, es war kein Garten, nur –‹«

»Was!« brüllte Kevin und richtete sich kerzengerade auf.

»Was soll das heißen, was?« fragte Robert verwirrt.

»Lies den letzten Satz noch einmal, den Satz über die Auffahrt.«

»›Auf dieser Seite des Tors ging die Auffahrt ein kurzes Stück geradeaus, dann teilte sie sich und kam in einer Kreisform an der Tür –‹«

Kevins Lachen ließ ihn stocken.

»Verstehen Sie?« fragte Marion in das Schweigen hinein, das entstanden war.

»Allerdings«, sagte Kevin, und seine hellblauen Augen weideten sich an dem Ausblick. »Damit hat sie nicht gerechnet.«

Als Marion ihm Platz machte, trat Robert vor und sah, was die beiden meinten. Das untere Ende des Daches mit der kleinen Brüstung verdeckte den Blick auf den Fahrweg bereits, bevor er sich verzweigte. Niemand, der in dieser Kammer eingesperrt war, hätte etwas von den beiden Halbkreisen wissen können, in denen der Weg zur Tür führte.

»Der Inspector hat diese Beschreibung vorgelesen, als wir alle im Wohnzimmer waren«, sagte Marion. »Und wir wußten alle, daß die Beschreibung korrekt war – ich meine, daß sie tatsächlich den Hof beschrieb, so wie er aussieht; also gingen wir alle unbewußt davon aus, daß dieser Punkt erledigt war. Sogar der Inspector. Ich erinnere mich noch, daß er zum Fenster hinausblickte, aber das war eine ganz unwillkürliche Handlung. Keiner von uns kam auf die Idee, daß man etwas anderes sehen könnte als das Beschriebene. Und bis auf ein einziges winziges Detail war ja auch alles so, wie sie es beschrieben hat.«

»Bis auf ein einziges winziges Detail«, bestätigte Kevin. »Sie kam im Dunkeln und floh im Dunkeln, und sie sagt, während der gesamten Zwischenzeit sei sie in ihrem Zimmer eingeschlossen gewesen – also konnte sie nichts von diesem zweigeteilten Weg wissen. Was hat sie doch gleich über ihre Ankunft erzählt, Rob?«

Robert suchte die Stelle und zitierte:

»›Schließlich kam das Auto zum Halten, und die jüngere Frau, die mit den schwarzen Haaren, stieg aus und schob das große zweiflüglige Tor auf, das zu einer Auffahrt führte. Dann stieg sie wieder ein und fuhr das Auto zum Haus. Nein, es war zu dunkel, um zu sehen, was für ein Haus das war; ich weiß nur noch, daß Stufen zur Tür hinaufführten. Nein, wie viele Stufen, das weiß ich nicht mehr; vier oder fünf, glaube ich. Ja, eine kleine Treppe, ganz sicher.‹ Und dann erzählt sie weiter, wie sie in die Küche gebracht wurde.«

»Gut«, sagte Kevin. »Und was sagt sie über ihre Flucht? Wie spät abends war es da?«

»Einige Zeit nach dem Abendessen, wenn ich mich recht erinnere«, antwortete Robert, der in den Blättern wühlte. »Jedenfalls war es dunkel. Hier haben wir's.« Und er las:

»›Als ich zum ersten Treppenabsatz kam, demjenigen über dem Flur, konnte ich hören, wie die beiden in der Küche miteinander sprachen. Der Flur war dunkel. Ich ging die letzte Treppe hinunter und rechnete jeden Augenblick damit, daß eine von ihnen hinauskommen und mich abfangen würde, doch dann machte ich einen Spurt zur Tür. Sie war nicht abgeschlossen, und ich lief direkt nach draußen, die Treppe hinunter und hinaus auf die Straße. Ich lief die Straße entlang – ja, sie war hart wie eine Hauptstraße –, bis ich nicht mehr konnte, dann legte ich mich ins Gras, bis ich wieder zu Atem gekommen war.‹«

»›Hart wie eine Hauptstraße‹«, zitierte Kevin. »Daraus kann man schließen, daß es zu dunkel war, um den Straßenbelag zu sehen.«

Eine kurze Pause trat ein.

»Meine Mutter meint, das genüge, um ihre Unglaubwürdigkeit zu beweisen«, sagte Marion. Sie blickte ohne große Hoffnung von Robert zu Kevin und wieder zurück. »Aber Sie glauben das nicht, nicht wahr?« Es war kaum noch eine Frage.

»Nein«, sagte Kevin. »Nein. Nicht das allein. Daraus könnte sie sich mit Hilfe eines gerissenen Anwalts hinausmanövrieren. Er könnte sagen, sie habe bei der Ankunft die Kurve, die der Wagen fuhr, gespürt und daraus auf die Form des Weges geschlossen. Was sie normalerweise daraus geschlossen hätte, wäre natürlich, daß es eine gewöhnliche geschwungene Auffahrt sei. Niemand würde von sich aus auf etwas so Komisches wie diesen kreisförmigen Weg kommen. Er sieht hübsch aus, aber das ist auch alles – deshalb ist er ihr wahrscheinlich auch im Gedächtnis geblieben. Ich glaube, diesen Leckerbissen sollten wir uns als kleines Extra für die Verhandlung aufbewahren.«

»Ja, ich dachte mir schon, daß Sie so etwas sagen würden«, sagte Marion. »Eigentlich bin ich nicht weiter enttäuscht. Ich war darüber nur froh – nicht, weil ich glaubte, daß die Anklage zurückgezogen würde, sondern weil es die Zweifel ausräumt, die . . . die . . .« Unerwartet geriet sie ins Stocken und wich Roberts Blick aus.

»Die unseren kristallklaren Verstand getrübt haben müssen«, brachte Kevin den Satz munter zu Ende und warf Robert einen zufriedenen maliziösen Blick zu. »Was hat Sie denn gestern abend, als Sie mit dem Mop heraufkamen, auf diesen Gedanken gebracht?«

»Ich weiß auch nicht. Ich stand da, sah aus dem Fenster und betrachtete den Ausblick, den sie beschrieben hatte, und wünschte mir, daß wir nur ein einziges klitzekleines Indiz hätten, das für uns spräche. Und dann hörte ich, ich weiß auch nicht, warum, Inspector Grants Stimme, wie er im Wohnzimmer diese Aussage vorlas. Den größten Teil der Geschichte hat er uns nämlich mit seinen eigenen Worten erzählt. Aber bei den Passagen, die ihn zum Franchise geführt hatten, las er die Aussage des Mädchens vor. Ich hörte seine Stimme – eine angenehme Stimme übrigens – die Passage über die kreisförmige Auffahrt vorlesen, und von da, wo ich stand, war keine kreisförmige Auffahrt zu sehen. Vielleicht war damit mein unausgesprochenes Gebet erhört worden.«

»Du meinst also immer noch, wir sollten ihnen die Verhandlung morgen schenken und alles auf das Grafschaftsgericht setzen?« fragte Robert.

»Ja. Für Miss Sharpe und ihre Mutter macht das im Grunde keinen Unterschied. Eine Gerichtsverhandlung unterscheidet sich nicht groß von der anderen – außer, daß das Grafschaftsgericht in Norton wahrscheinlich weniger unangenehm sein wird als der Untersuchungsrichter hier bei ihnen zu Hause. Und je kürzer ihr morgiger Auftritt ausfällt, desto besser für sie. Du hast kein Beweismaterial, das du morgen dem Richter vorlegen könntest, also dürfte es eine sehr kurze und formelle Angelegenheit sein. Die Gegenseite wird ihre Indizien anführen, du wirst verkünden, daß du dir die Verteidigung vorbehältst, du beantragst Freilassung auf Kaution, und *voilà!*«

Das war ganz nach Roberts Geschmack. Ihm lag nichts daran, die morgige Qual für die beiden zu verlängern; außerdem setzte er mehr Vertrauen in ein Urteil, das außerhalb Milfords gefällt wurde. Und was er, wo es nun einmal zum Prozeß gekommen war, am wenigsten wollte, war die Einstellung des Verfahrens, weil die Beweise der Anklage nicht ausreichten. Das würde seinen Absichten bezüglich Betty Kane nicht genügen. Er wollte, daß die ganze Geschichte jenes Monats in einer öffentlichen Gerichtsverhandlung aufgerollt wurde – und dies in Gegenwart Betty Kanes. Und wenn der Himmel ihm gnädig war, würde er seine Geschichte haben, bis das Grafschaftsgericht in Norton tagte.

»Wen können wir mit der Verteidigung betrauen?« fragte er Kevin, als sie zum Tee zurückfuhren.

Kevin griff in die Tasche, und Robert nahm an, daß es eine Liste von Adressen war, die er suchte. Doch was er hervorzog, war eindeutig ein Terminkalender.

»Weißt du, an welchem Tag das Gericht in Norton tagt?« fragte er.

Robert nannte ihm das Datum und hielt den Atem an.

»Vielleicht ist es möglich, daß ich selbst komme. Mal sehen, mal sehen.«

Robert ließ ihn schweigend gewähren. Er fühlte, daß ein Wort den Bann brechen könnte.

»Ja«, sagte Kevin. »Ich denke, das wird gehen – wenn nichts Unvorhergesehenes dazwischenkommt. Deine Hexen gefallen mir. Es wäre mir ein Vergnügen, sie gegen dieses kleine Luder zu verteidigen. Was für ein Zufall, daß sie die Schwester des alten Charlie Meredith ist. War einer der Besten, der alte Knabe. So ziemlich der einzige einigermaßen anständige Roßtäuscher, der jemals gelebt hat. Ich bin ihm mein Leben lang dankbar geblieben für dieses Pony. Das erste Pony ist etwas sehr Wichtiges für einen Jungen. Es prägt ihn für sein späteres Leben – nicht nur seine Einstellung zu Pferden, sondern auch alles andere. Da gibt es etwas in dem Vertrauen und der Freundschaft, die zwischen einem Jungen und einem guten Pferd besteht –«

Robert hörte ihm erleichtert und erheitert zu. Mit einem Gefühl von leichter Ironie und ohne jede Spur von Bitterkeit war ihm klargeworden, daß Kevin jeglichen Gedanken an eine mögliche Schuld der Sharpes verworfen hatte, lange bevor er auf jenes Indiz – der Blick aus dem Fenster – aufmerksam gemacht worden war. Es war undenkbar, daß die Schwester des alten Charlie Meredith jemanden entführt haben sollte.

Kapitel 17

»Es ist und bleibt mir ein Rätsel«, sagte Ben Carley und ließ den Blick über die gut besetzten Bankreihen des kleinen Gerichtssaals schweifen, »daß so viele brave Bürger an einem Montagmorgen so wenig zu tun haben. Obwohl ich sagen muß, daß es schon eine Weile her ist, seit wir zuletzt eine so erlesene Schar beisammen hatten. Haben Sie die Dame vom Sportartikelladen gesehen? Vorletzte Reihe, die mit dem gelben Hut, der zu ihrem lila Puder ebensowenig paßt wie zu ihrem Haar. Wenn sie der kleinen Godfrey den Laden überlassen hat, dann wird sie heute abend wohl Probleme mit der Abrechnung haben. Ich hab' das Mädchen freigeboxt, als sie 15 war. Die hatte geklaut, seit sie laufen konnte, und sie klaut immer noch. Glauben Sie mir, sie ist kein Mädchen, das man mit einer Ladenkasse allein lassen kann. Da ist diese Frau aus dem Anne Boleyn. Ist das erste Mal, daß ich sie im Gerichtssaal sehe. Ist mir ohnehin ein Rätsel, wie sie ihm bisher entgangen ist. Ihre Schwester muß ständig Schecks ausstellen, weil ihre nicht gedeckt sind. Niemand hat je herausbekommen, was sie mit ihrem Geld tut. Vielleicht wird sie von jemandem erpreßt. Wüßte gern von wem. Arthur Wallis würde ich es zutrauen, dem Schankgehilfen vom Weißen Hirschen. Drei verschiedene Unterhaltsforderungen pro Woche – und demnächst noch eine vierte –, das kann er nicht aus seiner Lohntüte zahlen.«

Robert ließ Carley weiterplappern, ohne ihm zuzuhören. Es war ihm nur zu bewußt, daß das Publikum im Gerichtssaal nicht die übliche Montagmorgenkollektion von Nichtstuern war, die hier herumlungerten, bis die Pubs öffneten. Die Neuigkeit hatte sich durch die geheimnisvollen Milforder Kanäle herumgesprochen, und alle waren gekommen, um dabei zu sein, wenn Anklage gegen die Sharpes erhoben wurde. Statt des üblichen Graus war der Saal erfüllt von fröhlichen Frauenkleidern, und statt der üblichen schläfrigen Stille hörte man das Zischeln ihrer Unterhaltungen.

Ein Gesicht fiel ihm auf, das feindselig hätte sein sollen, jedoch merkwürdig freundlich wirkte: das Gesicht Mrs. Wynns, die er zuletzt in ihrem hübschen kleinen Garten in der Meadowside Lane, Aylesbury, hatte stehen sehen. Er konnte in Mrs. Wynn nicht eine Gegnerin sehen. Er mochte sie, bewunderte sie und bedauerte sie schon im voraus. Er wäre gern zu ihr hinübergegangen und hätte sie begrüßt, doch die Figuren hatten auf dem Schachbrett Aufstellung bezogen, und sie standen auf entgegengesetzten Seiten.

Grant war bisher nicht eingetroffen, doch Hallam war da und unterhielt sich mit dem Sergeanten, der in jener Nacht hinaus zum Franchise gekommen war, in der die Randalierer die Fenster eingeworfen hatten.

»Was macht Ihr Spürhund?« fragte Carley während einer Pause in seinem fortlaufenden Kommentar.

»Der Spürhund ist schon in Ordnung, aber die Schwierigkeiten sind ungeheuer«, antwortete Robert. »Die sprichwörtliche Nadel im Heuhaufen ist nichts im Vergleich dazu.«

»Ein Mädchen gegen den Rest der Welt«, spottete Ben. »Ich freue mich schon, dieses Flittchen leibhaftig zu sehen. Ich nehme an, nach all den Verehrerbriefen, die sie bekommen hat, den Heiratsanträgen und dem Vergleich mit der heiligen Bernadette wird ihr ein Polizeigericht als Bühne zu klein sein. Hat sie eigentlich Filmangebote bekommen?«

»Woher soll ich das wissen.«

»Aber ich nehme an, Mama würde das ohnehin zu verhindern wissen. Da drüben in dem braunen Kostüm, das ist sie, und ich finde, sie sieht sehr vernünftig aus. Ich weiß gar nicht, wie sie dazu kommt, eine Tochter wie – oh, aber sie ist eine Adoptivtochter, nicht wahr? Ein böses Omen. Es führt mir immer wieder vor Augen, wie wenig die Leute offenbar über die Menschen wissen, mit denen sie zusammenleben. Drüben in Ham Green gab es eine Frau, deren Tochter, soweit sie sich erinnern konnte, niemals außer Sichtweite war, doch eines Tages geht die Tochter nach einem Streit weg und kommt nicht wieder. Die verzweifelte Mutter rennt heulend zur Polizei, und die Polizei stellt fest, daß das Mädchen, das offenbar niemals eine Nacht von der Mutter weg gewesen ist, eine verheiratete Frau mit Kind ist, die lediglich ihr Kind geholt hat und zum Ehemann gezogen ist. Sehen Sie in den Polizeiakten nach, wenn Sie Ben Carley nicht glauben. Na, wie dem auch sei, wenn Sie mit Ihrem Spürhund nicht mehr zufrieden sind, sagen Sie mir Bescheid, und ich gebe Ihnen eine sehr gute Adresse. Es geht los.«

Er erhob sich zur Begrüßung des Hohen Gerichts, wobei er jedoch in einem fort weiterredete – über die Gesichtsfarbe der Richter, ihre mögliche Laune und vermutliche Beschäftigung am Vortage.

Zuerst wurden drei Routinefälle abgefertigt – alte Bekannte, die das Prozedere offenbar bereits so sehr gewöhnt waren, daß sie immer schon im voraus wußten, was als nächstes kam, und Robert rechnete schon fast damit, daß jemand sagte: ›Nun warten Sie doch, Sie kommen schon an die Reihe!‹

Dann sah er, wie Grant in aller Ruhe hereinkam, sich auf einen Platz hinter der Pressebank setzte, von wo aus er alles beobachten konnte, und er wußte, daß die Zeit gekommen war.

Sie kamen gemeinsam herein, als ihr Name aufgerufen wurde, und setzten sich auf ihren Platz auf der entsetzlichen, kleinen Bank, als würden sie lediglich in der Kirche Platz nehmen. Es erweckte wirklich beinahe diesen Eindruck, dachte er: die ruhigen und aufmerksamen Augen, so, als ob sie darauf warteten, daß das Geschehen begänne. Doch plötzlich wurde ihm klar, wie ihm zumute wäre, wenn Tante Lin an Mrs. Sharpes Stelle stünde, und zum ersten Mal wurde ihm wirklich klar, wie sehr Marion um ihrer Mutter willen leiden mußte. Selbst wenn sie vom Grafschaftsgericht freigesprochen wurden – was würde sie für das entschädigen, was sie erlitten hatten? Welche Strafe war Betty Kanes Verbrechen angemessen?

Denn Robert, altmodisch wie er war, glaubte an Vergeltung. Er mochte es vielleicht nicht ganz mit Moses halten – ein Auge war nicht immer die rechte Vergeltung für ein Auge –, doch er teilte mit Sicherheit Gilberts Meinung: Die Strafe sollte dem Verbrechen angemessen sein. Er glaubte ganz und gar nicht daran, daß einige verschwiegene Unterredungen mit dem Gefängnisgeistlichen und das Versprechen, sich zu bessern, aus einem Kriminellen einen ehrwürdigen Bürger machte. ›Ein typischer Verbrecher‹, hatte Kevin, wie er sich erinnern konnte, eines Abends nach einer langen Diskussion über Strafrechtsreform gesagt, ›hat zwei unveränderliche Eigenschaften, die ihn zum Verbrecher werden lassen: übertriebene Eitelkeit und ungeheure Selbstsucht. Und das sind beides ebenso wesentliche, unveränderliche Bestandteile seiner Person wie sein Fingerabdruck. Man könnte genausogut die Farbe seiner Augen b e s s e r n wollen.‹

›Aber‹, hatte jemand eingeworfen, ›es hat Menschen gegeben, die Monstren an Eitelkeit und Selbstsucht und trotzdem keine Verbrecher waren.‹

›Nur, weil sie ihre Frauen zum Opfer gemacht haben und nicht ihre Bank‹, belehrte Kevin ihn. ›Ganze Bände sind geschrieben worden, um den Kriminellen zu definieren. Aber im Grunde ist die Definition ganz einfach. Ein Krimineller ist jemand, der die Befriedigung seiner unmittelbaren persönlichen Bedürfnisse zur Triebfeder seiner Handlungen macht. Seinen Egoismus kann man ihm nicht austreiben, aber man kann dafür sorgen, daß es sich nicht lohnt, ihm nachzugeben. Oder jedenfalls kaum noch lohnt.‹

Was Kevin, erinnerte Robert sich, zur Reform des Gefängniswesens vorschlug, war die Deportation in eine Strafkolonie: eine Gefängnisinsel, wo jeder hart zu arbeiten hatte. Das war keine Reform zum Wohle der Gefangenen. ›Die Aufseher hätten ein schöneres Leben‹, sagte Kevin, ›und im übervölkerten England bliebe mehr Platz für die Häuser und Gärten der braven Bürger.‹ Da die meisten Kriminellen harte Arbeit mehr verabscheuten als irgend etwas sonst auf der Welt, wäre es eine bessere Abschrekkung als die derzeitige Praxis, die für Kevins Begriffe keine größere Strafe war als ein drittklassiges Internat.

Als er so die beiden Gestalten auf der Anklagebank betrachtete, ging es Robert durch den Kopf, daß im finsteren Mittelalter nur die Schuldigen an den Pranger gestellt wurden. Heute hatte man vor dem Prozeß den Pranger zu ertragen, und die Verurteilten verschwanden unverzüglich dahin, wo sie sicher verborgen waren. Irgend etwas hatte sich da zum Schlechten entwickelt.

Die alte Mrs. Sharpe trug den flachen schwarzen Satinhut, den sie an jenem Morgen in seinem Büro getragen hatte, als die *Hallo!* sich in ihr Leben gemischt hatte, und sie wirkte wieder so akademisch und ehrbar, aber doch seltsam. Auch Marion trug einen Hut – weniger aus Ehrfurcht vor dem Gericht, nahm er an, sondern als einen gewissen Schutz vor den Blicken des Publikums. Es war ein rustikaler Filzhut mit schmaler Krempe, dessen Konventionalität ein wenig den üblichen Eindruck abmilderte, daß sie sich von niemandem etwas sagen ließ. Das schwarze Haar bedeckt, die leuchtenden Augen im Schatten, wirkte sie nicht dunkler als jede andere Frau, die sich viel im Freien aufhält. Und obwohl Robert das schwarze Haar und das Leuchten der Augen fehlten, dachte er doch, daß es nur gut sein konnte, wenn sie so durchschnittlich wie nur möglich wirkte. Es mochte den Wunsch ihrer Mitmenschen, sie zu Tode zu hetzen, ein wenig eindämmen.

Und dann sah er Betty Kane.

Es war die Unruhe auf der Pressebank, die ihm verriet, daß sie den Raum betreten hatte. Normalerweise lümmelten sich dort zwei gelangweilte Nachwuchsreporter: Einer schrieb für den *Milforder General-Anzeiger* (einmal die Woche, freitags), der andere arbeitete für die *Nortoner Allgemeine* (zweimal die Woche, dienstags und freitags), den *Larborough-Kurier* und jeden, der den Kram sonst noch haben wollte. Doch heute war die Pressebank voll besetzt, und es waren weder junge noch gelangweilte Gesichter. Es waren Männer, die zu einem Bankett geladen waren und denen schon das Wasser im Munde zusammenlief. Und Betty Kane war als Hauptgang gedacht.

Robert hatte sie nicht mehr gesehen, seit sie in ihrer dunkelblauen Schuluniform im Wohnzimmer des Franchise gestanden hatte, und er war von neuem überrascht, wie jung, wie aufrichtig und unschuldig sie wirkte. In den Wochen, seit er sie gesehen hatte, hatte sie sich in seiner Phantasie zu einem Ungeheuer verwandelt: Er hatte in ihr nur noch jene perverse Person gesehen, deren Lügen zwei Menschen auf die Anklagebank gebracht hatten. Nun, wo er Betty Kane wieder leibhaftig vor sich sah, war er verwirrt. Er wußte, daß dieses Mädchen und sein Ungeheuer ein und dieselbe Person waren, doch es fiel ihm schwer, das zu begreifen. Und wenn er, der Betty Kane so gut zu kennen glaubte, so auf ihre Gegenwart reagierte, was sollte ihre kindliche Anmut dann erst für einen Eindruck auf redliche und anständige Männer machen, wenn es soweit war?

Sie trug ein Ausgehkleid, nicht ihre Schuluniform. Ein taubenblaues Kostüm, das an Vergißmeinnicht, den Rauch von Holzfeuern, Glockenblumen und den Horizont an einem Sommertag denken ließ und das ebenfalls darauf angelegt war, das Urteilsvermögen vernünftiger Männer einzulullen. Ihren jung, einfach und betont wohlerzogen wirkenden Hut hatte sie in den Nacken geschoben, so daß ihre bezaubernde Stirn und die weit auseinanderstehenden Augen gut sichtbar waren. Robert sprach, ohne diese

Möglichkeit überhaupt näher in Erwägung zu ziehen, Mrs. Wynn von jedem Vorwurf frei, das Mädchen bewußt zu diesem Zwecke gekleidet zu haben, doch er war sich zu seiner Verbitterung im klaren darüber, daß sie nicht erfolgreicher hätte sein können, wenn sie nächtelang darüber nachgegrübelt hätte, wie sie die Garderobe zusammenstellen sollte.

Als sie aufgerufen wurde und zum Zeugenstand ging, beobachtete er verstohlen diejenigen, die sie gut sehen konnten. Mit der einzigen Ausnahme Ben Carleys – der sie mit der Aufmerksamkeit betrachtete, die man einem Ausstellungsstück in einem Museum angedeihen läßt –, war der Ausdruck auf allen Männergesichtern gleich: eine Art von liebevollem Mitgefühl. Die Frauen waren, wie ihm auffiel, ihrem Charme nicht ganz so leicht erlegen. Die eher mütterlichen unter ihnen betrachteten sehnsüchtig ihre Jugend und Verletzlichkeit, doch die jüngeren sahen eher sensationsgierig aus – ihre einzige Regung war die Neugier.

»Ich kann es einfach nicht glauben«, sagte Ben mit gedämpfter Stimme, als sie vereidigt wurde. »Sie wollen wirklich sagen, dieses Kind habe sich vier Wochen lang herumgetrieben? Ich kann nicht glauben, daß sie jemals etwas anderes geküßt hat als die Bibel.«

»Ich werde Ihnen Zeugen bringen, die es beweisen«, murmelte Robert, ärgerlich, daß selbst der weltgewandte und sarkastische Carley ihr erlag.

»Sie könnten zehn untadelige Zeugen beibringen, und die Geschworenen würden Ihnen trotzdem nicht glauben. Und auf die kommt es an, mein Freund.«

In der Tat – welche Geschworene würden ihr schon irgend etwas Böses zutrauen?

Er beobachtete sie, während sie ihre Geschichte erzählte, und erinnerte sich, wie Albert sie beschrieben hatte: das ›wohlerzogene Mädchen‹, bei dem niemand auf die Idee gekommen wäre, die Frau in ihr zu sehen, und die kühle, sachliche Art, in der sie sich an den Mann herangemacht hatte, den sie auserkoren hatte.

Sie hatte eine sehr angenehme Stimme: jung, hell und klar, ungekünstelt und ohne Dialekt. Und sie erzählte ihre Geschichte wie eine mustergültige Zeugin – ohne von sich aus etwas hinzuzufügen, klar und deutlich in dem, was sie sagte. Die Journalisten konnten sich kaum auf ihre Stenoblocks konzentrieren, und das Hohe Gericht war offensichtlich hingerissen. (Der Himmel mochte ihm härtere Richter beim Grafschaftsgericht schicken!)

Den anwesenden Polizisten trat vor lauter Mitgefühl der Schweiß auf die Stirn. Der ganze Gerichtssaal war atem- und bewegungslos.

Keine Schauspielerin war je begeisterter aufgenommen worden.

Sie war völlig ruhig – soweit man das sehen konnte – und sich, wie es schien, der Wirkung nicht bewußt, die sie ausstrahlte. Sie unternahm keinen Versuch, etwas hervorzuheben oder bestimmte Details effektvoll zu präsentieren. Robert fragte sich, ob diese Zurückhaltung beabsichtigt und es ihr wirklich bewußt war, welche Wirkung sie erzielte.

»Und haben Sie die Wäsche tatsächlich geflickt?«

»An dem Abend tat mir alles zu weh, weil ich Prügel bekommen hatte. Aber später habe ich ein wenig geflickt.«

Es klang so, als ob sie sagen würde: ›Ich war die ganze Zeit mit Bridgespiel beschäftigt.‹ Es gab dem, was sie sagte, einen außerordentlichen Anstrich von Glaubwürdigkeit.

Ebenso lag in ihrem Bericht darüber, wie sie zu ihrem Recht gekommen war, nichts Triumphierendes. Sie habe das und das über den Ort ihrer Gefangenschaft angegeben, und das und das habe sich herausgestellt. Aber sie zeigte dabei keine offene Genugtuung. Als man sie fragte, ob sie die Frauen auf der Anklagebank wiedererkenne und ob es sich tatsächlich um die Frauen handle, die sie festgehalten und geprügelt hätten, blickte sie die beiden einen Augenblick lang ernst und schweigend an und bestätigte dann, daß sie das seien.

»Haben Sie Fragen an die Zeugin, Mr. Blair?«

»Nein, Sir. Keine Fragen.«

Das sorgte für einiges Murmeln im überraschten und enttäuschten Publikum, das sich auf eine spannende Verhandlung gefreut hatte; wer sich auskannte, nahm es jedoch kommentarlos hin – man ging davon aus, daß der Fall zur nächsten Instanz weiterverwiesen wurde.

Hallam hatte bereits ausgesagt, und auf das Mädchen folgten nun die Belastungszeugen.

Der Mann, der gesehen hatte, wie sie in ein Auto gestiegen war, erwies sich als ein Postangestellter namens Piper. Er arbeitete als Sortierer in einem Postwagen, der auf der Linie der London, Midland und Scottish Railway zwischen Larborough und London verkehrte. Auf der Rückfahrt war er am Bahnhof von

Mainshill abgesetzt worden, weil es ganz bei ihm in der Nähe war. Er ging die lange, gerade Straße entlang, die durch Mainshill Richtung London führt, als er ein junges Mädchen sah, das an der Haltestelle der Überlandbusse nach London wartete. Er war noch ein ganzes Stück von ihr entfernt, aber das Mädchen fiel ihm auf, weil der Bus ihm nämlich schon eine halbe Minute zuvor, als die Haltestelle noch nicht in Sichtweite war, entgegengekommen war. Als er sie dort stehen sah, dachte er noch, daß sie ihn gerade verpaßt haben mußte. Während er auf sie zuging, aber immer noch ein gutes Stück entfernt war, überholte ihn ein Wagen mit hoher Geschwindigkeit. Er beachtete ihn nicht weiter, denn er war ganz auf das Mädchen konzentriert und auf die Frage, ob er ihr, wenn er sie erreicht hatte, sagen solle, daß der Bus schon durch sei. Dann sah er, wie der Wagen neben dem Mädchen anhielt. Sie beugte sich vor, um mit den Insassen des Wagens zu sprechen, dann stieg sie ein, und sie fuhren zusammen davon.

Inzwischen war er nahe genug herangekommen, um den Wagen beschreiben, jedoch nicht, um das Nummernschild lesen zu können. Es war ihm ohnehin nicht in den Sinn gekommen, nach der Nummer zu sehen. Er hatte sich lediglich gefreut, daß das Mädchen so schnell jemanden gefunden hatte, der sie mitnahm.

Er wollte nicht beschwören, daß es sich um das Mädchen handelte, das vorhin seine Aussage gemacht hatte, doch er selbst war sich seiner Sache sicher. Sie hatte einen hellen Mantel getragen – grau, wenn er sich recht erinnerte –, dazu Slippers.

S l i p p e r s?

Na, diese Schuhe ohne Riemen.

Pumps.

Dann eben Pumps, aber er nannte so etwas Slippers. Und sein Ton ließ keinen Zweifel daran, daß er sie auch in Zukunft so zu nennen beabsichtigte.

»Haben Sie Fragen, Mr. Blair?«

»Nein danke, Sir.«

Dann kam Rose Glyn.

Was Robert als erstes an ihr auffiel, war die grelle Makellosigkeit ihrer Zähne. Sie kamen ihm vor wie ein künstliches Gebiß von einem nicht allzu geschickten Zahnarzt. Es hatte sicher nie zuvor, es konnte niemals zuvor Zähne gegeben haben, die auf so auffällige Weise vollkommen waren wie diejenigen, die Rose Glyn als Nachfolger ihrer Milchzähne produziert hatte.

Auch dem Hohen Gericht schienen ihre Zähne nicht zu gefallen, und bald stellte Rose das Lächeln ein. Ihre Geschichte war allerdings trotzdem ein schwerer Schlag. Sie sei regelmäßig jeden Montag ins Franchise gegangen, um dort zu putzen. An einem Montag im April sei sie wie üblich dort gewesen und habe sich eben zum Aufbruch bereitgemacht, als sie von irgendwo oben jemanden habe schreien hören. Sie habe schon gedacht, Mrs. oder Miss Sharpe sei etwas zugestoßen, und deshalb sei sie zur Treppe gelaufen, um nachzusehen. Das Schreien schien weit entfernt zu sein, so als käme es aus der Dachkammer. Sie habe hinaufgehen wollen, doch Mrs. Sharpe sei aus dem Wohnzimmer gekommen und habe sie gefragt, was sie da tue. Sie höre oben jemanden schreien, habe sie geantwortet. Das sei Unsinn, habe Mrs. Sharpe gesagt, ihre Phantasie gehe mit ihr durch, und es sei doch ohnehin Zeit, daß sie nach Hause ginge. Das Schreien habe inzwischen aufgehört gehabt, und während Mrs. Sharpe noch gesprochen habe, sei Miss Sharpe die Treppe heruntergekommen, und Mrs. Sharpe habe etwas gesagt, wie sie ›müsse besser aufpassen‹. Sie habe es mit der Angst zu tun bekommen, ohne recht zu wissen, warum, und sei in die Küche gegangen, um ihr Geld zu holen, das immer auf dem Kaminsims für sie bereitgelegen habe, und dann sei sie davongelaufen. Das sei am 15. April gewesen. Das Datum wisse sie noch, denn da habe sie beschlossen, am folgenden Montag, wenn sie das nächste Mal zu den Sharpes ginge, zu kündigen; das habe sie auch getan und seit Montag, dem 29. April, nicht mehr für die Sharpes gearbeitet.

Der schlechte Eindruck, den sie offensichtlich auf alle Anwesenden machte, munterte Robert ein wenig auf. Ihre offene Vorliebe für das Dramatische, ihr Auftritt wie aus einer Illustrierten, ihre offensichtliche Bösartigkeit und ihre entsetzliche Kleidung standen in unvorteilhaftem Kontrast zu der Zurückhaltung, Vernunft und dem guten Geschmack ihrer Vorgängerin im Zeugenstand.

Dem Ausdruck in den Gesichtern ihres Publikums nach zu urteilen, wurde sie als Schlampe abgetan, und niemand würde ihr auch nur Sixpence anvertrauen. Aber das beeinträchtigte natürlich in keiner Weise die Zeugenaussage, die sie gerade unter Eid geleistet hatte.

Während sie redete, überlegte Robert, ob es Möglichkeiten gab, ihr jene Uhr, wie man so sagt, anzuhängen. Da sie als Mädchen vom Lande wohl kaum mit dem Pfandleiher vertraut war, war es nicht sehr wahrscheinlich, daß sie die Uhr gestohlen hatte, um sie zu verkaufen; sie hatte sie für sich selbst behalten. Gab es in diesem Falle vielleicht eine Möglichkeit, sie des Diebstahls zu überführen und damit in Mißkredit zu bringen?

Als nächstes kam ihre Freundin Gladys Rees an die Reihe. Gladys war ebenso klein und bleich und mager, wie Rose üppig war. Sie war ängstlich und fühlte sich unwohl. Den Eid leistete sie nur zögernd. Sie sprach in einem solchen Dialekt, daß das Gericht Mühe hatte, sie zu verstehen, und der Anklagevertreter mußte mehrmals ihre Ausflüge in die entlegeneren Bereiche des Englischen mit Ausdrücken übersetzen, die dem üblichen Sprachgebrauch näher kamen. Aber was sie zu sagen hatte, war klar. Am Montag, dem 15. April, sei sie abends mit ihrer Freundin Rose Glyn spazierengegangen. Nein, sie hätten kein Ziel gehabt, es sei nur ein Spaziergang nach dem Abendessen gewesen. Bis zum High Wood und zurück. Und Rose Glyn habe ihr erzählt, sie fürchte sich vor dem Franchise, weil sie jemanden in der oberen Etage habe schreien hören, obwohl angeblich niemand dort gewesen sei. Sie, Gladys, wisse noch, daß es am Montag, dem 15. April, gewesen sei, an dem Rose ihr das erzählt habe, weil Rose ihr gesagt habe, wenn sie in der folgenden Woche dorthin ginge, wolle sie kündigen. Sie habe dann auch gekündigt und seit Montag, dem 29., nicht mehr für die Sharpes gearbeitet.

»Ich möchte wissen, womit die gute Rose sie unter Druck setzt«, sagte Carley, als sie den Zeugenstand verließ.

»Warum glauben Sie, daß sie sie unter Druck setzt?«

»Leute leisten keinen Meineid aus Freundschaft – nicht einmal ein Dorftrottel wie Gladys Rees. Das arme kleine dumme Ding hat Todesängste ausgestanden. Die wäre niemals aus freien Stücken gekommen. Nein, diese Kitschmadonna hat sie mit irgend etwas in der Hand. Lohnt sich vielleicht, dem nachzugehen, wenn Sie anderswo nicht weiterkommen.«

»Wissen Sie zufällig die Nummer Ihrer Armbanduhr?« fragte er Marion, als er die beiden zurück zum Franchise fuhr. »Die, die Rose Glyn gestohlen hat.«

»Ich wußte gar nicht, daß Uhren überhaupt Nummern haben«, antwortete sie.

»Gute schon.«

»Oh, das war eine gute Uhr, aber von der Nummer weiß ich nichts. Sie war allerdings unverwechselbar. Ein hellblaues Emailzifferblatt mit goldenen Ziffern.«

»Römische Zahlen?«

»Ja. Warum fragen Sie? Selbst wenn ich sie zurückbekäme, könnte ich sie nie wieder tragen, nachdem dieses Mädchen sie gehabt hat.«

»Es geht weniger darum, die Uhr zurückzubekommen, als darum, sie des Diebstahls zu überführen.«

»Das wäre schön.«

»Ben Carley hat sie übrigens ›die Kitschmadonna‹ getauft.«

»Wie reizend! Genau so sieht sie aus. Ist das der kleine Mann, an den Sie uns abschieben wollten, damals – an jenem ersten Tag?«

»Das ist er.«

»Ich bin so froh, daß ich mich nicht habe abschieben lassen.«

»Ich hoffe, Sie sind noch genauso froh, wenn dieser Prozeß zu Ende ist«, sagte Robert plötzlich ernst.

»Wir haben Ihnen noch nicht dafür gedankt, daß Sie für unsere Kaution bürgen«, sagte Mrs. Sharpe vom Rücksitz aus.

»Wenn wir ihm für alles danken, was wir ihm schulden«, sagte Marion, »dann kommen wir aus dem Danken gar nicht mehr heraus.«

Was, dachte er, hatte er denn schon für sie tun können, außer daß er Kevin Macdermott für ihre Sache gewonnen hatte – und das war eher ein zufälliger Freundschaftsdienst. In gut 14 Tagen würden sie in Norton vor dem Richter stehen, und es gab absolut nichts, was er zu ihrer Entlastung vorzubringen hatte.

Kapitel 18

Die Zeitungen hatten am Dienstag ihren großen Tag. Nun, wo aus der Franchise-Affäre ein schwebendes Gerichtsverfahren geworden war, konnten weder die *Hallo!* noch der *Beobachter* ihre Kampagne wiederaufnehmen – auch wenn die *Hallo!* es nicht versäumte, ihre hocherfreute Leserschaft daran zu erinnern, daß sie es gewesen war, die an dem und dem Tag das und das berichtet hatte. Es war eine einfache Feststellung, die auf den ersten Blick harmlos wirkte und nicht zu beanstanden war, aber geradezu strotzte vor unzulässiger Parteinahme. Robert zweifelte nicht daran, daß am Freitag der *Beobachter* in ähnlich diskreter Art ähnliche Verdienste für sich in Anspruch nehmen würde. Aber die übrige Presse, die sich bisher nicht um einen Fall gekümmert hatte, den die Polizei nicht weiterzuverfolgen beabsichtigte, erwachte nun mit einem Freudenschrei, um über einen Fall zu berichten, der Aufsehen erregte. Selbst die seriöseren Tageszeitungen brachten Reportagen über die Sharpes vor dem Untersuchungsrichter, mit Schlagzeilen wie EIN UNERHÖRTER FALL oder AUSSERGEWÖHNLICHE ANKLAGE. Die skrupelloseren brachten ausführliche Beschreibungen der Hauptakteure, bis hin zu Mrs. Sharpes Hut und Betty Kanes blauem Kostüm. Zudem veröffentlichte man Bilder des Franchise, der High Street von Milford, einer Schulfreundin Betty Kanes und alles sonst, was auch nur im entferntesten mit der Sache zu tun hatte.

Roberts Mut sank. Die *Hallo!* und der *Beobachter* hatten, jeweils auf die eigene Art, die Franchise-Affäre nur als Aufhänger benutzt. Etwas, das man im Augenblick brauchen konnte und das morgen vergessen sein würde. Doch nun hatte die Sache landesweit Aufsehen erregt, jede Zeitung zwischen Cornwall und Caithness berichtete darüber, und es sah ganz so aus, als ob eine *Cause célèbre* daraus werden würde.

Zum ersten Mal empfand er ein Gefühl der Verzweiflung. Er fühlte sich von den Ereignissen unter Druck gesetzt, und er hatte nichts, wo er Zuflucht finden konnte. Alles lief auf eine ungeheure Eskalation in Norton hinaus, und er hatte nichts, womit er dort auftrumpfen konnte, nicht das geringste. Er fühlte sich wie ein Mann, der sieht, daß sich ein Stapel vollbeladener Kisten in seine Richtung zu neigen beginnt, und der weder eine Fluchtmöglichkeit hat noch irgend etwas, um die Lawine aufzuhalten.

Ramsden wurde bei seinen Anrufen immer einsilbiger und immer weniger optimistisch. Er ärgerte sich. ›Ratlos‹ war ein Wort, das in Detektivgeschichten für Kinder vorkam, aber bisher war es ein Wort gewesen, das noch niemals in irgendeine Verbindung mit dem Namen Alec Ramsdens gebracht worden war. Und so kam es, daß Ramsden ärgerlich, einsilbig und mürrisch war.

Für den einzigen Lichtblick in den Tagen nach der ersten Gerichtsverhandlung sorgte Stanley, der am Donnerstagmorgen an Roberts Tür klopfte und, als er sah, daß Robert allein war, eintrat; die Tür schloß er mit der einen Hand, während er mit der anderen in der Tasche seiner Arbeitshose wühlte.

»Morgen«, sagte er. »Ich glaube, das hier sollten Sie in Verwahrung nehmen. Diese Frauen im Franchise sind mir zu leichtsinnig dafür. Sie stecken ihre Pfundnoten in Teekannen und Bücher und was weiß ich noch. Wenn man eine Telefonnummer nachschlägt, kann es einem gut passieren, daß man eine Zehn-Shillingnote im Buch findet, die die Adresse des Metzgers markiert.« Er fischte ein Bündel Banknoten aus der Tasche und zählte feierlich vor Roberts Augen zwölf Zehnpfundnoten auf den Tisch.

»120«, sagte er. »Ganz schöner Batzen, was?«

»Aber was ist das?« fragte Robert verblüfft.

»Kominsky.«

»Kominsky?«

»Sagen Sie bloß, Sie haben nicht auf ihn gesetzt! Wo die alte Dame uns doch persönlich den Tip gegeben hat. Soll das heißen, Sie haben's vergessen?«

»Stan, ich habe die letzte Zeit überhaupt nicht mehr daran gedacht, daß es so etwas wie Pferderennen gibt. Sie haben also auf ihn gesetzt?«

»Eins zu 60. Und das ist das Zehntel, das ich ihr für den Tip versprochen habe.«

»Aber – wenn das ein Zehntel ist – da müssen Sie ja ziemlich viel riskiert haben, Stan.«

»20 Pfund. Das Doppelte von meiner üblichen Höchstgrenze. Bill hat auch einen schönen Schnitt gemacht. Will seiner Alten 'nen Pelzmantel schenken.«

»Kominsky hat also gewonnen.«

»Anderthalb Längen Vorsprung, und noch nicht mal die Zügel lockergelassen; das war vielleicht ein Ding!«

»Na«, sagte Robert und bündelte die Noten, »wenn alle Stricke reißen und sie ihr Vermögen verlieren, kann die alte Dame immer noch einen schwunghaften Handel mit Tips fürs Pferderennen betreiben.«

Stanley blickte ihm einen Augenblick lang schweigend ins Gesicht. Offenbar war er alles andere als zufrieden mit Roberts Tonfall. »Sieht ziemlich schlecht aus, hm?« fragte er.

»Übel«, antwortete Robert mit einem Ausdruck, den Stanley selbst gern gebrauchte.

»Bills Alte war im Gericht«, sagte Stan nach einer Weile. »Sie sagt, dem Mädchen würde sie's nicht mal glauben, wenn es behauptet, die Woche hätte sieben Tage.«

»Oh«, sagte Robert überrascht. »Warum das?«

»Viel zu gut, um wahr zu sein, sagt sie. Sie meint, kein Mädchen von 15 ist so ein Unschuldsengel.«

»Sie ist inzwischen 16.«

»Meinetwegen. Sie sagt, sie war auch mal 15, und ihre Freundinnen auch, und das Liebchen mit seinen großen Augen kann ihr nichts vormachen.«

»Ich fürchte, daß sie den Geschworenen sehr wohl etwas vormachen kann.«

»Nicht, wenn's lauter Frauen wären. Aber das kann man wohl nicht so drehen, oder?«

»Man müßte schon Maßnahmen nach Art des Herodes ergreifen. Wollen Sie eigentlich dieses Geld Mrs. Sharpe nicht persönlich überreichen?«

»Lieber nicht. Sie fahren doch heute sowieso zu ihnen raus, und dann können Sie es ihr geben, wenn's Ihnen recht ist. Aber achten Sie darauf, daß Sie's wiederbekommen, und tun Sie's auf die Bank, sonst finden die beiden das in ein paar Jahren in einer Blumenvase wieder und wissen gar nicht mehr, wann sie's da reingesteckt haben.«

Robert lächelte, als er das Geld einsteckte, während Stanley sich wieder auf den Weg machte. Man erlebte doch immer wieder seine Überraschungen mit den Leuten.

Er hätte geschworen, daß Stanley es genießen würde, der alten Dame die Banknoten auf den Tisch zu zählen. Und statt dessen war er schüchtern geworden. Die Geschichte vom Geld in der Teekanne war nur erfunden.

Robert nahm das Geld am Nachmittag mit zum Franchise, und zum ersten Mal sah er Tränen in Marions Augen. Er erzählte die Geschichte, so wie Stanley sie erzählt hatte – mit Teekanne und allem –, und schloß mit den Worten: »So kam es, daß er mich zu seinem Stellvertreter machte.« Das war der Moment, in dem Marions Augen feucht geworden waren.

»Warum wollte er es uns nicht selbst geben?« fragte sie und befühlte die Noten. »Er ist doch sonst nicht so – so –«

»Ich glaube, es liegt daran, daß er meint, daß Sie es jetzt nötig haben, und dadurch wird etwas ganz Normales zu einer heiklen Angelegenheit. Als Sie ihm den Tip gaben, waren Sie noch die gut betuchten Sharpes, die im Franchise lebten, und er hätte Ihnen Ihren Anteil mit großem Brimborium überreicht. Doch nun sind Sie zwei Frauen, die jeweils 200 Pfund Kaution haben zahlen müssen, und für jede von Ihnen beiden wird noch einmal eine vergleichbare Summe an Bürgschaft fällig; ganz zu schweigen von den Kosten für den Verteidiger, die noch auf Sie zukommen; und deshalb sind Sie, glaube ich, in Stanleys Vorstellung Leute, denen man nicht so ohne weiteres Geld in die Hand drücken kann.«

»Nun«, sagte Mrs. Sharpe, »nicht alle, die ich empfohlen habe, haben mit anderthalb Längen Vorsprung gewonnen. Aber ich kann nicht leugnen, daß ich schon froh bin, meinen Anteil zu bekommen. Das war anständig von dem Jungen.«

»Ist zehn Prozent nicht zuviel?« fragte Marion unsicher.

»So war es abgemacht«, antwortete Mrs. Sharpe gelassen. »Ohne mich wäre er jetzt das Geld los, das er auf Bali Boogie gesetzt hätte. Was ist das überhaupt, ein Bali Boogie?«

»Ich bin froh, daß Sie gekommen sind«, sagte Marion und ignorierte den Bildungseifer ihrer Mutter. »Es ist nämlich etwas Unerwartetes geschehen. Meine Uhr ist wieder da.«

»Soll das heißen, Sie haben sie wiedergefunden?«

»Nein. Aber nein. Sie hat sie mit der Post zurückgeschickt. Sehen Sie hier!«

Sie zog eine kleine, sehr schmutzige weiße Pappschachtel hervor, in der sich ihre Uhr mit dem Emailzifferblatt befand, dazu das Papier, in das sie gewickelt gewesen war. Es handelte sich um ein quadratisches Stück rosa Seidenpapier mit einem runden Etikett SUN VALLEY, TRANSVAAL, das offenbar seinen Lebensweg als Umhüllung einer Orange angetreten hatte. Auf einem Fetzen Papier stand in Großbuchstaben: DAMIT WILL ICH NIX ZU TUN HABEN. Das große ›I‹ war jeweils mit einem Punkt versehen, so wie kaum des Schreibens Kundige es zu tun pflegen.

»Warum hat sie wohl kalte Füße bekommen?« fragte Marion.

»Ich glaube kaum, daß sie die jemals bekommen würde«, sagte Robert. »Ich kann mir nicht vorstellen, daß dieses Mädchen jemals etwas aus den Fingern gibt, was sie einmal hat.«

»Aber ja doch. Sie hat sie zurückgeschickt.«

»Nein, jemand hat sie zurückgeschickt. Jemand, der es mit der Angst zu tun bekommen hat. Und jemand, der noch eine Spur von Gewissen hat. Wenn Rose Glyn sie hätte loswerden wollen, hätte sie sie in einen Tümpel geworfen, ohne noch einen weiteren Gedanken daran zu verschwenden. Aber X möchte sie los sein und sie gleichzeitig zurückgeben. X verfügt sowohl über ein Gewissen als auch über ein ängstliches Gemüt. Aber wer hat im Augenblick Ihretwegen ein schlechtes Gewissen? Gladys Rees?«

»Ja, natürlich haben Sie recht mit Rose. Darauf hätte ich selbst kommen müssen. Rose hätte sie niemals zurückgeschickt. Sie hätte sie eher mit dem Absatz zertreten. Meinen Sie, sie hat sie Gladys Rees gegeben?«

»Das würde vieles erklären. Das würde erklären, wie Rose sie dazu gebracht hat, ihre Geschichte von den Schreien, die sie gehört haben will, vor dem Richter zu bestätigen. Wenn sie von ihr Diebesgut angenommen hätte, meine ich. Wenn man sich die Sache genau überlegt, hätte Rose ja wenig Gelegenheit gehabt, eine Uhr zu tragen, die die Leute von der Staples Farm oft an Ihrem Handgelenk gesehen haben müssen. Es ist viel wahrscheinlicher, daß sie sich damit ihrer Freundin gegenüber großzügig zeigte. ›Eine Kleinigkeit, die ich habe mitgehen lassen.‹ Wo kommt denn die kleine Rees her?«

»Ich weiß nicht, woher sie kommt – von irgendwo am anderen Ende der Grafschaft, glaube ich. Aber sie arbeitet auf dem einsam gelegenen Bauernhof, der jenseits von Staples Hof liegt.«

»Schon lange?«

»Das weiß ich nicht. Ich glaube nicht.«

»Das heißt, sie könnte eine neue Uhr tragen, ohne daß jemand etwas daran findet. Ja – ich glaube, es war Gladys, die Ihnen die Uhr zurückgeschickt hat. Ich habe noch nie eine widerstrebendere Zeugin gesehen als Gladys am Montag. Und wenn Gladys so weit aus der Fassung zu bringen ist, daß sie Ihnen Ihr Eigentum zurückschickt, dann erwacht ein Funke Hoffnung.«

»Aber sie hat einen Meineid geleistet«, wandte Mrs. Sharpe ein. »Selbst ein Schwachkopf wie Gladys Rees muß doch einen Schimmer einer Ahnung haben, daß so etwas bei einem britischen Gericht alles andere als gern gesehen wird.«

»Sie könnte sich darauf berufen, daß sie dazu erpreßt wurde; es müßte sie nur jemand auf diese Möglichkeit aufmerksam machen.«

Mrs. Sharpe sah ihn an. »Gibt es da nicht Bestimmungen im englischen Recht, was die Beeinflussung von Zeugen angeht?« fragte sie.

»Viele sogar. Aber ich habe nicht vor, jemanden zu beeinflussen.«

»Was schlagen Sie dann vor?«

»Ich muß darüber nachdenken. Es ist eine knifflige Situation.«

»Mr. Blair, die Feinheiten des Rechtswesens sind mir schon immer unverständlich gewesen, und ich werde sie wohl auch nie begreifen, aber bitte lassen Sie sich nicht wegen Mißachtung des Gerichts oder dergleichen einsperren. Ich darf mir gar nicht ausmalen, wie wir dastünden, wenn wir Ihre Hilfe nicht mehr hätten.«

Robert versicherte ihr, er habe nicht die Absicht, sich wegen irgend etwas einsperren zu lassen. Er sei ein untadeliger Anwalt von makelloser Reputation und strengen moralischen Grundsätzen, und sie brauche sich nicht zu fürchten, weder um seinet- noch um ihretwillen.

»Wenn wir Roses Kartenhaus die Stütze Gladys Rees wegschlagen könnten, würde die gesamte Anklage zusammenbrechen«, sagte er. »Das ist ihr wichtigstes Indiz – daß Rose schon von den Schreien gesprochen hat, bevor irgend etwas über die Anschuldigungen gegen Sie bekannt wurde. Ich nehme an, Sie konnten Grants Gesichtsausdruck nicht sehen, als Rose ihre Zeugenaussage machte. Ein zu skrupulöses Gemüt ist bestimmt ein großes Handicap, wenn man für die Kriminalpolizei arbeitet. Es muß schlimm sein, wenn die ganze Anklage von jemandem abhängt, den man normalerweise nicht mit der Kneifzange anfassen würde. Aber jetzt muß ich wieder zurück. Darf ich die kleine Pappschachtel und das Stück Papier mit den Druckbuchstaben mitnehmen?«

»Das war eine scharfsinnige Beobachtung von Ihnen, daß Rose die Uhr nicht zurückgeschickt hätte«, sagte Marion, während sie den Zettel in die Schachtel steckte und ihm diese dann reichte. »Sie hätten Detektiv werden sollen.«

»Entweder das oder ein Wahrsager. Nichts als logische Schlußfolgerungen aus dem Eierfleck auf der Weste. *Au revoir.*«

Auf der Rückfahrt nach Milford durchdachte Robert die neue Situation und die Möglichkeiten, die sich daraus ergaben. Sie half ihnen nicht aus ihrem Dilemma, aber sie mochte ein Rettungsanker sein.

Im Büro wartete Mr. Ramsden bereits auf ihn; groß, grau, mager und mürrisch.

»Ich habe Sie persönlich aufgesucht, Mr. Blair, weil man das, was ich Ihnen sagen will, nicht gut am Telefon sagen kann.«

»Was gibt es?«

»Mr. Blair, wir verschwenden nur Ihr Geld. Wissen Sie zufällig, wie viele Weiße es auf der Erde gibt?«

»Nein, das weiß ich nicht.«

»Ich auch nicht. Aber was Sie von mir verlangen, ist, daß ich dieses Mädchen irgendwo unter der weißen Bevölkerung auf dieser Erde wiederfinden soll. Das könnten 5 000 Mann, die ein ganzes Jahr lang daran arbeiten, nicht schaffen, aber ein Mann allein würde sie vielleicht morgen finden. Es ist der pure Zufall.«

»Aber das war es doch von Anfang an.«

»Nein. In den ersten Tagen hatten wir eine faire Chance. Wir haben alles Naheliegende abgeklappert. Hafen, Flughäfen, Reisebüros, die bekanntesten Flitterwochenparadiese. Und ich habe dabei nicht Ihr Geld und Ihre Zeit durch Rumreiserei verschwendet. Ich habe meine Verbindungen in allen großen Städten und in vielen kleineren auch, und ich lasse ihnen eine Anfrage zukommen mit dem Wortlaut: ›Bitte feststellen, ob diese bestimmte Person sich in einem Ihrer Hotels aufgehalten hat‹, und ein paar Stunden später habe ich die Antwort. Antworten aus ganz Großbritannien. Tja, und wenn das erledigt ist, dann bleibt noch das kleine bißchen, was man den Rest der Welt nennt. Und ich möchte nicht Ihr Geld verschwenden, Mr. Blair. Denn darauf läuft es hinaus.«

»Wollen Sie damit sagen, Sie geben auf?«

»Ganz so würde ich es nicht ausdrücken.«

»Sie meinen, ich sollte Ihnen den Auftrag entziehen, weil Sie versagt haben.«

Bei dem Wort ›versagt‹ zuckte Mr. Ramsden sichtlich zusammen.

»Sie werfen Ihr Geld zum Fenster hinaus, und die Chancen sind gleich null. Es ist ein schlechtes Geschäft. Wenn die Chancen wenigstens so groß wie bei einem Glücksspiel wären.«

»Na, hier habe ich etwas für Sie zu tun, was konkret genug für Sie sein sollte.« Er angelte die kleine Pappschachtel aus der Tasche. »Eine der Zeuginnen am Montag war ein Mädchen namens Gladys Rees. Ihre Rolle war es, zu bestätigen, daß ihre Freundin Rose Glyn von Schreien im Franchise gesprochen hatte, lange bevor die Polizei sich für das Haus interessierte. Tja, ihre Aussage hat sie schon gemacht, aber nicht *con amore,* könnte man sagen. Sie war nervös, unwillig; es war ihr offensichtlich unangenehm – ganz im Gegensatz zu ihrer Freundin Rose, die ihren großen Auftritt hatte. Einer meiner hiesigen Kollegen meinte, Rose müsse sie mit irgendeinem Druckmittel in den Gerichtssaal gebracht haben, doch das kam mir damals nicht sehr wahrscheinlich vor. Heute morgen jedoch kam die Uhr, die Rose von Miss Sharpe gestohlen hatte, in dieser Schachtel per Post zurück, zusammen mit dieser Notiz in Großbuchstaben. Nun – Rose hätte sich niemals die Mühe gemacht, die Uhr zurückzuschicken; sie weiß überhaupt nicht, was ein Gewissen ist. Und sie hätte auch nicht diesen Zettel geschrieben, da sie sicherlich nicht das Bedürfnis hatte, irgend etwas wiedergutzumachen. Es gibt nur eine Schlußfolgerung, nämlich, daß diese Uhr an Gladys ging – Rose hätte sie ohnehin nicht tragen können, ohne damit aufzufallen – und daß Rose sie damit dazu brachte, ihre Lügengeschichte zu untermauern.«

Er hielt inne, um Ramsden Gelegenheit zu einem Kommentar zu geben. Mr. Ramsden nickte lediglich, doch es war ein interessiertes Nicken.

»Nun – das Problem ist, daß wir nicht mit Gladys sprechen können, ohne daß man uns vorwerfen könnte, wir würden Zeugen einschüchtern. Ich meine, um sie dazu zu bringen, daß sie ihre

Aussage widerruft, bevor der Fall zum Grafschaftsgericht geht. Kevin Macdermott könnte sie vielleicht mit der Kraft seiner Persönlicheit und durch ein hartnäckiges Verhör dazu bewegen, aber auch da habe ich meine Zweifel; außerdem könnte das Gericht ihn unterbrechen, bevor er etwas erreicht hat. Sie werden mißtrauisch werden, sobald er beginnt, einen Zeugen in die Mangel zu nehmen.«

»Allerdings.«

»Was ich erreichen möchte, ist, daß ich in der Lage bin, diesen Zettel vor Gericht als Beweismittel zu verwenden. Ich will sagen können, daß das Gladys Rees' Handschrift ist. Wenn wir bewiesen haben, daß sie im Besitz der gestohlenen Uhr war, deuten wir an, Rose habe sie unter Druck gesetzt, die Unwahrheit zu sagen. Macdermott versichert ihr, daß sie, wenn sie zur Falschaussage erpreßt worden sei, wahrscheinlich nicht deswegen zur Rechenschaft gezogen werde, und sie bricht zusammen und gesteht alles.«

»Sie brauchen also ein Muster von Gladys Rees' Handschrift in Großbuchstaben.«

»Genau. Und da fällt mir noch etwas ein. Ich glaube, die Stelle, an der sie im Augenblick arbeitet, ist ihre erste; sie kann also noch nicht lange mit der Schule fertig sein. Vielleicht hat ihre Schule noch eine Handschriftenprobe. Jedenfalls könnten wir dort einen Ansatzpunkt finden. Es wäre von großem Vorteil für uns, wenn wir ohne Tricks an diese Probe gelangen könnten. Meinen Sie, Sie können da etwas erreichen?«

»Ja, ich verschaffe Ihnen die Probe«, antwortete Ramsden, als wollte er sagen: ›Gib mir einen vernünftigen Auftrag, und ich bringe dir auch Ergebnisse.‹ »Ist die kleine Rees hier zur Schule gegangen?«

»Nein, wie ich höre, kommt sie vom anderen Ende der Grafschaft.«

»Gut. Das finde ich schon heraus. Wo arbeitet sie jetzt?«

»Auf einem abgelegenen Bauernhof namens Bratt's Farm, jenseits der Felder von Staples – das ist der Hof hinter dem Franchise.«

»Und was die Suche nach der kleinen Kane anbetrifft –«

»Gibt es denn nichts mehr, was Sie noch direkt in Larborough versuchen könnten? Ich weiß natürlich, daß ich Ihnen keine Vorschriften zu machen habe, wie Sie Ihre Arbeit tun sollen, aber schließlich w a r sie doch in Larborough.«

»Ich weiß; und wo sie war, da haben wir sie auch aufgespürt. Da, wo sie in der Öffentlichkeit war. Aber wer weiß, womöglich wohnt unser X in Larborough. Vielleicht ist sie an Ort und Stelle untergetaucht. Ein ganzer Monat – oder jedenfalls fast ein Monat – ist eine ungewöhnlich lange Zeit, um verschwunden zu sein, Mr. Blair. So etwas dauert in der Regel ein Wochenende, höchstens zehn Tage, aber nicht länger. Vielleicht war sie ganz einfach bei ihm zu Hause.«

»Meinen Sie, so war es tatsächlich?«

»Nein«, antwortete Ramsden zögernd. »Wenn Sie meine ehrliche Meinung wissen wollen, Mr. Blair – ich glaube, wir haben sie an einem der Ausgänge verpaßt.«

»Ausgänge?«

»Daß sie außer Landes gegangen ist und völlig anders aussah, so daß niemand sie auf dem Foto mit dem Engelsgesicht wiedererkannt hat.«

»Wieso anders?«

»Nun, ich glaube nicht, daß sie einen falschen Paß gehabt hat; also wird sie sich wohl als seine Frau ausgegeben haben, um über die Grenze zu kommen.«

»Ja, natürlich. Davon bin ich ausgegangen.«

»Und das hätte sie nicht tun können, wenn sie so aussieht wie jetzt. Aber wenn sie die Haare hochgesteckt und sich ein wenig geschminkt hätte, würde sie völlig anders aussehen. Sie können sich gar nicht vorstellen, wie sehr hochgestecktes Haar eine Frau verändern kann. Das erste Mal, daß ich meine eigene Frau mit so einer Frisur gesehen habe, habe ich sie überhaupt nicht erkannt. Sie hatte sich dermaßen verändert, wenn ich das sagen darf, daß ich richtig schüchtern ihr gegenüber war; und da waren wir schon 20 Jahre miteinander verheiratet.«

»So hat es sich also Ihrer Meinung nach zugetragen. Sie werden wohl recht haben«, sagte Robert niedergeschlagen.

»Genau deswegen will ich ja auch nicht, daß Sie noch mehr Geld zum Fenster hinauswerfen, Mr. Blair. Nach dem Mädchen auf dem Foto zu suchen, hat wenig Sinn, weil das Mädchen, das wir suchen, überhaupt nicht so aussah. Als sie noch das Mädchen auf dem Foto war, haben die Leute sie auf den ersten Blick wiedererkannt. In den Kinos und überall. Wir hatten keine Mühe, ihre Spur zu verfolgen, solange sie allein in Larborough war. Aber von da an: völlige Fehlanzeige. Niemand, der sie gesehen hat, nachdem sie Larborough verließ, erkennt sie auf diesem Foto wieder.«

Robert kritzelte auf Miss Tuffs hübschem neuen Löschpapier ein Fischgrätenmuster – sehr ordentlich und dekorativ. »Sie wissen auch, was das bedeutet, nicht wahr? Wir sind am Ende.«

»Aber Sie haben das hier«, wandte Ramsden ein und wies auf den Zettel mit den Großbuchstaben, der mit der Uhr zusammen gekommen war.

»Das bringt nur die Beweise der Polizei zu Fall. Es hilft uns nicht, Betty Kanes Geschichte zu widerlegen. Wenn die Sharpes jemals von dieser Sache reingewaschen werden sollen, dann müssen wir beweisen, daß die Geschichte des Mädchens erfunden ist. Die einzige Möglichkeit, wie wir das bewerkstelligen können, ist, herauszufinden, wo sie sich während dieser Wochen herumgetrieben hat.«

»Ja, ich verstehe.«

»Sie haben die Privathalter überprüft, nicht wahr?«

»Flugzeuge, meinen Sie? Aber sicher. Da gilt das gleiche. Wir haben kein Foto des Mannes, und das heißt, es könnte jeder unter Hunderten von Privatflugzeugbesitzern gewesen sein, die in dem fraglichen Zeitraum in Damenbegleitung ins Ausland geflogen sind.«

»Ja. Wir sind am Ende. Kein Wunder, daß Ben Carley uns ausgelacht hat.«

»Sie sind übermüdet, Mr. Blair. Sie haben viel durchmachen müssen.«

»Allerdings. Es kommt nicht oft vor, daß ein Anwalt vom Lande dergleichen aufgebürdet bekommt«, sagte Robert sarkastisch.

Ramsden betrachtete ihn mit etwas, was bei Ramsdens Gesichtszügen wohl als ein Lächeln zu verstehen war. »Ich habe das Gefühl«, sagte er, »für einen Anwalt vom Lande halten Sie sich nicht schlecht, Mr. Blair. Ganz und gar nicht schlecht.«

»Danke«, sagte Robert mit einem breiten Lächeln. So etwas von Alec Ramsden zu hören, das war, als ob man den Verdienstorden bekam.

»Sie sollten jetzt nicht den Mut verlieren. Wenn es zum Schlimmsten kommt, haben Sie dieses hier als Notreserve – oder werden es jedenfalls haben, wenn ich die Schriftprobe besorgt habe.«

Robert warf den Federhalter, mit dem er gekritzelt hatte, hin. »Ich will keine Notreserve!« rief er und war plötzlich wütend. »Ich will Gerechtigkeit. Im Augenblick habe ich nur e i n e n Wunsch. Und das ist, daß Betty Kanes Geschichte im öffentlichen Gerichtssaal als Lüge entlarvt wird – ich will einen umfassenden Bericht über alles, was sie in diesen Wochen getan hat, verlesen –, in ihrer Gegenwart und ordnungsgemäß bestätigt durch untadelige Zeugen. Was meinen Sie – wie groß ist unsere Chance, daß uns das gelingt? Und – sagen Sie mir –, was haben wir noch unversucht gelassen, was uns auch nur den kleinsten Schritt weiterbringen könnte?«

»Ich weiß es nicht«, antwortete Mr. Ramsden ernst. »Beten vielleicht.«

Kapitel 19

Dies war bemerkenswerterweise auch genau das, was Tante Lin vorschlug.

Als sich die Franchise-Affäre vom Provinziellen und Unersprießlichen zu einer Sache von landesweitem Interesse auswuchs, hatte sich Tante Lin allmählich mit dem Gedanken angefreundet, daß Robert in sie verwickelt war. Es war schließlich nichts Ehrenrühriges daran, an einem Fall mitzuarbeiten, über den die *Times* berichtete. Nicht, daß Tante Lin die *Times* gelesen hätte, doch ihre Freunde taten es: der Pfarrer, der alte Colonel Whittaker, die Verkäuferin in der Drogerie und die alte Mrs. Warren aus Weymouth (Swanage); und irgendwie war es doch auch aufregend, daß Robert Verteidiger in einem spektakulären Prozeß sein sollte, selbst wenn die Anklage auf Körperverletzung an einem hilflosen Mädchen lautete. Und natürlich war ihr niemals auch nur für eine Sekunde der Gedanke gekommen, daß Robert diesen Prozeß nicht gewinnen könnte. Sie setzte das einfach als selbstverständlich voraus. Zunächst einmal war Robert ein so gescheiter Junge, und dann war es auch unvorstellbar, daß Blair, Hayward und Bennet etwas mit einem Mißerfolg zu tun haben könnten. Sie hatte sogar in ihren Gedanken beiläufig schon den Umstand bedauert, daß Roberts Triumph drüben in Norton stattfinden würde und nicht in Milford, wo alle dabei sein könnten.

Deshalb kam auch die erste Andeutung von Zweifel völlig unerwartet für sie. Es war kein Schock, denn noch immer konnte sie sich einen Mißerfolg nicht vorstellen, doch immerhin war es ein Gedanke, der ihr noch nicht gekommen war.

»Aber Robert«, sagte sie und angelte unter dem Tisch nach ihrem Fußbänkchen, »du glaubst doch nicht etwa wirklich, daß du diesen Prozeß v e r l i e r e n wirst, oder doch?«

»Im Gegenteil«, antwortete Robert, »ich glaube nicht eine Minute lang, daß ich ihn gewinnen werde.«

»Robert!«

»Bei einem Schwurgerichtsverfahren ist es üblich, daß man Entlastungsmaterial hat, das man dem Gericht vorlegt. Bisher haben wir keinerlei Material. Und ich denke mir, daß das den Geschworenen ganz und gar nicht gefallen wird.«

»Du klingst ja ganz niedergeschlagen, mein Junge. Ich glaube, du nimmst dir die Sache zu sehr zu Herzen. Warum nimmst du dir nicht morgen nachmittag frei und arrangierst eine Golfpartie? Du hast die letzte Zeit fast überhaupt nicht mehr gespielt, und das kann doch nicht gut für deine Leber sein. Daß du nicht mehr Golf spielst, meine ich.«

»Ich kann gar nicht glauben«, sagte Robert nachdenklich, »daß ich jemals Interesse daran gehabt haben soll, was auf einem Golfplatz mit einem Stück Guttapercha geschieht. Das muß in einem anderen Leben gewesen sein.«

»Das sage ich doch, mein Junge. Du verlierst deinen Sinn für Proportionen. Und du machst dir wegen dieser Sache viel zu viele Sorgen. Schließlich hast du doch Kevin.«

»Das wage ich zu bezweifeln.«

»Wie meinst du das, mein Junge?«

»Ich kann mir nicht vorstellen, daß Kevin sich die Zeit nimmt und hinauf nach Norton fährt, um die Verteidigung in einem Fall zu übernehmen, von dem er von vornherein weiß, daß er ihn verlieren wird. Er spielt zwar manchmal den Don Quichote, aber er verleugnet doch nicht völlig seinen gesunden Menschenverstand.«

»Aber Kevin hat versprochen, daß er kommt.«

»Als er das versprach, war noch Zeit genug, daß Entlastungsmaterial auftauchen konnte. Inzwischen können wir die Tage bis zur Verhandlung beinahe zählen, und wir haben noch immer nichts in der Hand – und keinerlei Aussicht, daß wir noch etwas finden.«

Miss Bennet musterte ihn über den Suppenlöffel hinweg. »Weißt du, mein Junge«, sagte sie, »ich glaube, du hast nicht genug Gottvertrauen.«

Robert verzichtete darauf zu sagen, daß er so gut wie überhaupt keines hatte. Jedenfalls nicht, soweit es eine göttliche Intervention in der Franchise-Affäre betraf.

»Sei stark im Glauben, mein Junge«, sagte sie fröhlich, »und alles wird sich zum Guten wenden.« Das düstere Schweigen, das auf dieses Diktum folgte, beunruhigte sie offenbar ein wenig, denn sie fügte hinzu: »Wenn ich gewußt hätte, daß du unsicher oder unglücklich wegen dieses Falles bist, mein Junge, dann hätte ich schon lange zusätzliche Gebete dafür gesprochen. Ich fürchte, ich bin einfach davon ausgegangen, daß ihr beide, du und Kevin, das schon machen werdet.« Mit ›das‹ meinte sie das ›Um-den-Finger-Wickeln‹ der britischen Justiz. »Aber jetzt, wo ich weiß, daß du dir Sorgen deswegen machst, werde ich ganz bestimmt noch einige spezielle Fürbitten nachschicken.«

Die sachliche Art, in der sie diese Maßnahme ankündigte, brachte Roberts gute Laune zurück.

»Ich danke dir, meine Liebe«, sagte er in seinem üblichen gutmütigen Tonfall.

Sie legte ihren Löffel auf dem leeren Teller ab und lehnte sich zurück; ein kleines, verschmitztes Lächeln erschien auf ihrem runden, rosigen Gesicht. »Diesen Tonfall kenne ich«, sagte sie. »Du denkst, ›laß sie gewähren‹. Aber du brauchst dir gar keine Mühe zu geben. In dieser Sache habe nämlich ich recht und nicht du. Es steht klipp und klar in der Bibel, daß der Glauben Berge versetzt. Die Schwierigkeit besteht nur immer darin, daß man einen enorm starken Glauben haben muß, um einen Berg zu versetzen, und es ist praktisch unmöglich, einen so starken Glauben aufzubringen; deshalb werden so gut wie nie Berge versetzt. Aber in weniger schweren Fällen – wie dem, den wir hier haben – ist es durchaus möglich, das entsprechende Maß an Glauben aufzubringen. Und deshalb, mein Junge, solltest du, statt dich so hoffnungslos zu geben, wenigstens versuchen, ein wenig Zuversicht an den Tag zu legen. Ich gehe derweil heute abend in die Kirche St. Matthew's und werde eine Weile dafür beten, daß dir morgen früh ein Beweisstück offenbart wird. Dann wirst du dich besser fühlen.«

Roberts erster Gedanke, als Alec Ramsden am nächsten Morgen mit dem Beweisstück in sein Büro marschiert kam, war, daß nichts Tante Lin davon würde abhalten können, sich das als ihr persönliches Verdienst anzurechnen. Und es bestand auch keine Hoffnung, es ihr gegenüber zu verheimlichen, denn das erste, was sie ihn beim Abendessen in fröhlichem, selbstsicheren Ton fragen würde, wäre: »Nun, mein Junge, hast du das Beweisstück bekommen, für das ich gebetet habe?«

Ramsden war sowohl zufrieden mit sich selbst als auch amüsiert – das war es zumindest, was man seiner Ausdrucksweise entnehmen konnte.

»Ich will lieber gleich offen gestehen, Mr. Blair, daß ich mir keine großen Hoffnungen gemacht habe, als Sie mich zu dieser Schule schickten. Ich habe die Schule genommen, weil man genausogut dort anfangen konnte wie anderswo und weil es immerhin möglich war, von den Lehrern zu erfahren, wie ich am besten die Bekanntschaft der Rees machen könnte. Oder genauer gesagt, einer meiner Jungs sich mit ihr anfreunden könnte. Ich hatte mir sogar schon überlegt, wie wir sie, wenn sich dieser Junge erst einmal an sie herangemacht hatte, Druckbuchstaben schreiben lassen könnten, ohne Mißtrauen zu erregen. Aber Sie sind ein Wunder, Mr. Blair. Sie hatten tatsächlich den richtigen Riecher.«

»Das heißt, Sie haben bekommen, was wir wollten!«

»Ich bin zu ihrer Klassenlehrerin gegangen und habe ganz offen gesagt, was wir wollen und warum. Na, jedenfalls so offen wie nötig. Ich sagte, Gladys werde verdächtigt, einen Meineid geleistet zu haben – eine Sache, auf die Zuchthaus stehe –, daß wir aber annähmen, sie sei durch Erpressung zu ihrer Aussage gezwungen worden. Um das zu beweisen, bräuchten wir ein Muster ihrer Handschrift in Großbuchstaben – irgend etwas, was sie einmal geschrieben habe, würde reichen. Nun – als Sie mich dorthin schickten, war ich sicher, daß sie seit dem Kindergarten nicht mehr einen einzigen Großbuchstaben geschrieben hätte. Aber die Klassenlehrerin – eine gewisse Miss Baggaly – bat um eine Minute Bedenkzeit. ›Natürlich war sie sehr gut im Zeichnen‹, sagte sie, ›und wenn ich nichts finde, können wir die Zeichenlehrerin fragen, ob sie etwas hat. Wenn wir gute Arbeiten von unseren Schülern bekommen, heben wir sie immer gern auf.‹ Wahrscheinlich als Trost für die vielen Nieten, mit denen sie sich herumschlagen müssen, die Ärmsten. Na ja, ich brauchte dann doch nicht zur Zeichenlehrerin, weil Miss Baggaly in ein paar Sachen stöberte und dann dies hier zum Vorschein brachte.«

Er breitete ein Stück Papier vor Robert auf dem Schreibtisch aus. Es schien eine aus dem Gedächtnis gezeichnete Karte Kanadas zu sein – mit Provinzgrenzen, Städten und Flüssen. Sie stimmte nicht ganz, war aber sehr ordentlich. Quer über den unteren Rand stand in Großbuchstaben DOMINION KANADA. Und rechts unten in der Ecke war sie signiert: Gladys Rees.

»Offenbar gibt es jedes Jahr kurz vor den Sommerferien eine Ausstellung von Schülerarbeiten, und normalerweise heben sie die Ausstellungsstücke auf bis zur Ausstellung des folgenden

Jahrs. Wahrscheinlich bringen sie es nicht übers Herz, sie gleich am nächsten Tag wegzuschmeißen. Vielleicht heben sie sie auch auf, damit sie etwas vorzeigen können, wenn irgendwelche hohen Tiere oder der Schulrat kommen. Jedenfalls hatten sie ganze Schubladen voll davon. Dieses hier« – er wies auf die Karte – »ist bei einem Wettbewerb entstanden: ›Zeichne in 20 Minuten aus dem Gedächtnis die Karte eines Landes deiner Wahl‹, und die Arbeiten der drei Preisträger wurden ausgestellt. Das war einer von mehreren dritten Preisen.«

»Ich kann es kaum glauben«, sagte Robert, der sich an Gladys Rees' Kunstwerk gar nicht satt sehen konnte.

»Miss Baggaly hatte schon recht, daß sie geschickt mit ihren Händen ist. Seltsam, wo sie doch so schlecht schreiben gelernt hat. Man sieht, wo jeweils der Punkt auf dem großen ›I‹ korrigiert worden ist.«

Allerdings sah man das. Robert strahlte übers ganze Gesicht.

»Sie hat ein Spatzenhirn, aber ein gutes Auge«, sagte er und musterte Kanada, so wie Gladys es sich vorstellte. »Sie hatte die Umrisse vor Augen, aber nicht die Namen, und die Rechtschreibung ist dann völlig ihr eigenes Werk. Ich nehme an, den dritten Preis hat sie für ihre saubere Arbeit bekommen.«

»Saubere Arbeit jedenfalls für uns«, sagte Ramsden und legte den Zettel daneben, der mit der Uhr gekommen war. »Dem Himmel sei Dank, daß sie nicht Alaska genommen hat.«

»Ja«, sagte Robert. »Es ist ein Wunder.« (Tante Lins Wunder, fügte er in Gedanken dazu.) »Wer ist der beste Experte in solchen Dingen?«

Ramsden nannte ihm den Namen.

»Ich nehme es noch heute abend mit nach London, dann habe ich den Bericht darüber, bevor es Morgen wird, und anschließend bringe ich es Mr. Macdermott zum Frühstück, wenn Ihnen das recht ist.«

»Recht?« fragte Robert. »Es ist großartig.«

»Vielleicht wäre es auch nicht schlecht, es auf Fingerabdrücke hin zu untersuchen – und die kleine Pappschachtel dazu. Es gibt ja schließlich Richter, die nichts von graphologischen Gutachten halten, aber beides zusammen muß jeden Richter überzeugen.«

»Tja«, sagte Robert, als er ihm die Sachen gab, »wenigstens werden meine Klienten nicht zu Zwangsarbeit verurteilt.«

»Man sollte immer die positiven Seiten sehen«, bemerkte Ramsden trocken, und Robert lachte.

»Sie meinen, ich sei nicht dankbar genug ob dieser himmlischen Fügung. Das stimmt nicht. Mir fällt ein Riesenstein vom Herzen. Aber es ändert nichts daran, was mich eigentlich bedrückt. Auch wenn wir beweisen können, daß Rose Glyn eine Diebin, eine Lügnerin und eine Erpresserin ist – der Meineid spielt da ja kaum noch eine Rolle –, bleibt Betty Kanes Geschichte nach wie vor bestehen. Und wir hatten es uns schließlich zur Aufgabe gemacht, Betty Kanes Geschichte zu widerlegen.«

»Es bleibt immer noch Zeit«, sagte Ramsden halbherzig.

»Die Zeit reicht höchstens noch für ein Wunder.«

»Na und? Warum nicht? Wunder geschehen. Warum sollte nicht auch für uns eins geschehen? Wann soll ich Sie morgen anrufen?«

Doch nicht er, sondern Kevin rief am Morgen an, voll des Lobes und in bester Laune. »Du bist ein Genie, Rob. Damit mache ich Hackfleisch aus ihnen.«

Tja, für Kevin würde es ein hübsches kleines Katz-und-Maus-Spiel werden; und die Sharpes würden den Gerichtssaal als freie Bürger verlassen. Frei, um zu ihrem verwunschenen Haus und ihrem mühevollen Leben zurückzukehren; zwei halbverrückte Hexen, die einmal ein Mädchen bedroht und geschlagen hatten.

»Du klingst nicht allzu froh, Rob. Zerrt die Sache an deinen Nerven?«

Robert sagte, was ihm zu schaffen machte. Die Sharpes würden, auch wenn sie nicht ins Gefängnis kamen, weiterhin in dem Gefängnis leben müssen, das Betty Kane ihnen bereitet hatte.

»Vielleicht auch nicht«, sagte Kevin, »vielleicht auch nicht. Ich werde in Sachen Kane tun, was ich kann; immerhin haben wir den Schnitzer mit der Weggabelung. Wenn wir nicht gerade Miles Allison als Staatsanwalt hätten, könnte ich sie damit vielleicht sogar zu Fall bringen; aber Miles wird wahrscheinlich gewieft genug sein, um die Situation zu retten. Kopf hoch, Rob. Das mindeste, was wir erreichen werden, ist, daß ihre Glaubwürdigkeit schwer erschüttert wird.«

Doch es genügte nicht, Betty Kanes Glaubwürdigkeit zu erschüttern. Er wußte genau, wie wenig das die öffentliche Meinung beeinflussen konnte. Er hatte in letzter Zeit reichlich Erfahrungen mit der ›Frau auf der Straße‹ gesammelt und war entsetzt, wie unfähig sie durchweg waren, auch nur die einfachste Aussage kritisch zu betrachten. Selbst wenn die Zeitungen über dieses kleine Detail des Blicks aus dem Fenster berichteten – und sie würden wahrscheinlich viel zu beschäftigt damit sein, über die viel sensationellere Geschichte von Rose Glyns Meineid zu schreiben –, selbst wenn sie es berichteten, so würde das keinerlei Wirkung auf den durchschnittlichen Leser erzielen. ›Die haben versucht, ihr was anzuhängen, aber weit sind sie damit nicht gekommen.‹ Das wäre alles, was bei ihnen hängenbleiben würde.

Kevin mochte es gelingen, Betty Kanes Glaubwürdigkeit beim Richter zu erschüttern, bei den Journalisten, den Beamten und bei allen kritischen Geistern, die zufällig im Saal sein mochten, doch bei der derzeitigen Beweislage konnte er nichts gegen die starken Sympathien tun, die Betty Kane in ihrer Sache überall im Land auf ihrer Seite hatte. Die Sharpes würden in den Köpfen der Menschen verurteilt bleiben.

Und Betty Kane würde mit ihrer Geschichte davonkommen.

Das war für Robert eine noch schlimmere Vorstellung als der Gedanke an das leidvolle Leben, das den Sharpes bevorstand. Betty Kane würde auch weiterhin der Mittelpunkt einer Familie sein, die sie über alles liebte – sie würde in Sicherheit und Geborgenheit leben, sie würde vergöttert werden. Robert, den früher nichts aus der Ruhe hatte bringen können, nährte nun finstere Mordgedanken.

Er hatte Tante Lin beichten müssen, daß in der in ihrem Gebet angegebenen Zeit ein Indiz aufgetaucht war, doch er hatte es nicht über sich gebracht, ihr auch zu sagen, daß dieses Indiz ausreichen würde, um die Anklage der Polizei zu Fall zu bringen. Nach ihren Begriffen wäre damit der Prozeß gewonnen, und für Robert bedeutete ›gewinnen‹ etwas ganz anderes.

Dasselbe galt offenbar auch für Nevil. Und zum ersten Mal, seit der junge Bennet das Hinterzimmer übernommen hatte, in dem er zuvor selbst residiert hatte, sah Robert in ihm einen Verbündeten, eine verwandte Seele. Auch für Nevil war es unvorstellbar, daß Betty Kane davonkommen sollte. Robert war immer wieder von neuem überrascht, wie sehr Rachegelüste das Herz des Friedfertigen erfüllten, wenn seine Entrüstung geweckt wird. Nevil hatte eine ganz besondere Art, den Namen Betty Kane auszusprechen – so, als ob es sich bei den Silben um ein Gift handelte, das er aus Versehen in den Mund bekommen hatte und das er nun wieder ausspuckte. ›Giftig‹ war auch das Lieblingswort, mit dem er Betty Kane bezeichnete – ›dieses giftige Luder‹. Er war Robert ein großer Trost.

Doch in ihrer Lage gab es nur wenig Tröstendes. Die Sharpes nahmen die Nachricht, daß sie wahrscheinlich der Gefängnisstrafe entgehen würden, mit derselben würdevollen Haltung auf, mit der sie bisher alles aufgenommen hatten, von Betty Kanes ersten Anschuldigungen bis hin zur gerichtlichen Vorladung und ihrem Erscheinen auf der Anklagebank. Doch auch ihnen war bewußt, daß das lediglich das Ende des Prozesses bedeuten würde, nicht aber ihre Rehabilitierung. Die Polizei würde die Anklage nicht aufrechterhalten können, und sie würden freigesprochen. Doch sie würden ihren Freispruch nur deshalb bekommen, weil es im englischen Recht keinen Mittelweg gab. In einem schottischen Gericht wäre es ein Freispruch aus Mangel an Beweisen.

Und darauf würde das Urteil, das das Grafschaftsgericht in der kommenden Woche fällen würde, auch hinauslaufen. Es würde lediglich bedeuten, daß das Beweismaterial der Polizei nicht ausgereicht hatte, einen Schuldspruch zu erwirken – nicht, daß die beiden unschuldig waren.

Erst als es nur noch vier Tage bis zum Gerichtstermin waren, gestand er Tante Lin, daß sein Beweismaterial gerade ausreichte, die Anklage abzuschmettern. Die immer größer werdende Sorge, die sich auf diesem runden, rosigen Gesicht abzeichnete, war zu viel für ihn geworden. Er hatte ihr das lediglich zum Trost sagen und es dabei bewenden lassen wollen; doch statt dessen schüttete er ihr sein ganzes Herz aus, so, wie er als kleiner Junge mit seinen Sorgen zu ihre gekommen war, in den Tagen, als Tante Lin noch ein allwissender und allmächtiger Engel gewesen war und nicht bloß die liebe, dumme Tante Lin. Sie lauschte seinem unerwarteten Wortschwall – so anders als ihre üblichen, belanglosen Tischgespräche –, überrascht und schweigend, ihre saphirblauen Augen aufmerksam und besorgt.

»Verstehst du denn nicht, Tante Lin«, schloß er, »das ist kein Triumph – es ist eine Niederlage. Es spricht der Gerechtigkeit hohn. Es ist ja nicht der Freispruch, um den es uns geht – es geht um Gerechtigkeit. Und wir haben nicht die leiseste Hoffnung, daß uns diese Gerechtigkeit widerfahren wird. Nicht einen Schimmer Hoffnung!«

»Aber warum hast du mir das alles denn nicht gesagt, mein Junge? Hast du geglaubt, ich verstehe es nicht oder bin anderer Meinung oder so etwas?«

»Nun, du hattest nicht die gleiche Einstellung wie ich –«

»Nur weil mir diese Leute aus dem Franchise nicht sonderlich gefielen? Ich muß gestehen, mein Junge, auch jetzt noch ist es nicht die Art von Leuten, mit der ich mich normalerweise anfreunden würde. Aber nur weil ich sie nicht besonders mag, heißt das doch nicht, daß es mir gleichgültig ist, ob ihnen Gerechtigkeit widerfährt oder nicht.«

»Nein, natürlich nicht; aber du hast so deutlich gesagt, daß du Betty Kanes Geschichte glaubwürdig fändest, und deshalb –«

»Das«, sagte Tante Lin in aller Ruhe, »war, bevor sie vor den Untersuchungsrichter kam.«

»Den Untersuchungsrichter? Aber du warst doch gar nicht da.«

»Nein, mein Junge, aber Colonel Whittaker war da, und er mochte das Mädchen ganz und gar nicht.«

»Tatsächlich?«

»Überhaupt nicht. Das hat er mir deutlich genug gesagt. Er sagte, er habe einmal einen – wie heißt das doch gleich –, einen Gefreiten in seinem Regiment gehabt oder seinem Bataillon oder was es war, der sei genauso gewesen wie Betty Kane. Der sei auch so eine verfolgte Unschuld gewesen und hätte das ganze Bataillon gegeneinander ausgespielt, und er hätte mehr Ärger gemacht als ein Dutzend schwerer Jungs. Das ist so ein schöner Ausdruck: schwere Jungs. Findest du nicht auch? Am Ende ist er dann auf den Bau gekommen, sagte Colonel Whittaker.«

»In den Bau.«

»Ja, irgend so etwas. Und bei der kleinen Glyn von der Staples Farm meinte er, man müsse nur einen Blick auf sie werfen, und man könne sich die Zahl von Lügen ausrechnen, die pro Satz zu erwarten sei. Die kleine Glyn mochte er auch nicht. Du siehst also, mein Junge, du hattest keinen Grund zu glauben, ich würde kein Verständnis für deine Sorgen aufbringen. Mir liegt ebensoviel wie dir an der Idee der Gerechtigkeit als solcher, das kannst du mir glauben. Und ich werde meine Gebete dafür, daß du erfolgreich sein mögest, verdoppeln. Eigentlich wollte ich heute nachmittag zur Gartenparty bei den Gleasons gehen, aber statt dessen werde ich nun zur Kirche St. Matthew's gehen und mich für ein Stündchen ins Gebet versenken. Ich glaube, es wird ohnehin Regen geben. Es regnet immer, wenn die Gleasons ihre Gartenparty geben, die Ärmsten.«

»Nun, Tante Lin, ich will nicht leugnen, daß wir deine Gebete brauchen können. Nur ein Wunder kann uns jetzt noch helfen.«

»Na, dann bete ich eben um ein Wunder.«

»Eine Rettung in letzter Minute, wenn dem Helden schon die Schlinge um den Hals gelegt wird? Das gibt es nur in Detektivgeschichten oder bei Wildwestfilmen kurz vor dem Ende.«

»Da irrst du dich aber. So etwas gibt es jeden Tag irgendwo auf der Welt. Wenn es eine Möglichkeit gäbe, es zu registrieren und zusammenzuzählen, wie oft das vorkommt, wärst du sicher überrascht. Die Vorsehung greift nämlich ein, wenn andere Mittel versagen. Dir mangelt es an Gottvertrauen, mein Junge – das habe ich dir ja schon mehrmals gesagt.«

»Ich glaube nicht, daß der Engel des Herrn in meinem Büro erscheinen und mir einen Bericht liefern wird, was Betty Kane den Monat über getrieben hat. Falls es etwas in dieser Art ist, was dir vorschwebt«, entgegnete Robert.

»Dein Problem ist, daß du dir den Engel des Herrn als jemanden mit Flügeln vorstellst, dabei kommt er vielleicht als schäbiger kleiner Mann mit einem Bowlerhut. Na, jedenfalls werde ich heute nachmittag sehr intensiv für dich beten, und heute abend natürlich auch; und morgen wird dann vielleicht schon die Hilfe entsandt.«

Kapitel 20

Doch wie sich herausstellte, erschien der Engel des Herrn nicht als schäbiger kleiner Mann; und als Hut trug er einen abenteuerlichen kontinentalen Filzdeckel mit rundum eng nach oben geschlagener Krempe. Er traf am folgenden Vormittag gegen halb zwölf bei Blair, Hayward und Bennet ein.

»Mr. Robert«, ließ Mr. Heseltine sich vernehmen, als er den Kopf zu Roberts Tür hineinsteckte, »da ist ein Mr. Lange im Büro, der Sie sprechen möchte. Er –«

Robert, der sehr beschäftigt war und zudem nicht mit Engeln des Herrn rechnete und für den es nichts Besonderes war, daß Fremde im Büro auftauchten, um ihn zu sprechen, fragte: »Was will er denn? Ich habe zu tun.«

»Er hat nicht gesagt, was er will. Er sagte nur, er wolle Sie gern sprechen, wenn Sie nicht zu beschäftigt seien.«

»Tja, eigentlich habe ich schrecklich viel zu tun. Meinen Sie, Sie können diskret in Erfahrung bringen, was er von mir will? Wenn es nichts Wichtiges ist, kann Nevil sich um ihn kümmern.«

»Ich werde sehen, was ich tun kann. Aber seine Aussprache ist sehr schlecht, und wie es scheint, will er nur mit –«

»Seine Aussprache? Sie meinen, er hat einen Sprachfehler?«

»Nein, ich meine, er spricht nicht allzu gut Englisch. Er –«

»Soll das heißen, der Mann ist ein Ausländer?«

»Jawohl. Er kommt aus Kopenhagen.«

»Kopenhagen! Warum sagen Sie das nicht gleich!«

»Sie haben mir keine Chance dazu gegeben, Mr. Robert.«

»Bringen Sie ihn her, Timmy, bringen Sie ihn her. Barmherziger Himmel, gibt es wirklich Märchen, die wahr werden?«

Herr Lange hatte viel von einer jener romanischen Säulen in Notre Dame. Ebenso rund, ebenso hoch, ebenso massiv und ebenso vertrauenerweckend. Weit oben auf dieser hohen, runden, massiven, aufrechten Säule strahlte sein Antlitz in wohlwollender Rechtschaffenheit.

»Mr. Blair?« fragte er. »Lange, der Name. Sie müssen entschuldige, daß ich Sie belästige« – er hatte Schwierigkeiten mit den Endungen –, »aber es is wichtig. Wichtig für Sie, meine ich. Glaube ich jedenfalls.«

»Nehmen Sie Platz, Mr. Lange.«

»Danke, danke vielmals. Es is warm, ist es nicht? Das ist heute vielleicht der Tag, wo Sie habe Sommer?« Er lächelte Robert an. »Das ist eine Redewendung von die Engländer, der Witz über den ein Tag Sommer. Ich interessiere mich sehr für die englische Redewendunge. Mein Interesse für die englische Redewendunge is, was mich zu Ihne geführt hat.«

Wie ein Bleigewicht, wie ein Expreßaufzug, der aus dem obersten Stock in die Tiefe sackt, sank Robert das Herz in die Hose. Das war also sein Märchen, das wahr wurde. So war es nun einmal – Märchen würden immer Märchen bleiben.

»Nun?« ermunterte er ihn.

»Ich führe ein Hotel in Kopenhagen, Mr. Blair. Das Hotel zu die Rote Schuhe heißt es. Natürlich nicht, weil irgend jemand da rote Schuhe anhat, sondern wegen einer Geschichte von Andersen, die Sie vielleicht –«

»Aber ja«, sagte Robert. »Das ist eine Geschichte, die auch bei uns bekannt ist.«

»Ah, so! Ja. Ein großer Mann, Andersen. So ein einfache Mann, und jetzt ganz international. Da kann man nur staune. Aber ich verschwende Ihre Zeit, Mr. Blair, ich verschwende Ihre Zeit. Wovon sprach ich?«

»Englische Redewendungen.«

»Ah ja. Das Studium des Englischen ist mein Hoppy.«

»Hobby«, verbesserte Robert ihn, ohne es eigentlich zu wollen.

»Hobby. Ich danke Ihne. Um mein Brot zu erwerbe, führe ich ein Hotel – und weil mein Vater auch eins geführt hat und vor ihm mein Großvater –, aber mein Hopp ... Hobby? Ich danke Ihne, mein Hobby, das ist das Studium der englischen Redewendunge. Und deshalb lasse ich mir jeden Tag die Zeitung bringe, die sie liegenlasse.«

»Sie?«

»Die englische Gäste.«

»Ah ja.«

»Am Abend, wenn sie zur Ruhe gegange sind, sammelt der Page die englische Zeitunge ein und legt sie in mein Büro. Oft habe ich zu viel zu tun, und da habe ich keine Zeit, sie mir anzusehen, und dann wandern sie auf den Stapel, und wenn ich dann Muße habe, nehme ich mir eine und studiere sie. Drücke ich mich verständlich aus, Mr. Blair?«

»Ausgezeichnet, ausgezeichnet, Mr. Lange.« Er schöpfte wieder eine vage Hoffnung. Zeitungen?

»Und immer so weiter. Ein Augenblick der Muße, ein wenig in eine englische Zeitung lesen, eine neue Redewendung – vielleicht zwei –, alles ganz ohne Aufregung. Wie sagt man da?«

»Geruhsam.«

»So. Geruhsam. Und dann, eines Tages, nehme ich diese Zeitung von die Stapel, genausogut hätte ich eine andere nehme können, und auf einmal denke ich gar nicht mehr an Redewendunge.« Aus seiner geräumigen Tasche zog er ein einmal gefaltetes Exemplar der *Hallo!* hervor und breitete es vor Robert auf dem Schreibtisch aus. Es war die Ausgabe vom Freitag, dem 10. Mai – das Foto von Betty Kane nahm zwei Drittel der Titelseite ein. »Ich sehe mir diese Fotografie an. Dann schlage ich die Zeitung auf und lese die Geschichte. Dann sage ich mir, das is doch sehr merkwürdig. Sehr merkwürdig is das. Die Zeitung sagt, das is Fotografie von Betty Kann. Kann?«

»Kane.«

»Ah. So. Betty Kane. Aber es is auch eine Fotografie von Mrs. Chadwick, die mit ihre Mann in mein Hotel abgestiegen war.«

»Was!«

Mr. Lange wirkte erfreut. »Es interessiert Sie? Ich hatte so gehofft, daß es Sie interessieren würde. So sehr gehofft.«

»Weiter. Erzählen Sie.«

»14 Tage haben sie bei mir gewohnt. Und das war sehr merkwürdig, Mr. Blair, weil zu der Zeit, wo dieses arme Mädchen in einer englische Dachkammer Prügel und nichts zu essen bekam, aß Mrs. Chadwick in meine Hotel wie ein Scheunedrescher – die Sahne, die das Mädchen vertilgen konnte, Mr. Blair, da habe sogar ich, als Däne, gestaunt – und vergnügte sich prächtig.«

»Und weiter?«

»Nun, ich sage mir: Schließlich is es ja nur ein Fotografie. Und auch wenn sie wirklich ganz genau so aussieht wie damals, als sie für den Ball ihre Haare offen trug –«

»Offen trug!«

»Ja. Normalerweise hatte sie nämlich das Haar hochgesteckt. Aber wir hatten eine Ball mit Kostüme – Kostümball?«

»Maskenball.«

»Ah. So. Maskenball. Und sie hat als Maske ihre Haare offen getragen. Genau wie hier.« Er tippte auf das Bild. »Also, ich sage mir: Schließlich is das ja nur eine Fotografie. Wie oft hat man schon Fotografie gehabt, die den Leuten überhaupt nicht ähnlich sehen. Und was soll das Mädchen in der Zeitung hier schon mit der kleinen Mrs. Chadwick zu tun haben, die in der Zeit mit ihrem Mann bei mir zu Gast war! Also bin ich vernünftig. Aber die Zeitung werfe ich nicht weg. Nein, ich behalte sie. Und dann und wann werfe ich einen Blick darauf. Und jedes Mal, wenn ich das Bild sehe, denke ich: Aber das is Mrs. Chadwick. Also bin ich immer noch ratlos, und beim Einschlafen denke ich daran, wo ich doch an die Einkäufe vom nächsten Tag denken sollte. Ich zermartere mir den Kopf nach Erklärungen. Zwillinge vielleicht? Aber nein, diese Betty ist ein Einzelkind. Cousinen. Zufällige Ähnlichkeit. Doppelgänger. Alles erwäge ich. Abends sehe ich mir die Fotografie an, und alles geht wieder von vorne los. Ich denke mir: Ganz ohne Zweifel, das is Mrs. Chadwick. Sie verstehe mein Dilemma?«

»Voll und ganz.«

»Und als ich auf Geschäftsreise nach England komm, nehm ich die Zeitung mit den Rufname –«

»Rufname? Oh, ich verstehe. Ich wollte Sie nicht unterbrechen.«

»Ich stecke die Zeitung in meine Koffer, und eines Tages nach dem Essen hole ich sie heraus und zeige sie dem Freund, bei dem ich wohne. Ich wohne bei eine Landsmann von mir in Bayswater, London. Und mit einem Male ist mein Freund sehr aufgeregt und sagt: Das ist eine Sache, mit der sich jetzt die Polizei beschäftigt, und diese Frauen behaupten, sie hätten das Mädchen nie zuvor gesehen. Sie sind verhaftet worden wegen dem, was sie angeblich mit diese Mädchen gemacht habe, und sie kommen demnächst vor Gericht. Und er ruft nach seine Frau: ›Rita! Rita! Wo ist die Zeitung vom vorletzten Dienstag?‹ Das ist die Art von Haushalt, bei meine Freund, wo man immer die Zeitung vom vorletzte Dienstag findet. Und seine Frau bringt sie und zeigt mir den Bericht über die Prozeß – nein, die – die –«

»Verhandlung vor dem Untersuchungsrichter.«

»Ja. Die Verhandlung der zwei Frauen vor dem Untersuchungsrichter. Und ich lese, daß die Verhandlung in eine Stadt auf der Lande stattfinden soll, in kaum mehr als zwei Woche. Nun, inzwischen wäre das nur noch ein paar Tage. Also sagt mein Freund: ›Einar, wie sicher bist du dir, daß diese Mädchen und deine Mrs. Chadwick ein und dieselbe sind?‹ Und ich sage: ›Da bin ich mir ganz sicher.‹ Also sagt er: ›Hier in der Zeitung steht der Name von die Anwalt der Frauen. Wir haben keine Adresse, aber dieses Milford ist ein sehr kleines Städtchen, und er wird leicht zu finden sein. Morgen trinken wir früh Kaffee – das heißt frühstücken –, und du fährst in dieses Milford und erzählst diesen Mr. Blair, was du zu sagen hast.‹ Und hier bin ich, Mr. Blair. Ist es für Sie von Interesse, was ich da erzähle?«

Robert lehnte sich zurück, zog sein Taschentuch hervor und wischte sich die Stirn. »Glauben Sie an Wunder, Mr. Lange?«

»Aber natürlich. Ich bin ein gläubiger Mensch. Ich habe sogar, obwohl ich noch gar nicht so alt bin, schon zwei davon erlebt.«

»Tja, gerade haben Sie selbst am dritten mitgewirkt.«

»So?« Mr. Lange strahlte. »Das erfüllt mir mit Freude.«

»Sie haben uns aus der Patsche gezogen.«

»Patsche?«

»Eine englische Redewendung. Nicht nur aus der Patsche gezogen. Sie haben uns sozusagen das Leben gerettet.«

»Sie meinen also genau wie ich, daß sie ein und dieselbe Person sind, dieses Mädchen und diejenige, die bei mir in den Roten Schuhen gewohnt hat?«

»Ich habe nicht den geringsten Zweifel daran. Sagen Sie, haben Sie ihre Aufenthaltsdaten bei sich?«

»Aber ja, natürlich. Hier haben wir sie. Sie traf zusammen mit ihrem Ehemann am Freitag, dem 29. März, mit dem Flugzeug ein, und sie reisten ab am 15. April, einem Montag – wieder per Flugzeug, glaube ich, aber da bin ich mir nicht ganz sicher.«

»Danke. Und ihr ›Ehemann‹, wie sah der aus?«

»Jung. Dunkel. Attraktiv. Ein wenig – na, wie sagt man da? Zu auffällig. Putzig? Nein.«

»Herausgeputzt?«

»Ah. Das ist es – herausgeputzt. Ein wenig zu herausgeputzt, fand ich. Ich hatte die Eindruck, daß er von die anderen Engländern, die kamen und gingen, nicht sehr geschätzt wurde.«

»Hat er dort nur Urlaub gemacht?«

»Nein, oh nein. Er war geschäftlich in Kopenhagen.«

»Welche Art von Geschäften?«

»Bedaure, das weiß ich nicht.«

»Haben Sie nicht wenigstens eine Vermutung? Was wäre das Wahrscheinlichste, weswegen er nach Kopenhagen gekommen sein könnte?«

»Das, Mr. Blair, hängt davon ab, ob er zum Kaufen oder zum Verkaufen gekommen war.«

»Wie lautete seine Adresse in England?«

»London.«

»Wunderbar eindeutig. Wenn Sie mir nun gestatten wollen, einen Augenblick lang zu telefonieren? Rauchen Sie?« Er öffnete die Zigarettenschachtel und schob sie in seine Richtung.

»Milford 195. Sie werden mir doch die Ehre erweisen, mit mir zu Mittag zu essen, nicht wahr, Mr. Lange? Tante Lin? Ich muß unmittelbar nach dem Essen nach London ... Ja, über Nacht. Bitte sei ein Engel, und pack eine kleine Tasche für mich ... Danke, meine Liebe. Und ist es dir recht, wenn ich zum Mittagessen jemanden mitbringe, der mit dem zufrieden ist, was es gerade gibt? ... Oh, gut ... Ja, ich werde ihn fragen.« Er hielt die Hand auf die Sprechmuschel und fragte: »Meine Tante, die eigentlich meine Cousine ist, möchte wissen, ob Sie Blätterteig mögen?«

»Mr. Blair!« rief Herr Lange mit einem breiten Grinsen und einer weit ausholenden Handbewegung um die Taille: »Das fragen Sie einen Dänen?«

»Er ist begeistert«, sagte Robert ins Telefon. »Und hör mal, Tante Lin. Hattest du für heute nachmittag etwas Wichtiges vor? ... Ich denke mir nämlich, du solltest zur St.-Matthew's-Kirche gehen und ein Dankgebet sprechen ... Dein Engel des Herrn ist eingetroffen.«

Tante Lins begeistertes »Robert! Ist das wirklich wahr!« konnte selbst sein Gast noch hören.

»Leibhaftig ... Nein, kein bißchen schäbig ... Sehr groß und stattlich und überhaupt die ideale Besetzung für die Rolle ... Du wirst ihm etwas Ordentliches vorsetzen, nicht wahr? ... Jawohl, er ist es, den ich zum Essen mitbringe. Einen Engel des Herrn.«

Er legte auf und betrachtete seinen amüsierten Gast.

»Und nun, Mr. Lange, gehen wir hinüber ins Rose and Crown und genehmigen uns ein schlechtes Bier.«

Kapitel 21

Als Robert drei Tage später zum Franchise hinausfuhr, um die Sharpes für die Sitzung des Grafschaftsgerichts am nächsten Morgen nach Norton zu chauffieren, fand er das ganze Haus in eine beinahe hochzeitliche Atmosphäre getaucht. Zwei groteske Kübel mit Goldlack standen auf der obersten Treppenstufe, und der dunkle Flur leuchtete vor Blumen wie eine Kirche, die zur Hochzeit hergerichtet ist.

»Nevil!« rief Marion und wies mit einer erklärenden Handbewegung auf die versammelte Pracht. »Er meinte, zur Feier des Tages müsse das Haus geschmückt sein.«

»Ich wünschte, ich wäre auf diese Idee gekommen«, sagte Robert.

»Nach den letzten paar Tagen wundert es mich, daß Sie überhaupt noch einen klaren Gedanken fassen können. Ohne Sie hätten wir heute keinen Grund zum Feiern!«

»Ohne einen Herrn namens Bell, meinen Sie.«

»Bell?«

»Alexander Bell. Der Erfinder des Telefons. Ohne die Hilfe seiner Erfindung würden wir noch immer im dunkeln tappen. Es wird Monate dauern, bevor ich wieder ein Telefon ansehen kann, ohne zusammenzuzucken.«

»Haben Sie sich abgewechselt?«

»Oh nein. Jeder hatte seinen eigenen Apparat. Kevin und sein Gehilfe in der Kanzlei, ich in seiner kleinen Wohnung am St. Paul's Churchyard, Alec Ramsden und drei seiner Leute in dessen Büro – oder wo immer sie ein Telefon finden konnten, das ganz zu ihrer Verfügung stand.«

»Also sechs Mann.«

»Sieben – mit sechs Telefonen. Und die brauchten wir wirklich.«

»Robert, Sie Ärmster!«

»Anfangs hat es Spaß gemacht. Das Jagdfieber hatte uns gepackt. Wir wußten, daß wir auf der richtigen Fährte waren. Wir hatten die Beute schon so gut wie in den Fängen. Aber als wir erst einmal herausgefunden hatten, daß keiner der Chadwicks im Londoner Telefonbuch irgend etwas mit einem Chadwick zu tun hatte, der am 29. März nach Kopenhagen geflogen war, und daß alles, was die Fluggesellschaft über ihn wußte, war, daß am 27. zwei Plätze von Larborough aus gebucht worden waren, hatten wir die gute Laune, mit der wir ans Werk gegangen waren, sehr schnell verloren. Der Hinweis auf Larborough machte uns natürlich Mut. Aber von da an war es reine Knochenarbeit. Wir fanden heraus, was die Dänen uns verkaufen und was wir an sie liefern, und teilten sie unter uns auf.«

»Die Waren?«

»Nein, die Käufer und Verkäufer. Das dänische Fremdenverkehrsamt war ein Geschenk des Himmels für uns. Dort hat man uns mit Informationen regelrecht überschüttet. Kevin, sein Mitarbeiter und ich übernahmen die Exportgeschäfte, und Ramsden und seine Leute kümmerten sich um den Import. Dann begann die umständliche Arbeit, sich zu den Managern durchstellen zu lassen und zu fragen: ›Gibt es bei Ihnen einen Mitarbeiter namens Bernard Chadwick?‹ Es ist unglaublich, wie viele Firmen es gibt, die keinen Mitarbeiter namens Bernard Chadwick haben. Aber ich weiß jetzt wesentlich mehr als zuvor darüber, was wir alles nach Dänemark exportieren.«

»Da habe ich keinen Zweifel!«

»Ich hatte dermaßen die Nase voll vom Telefon, daß ich beinahe gar nicht abgehoben hätte, als es an meinem Ende der Leitung klingelte. Ich hatte schon beinahe vergessen, daß Telefone in zwei Richtungen funktionieren. Ein Telefon, das war nur noch eine Art Werkzeug für Erkundigungen, mit dem ich landauf, landab Verbindungen zu Büros herstellen konnte. Ich saß eine ganze Weile da und starrte es an, bevor mir klar wurde, daß es sich ja schließlich um eine zweiseitige Angelegenheit handelt und daß zur Abwechslung nun einmal jemand anderes versuchte, m i c h anzurufen.«

»Und es war Alec Ramsden.«

»Ja, es war Alec Ramsden. Er sagte: ›Wir haben ihn. Er ist Einkäufer für Porzellan und solche Sachen bei Brayne, Havard und Co.‹«

»Ich bin froh, daß Ramsden derjenige war, der ihn aufgestöbert hat. Das wird ihn darüber hinwegtrösten, daß er dem Mädchen nicht auf die Spur kommen konnte.«

»Stimmt, es geht ihm auch bereits wieder besser. Was dann kam, war eine einzige Hetze, um mit den Leuten zu sprechen, die wir brauchten, um Vorladungen zu erwirken und so weiter. Doch der wunderbare Lohn unserer Arbeit winkt uns morgen im Gerichtssaal von Norton. Kevin kann es gar nicht mehr erwarten. Das Wasser läuft ihm im Munde zusammen bei diesem Gedanken.«

»Wenn es mir jemals möglich wäre, Mitleid für dieses Mädchen zu empfinden«, sagte Mrs. Sharpe, die hereinkam und ihre Reisetasche auf eine Weise, angesichts derer Tante Lin die Sinne geschwunden wären, auf einen Wandtisch aus Mahagoni schleuderte, »dann wäre es in dem Augenblick, in dem sie im Zeugenstand in Kevin Macdermott ihren Gegner trifft.« Die Tasche fiel Robert auf. Ursprünglich mußte sie sehr elegant und teuer gewesen sein – vielleicht ein Überbleibsel aus der Zeit, als sie jung verheiratet und wohlhabend war –, heute war sie in einem beklagenswert abgeschabten Zustand. Er beschloß, wenn er Marion heiratete, der Mutter der Braut ein Reiseköfferchen zu schenken – klein, leicht, elegant und teuer.

»Ich werde es nie über mich bringen«, meinte Marion, »auch nur einen Anflug von Mitleid für dieses Mädchen zu empfinden. Ich würde sie vom Antlitz der Erde schnippen, so, wie ich eine Motte aus dem Kleiderschrank schnippe – nur daß die Motte mir immer leid tut.«

»Was hatte das Mädchen eigentlich weiter vor?« fragte Mrs. Sharpe. »Wollte sie überhaupt zu ihrer Familie zurückkehren?«

»Ich glaube nicht«, antwortete Robert. »Ich glaube, sie war noch immer wütend und verärgert darüber, daß sie nicht mehr im Mittelpunkt der Aufmerksamkeit der Meadowside Lane 39 stand. Wie Kevin vor langer Zeit einmal sagte: ›Am Anfang eines Verbrechens steht die Selbstsucht, die übermäßige Eitelkeit.‹ Einem normalen Mädchen, selbst einer sensiblen Jugendlichen, bräche es vielleicht das Herz, wenn sie für ihren Adoptivbruder plötzlich nicht mehr das Wichtigste in seinem Leben wäre; aber sie würde damit fertig werden, indem sie weint oder schmollt oder sich schlecht benimmt. Oder sie würde beschließen, der Welt zu entsagen und sich in ein Kloster zurückzuziehen – es gibt noch ein halbes Dutzend anderer Möglichkeiten, die ein Heranwachsender in seinem Anpassungsprozeß gebrauchen kann. Aber für eine Egoistin wie Betty Kane ist eine solche Form der Anpassung ausgeschlossen. Sie erwartet, daß die Welt sich nach ihr richtet. Das tun übrigens alle Verbrecher. Es hat noch niemals einen Verbrecher gegeben, der nicht glaubte, die Welt habe ihm unrecht getan.«

»Ein reizendes Geschöpf«, kommentierte Mrs. Sharpe.

»Stimmt. Selbst der Bischof von Larborough dürfte seine Mühe haben, sie in Schutz zu nehmen. Seine übliche Masche mit dem sozialen Umfeld wird ihm diesmal nichts nützen. Betty Kane hatte alles, was er zur Heilung des Kriminellen empfiehlt: Liebe, die Freiheit, ihre Talente zu entwickeln, Bildung, Sicherheit. Das dürfte eine ziemlich harte Nuß für Seine Lordschaft sein, wenn man sich das einmal überlegt, denn an Vererbung glaubt er ja nicht. Er ist überzeugt, daß jemand zum Verbrecher gemacht wird und daß es sich deshalb auch wieder rückgängig machen läßt. Daß jemandem ›das Böse im Blut liegt‹, das ist für den Bischof nur ein alter Aberglaube.«

»Toby Byrne«, sagte Mrs. Sharpe und schnaubte. »Sie hätten hören sollen, was Charles' Stallburschen über ihn zu sagen hatten.«

»Ich habe gehört, was Nevil über ihn zu sagen hat«, entgegnete Robert. »Ich kann mir nicht vorstellen, daß irgend jemand den Bischof überzeugender charakterisieren könnte als Nevil.«

»Das heißt, die Verlobung ist endgültig gelöst?« fragte Marion.

»Endgültig. Tante Lin hofft nun auf die älteste Whittaker-Tochter. Eine Nichte von Lady Mountleven und die Enkelin von Carr's Crackers.«

Marion amüsierte sich mit ihm. »Ist sie hübsch, die Whittaker-Tochter?« fragte sie.

»Das ist sie. Blond, hübsch, wohlerzogen, musikalisch, jedoch ohne zu singen.«

»Ich würde mich freuen, wenn Nevil eine nette Frau fände. Alles, was ihm fehlt, ist etwas, was ihn dauerhaft fesselt. Etwas, worauf er seine Energien und Sympathien konzentrieren kann.«

»Im Augenblick konzentriert er sie ganz auf das Franchise.«

»Ich weiß. Er ist ein Schatz. Tja, ich glaube, es ist Zeit zum Aufbruch. Hätte mir jemand vor einer Woche gesagt, ich würde das Franchise verlassen, um zu einem triumphalen Auftritt nach Norton zu fahren – ich hätte ihm nicht geglaubt. Von jetzt an kann der arme Stanley wieder in seinem eigenen Bett schlafen, statt auf zwei alte Hexen in einem abgelegenen Haus aufzupassen.«

»Schläft er denn heute nacht nicht hier?« fragte Robert.

»Nein. Warum sollte er das?«

»Ich weiß nicht. Der Gedanke gefällt mir ganz und gar nicht, daß das Haus völlig leerstehen soll.«

»Der Schutzmann wird wie üblich seine Runde machen. Außerdem hat seit jener Nacht, als sie uns die Fenster eingeworfen haben, niemand auch nur versucht, sich dem Haus zu nähern. Es ist ja auch nur die eine Nacht. Morgen sind wir wieder zu Hause.«

»Ich weiß. Aber es gefällt mir nicht. Könnte Stanley nicht noch die eine Nacht hierbleiben? Bis die Verhandlung vorüber ist?«

»Wenn sie uns zum zweiten Mal die Fenster einwerfen wollen«, meinte Mrs. Sharpe, »dann wird Stanleys Gegenwart sie wohl auch nicht daran hindern können.«

»Nein, wahrscheinlich nicht. Jedenfalls werde ich Hallam davon unterrichten, daß das Haus heute nacht leersteht«, antwortete Robert und ließ es dabei bewenden.

Marion verschloß die Haustür hinter ihnen, und sie spazierten zum Tor, wo Roberts Wagen auf sie wartete. Am Tor hielt Marion noch einmal inne, um einen Blick zurück auf das Haus zu werfen. »Es ist ein häßlicher alter Kasten«, sagte sie, »aber einen Vorteil hat es doch. Es sieht immer gleich aus, das ganze Jahr über. Im Hochsommer wirkt der Rasen ein wenig verbrannt und welk, aber sonst ändert sich nichts. Die meisten Häuser haben eine bestimmte Zeit, wo sie besonders schön aussehen – dann gibt es Rhododendren, Blumenrabatten, wilden Wein, Mandelblüten oder so etwas. Das Franchise bleibt immer, was es ist. Da gibt es keine Schnörkel. Worüber lachst du, Mutter?«

»Ich dachte gerade, wie aufgedonnert das arme Ding mit diesen Goldlackkübeln aussieht.«

Sie standen noch einen Augenblick lang da und amüsierten sich über das griesgrämige schmutzigweiße Haus mit seiner so unpassend übermütigen Dekoration; dann schlossen sie lachend das Tor hinter sich.

Doch Robert vergaß das verlassene Haus nicht; und bevor er im Nortoner Feathers mit Kevin zu Abend aß, rief er die Polizeiwache in Milford an, um sie daran zu erinnern, daß im Haus der Sharpes in der Nacht ausnahmsweise niemand anwesend sein werde.

»In Ordnung, Mr. Blair«, antwortete der Sergeant. »Ich sage dem Streifenpolizisten, daß er das Tor aufschließen und sich umsehen soll. Ja, wir haben nach wie vor einen Schlüssel. Machen Sie sich keine Sorgen.«

Robert wußte nicht recht, wozu das gut sein sollte; aber er hatte ohnehin keine Idee, wie man das Haus überhaupt hätte schützen können. Wenn irgend jemandem danach zumute sei, die Fenster einzuwerfen, hatte Mrs. Sharpe gesagt, dann würde das auch unweigerlich geschehen. Er kam zu dem Schluß, zu ängstlich zu sein, und kehrte doch erleichtert zu Kevin und seinen Juristenfreunden zurück.

Juristen sind große Redner, und es war schon spät, als Robert in einem jener dunkel getäfelten Zimmer zu Bett ging, für die das Feathers berühmt war. Das Feathers – ein Muß für jeden amerikanischen Touristen in England – war nicht nur berühmt, es war auch mit allem Komfort ausgestattet. Man hatte Rohre durch die geschnitzte Eiche gelegt, Elektroleitungen gingen durch die Balkendecke, und das Telefonkabel kam durch die eichenen Bodenbretter. Das Feathers bot dem Reisenden seit 1480 komfortable Unterkunft, und es bestand keine Veranlassung, es nicht auch weiterhin zu tun.

Robert schlief ein, sobald sein Kopf das Kissen berührte, und das Telefon neben ihm hatte schon eine Weile geklingelt, bevor es in sein Bewußtsein drang.

»Bitte?« fragte er noch im Halbschlaf. Doch auf der Stelle war er hellwach.

Es war Stanley. Ob er zurück nach Milford kommen könne? Das Franchise stehe in Flammen.

»Schlimm?«

»Es brennt ganz schön, aber die Feuerwehrleute glauben, sie können's retten.«

»Ich komme, so schnell ich kann.«

Er legte die 30 Kilometer in einer Zeit zurück, die er noch vor einem Monat bei jedem anderen als tadelnswert und für sich selbst gänzlich unvorstellbar gefunden hätte. Als er an seinem eigenen Haus am unteren Ende der Milforder High Street vorbei und in die offene Landschaft hinaus raste, sah er den Feuerschein am Horizont wie einen aufgehenden Vollmond. Doch der Mond war bereits oben am Himmel zu sehen, ein junger, silbriger Mond im fahlen Licht der Sommernacht. Und der Feuerschein des brennenden Franchise flackerte entsetzlich, so daß Roberts Herz zusammenkrampfte.

Wenigstens befand sich niemand in dem Gebäude. Er fragte sich, ob jemand rechtzeitig genug dort gewesen war, um das, was wertvoll war, aus dem Haus zu retten. Würde wohl jemand dort sein, der in der Lage war, das Wertvolle vom Wertlosen zu unterscheiden?

Die Tore standen weit offen, und auf dem Hof – der von den Flammen erleuchtet wurde – wimmelte es von Feuerwehrmännern und deren Maschinen. Das erste, was er sah, war der Sessel mit der Perlstickerei aus dem Wohnzimmer – verloren stand er auf dem Rasen –, und er mußte gegen die Tränen ankämpfen. Wenigstens den hatte jemand gerettet.

Stanley, den man kaum noch wiedererkennen konnte, faßte ihn am Arm und sagte: »Da sind Sie ja. Irgendwie dachte ich mir, daß man Sie verständigen sollte.« Der Schweiß strömte ihm über das rußgeschwärzte Gesicht und hinterließ hellere Furchen, so daß seine jugendlichen Züge faltig und alt wirkten. »Es ist nicht genug Wasser da. Wir haben 'ne ganze Menge von den Sachen rausbekommen. All die Sachen aus dem Wohnzimmer, die sie jeden Tag um sich hatten. Ich dachte, das ist das, was sie am liebsten hätten, wenn schon nicht alles zu retten ist. Wir haben ein paar Sachen aus der ersten Etage runtergeworfen, aber die schweren Stücke sind alle in Flammen aufgegangen.«

Matratzen und Bettzeug stapelten sich im Gras weitab von den Stiefeln der Feuerwehrleute. Die Möbelstücke standen noch so auf dem Rasen, wie man sie abgesetzt hatte – sie machten einen überraschten und verlorenen Eindruck.

»Wir sollten die Möbel weiter wegschaffen«, sagte Stanley. »Hier sind sie nicht sicher. Entweder fallen brennende Stücke herunter, oder einer von diesen Dreckskerlen nimmt sie, um sich draufzustellen.« Die Dreckskerle waren die Feuerwehrmänner, die im Schweiße ihres Angesichts ihr Bestes gaben.

So kam es, daß Robert plötzlich damit beschäftigt war, Möbel durch eine surreale Szenerie zu schleppen; ihm war elend zumute, als er die Stücke wiedererkannte, die er an ihrem angestammten Platz gekannt hatte. Der Sessel, bei dem Mrs. Sharpe geglaubt hatte, Inspector Grant sei zu schwer für ihn; der Kirschholztisch, an dem sie Kevin bewirtet hatten; der Wandtisch, auf dem Mrs. Sharpe noch wenige Stunden zuvor ihre Reisetasche geworfen hatte. Das Prasseln und Knistern der Flammen, die Rufe der Feuerwehrleute, die seltsame Mischung aus Mondlicht, Scheinwerferlicht und flackerndem Feuerschein, die Möbelstücke in ihrem sinnlosen und beliebigen Nebeneinander, das alles erinnerte ihn an das Gefühl, mit dem man aus einer Narkose erwacht.

Und dann geschahen zwei Dinge gleichzeitig. Mit großem Getöse stürzte der Boden des ersten Stocks ein. Und in dem Licht, mit dem die Stichflamme die Gesichter der Umstehenden erleuchtete, erblickte er unter ihnen zwei junge Burschen, die vor Schadenfreude strahlten. Im selben Augenblick sah er, daß auch Stanley sie bemerkt hatte. Er sah, wie Stanleys Faust dem weiter hinten Stehenden einen solchen Kinnhaken versetzte, daß er sogar den Lärm der Flammen übertönte, und das schadenfrohe Gesicht verschwand in der Dunkelheit des zertrampelten Grases.

Robert hatte niemanden mehr geschlagen, seit er mit Abschluß der Schule das Boxen aufgegeben hatte, und auch jetzt hatte er nicht vor, es zu tun. Sein linker Arm schien alles Erforderliche ohne sein Zutun zu erledigen. Und das zweite grinsende Gesicht ging im Dunkel zu Boden.

»Saubere Arbeit«, meinte Stanley und leckte sich die blutigen Fingerknöchel. »Schauen Sie!« rief er dann.

Das Dach verzog sich wie das Gesicht eines Kindes, das jeden Moment zu weinen beginnt, wie ein Filmstreifen im Feuer. Das kleine runde Fenster, so berühmt und so berüchtigt, kippte ein wenig nach vorn und sank dann langsam nach innen. Eine Flamme züngelte hinaus und zog sich wieder zurück. Dann brach das ganze Dach in die brodelnde Masse hinunter, stürzte zwei Stockwerke tief und vermischte sich mit dem glühenden Schutt des Hausinnern. Die Männer zogen sich vor der Gluthitze zurück. Das Feuer brüllte seinen hemmungslosen Triumph in die Sommernacht hinaus.

Als es dann endlich schwächer wurde, bemerkte Robert ziemlich verwundert, daß der Morgen dämmerte: ein friedlicher, grauer Morgen voller Verheißung. Es war Ruhe eingekehrt; das Tosen und Brüllen war zum sanften Zischen des Wassers auf dem rauchenden Gerippe geworden. Nur die vier Grundmauern standen noch – zerborsten und rußig – in dem zertrampelten Gras. Die vier Wände und die Treppe mit ihrem verbogenen Eisengeländer. Rechts und links des Eingangs befanden sich noch die Überreste von Nevils fröhlichen kleinen Blumenkübeln; die durchnäßten und geschwärzten Blumen waren, wie sie so in Fetzen über den Rändern hingen, nicht mehr zu erkennen. Zwischen ihnen gähnte die leere, schwarze Türöffnung.

»Tja«, sagte Stanley, der neben ihm stand, »das wär's dann wohl.«

»Wie ist das denn gekommen?« fragte Bill, der erst so spät eingetroffen war, daß er nur noch die traurigen Überbleibsel zu sehen bekommen hatte.

»Das weiß niemand. Es brannte schon lichterloh, als Wachtmeister Newsam auf seiner Runde hier ankam«, antwortete Robert. »Was ist eigentlich aus diesen beiden Burschen von vorhin geworden?«

»Die zwei, denen wir den Kopf zurechtgerückt haben?« fragte Stanley. »Die sind nach Hause gegangen.«

»Ein Jammer, daß der Gesichtsausdruck nicht als Beweismaterial gilt.«

»Allerdings«, sagte Stanley. »Niemand wird hierfür zur Verantwortung gezogen werden, genausowenig wie für die eingeworfenen Fenster. Und es gibt da immer noch jemanden, dem ich eine Beule auf dem Kopf heimzuzahlen habe.«

»Schließlich haben Sie dieser Gestalt heute nacht beinahe den Hals gebrochen. Das müßte Ihnen doch ein gewisses Maß an Genugtuung verschafft haben.«

»Wie werden Sie es ihnen denn beibringen?« fragte Stanley. Offenbar dachte er nun an die Sharpes.

»Weiß der Himmel«, antwortete Robert. »Soll ich es ihnen gleich zu Anfang erzählen und ihnen damit ihren Triumph vor Gericht verderben; oder soll ich sie triumphieren lassen und ihnen dann diesen Schlag versetzen?«

»Lassen Sie ihnen ihren Triumph«, sagte Stanley. »Bringen Sie sie nicht um diese Freude.«

»Vielleicht haben Sie recht, Stan. Wenn ich nur wüßte, was zu tun ist. Ich sollte wohl besser Zimmer für sie im Rose and Crown bestellen.«

»Das würde ihnen aber gar nicht gefallen«, meinte Stan.

»Das mag sein«, antwortete Robert mit einem Anflug von Ungeduld, »aber es wird ihnen nichts anderes übrig bleiben. Was immer sie anschließend vorhaben, sie werden noch ein, zwei Nächte hierbleiben wollen, um alles zu regeln, nehme ich an. Und das Rose and Crown ist das Beste, was wir zu bieten haben.«

»Nun«, sagte Stanley, »ich habe mir da etwas ausgedacht. Ich bin überzeugt, meine Zimmerwirtin würde sie gerne aufnehmen. Sie war von Anfang an auf ihrer Seite, und sie hat noch ein Zimmer leerstehen. Sie könnten die gute Stube vorne heraus haben, die sie niemals benutzt; und es ist sehr ruhig da draußen – die letzte Straße in der Siedlung, mit Blick auf die Wiesen. Ich bin sicher, sie würden lieber dort wohnen als in einem Hotel, wo alle sie anstarren.«

»Das würden sie allerdings, Stan. Daran habe ich gar nicht gedacht. Sie meinen, Ihre Zimmerwirtin würde einwilligen?«

»Das meine ich nicht nur, das weiß ich. Die beiden sind im Augenblick ihr ein und alles. Das wäre, als ob die königliche Familie sich bei ihr einquartierte.«

»Gut, dann vergewissern Sie sich bitte, und lassen Sie mir in Norton eine telefonische Nachricht zukommen. Im Feathers in Norton.«

Kapitel 22

Mindestens halb Milford – hatte Robert den Eindruck – war es gelungen, sich in den Gerichtssaal von Norton zu zwängen. Jedenfalls drängte sich eine stattliche Zahl von verärgerten und lauthals schimpfenden Nortoner Bürgern an den Eingangstüren; sie wetterten, daß – wo nun schon einmal ein Fall, der das ganze Land beschäftigte, in i h r e m Grafschaftsgericht entschieden wurde – der Zustrom von Fremden aus Milford sie um ihr Recht betrogen habe, dabei zu sein. Zudem seien es auch noch hinterhältige und betrügerische Fremde, hatten sie doch die Nortoner Jugend angestiftet, ihnen Plätze in der Schlange freizuhalten – eine weise Voraussicht, an der es den älteren Nortonern gemangelt hatte.

Es war sehr warm, und im überfüllten Gerichtssaal herrschten Unruhe und Unbehagen während der Präliminarien, und auch Miles Allison mußte bei seiner Darlegung des Verbrechens häufig gegen Störungen ankämpfen. Allison war das genaue Gegenteil von Kevin Macdermott – mit seinem hellen, feingeschnittenen Gesicht, das eher normal als ausdrucksstark wirkte. Seine hohe, trokkene Stimme war teilnahmslos, seine Vorgehensweise sachlich. Und da die Geschichte, die er erzählte, diejenige war, von der die Zuschauer alle gelesen hatten und über die sie solange diskutiert hatten, bis sie ihren Unterhaltungswert völlig eingebüßt hatte, schenkten sie ihm keine Aufmerksamkeit und vertrieben sich die Zeit damit, im Gerichtssaal nach Freunden Ausschau zu halten.

Robert saß da, wobei er in seiner Tasche immer und immer wieder das längliche Pappkärtchen drehte, das Christina ihm am Vortag bei seinem Aufbruch in die Hand gedrückt hatte, und probte die Formulierungen, die er gleich benutzen wollte. Das Kärtchen war leuchtendblau und trug die goldene Aufschrift: ›Kein Sperling wird fallen‹. In der oberen rechten Ecke befand sich das Bild eines Rotkehlchens mit überdimensionaler roter

Brust. Wie, fragte sich Robert und drehte immer wieder den kleinen Text in den Fingern, brachte man jemandem bei, daß er kein Zuhause mehr hatte?

Die plötzliche Bewegung, von der die 100 Menschen erfaßt wurden, und die anschließende Stille brachten ihn zurück in die Realität des Gerichtssaals, und er sah, daß Betty Kane eben vereidigt wurde, um anschließend ihre Aussage zu machen. ›Hat niemals etwas anderes geküßt als die Bibel‹, hatte Ben Carley angesichts ihres Auftretens gesagt, als sie unter ähnlichen Umständen ausgesagt hatte. Und genau so wirkte sie auch heute. Das blaue Kleid ließ nach wie vor an Jugend und Unschuld denken, an Vergißmeinnicht, den Rauch des Lagerfeuers und Glockenblumen im Gras. Die zurückgeschlagene Krempe ihres Hutes ließ nach wie vor die kindliche Stirn mit dem bezaubernden Haaransatz frei. Und Robert, der nun alles darüber wußte, was sie in den Wochen ihrer Abwesenheit getrieben hatte, mußte feststellen, daß er bei ihrem Anblick erneut überrascht war. Vertrauenswürdig zu wirken, das war es, worauf es bei einem Kriminellen ankam; doch was er bisher an Vertrauenswürdigkeit zu sehen bekommen hatte, war von der ›Uralt‹-Sorte – leicht als das zu erkennen, was es war: die Arbeit eines stümperhaften Amateurs. Hier – so ging es ihm auf – sah er nun zum ersten Mal, wie so etwas wirklich funktionierte.

Auch diesmal trug sie mustergültig ihre Aussage vor, ihre klare Stimme für jeden im Saal vernehmlich. Auch diesmal lauschte ihr das Publikum atemlos, ohne sich zu regen. Der einzige Unterschied war, daß ihr bei dieser Verhandlung das Hohe Gericht nicht zu Füßen lag. Das Hohe Gericht war sogar, dem Gesichtsausdruck des obersten Richters Saye nach zu urteilen, weit davon entfernt, ihr zu Füßen zu liegen. Und Robert machte sich seine Gedanken, inwieweit der kritische Blick des Richters wohl einer instinktiven Abneigung gegen den Gegenstand der Verhandlung entspringen mochte oder der Überlegung, daß Kevin Macdermott sicher nicht dort sitzen würde, um die beiden Frauen auf der Anklagebank zu verteidigen, wenn er nicht eine verdammt gute Verteidigung in petto hätte.

Als das Mädchen seine Leidensgeschichte selbst erzählte, stellte sich die Wirkung ein, die der Vortrag des Anklagevertreters hatte vermissen lassen: Sie erzeugte im Publikum ein Gefühl der Anteilnahme. Mehr als einmal wurde unisono geseufzt und entrüstet gemurmelt – niemals offen genug, als daß es als Parteinahme gewirkt und damit den Tadel des Gerichts heraufbeschworen hätte, doch hörbar genug, um klarzustellen, wo die Sympathien lagen. Es lag also eine gespannte Atmosphäre über dem Raum, als Kevin sich erhob, um sie ins Kreuzverhör zu nehmen.

»Miss Kane«, begann Kevin ruhig und sanft, »Sie sagen, es sei dunkel gewesen, als Sie im Franchise ankamen. War es denn wirklich ganz dunkel?«

Der einschmeichelnde Ton dieser Frage ließ sie glauben, er hoffe, es sei noch hell gewesen, und sie reagierte genau nach Plan.

»Ja. Völlig dunkel«, sagte sie.

»Zu dunkel, um außerhalb des Hauses etwas zu sehen?«

»Ja, viel zu dunkel.«

Es schien, als verfolge er diese Frage nicht weiter oder verfolge nun einen neuen Kurs.

»Und die Nacht, in der Sie flohen. Vielleicht war es da nicht ganz so dunkel?«

»Oh doch. Da war es sogar noch dunkler, wenn das überhaupt möglich ist.«

»Es wäre Ihnen also völlig unmöglich gewesen, die Außenseite des Hauses zu sehen.«

»Völlig.«

»Völlig. Nun, nachdem wir in diesem Punkt Klarheit gewonnen haben, wollen wir uns einmal ansehen, was Sie Ihrer Aussage zufolge vom Fenster Ihres Gefängnisses in der Dachkammer aus sehen konnten. In Ihrer polizeilichen Aussage, in der Sie diesen unbekannten Ort, an dem Sie gefangengehalten wurden, beschreiben, sagen Sie, die Auffahrt vom Tor zur Haustür sei ›ein kurzes Stück geradeaus‹ gegangen, ›dann teilte sie sich und kam an der Tür wieder zusammen‹.«

»Stimmt.«

»Woher wußten Sie das?«

»Woher ich das wußte? Ich konnte es sehen.«

»Von wo?«

»Von dem Dachfenster aus. Von da aus konnte man den Hof auf der Vorderseite des Hauses sehen.«

»Aber vom Dachfenster aus sieht man nur den geraden Teil der Auffahrt. Der Rest wird von der Dachkante verdeckt. Woher wußten Sie, daß die Auffahrt sich teilt und in zwei Halbkreisen zur Tür führt?«

»Ich habe es gesehen!«

»Wie das?«

»Von dem Fenster aus.«

»Wollen Sie damit sagen, daß Sie mit anderen Augen ausgestattet sind als gewöhnliche Sterbliche? Vielleicht nach der Art der irischen Gewehre, die um die Ecke schießen. Oder arbeiten Sie mit Spiegeln?«

»Sie sieht genauso aus, wie ich sie beschrieben habe.«

»Natürlich sieht sie genauso aus, wie Sie sie beschrieben haben; aber was Sie beschrieben haben, war der Blick auf den Hof, wie ihn, sagen wir einmal, jemand hat, der über die Mauer schaut; nicht von jemandem, der vom Dachfenster hinunterblickt – und Sie versichern uns ja, daß Sie den Hof nur von dort aus gesehen haben.«

»Ich nehme an«, warf der Richter ein, »Sie haben einen Zeugen, was den Blick aus dem Fenster angeht.«

»Zwei, Euer Ehren.«

»Einer mit normalem Sehvermögen genügt«, war der trockene Kommentar des Gerichts.

»Sie haben also keine Erklärung dafür, daß Sie seinerzeit, als Sie mit der Polizei in Aylesbury gesprochen haben, eine Einzelheit beschrieben haben, von der Sie unmöglich etwas wissen konnten, wenn Ihre Geschichte der Wahrheit entspricht. Sind Sie jemals im Ausland gewesen, Miss Kane?«

»Im Ausland?« fragte sie, überrascht durch diesen Themenwechsel. »Nein.«

»Niemals?«

»Nein, niemals.«

»Sie sind nicht, zum Beispiel, in letzter Zeit in Dänemark gewesen? In Kopenhagen, zum Beispiel?«

»Nein.« Sie verzog keine Miene, doch Robert meinte, eine Spur von Unsicherheit in ihrer Stimme entdecken zu können.

»Kennen Sie einen Mann namens Bernard Chadwick?«

Plötzlich war sie auf der Hut. Robert fühlte sich an die kaum spürbare Veränderung erinnert, die in einem Tier vor sich geht, das entspannt war und nun aufmerksam wird. Es rührt sich nicht, nichts Physisches verändert sich. Im Gegenteil, es wird noch ruhiger, noch wachsamer.

»Nein.« Ihre Stimme klang spröde, uninteressiert.

»Sie sind nicht mit ihm befreundet.«

»Nein.«

»Sie haben nicht, zum Beispiel, mit ihm zusammen in einem Hotel in Kopenhagen gewohnt.«

»Nein.«

»Sind Sie jemals mit irgend jemandem in Kopenhagen gewesen?«

»Nein, ich bin noch nie im Ausland gewesen.«

»So daß ich mich also, wenn ich annähme, Sie hätten die fraglichen Wochen in einem Hotel in Kopenhagen und nicht in der Dachkammer des Franchise verbracht, irren müßte.«

»Allerdings.«

»Ich danke Ihnen.«

Wie von Kevin vorausgesehen, erhob sich Miles Allison, um die Situation zu retten.

»Miss Kane«, sagte er, »Sie sind per Auto im Franchise angekommen.«

»Ja.«

»Und dieser Wagen, heißt es in Ihrer Aussage, fuhr zur Eingangstür des Hauses. Wenn es nun, wie Sie sagen, dunkel war, muß zumindest das Standlicht des Wagens eingeschaltet gewesen sein, vielleicht sogar die Scheinwerfer; damit wäre nicht nur der Weg, sondern auch ein Großteil des Hofes erleuchtet gewesen.«

»Genau«, unterbrach sie ihn, bevor er ihr die Worte in den Mund legen konnte, »ja natürlich, d a muß ich die kreisförmige Auffahrt gesehen haben. Ich wußte doch, daß ich sie gesehen hatte, ich wußte es.« Sie warf Kevin einen kurzen Blick zu, und Robert dachte an den Ausdruck auf ihrem Gesicht, als sie damals, bei der ersten Begegnung im Franchise, die Zusammenstellung der Koffer im Schrank richtig geraten hatte. Wüßte sie, dachte Robert, was Kevin für sie bereithielt, so würde sie keinen Gedanken an einen so flüchtigen Triumph verschwenden.

Als nächstes kam Carleys ›Kitschmadonna‹ in den Zeugenstand. Sie hatte sich für ihren Auftritt in Norton sogar ein neues Kleid und einen neuen Hut gekauft – ein tomatenrotes Kleid und einen braunroten Hut mit kobaltfarbenem Band und einer hellroten Rose. Damit wirkte sie üppiger und abstoßender denn je. Wiederum vermerkte Robert interessiert, wie die Art, wie sie ihre Rolle genoß, selbst bei diesem gefühlsbetonten Publikum den Inhalt ihrer Aussage entwertete. Man mochte sie nicht, und obwohl sie Partei ergriffen hatten, dämpfte ihre englische Abneigung gegen die Gehässigkeit ihre Einstellung ihr gegenüber. Als Kevin beim Kreuzverhör andeutete, in Wirklichkeit sei sie entlassen worden und habe mitnichten selbst gekündigt, da war auf der Hälfte der Gesichter im Saal ein ›Aha!‹ zu lesen. Abgesehen von dem Versuch, ihre Glaubwürdigkeit zu erschüttern, konnte Kevin nicht viel mit ihr anfangen und ließ sie bald gehen. Er wartete auf ihre arme Handlangerin.

Als diese an die Reihe kam, machte sie einen noch unglücklicheren Eindruck als seinerzeit vor dem Untersuchungsrichter in Milford. Das weitaus ehrfurchtgebietendere Aufgebot an Roben und Perücken versetzte sie offenbar in Angst und Schrecken. Polizeiuniformen mochten schlimm genug sein, doch im nachhinein wirkten sie geradezu anheimelnd im Vergleich zur feierlichen Atmosphäre, die hier bei diesem Ritual herrschte. Hatte sie schon in Milford den Boden unter den Füßen verloren, so kämpfte sie hier unübersehbar mit dem Ertrinken. Robert bemerkte, wie Kevins abschätzender Blick auf ihr ruhte – analytisch und klarsichtig. Er war sich noch unschlüssig, welche Vorgehensweise er wählen sollte. Sie war starr vor Schrecken, als sie Miles Allison erblickte, obwohl er so ruhig und geduldig war – offenbar sah sie in jedem, der Talar und Perücke trug, eine Quelle möglicher Strafen. So kam es, daß Kevin ihr Tröster und Beschützer wurde.

Es hatte etwas geradezu Unanständiges, wie einschmeichelnd Kevins Stimme klingen konnte, dachte Robert, während er zuhörte, wie er das Wort an sie richtete. Die sanften, mit Ruhe gesprochenen Worte gaben ihr ein Gefühl der Sicherheit. Sie lauschte einen Moment lang, und schon begann ihre Spannung nachzulassen. Robert sah, wie sich die kleinen, mageren Hände, die sich so fest an das Geländer des Zeugenstandes geklammert hatten, lockerten und sich die Handflächen langsam öffneten. Kevin erkundigte sich nach ihrer Schulzeit. Der Schrecken war aus ihren Augen gewichen, und sie antwortete ganz unbefangen. Sie hatte es – so dachte sie offensichtlich – mit einem Freund zu tun.

»Und nun, Gladys, darf ich wohl sagen, daß Sie heute nicht gern hierher gekommen sind, um gegen diese beiden Leute vom Franchise auszusagen.«

»Nein, das nicht. Das wirklich nicht.«

»Aber Sie sind gekommen«, beharrte er sachlich, ohne ihr einen Vorwurf zu machen.

»Ja«, antwortete sie.

»Warum? Weil Sie dachten, es sei Ihre Pflicht?«

»Nein, oh nein.«

»Hat Sie etwa jemand gezwungen, hierher zu kommen?«

Robert sah, wie der Richter sich bei diesen Worten regte, was auch Kevin aus seinen Augenwinkeln bemerkte. »Jemand, der etwas gegen Sie in der Hand hatte?« brachte er sanft seinen Satz zu Ende, und Seine Lordschaft hielt inne. »Jemand, der sagte: ›Du erzählst ihnen, was ich dir sage, sonst werde ich ihnen alles über dich verraten‹?«

Sie sah halb hoffnungsvoll, halb verstört aus. »Ich weiß nicht«, sagte sie und flüchtete sich in die Hilflosigkeit.

»Wenn nämlich irgend jemand Sie dazu gebracht hat zu lügen, wenn er gedroht hat, Ihnen etwas anzutun, falls Sie das nicht tun, dann kann er dafür bestraft werden.«

Davon hatte sie offenbar nichts gewußt.

»Dieses Gericht, all die Leute, die Sie hier sehen, die sind heute zusammengekommen, um über etwas die Wahrheit herauszufinden. Und Seine Lordschaft dort oben würde sehr streng mit jedem verfahren, der Sie mit Drohungen dazu gebracht hätte, hier zu erscheinen, und Sie zwänge, etwas zu sagen, was nicht der Wahrheit entspricht. Mehr noch – jeder, der einen Schwur leistet, die Wahrheit zu sagen, und dann die Unwahrheit sagt, wird streng bestraft; doch sollte es sich herausstellen, daß er lügt, weil jemand anderes ihn mit Drohungen dazu gezwungen hat, dann würde die größte Strafe derjenige bekommen, der dem anderen gedroht hat. Verstehen Sie, was ich meine?«

»Ja«, hauchte sie.

»Nun erzähle ich Ihnen einmal, wie es sich meiner Meinung nach wirklich zugetragen hat, und Sie sagen mir dann, ob ich recht habe.« Er wartete darauf, daß sie zustimmte, doch sie sagte nichts, und er fuhr fort: »Irgend jemand – vielleicht eine Freundin von Ihnen – hat etwas aus dem Franchise mitgehen lassen. Sagen wir einmal, eine Armbanduhr. Sie wollte die Uhr vielleicht nicht selbst behalten, und deshalb hat sie sie Ihnen gegeben. Womöglich wollten Sie sie gar nicht haben, aber Ihre Freundin duldet vielleicht keine Widerrede, und Sie mochten ihr Geschenk nicht ausschlagen. Also nahmen Sie es an. Und nun denke ich mir, daß Ihnen kurz darauf Ihre Freundin den Vorschlag machte, Sie sollten eine Geschichte bezeugen, die sie vor Gericht erzählen wollte, aber Sie, der es zuwider ist zu lügen, sagten nein. Und dann, denke ich mir, sagte sie zu Ihnen: ›Wenn du mir bei meiner Geschichte nicht den Rücken deckst, dann sage ich, du hättest die Uhr aus dem Franchise mitgenommen, als du mich einmal dort besucht hast‹ – oder sonst eine Drohung in dieser Art.«

Er hielt einen Augenblick lang inne, doch sie blickte nur verdutzt drein.

»Und ich vermute, daß Sie wegen dieser Drohungen tatsächlich mit zum Untersuchungsrichter gegangen sind und tatsächlich die Lügengeschichte Ihrer Freundin bestätigt haben, doch als Sie wieder nach Hause kamen, da bereuten Sie es, und Sie schämten sich. Sie bereuten es so sehr und schämten sich so sehr, daß Ihnen der Gedanke, die Uhr noch länger zu behalten, unerträglich wurde. Und dann haben Sie die Uhr eingepackt und per Post an das Franchise zurückgeschickt, mit einem Zettel, auf dem stand: ›DAMIT WILL ICH NIX ZU TUN HABEN‹.« Er hielt inne. »Ich denke mir, Gladys, daß es sich genau so zugetragen hat.«

Aber sie hatte Angst bekommen. »Nein«, sagte sie. »Nein, ich habe die Uhr nie gehabt.«

Er ließ das Eingeständnis im Raume stehen und fragte sanft: »Ich habe also ganz unrecht?«

»Ja. Ich war das nicht, die die Uhr zurückgeschickt hat.«

Er griff nach einem Blatt Papier und sagte, immer noch freundlich: »Vorhin haben wir über Ihre Schulzeit gesprochen; Sie waren damals sehr gut im Zeichnen. So gut, daß man sogar Zeichnungen von Ihnen in der Schule ausgestellt hat.

Hier habe ich eine Karte von Kanada – eine sehr hübsche Karte sogar –, eins der Stücke, die Sie ausgestellt hatten; sie hat Ihnen sogar einen Preis eingebracht. Hier in der rechten Ecke haben Sie sie signiert, und ich bezweifle nicht, daß Sie sie mit Stolz signiert haben, eine so gute Arbeit. Ich nehme an, Sie werden sich noch daran erinnern.«

Man brachte sie ihr quer durch den Gerichtssaal, während Kevin hinzufügte:

»Meine Damen und Herren Geschworenen, es handelt sich um eine Landkarte Kanadas, die Gladys Rees in ihrem letzten Schuljahr gezeichnet hat. Wenn Seine Lordschaft sie inspiziert hat, wird er sie zweifellos an Sie weiterreichen.« Dann wandte er sich wieder an Gladys: »Sie haben diese Karte selbst gezeichnet?«

»Ja.«

»Und haben Ihren Namen in die Ecke gesetzt?«

»Ja.«

»Und in Großbuchstaben darunter geschrieben: DOMINION KANADA?«

»Ja.«

»Sie haben also diese Worte am unteren Rand geschrieben: DOMINION KANADA. Gut. Hier habe ich nun das Stück Papier, auf das jemand geschrieben hat: DAMIT WILL ICH NIX ZU TUN HABEN. Dieses Stück Papier, in Großbuchstaben beschrieben, lag der Armbanduhr bei, die zum Franchise zurückgeschickt wurde – die Uhr, die verschwand, während Rose Glyn dort arbeitete. Ich behaupte nun, daß die Großbuchstaben von DAMIT WILL ICH NIX ZU TUN HABEN dieselben sind wie die von DOMINION KANADA. Ich behaupte, daß sie von ein und derselben Person geschrieben worden sind. Und diese Person waren Sie.«

»Nein«, sagte sie, nahm das Stück Papier, das ihr gereicht wurde, und legte es hastig auf das Pult, als ob sie sich die Finger daran verbrennen könnte. »Das habe ich nie. Ich habe nie eine Uhr zurückgeschickt.«

»Sie haben diese Großbuchstaben DAMIT WILL ICH NIX ZU TUN HABEN nicht geschrieben?«

»Nein.«

»Aber DOMINION KANADA, das haben Sie geschrieben?«

»Ja.«

»Nun, im Laufe der Verhandlung werde ich den Beweis erbringen, daß diese beiden Zeilen von derselben Hand geschrieben worden sind. In der Zwischenzeit können die Geschworenen sie in aller Ruhe inspizieren und ihre eigenen Schlüsse ziehen. Ich danke Ihnen.«

»Mein geschätzter Kollege«, ergriff Miles Allison das Wort, »deutete an, daß Druck auf Sie ausgeübt wurde, heute hier zu erscheinen. Trifft das in irgendeiner Weise zu?«

»Nein.«

»Sie sind nicht hierher gekommen, weil Sie Angst hatten vor dem, was mit Ihnen geschehen könnte, wenn Sie es nicht täten?«

Sie brauchte eine Weile zum Überlegen, offensichtlich, um die Fäden in ihrem Verstand zu entwirren. »Nein«, lautete schließlich die Antwort.

»Was Sie im Zeugenstand vor dem Untersuchungsrichter und was Sie heute hier gesagt haben, entspricht der Wahrheit?«

»Ja.«

»Es war nicht etwas, was jemand Ihnen nahelegte zu sagen?«

»Nein.«

Doch genau dieser Eindruck blieb bei den Geschworenen zurück: daß sie gegen ihren Willen ihre Aussage machte und daß sie etwas aussagte, was jemand anderes sich ausgedacht hatte.

Damit waren die Zeugen der Anklage gehört worden, und Kevin kam ohne große Vorrede wieder auf Gladys Rees zu sprechen – gemäß dem Grundsatz der Hausfrau, zuerst den Kleinkram aus dem Wege zu räumen, bevor man mit der eigentlichen Tagesarbeit beginnt.

Ein Graphologe gab sein Gutachten ab, daß die beiden Schriftproben, die dem Gericht vorlagen, von ein und derselben Hand stammten. Daran habe er nicht nur keine Zweifel, sondern er habe selten einen eindeutigeren Fall gesehen. Es träten nicht nur die gleichen Großbuchstaben in beiden Proben auf, sondern sogar Buchstabenkombinationen, wie etwa DA, MI oder NI. Da nicht zu übersehen war, daß die Geschworenen sich zu dieser Frage bereits ihr eigenes Urteil gebildet hatten – niemand, der die beiden Schriftproben sah, konnte Zweifel hegen, daß sie von derselben Hand stammten –, wirkte Allisons Einwand, Gutachter könnten sich irren, routinemäßig und halbherzig. Kevin entkräftete ihn vollends, indem er seinen Gutachter zu den Fingerabdrücken aufrufen ließ, der unter Eid aussagte, auf beiden Proben seien dieselben Fingerabdrücke zu finden. Und Allisons Einwand, es müsse sich ja nicht um die Abdrücke von Gladys Rees handeln, war nur noch ein Rückzugsgefecht. Ihm lag nichts daran, daß das Gericht dieser Frage weiter nachging.

Nachdem er nun den Beweis geliefert hatte, daß Gladys Rees zum Zeitpunkt ihrer ersten Aussage im Besitz einer aus dem Franchise gestohlenen Armbanduhr gewesen war und daß sie diese unmittelbar nach der Aussage mit einer schuldbewußten Notiz zurückgeschickt hatte, konnte Kevin sich ganz der Geschichte Betty Kanes widmen. Die Glaubwürdigkeit von Rose Glyn und ihrer Erzählung war bereits so weit erschüttert, daß die Vertreter der Polizei ihre Köpfe zusammensteckten. Rose konnte er getrost der Polizei überlassen.

Als Bernard William Chadwick aufgerufen wurde, reckten sich überall die Hälse, und ein fragendes Murmeln ging durch den Saal. Das war ein Name, der den Zeitungslesern unbekannt war.

Welche Rolle spielte er in diesem Fall? Was würde er auszusagen haben?

Als erstes gab er an, Einkäufer für Porzellan, Geschirr und Geschenkartikel bei einer Londoner Großhandelsfirma zu sein. Er sei verheiratet und lebe mit seiner Frau in einem Haus in Ealing.

»Sie gehen für Ihre Firma auf Geschäftsreise?« fragte Kevin.

»Ja.«

»Im März dieses Jahres sind Sie in Larborough gewesen?«

»Ja.«

»Als Sie in Larborough waren, lernten Sie Betty Kane kennen?«

»Ja.«

»Wie haben Sie sie kennengelernt?«

»Sie hat mich angemacht.«

Sofort erhob sich im ganzen Saal empörter Protest. Es mochte angehen, daß Rose Glyn und ihre Komplizin in Mißkredit gebracht wurden, doch Betty Kane war nach wie vor sakrosankt. Von Betty Kane, die eine so große Ähnlichkeit mit der Heiligen Bernadette hatte, durfte man nicht in einem solchen Ton sprechen.

Der Richter tadelte das Publikum für diese Unmutsäußerung, so unbeabsichtigt sie auch gewesen war. Ebenso tadelte er den Zeugen. Es sei ihm, deutete er an, nicht ganz klar, worum es sich bei ›anmachen‹ handle, und er wäre dem Zeugen dankbar, wenn er sich in seinen Aussagen der Schriftsprache bedienen wolle.

»Schildern Sie dem Gericht bitte, wie Sie sie kennenlernten«, hakte Kevin nach.

»Eines Tages begab ich mich in den Salon des Midland zum Tee, und sie – ähm – sprach mich an. Sie trank ebenfalls ihren Tee dort.«

»Allein?«

»Ganz allein.«

»Sie haben nicht als erster mit ihr gesprochen?«

»Ich hatte sie nicht einmal bemerkt.«

»Wie stellte sie es an, Ihre Aufmerksamkeit zu erregen?«

»Sie lächelte mich an; ich lächelte zurück und wandte mich dann wieder meinen Papieren zu. Ich hatte viel zu tun. Dann sprach sie mich an. Fragte, was das für Papiere seien und so weiter.«

»Und so lernten Sie sie näher kennen.«

»Ja. Sie sagte, sie gehe ins Kino – ins Lichtspieltheater – und ob ich nicht mitkommen wolle? Na, ich hatte für den Tag Schluß gemacht, und sie war ein süßes Ding, also habe ich gesagt, wenn sie es gerne möchte, dann komme ich mit. Die Folge war, daß wir uns tags darauf wieder getroffen haben, und sie kam in meinem Auto mit aufs Land.«

»Auf Ihre geschäftlichen Fahrten, meinen Sie.«

»Genau; sie fuhr mit spazieren, und wir aßen irgendwo auf dem Land zu Mittag und nahmen noch einen Tee, bevor sie zurück zum Haus ihrer Tante fuhr.«

»Sprach sie Ihnen gegenüber von ihrer Familie?«

»Ja, sie erzählte davon, wie unglücklich sie zu Hause sei, wo niemand sich um sie kümmere. Sie hatte eine lange Latte von Klagen über ihr Zuhause, aber ich habe nicht groß darauf geachtet. Mir kam sie wie ein ziemlich verwöhntes Balg vor.«

»Ein was?« fragte der Richter.

»Eine wohlbehütete junge Dame, Euer Ehren.«

»Und weiter?« fragte Kevin. »Wie lange zog sich dieses Idyll in Larborough hin?«

»Es ergab sich, daß wir beide am selben Tag aus Larborough abreisten. Sie kehrte zurück zu ihren Leuten, weil ihre Ferien um waren – sie war schon länger geblieben als vorgesehen, damit sie mit mir spazierenfahren konnte –, und ich mußte auf eine Geschäftsreise nach Kopenhagen. Dann sagte sie, sie habe nicht die Absicht, nach Hause zu fahren, und bat mich, sie mitzunehmen. Ich sagte, kommt nicht in die Tüte. Nicht, daß ich sie immer noch für ein so naives Ding gehalten hätte wie seinerzeit im Salon des Midland – inzwischen hatte ich sie ja auch weitaus besser kennengelernt –, aber ich hielt sie immer noch für unschuldig. Schließlich war sie erst 16.«

»Hat sie Ihnen das gesagt, daß sie 16 sei?«

»Sie hat ihren 16. Geburtstag in Larborough gefeiert«, sagte Chadwick mit einem ironischen Zucken der Lippen unter dem schmalen dunklen Schnurrbart. »Hat mich einen goldenen Lippenstift gekostet.«

Robert blickte hinüber zu Mrs. Wynn und sah, wie sie das Gesicht in den Händen vergrub. Leslie Wynn, der neben ihr saß, blickte fassungslos und starr vor sich hin.

»Sie haben keine Ahnung, daß sie in Wirklichkeit erst 15 war?«

»Nein. Das habe ich erst neulich erfahren.«

»Das heißt, als sie den Vorschlag machte, mit Ihnen mitzukommen, sahen Sie in ihr ein unschuldiges Mädchen von 16 Jahren?«

»Ja.«

»Warum haben Sie es sich dann anders überlegt?«

»Sie – hat mich davon überzeugt, daß sie's doch nicht war.«

»Doch nicht was?«

»Unschuldig.«

»Und danach hatten Sie keine Bedenken mehr, sie auf Ihre Auslandsreise mitzunehmen?«

»Ich hatte jede Menge Bedenken, aber inzwischen wußte ich auch – wieviel Spaß man mit ihr haben konnte, und ich hätte es nicht fertiggebracht, sie zurückzulassen, selbst wenn ich gewollt hätte.«

»Also nahmen Sie sie mit auf Ihre Auslandsreise?«

»Ja.«

»Als Ihre Ehefrau?«

»Ja, als meine Frau.«

»Sie hatten keine Bedenken, daß ihre Familie sich vielleicht Sorgen machen könnte?«

»Nein. Sie sagte, sie hätte noch zwei Wochen Ferien, und ihre Familie würde davon ausgehen, daß sie noch bei ihrer Tante in Larborough sei. Ihrer Tante habe sie gesagt, sie führe zurück nach Hause, und der Familie, sie bleibe noch bei der Tante. Und da sie sich niemals Briefe schrieben, sei es unwahrscheinlich, daß ihre Familie jemals erfahren werde, daß sie nicht mehr in Larborough sei.«

»Wissen Sie noch, an welchem Tag Sie aus Larborough aufbrachen?«

»Ja, ich habe sie am Nachmittag des 28. März an der Bushaltestelle in Mainshill abgeholt. An der Stelle, von wo sie sonst den Bus nach Hause genommen hätte.«

Kevin machte eine Pause nach dieser Mitteilung, so daß ihre ganze Tragweite zu Bewußtsein kommen konnte. Robert lauschte der schlagartig eingetretenen Stille und dachte, daß die Ruhe nicht vollkommener sein könnte, wenn der Gerichtssaal menschenleer wäre.

»Sie haben sie also mit nach Kopenhagen genommen. Wo sind Sie dort abgestiegen?«

»Im Hotel zu den Roten Schuhen.«

»Für wie lange?«

»14 Tage.«

»Und danach?«

»Am 15. April trafen wir zusammen wieder in England ein. Sie hatte mir gesagt, daß sie am 16. zu Hause zurückerwartet werde. Doch auf dem Rückflug eröffnete sie mir, in Wirklichkeit habe sie bereits am 11. wieder dort sein müssen und werde nun schon seit vier Tagen vermißt.«

»Sie hatte Sie absichtlich in die Irre geführt?«

»Ja.«

»Hat sie Ihnen gesagt, warum sie Sie täuschte?«

»Ja. Es sollte unmöglich für sie sein zurückzukehren. Sie sagte, sie wolle ihrer Familie schreiben und ihnen mitteilen, daß sie eine Arbeit gefunden habe und sehr glücklich sei und daß sie nicht nach ihr suchen oder sich Sorgen um sie machen sollten.«

»Sie hatte keinerlei Schuldgefühle wegen des Leids, das sie damit ihren Eltern zufügen würde, die sie so vergötterten?«

»Nein. Sie sagte, ihr Zuhause sei ihr dermaßen langweilig, daß sie schreien könnte.«

Entgegen seinem Willen wanderte Roberts Blick zu Mrs. Wynn, doch er wandte den Blick sofort wieder ab. Es war wie eine Kreuzigung.

»Wie haben Sie sich angesichts dieser veränderten Lage verhalten?«

»Erst einmal war ich natürlich wütend. Schließlich saß ich in der Klemme.«

»Haben Sie sich Gedanken um das Mädchen gemacht?«

»Nein, nicht besonders.«

»Warum nicht?«

»Bis dahin hatte ich herausgefunden, daß sie durchaus in der Lage war, selbst auf sich aufzupassen.«

»Was genau wollen Sie damit sagen?«

»Ich will sagen: Wenn irgend jemand unter irgend etwas, was sie anstiftete, zu leiden hatte, dann war es mit Sicherheit nicht Betty Kane.«

Als dieser Name fiel, kam es dem Publikum erst wirklich zu Bewußtsein, daß das Mädchen, von dem da eben die Rede gewesen war, die Betty Kane war. Ihre Betty Kane. Diejenige, die der Heiligen Bernadette so ähnlich sah. Und eine kleine unbehagliche Unruhe war zu spüren, man schnappte nach Luft.

»Und dann?«

»Nachdem wir alles x-mal durchgekaut hatten –«

»Was gekaut?« fragte der Richter.

»Nach einer langwierigen Diskussion, Euer Ehren.«

»Fahren Sie fort«, entgegnete der Richter, »aber bitte in einer Sprache, die man versteht.«

»Nach langem Reden kam ich zu dem Schluß, daß es wohl das Beste sein würde, wenn ich sie in mein Wochenendhaus am Fluß brächte, in der Nähe von Bourne End. Wir fahren an Sommerwochenenden und in den Ferien dorthin, aber den Rest des Jahres so gut wie nie.«

»›Wir‹, das bedeutet Sie und Ihre Frau?«

»Ja. Sie stimmte meinem Vorschlag gleich zu, und ich fuhr sie hin.«

»Sind Sie dort die Nacht über bei ihr geblieben?«

»Ja.«

»Und die Nächte darauf?«

»Die nächste Nacht war ich zu Hause.«

»In Ealing.«

»Ja.«

»Und später?«

»In der darauffolgenden Woche habe ich dann die meisten Nächte im Wochenendhaus verbracht.«

»Hat es Ihre Frau denn nicht gewundert, daß Sie nicht zu Hause schliefen?«

»Nicht übermäßig.«

»Und wie kam es, daß das Arrangement in Bourne End dann zu Ende ging?«

»Eines Abends kam ich an und stellte fest, daß sie verschwunden war.«

»Was haben Sie sich denn gedacht, was aus ihr geworden war?«

»Nun, sie hatte sich schon seit ein, zwei Tagen ziemlich gelangweilt – ihr Hausfrauendasein hat ihr ungefähr drei Tage lang Spaß gemacht und danach nicht mehr, und da unten gab's ja auch nicht viel zu tun. Deshalb ging ich, als ich sah, daß sie fort war, davon aus, daß sie genug von mir hatte und jemand oder etwas Aufregenderes gefunden hatte.«

»Später erfuhren Sie dann, wohin sie gegangen war und warum?«

»Ja.«

»Sie haben heute die Aussage des Mädchens Betty Kane gehört?«

»Das habe ich.«

»Ihre Aussage, daß sie in einem Haus in der Nähe von Milford gewaltsam festgehalten wurde.«

»Ja.«

»Ist das das Mädchen, das mit Ihnen nach Kopenhagen flog, dort zwei Wochen mit Ihnen verbrachte und anschließend in einem Wochenendhaus bei Bourne End mit Ihnen zusammenlebte?«

»Das ist das Mädchen.«

»Sie haben keinerlei Zweifel daran?«

»Keine.«

»Ich danke Ihnen.«

Das Publikum seufzte erleichtert auf, als Kevin Platz nahm, während Bernard Chadwick darauf wartete, daß Miles Allison begann. Robert fragte sich, ob Betty Kanes Gesichtszüge andere Emotionen auszudrücken vermochten als Angst oder Triumph. Zweimal hatte er ihr Gesicht triumphierend aufleuchten sehen, und einmal – als die alte Mrs. Sharpe an jenem ersten Tag im Wohnzimmer auf sie zugegangen war – hatte er die Angst darin gesehen. Doch den Emotionen nach zu urteilen, die sich jetzt darauf zeigten, hätte sie ebensogut gerade dem Bericht über die Schlachtviehnotierungen gelauscht haben können. Er kam zu dem Schluß, daß dieser Anschein innerer Ruhe das Ergebnis physischer Merkmale sein müsse – die weit auseinanderstehenden Augen, die glatte Stirn und der ausdruckslose Mund mit dem stets gleichen kindlichen Schmollen. Diese physischen Merkmale waren es, die so viele Jahre lang die wahre Betty Kane selbst vor ihren engsten Vertrauten verborgen hatten. Eine perfekte Tarnung war es gewesen. Eine Fassade, hinter der sie ganz sein konnte, was sie sein wollte. Da hatte er sie nun vor sich, die Maske, kindlich und ruhig wie damals, als er sie im Wohnzimmer des Franchise gesehen hatte; doch hinter dieser Maske mußten unaussprechliche Emotionen verborgen sein.

»Mr. Chadwick«, hob Miles Allison an, »Sie erzählen uns Ihre Geschichte reichlich spät, oder?«

»Spät?«

»Allerdings. Über diesen Fall wird seit etwa drei Wochen in den Zeitungen berichtet; überall spricht man darüber. Sie mußten doch wissen, daß zwei Frauen zu Unrecht angeklagt worden sind – sofern Ihre Geschichte stimmt. Wenn, wie Sie sagen, Betty Kane in den fraglichen Wochen bei Ihnen war und nicht, wie sie selbst es behauptet, im Haus dieser beiden Frauen, warum sind Sie dann nicht gleich zur Polizei gegangen und haben davon berichtet?«

»Weil ich gar nichts davon wußte.«

»Wovon?«

»Davon, daß diese beiden Frauen angeklagt worden sind. Von der Geschichte, die Betty Kane erzählt hatte.«

»Wie war das möglich?«

»Weil ich noch ein weiteres Mal für meine Firma im Ausland war. Ich habe von diesem Fall erst vor zwei Tagen erfahren.«

»Aha. Sie haben die Aussage des Mädchens gehört, und Sie kennen die Aussage des Arztes darüber, in welchem Zustand sie zu Hause eintraf. Gibt es irgend etwas in Ihrer Geschichte, was das erklären kann?«

»Nein.«

»Sie waren nicht derjenige, der das Mädchen verprügelt hat?«

»Nein.«

»Sie sagen, eines Abends seien Sie dorthin gefahren und hätten festgestellt, daß sie fort war.«

»Ja.«

»Sie hatte ihre Sachen gepackt und war abgereist?«

»Ja, den Eindruck hatte ich damals.«

»Das heißt, alle ihre Sachen und die Taschen, in die sie gepackt waren, waren mit ihr verschwunden.«

»Ja.«

»Und trotzdem kam sie zu Hause völlig ohne Gepäck an, nur mit einem Kleid und Schuhen bekleidet.«

»Das habe ich erst viel später erfahren.«

»Sie wollen also sagen, daß Sie, als Sie zum Wochenendhaus hinausfuhren, es leer und aufgeräumt vorfanden, ohne jedes Anzeichen eines überstürzten Aufbruchs.«

»Ja. Genau so habe ich es vorgefunden.«

Als Mary Frances Chadwick in den Zeugenstand gerufen wurde, war das für das Publikum eine regelrechte Sensation und das schon, bevor sie überhaupt erschien. Hier handelte es sich offensichtlich um die Frau, und das war ein Leckerbissen, mit dem selbst der optimistischste Besucher nicht gerechnet hatte, als er am Gerichtsportal Schlange gestanden hatte.

Frances Chadwick war eine eher großgewachsene, gutaussehende Frau, naturblond, nach der Kleidung und Figur zu urteilen, konnte sie einmal als Mannequin gearbeitet haben; inzwischen war sie allerdings ein wenig mollig geworden und fand, wenn man ihr lebenslustiges Gesicht richtig deutete, nichts Schlimmes daran.

Sie bestätigte, daß sie mit dem vorigen Zeugen verheiratet sei und mit ihm in Ealing lebe. Kinder hätten sie keine. Sie arbeite nach wie vor gelegentlich in der Bekleidungsbranche – nicht weil sie es nötig habe, sondern um sich ein Taschengeld zu verdienen und weil es ihr Spaß mache. Ja, sie könne sich noch erinnern, daß ihr Mann nach Larborough gefahren und anschließend nach Kopenhagen geflogen sei. Aus Kopenhagen sei er einen Tag später als angekündigt zurückgekommen und habe die Nacht bei ihr verbracht. In der folgenden Woche sei ihr der Verdacht gekommen, daß ihr Mann anderweitige Interessen entwickelt habe. Dieser Verdacht sei ihr von einer Freundin bestätigt worden, die sie wissen ließ, ihr Mann habe einen Gast in ihrem Ferienhaus am Fluß.

»Haben Sie mit Ihrem Mann darüber gesprochen?« fragte Kevin.

»Nein. Das hätte zu nichts geführt. Er zieht die Frauen an wie Fliegen.«

»Was haben Sie denn statt dessen getan? Oder was wollten Sie tun?«

»Was ich immer mit Fliegen mache.«

»Und was ist das?«

»Ein Schlag mit der Fliegenklatsche.«

»Sie fuhren also zum Wochenendhaus mit der Absicht, der Fliege, die sich dort aufhielt, einen Schlag zu versetzen.«

»Stimmt.«

»Und was fanden Sie im Wochenendhaus?«

»Ich fuhr spät am Abend hin, weil ich dachte, ich würde Barney auch dort erwischen –«

»Barney, das ist Ihr Mann?«

»Und was für einer. Ja, wollte ich sagen«, fügte sie eilig hinzu, als sie den Blick des Richters sah.

»Und weiter?«

»Die Tür war offen, also bin ich geradewegs ins Wohnzimmer gegangen. Eine Frauenstimme rief aus dem Schlafzimmer: ›Bist du das, Barney?‹ Ich ging hinein und sah sie auf dem Bett liegen, in einem dieser Negligés, wie man sie vor ungefähr zehn Jahren in Vampfilmen sah. Sie sah schlampig aus, und ich wunderte mich ein wenig über Barney. Sie aß Pralinen aus einer riesigen Schachtel, die neben ihr auf dem Bett lag. Erinnerte mich schrecklich an die 30er Jahre, die ganze Szene.«

»Bitte beschränken Sie sich auf das Wesentliche, Mrs. Chadwick.«

»Jawohl. Bitte um Entschuldigung. Nun, wir hatten die übliche Auseinandersetzung –«

»Die übliche?«

»Ja. ›Was-machen-Sie-hier‹ – das alles. Die hintergangene Ehefrau und das leichte Mädchen und so weiter. Aber irgendwie ging sie mir auf den Wecker. Ich weiß auch nicht, warum. Sonst habe ich mir nie viel daraus gemacht. Ich meine, da gab's immer nur einen ordentlichen Krach ohne große Gehässigkeiten auf beiden Seiten. Aber dieses kleine Luder hatte irgendwas, was mir den Magen umdrehte. Also –«

»Mrs. Chadwick, ich muß Sie bitten!«

»Schon gut. Tut mir leid. Aber Sie haben gesagt, ich soll's in meinen eigenen Worten erzählen. Nun, irgendwann kam der Punkt, wo ich dieses Flitt–, ich meine, irgendwann hatte sie mich derart gereizt, daß es nicht mehr zu ertragen war. Ich hab' sie vom Bett runtergezogen und ihr eine geknallt. Sie war so verblüfft, daß es schon komisch war. Sie sagte: ›Sie haben mich geschlagen!‹ Einfach so; und ich sagte: ›Von jetzt an werden dich noch viele schlagen, Herzchen‹, und verpaßte ihr noch eine. Tja, von da an war's die reine Prügelei. Ich war klar im Vorteil, das muß ich sagen. Ich war ja sowieso stärker, und ich war verdammt wütend. Ich habe ihr dieses alberne Negligé runtergerissen, und es ging Schlag auf Schlag, bis sie dann über einen von ihren Pantoffeln gestolpert ist, die auf dem Boden rumlagen, und der Länge nach hinschlug. Ich wartete darauf, daß sie wieder hochkam, aber sie rührte sich nicht, und ich glaubte, sie sei ohnmächtig. Ich ging ins Bad, holte ein feuchtes Tuch und wischte ihr das Gesicht. Dann ging ich in die Küche, um Kaffee zu machen. Meine Wut war bis dahin verflogen, und ich dachte mir, sie würde gerne 'ne Tasse nehmen, wenn sie sich auch wieder beruhigt hatte. Ich brühte den

Kaffee auf und stellte ihn in der Küche ab. Aber als ich ins Schlafzimmer zurückkam, sah ich, daß die Ohnmacht nur Schau gewesen war. Das kleine – das Mädchen hatte sich aus dem Staub gemacht. Zeit genug war gewesen, um sich etwas anzuziehen, also dachte ich, sie hat sich in aller Eile was angezogen und gesehen, daß sie wegkommt.«

»Und Sie sind dann auch gegangen?«

»Ich habe noch eine Stunde gewartet, weil ich dachte, Barney käme vielleicht – mein Mann. Die Sachen des Mädchens lagen überall rum, also schmiß ich den ganzen Krempel in ihren Koffer und steckte ihn in den Wandschrank unter der Bodentreppe. Und alle Fenster hab' ich aufgemacht. Sie muß sich das Parfüm flaschenweise übergegossen haben. Und als Barney dann nicht kam, bin ich wieder gefahren. Ich muß ihn knapp verpaßt haben, denn er ist an dem Abend auch noch dort gewesen. Aber zwei Tage später habe ich ihm dann erzählt, was ich gemacht hatte.«

»Und wie reagierte er darauf?«

»Er meinte, es sei ein Jammer, daß ihre Mutter so etwas nicht schon vor zehn Jahren getan hätte.«

»Machte er sich denn keine Sorgen, was aus ihr geworden war?«

»Nein. Ich war ein wenig besorgt, aber dann sagte er mir, daß sie in Aylesbury wohnt. Dahin hätte sie gut per Anhalter kommen können.«

»Er ging also davon aus, daß sie wieder zu Hause war?«

»Ja. Ich fragte, ob er sich denn nicht vergewissern wolle – schließlich war sie doch noch ein Kind.«

»Und was hat er darauf geantwortet?«

»Er sagte: ›Frankie, Kleines, dieses ›Kind‹ versteht es besser zu überleben als ein Chamäleon.‹«

»Und dann haben Sie die ganze Sache vergessen?«

»Stimmt.«

»Aber es muß Ihnen doch wieder ins Gedächtnis gekommen sein, als Sie Berichte über die Franchise-Affäre lasen?«

»Nein, ist es nicht.«

»Wie kam das?«

»Zunächst einmal habe ich nie den Namen des Mädchens gewußt. Barney nannte sie Liz. Und dann bin ich einfach nicht auf die Idee gekommen, ein 15jähriges Schulmädchen, das irgendwo in den Midlands entführt und mißhandelt wurde, mit Barneys

Mieze in Verbindung zu bringen. Ich meine, mit dem Mädchen, das auf meinem Bett lag und Pralinen aß.«

»Wenn Sie erfahren hätten, daß es sich um ein und dasselbe Mädchen handelte, dann hätten Sie doch der Polizei mitgeteilt, was Sie darüber wußten?«

»Aber sicher.«

»Sie hätten nicht gezögert in Anbetracht der Tatsache, daß Sie es waren, die ihr die Tracht Prügel verabreicht hatte?«

»Nein. Ich würde ihr morgen noch eine verabreichen, wenn ich Gelegenheit dazu hätte.«

»Ich will meinem geschätzten Kollegen den Aufwand ersparen und frage Sie: Beabsichtigen Sie, sich von Ihrem Mann scheiden zu lassen?«

»Nein. Ganz und gar nicht.«

»Dieses Beweismaterial, das Sie vorlegen, das ist nicht eine hübsche kleine Absprache zwischen Ihnen beiden?«

»Nein. Das habe ich nicht nötig. Aber ich hege keinerlei Absicht, mich von Barney scheiden zu lassen. Er ist amüsant, und er verdient gut. Was soll man von einem Mann mehr verlangen?«

»Fragen Sie mich nicht«, hörte Robert Kevin vor sich hin murmeln. Dann forderte er sie mit seiner üblichen Lautstärke auf zu bestätigen, daß es sich bei dem Mädchen, von dem sie gesprochen hatte, um dasjenige Mädchen handle, das zuvor ausgesagt habe; das Mädchen, das im Gerichtssaal anwesend sei. Dann dankte er ihr und setzte sich.

Doch Miles Allison machte keine Anstalten, ein Kreuzverhör zu beginnen. Also erhob Kevin sich wieder, um seinen nächsten Zeugen aufzurufen. Aber der Sprecher der Geschworenen kam ihm zuvor.

Die Geschworenen, sagte der Sprecher, bäten, dem Hohen Gericht mitteilen zu dürfen, daß sie das Beweismaterial für ausreichend hielten.

»Was war das für ein Zeuge, den Sie noch aufrufen wollten, Mr. Macdermott?« fragte der Richter.

»Es ist der Besitzer des Kopenhagener Hotels, Euer Ehren. Um zu bezeugen, daß die beiden in der fraglichen Zeit dort gewohnt haben.«

Der Richter warf dem Sprecher einen fragenden Blick zu.

Der Sprecher beriet sich mit den Geschworenen.

»Nein, Euer Ehren. Sofern Euer Ehren nicht anderer Meinung ist, halten wir es nicht für erforderlich, den Zeugen zu hören.«

»Wenn Sie zu der Überzeugung gekommen sind, daß Sie genug gehört haben, um einen wahrheitsgemäßen Urteilsspruch fällen zu können – und ich persönlich kann mir nicht vorstellen, daß weitere Aussagen noch groß zur Klärung des Falles beitragen könnten –, dann haben Sie mein Einverständnis. Möchten Sie den Verteidiger hören?«

»Nein, Euer Ehren, danke. Wir sind bereits zu einem Urteil gekommen.«

»In diesem Falle wäre jede Zusammenfassung meinerseits mehr als überflüssig. Wollen Sie sich zurückziehen?«

»Nein, Euer Ehren. Das Urteil ist einstimmig.«

Kapitel 23

»Wir warten wohl besser, bis die Menge sich zerstreut hat«, sagte Robert. »Dann können wir den Hinterausgang benutzen.«

Er fragte sich, warum Marion so ernst wirkte, so wenig zum Jubeln aufgelegt. Fast, als ob sie unter Schock stände. War die Belastung doch so groß gewesen?

Als hätte sie seine Verwirrung gespürt, sagte sie: »Diese Frau. Diese arme Frau. Ich kann an gar nichts anderes denken.«

»Wer?« fragte Robert begriffsstutzig.

»Die Mutter des Mädchens. Kann man sich überhaupt etwas Entsetzlicheres vorstellen? Es mag schlimm sein, wenn man das Dach über dem Kopf verloren hat ... Oh ja, Robert, mein Lieber, das brauchen Sie uns nicht zu sagen.« Sie hielt ihm eine Morgenausgabe des *Larborough-Kuriers* hin, die als letzte Meldung die Schlagzeile brachte: FRANCHISE, DAS BERÜHMTE HAUS AUS DEM MILFORDER ENTFÜHRUNGSFALL, LETZTE NACHT NIEDERGEBRANNT. »Gestern hätte ich das noch für eine ungeheure Katastrophe gehalten. Aber im Vergleich zum Golgatha, das diese Frau erlitten hat, ist es doch nur ein kleiner Zwischenfall. Was kann es Niederschmetterndes geben, als zu entdecken, daß der Mensch, mit dem man so viele Jahre lang zusammen gelebt hat und den man geliebt hat – daß es diesen Menschen nicht nur nicht mehr gibt, sondern daß es ihn niemals gegeben hat? Daß der Mensch, den man jahrelang geliebt hat, nicht nur selbst keine Liebe für einen empfindet, sondern sich einen Dreck um einen schert und das schon immer getan hat? Was bleibt denn für so jemanden? Sie kann nie wieder einen Schritt auf eine grüne Wiese tun, ohne daß sie Angst haben muß, es könnte ein Sumpf sein.«

»Es stimmt schon«, sagte Kevin. »Ich konnte es nicht ertragen, sie anzusehen. Es war schrecklich, die Art, wie sie leiden mußte.«

»Sie hat einen bezaubernden Sohn«, meinte Mrs. Sharpe. »Ich hoffe, er wird ihr ein Trost sein.«

»Aber versteh st du denn nicht«, rief Marion, »sie hat keinen Sohn mehr. Sie hat nichts mehr. Sie dachte, sie hätte Betty. Sie liebte sie und war sich dessen ebenso gewiß, wie sie ihren Sohn liebte und sich dessen gewiß war. Nun ist ihr Leben in den Grundfesten erschüttert worden. Wie soll sie weiter an etwas glauben, wenn der Schein sie derart trügen kann? Nein, ihr bleibt nichts. Nur die Verzweiflung. Mein Herz blutet für sie.«

Kevin nahm ihren Arm und sagte: »Sie haben in letzter Zeit mehr als genug eigene Sorgen gehabt, Sie sollten sich jetzt nicht auch noch das Leid anderer aufladen. Kommen Sie; ich glaube, wir können gehen. War es für Sie nicht eine Freude zu sehen, wie sich die Polizei in ihrer höflichen Art der beiden Meineidigen annahm?«

»Nein, ich konnte an nichts anderes denken als an die Kreuzigung, die diese Mutter erleiden mußte.«

Auch sie hatte es also als eine solche empfunden.

Kevin ging nicht darauf ein. »Und das unfeine Gerangel um die Telefone, in das sich die Herren von der Presse in der Sekunde stürzten, in der die rote Robe Seiner Lordschaft durch die Tür verschwunden war. Man wird Sie in jeder britischen Zeitung ausführlich rehabilitieren, das verspreche ich Ihnen. Das wird die größte öffentliche Rehabilitierung seit Dreyfus. Warten Sie auf mich, bis ich das hier abgelegt habe. Ich bin gleich zurück.«

»Am besten ziehen wir wohl für ein oder zwei Nächte in ein Hotel«, meinte Mrs. Sharpe. »Ist überhaupt noch etwas von unserer Habe übrig geblieben?«

»Ja, eine ganze Menge zum Glück«, antwortete Robert; und er zählte auf, was alles gerettet worden war. »Aber es gibt eine Alternative zum Hotel.« Und er unterbreitete ihnen Stanleys Vorschlag.

Und so zogen Marion und ihre Mutter in das kleine Haus am äußeren Rand der Siedlung, und in Miss Sims guter Stube setzten sie sich dann zusammen, um zu feiern – es war eine stille kleine Versammlung: Marion, ihre Mutter, Robert und Stanley. Kevin hatte nach London zurück gemußt. Auf dem Tisch stand ein großer Strauß Gartenblumen, den man ihnen mit Tante Lins besten Empfehlungen gebracht hatte. Tante Lins freundliche und liebenswürdige Grußkärtchen hatten im Grunde ebensowenig zu bedeuten wie ihr ›Gab es viel zu tun im Büro, mein Junge?‹, aber sie wirkten auf die gleiche Weise: Sie machten das Leben erträglicher. Stanley war mit einem Exemplar des *Larborough-Kuriers* nach Hause gekommen, der auf der Titelseite einen ersten Bericht über die Verhandlung brachte. Der Artikel trug die Überschrift: DER LÜGE EINE LEKTION ERTEILT!

»Hätten Sie Lust, morgen mit mir zum Golf zu kommen?« fragte Robert Marion. »Sie sind zu lange eingesperrt gewesen. Wir können früh hinfahren, bevor die, die nur zwei Runden spielen, zu Mittag gegessen haben. Dann haben wir den Platz ganz für uns allein.«

»Ja, das würde mir Spaß machen«, antwortete sie. »Ich nehme an, morgen beginnt das Leben von neuem und ist dann wieder die alltägliche Mischung aus Höhen und Tiefen. Aber heute abend, da ist es nichts als ein Jammertal.«

Als er sie am nächsten Morgen abholte, schien das Leben allerdings wieder in Ordnung zu sein. »Sie können sich gar nicht vorstellen, was für ein Segen das ist«, sagte sie. »In diesem Haus zu wohnen, meine ich. Man dreht einfach nur einen Hahn auf, und es kommt heißes Wasser heraus.«

»Außerdem ist es sehr lehrreich«, sagte Mrs. Sharpe.

»Lehrreich?«

»Man hört jedes Wort, das im Nebenzimmer gesprochen wird.«

»Nun übertreib nicht, Mutter! Nicht jedes Wort!«

»Jedes dritte Wort«, verbesserte sich Mrs. Sharpe.

So fuhren sie in bester Laune zum Golfplatz hinaus, und Robert nahm sich vor, ihr einen Heiratsantrag zu machen, wenn sie nach dem Spiel im Clubhaus beim Tee säßen. Oder würden dort vielleicht zu viele Leute sein, die sie störten, indem sie sie zum Ausgang der Verhandlung beglückwünschen wollten? Vielleicht doch besser auf dem Rückweg?

Er war zu dem Schluß gekommen, daß es das Beste war, Tante Lin das alte Haus zu überlassen – sie war dort so sehr zu Hause, daß es undenkbar war, daß sie nicht bis ans Ende ihrer Tage dort leben sollte – und für sich und Marion ein Häuschen irgendwo in Milford zu suchen. Es würde nicht leicht sein in diesen Tagen, aber wenn alle Stricke rissen, konnten sie sich in der obersten

Etage von Blair, Hayward und Bennet eine kleine Wohnung einrichten. Das würde bedeuten, daß die Akten von ungefähr 200 Jahren ausgeräumt werden mußten; aber die Akten wurden allmählich museumsreif, und es war ohnehin Zeit, sie auszulagern.

Jawohl, er würde seinen Antrag auf dem Rückweg machen.

Bei diesem Entschluß blieb es, bis er einsah, daß der Gedanke an das, was da bevorstand, ihm das Spiel verdarb. So kam es, daß er am neunten Grün plötzlich aufhörte, mit seinem Putter um den Ball herumzufuchteln, und sagte: »Ich möchte, daß Sie mich heiraten, Marion.«

»Tatsächlich, Robert?« Sie nahm ihren eigenen Putter aus dem Golfsack, den sie am Rande des Grüns fallen ließ.

»Sie sagen doch ja, oder?«

»Nein, Robert, mein Lieber, das tue ich nicht.«

»Aber Marion! Warum? Ich meine, warum nicht?«

»Oh – wie die Kinder sagen: ›darum‹.«

»Was ist das für ein ›Darum‹?«

»Es gibt ein halbes Dutzend Gründe, und jeder ist schon für sich allein ein guter Grund. Erstens – wenn ein Mann nicht geheiratet hat, bis er 40 wird, dann gehört die Ehe nicht zu den Dingen, die er sich vom Leben wünscht. Dann ist das nur etwas, was über ihn kommt wie ein Schnupfen oder Rheuma oder die Steuererklärung. Ich möchte nicht nur etwas sein, was über Sie kommt.«

»Aber das ist doch –«

»Zum zweiten denke ich mir, daß ich ganz und gar kein Gewinn für Blair, Hayward und Bennet wäre. Selbst wenn –«

»Ich will ja nicht, daß Sie Blair, Hayward und Bennet heiraten.«

»Auch wenn erwiesen ist, daß ich Betty Kane nicht mißhandelt habe, werde ich immer ›diese Frau aus der Kane-Affäre‹ bleiben – nicht gerade die Frau, die man sich für den Seniorpartner wünscht. Ich würde Ihnen kein Glück bringen, Robert, glauben Sie mir.«

»Marion, um Himmels willen! Hören Sie auf!«

»Zum dritten haben Sie Tante Lin, und ich habe meine Mutter. Wir können die beiden nicht einfach irgendwo hinkleben wie altes Kaugummi. Ich liebe meine Mutter nicht nur, ich habe sie gern. Ich bewundere sie und genieße es, mit ihr zusammenzuleben. Sie Ihrerseits sind daran gewöhnt, von Ihrer Tante Lin verhätschelt zu werden – oh doch, das werden Sie! Und viel mehr, als Sie sich jetzt ausmalen können, würden Sie die Bequemlichkeit und die Annehmlichkeiten vermissen, von denen ich gar nicht wüßte, wie ich sie Ihnen bereiten sollte – was ich auch gar nicht tun würde, selbst wenn ich es wüßte«, fügte sie hinzu, und ein Lächeln huschte über ihr Gesicht.

»Marion, gerade weil Sie mich nicht verwöhnen würden, möchte ich Sie heiraten. Sie haben den Verstand eines erwachsenen Menschen, und dazu –«

»Der Verstand eines erwachsenen Menschen ist eine schöne Sache, wenn man einmal die Woche damit essen geht, aber wo Sie Ihr ganzes Leben mit Tante Lin verbracht haben, würden Sie ihn als schlechten Tausch gegen einen guten Blätterteig bei leichter Konversation empfinden.«

»Da gibt es eine Sache, von der noch nicht einmal die Rede war«, sagte Robert.

»Und die wäre?«

»Bedeute ich Ihnen denn gar nichts?«

»Doch, Sie bedeuten mir sehr viel. Mehr als je zuvor ein anderer Mensch, glaube ich. Gerade deshalb will ich Sie nicht heiraten. Der andere Grund hat mit mir zu tun.«

»Mit Ihnen?«

»Wissen Sie, ich bin einfach keine Frau, die heiraten sollte. Ich will mich nicht mit irgend jemandes Marotten abgeben müssen, irgend jemandes Ansprüchen, irgend jemandes Erkältungen. Mutter und ich, wir passen wunderbar zusammen, weil wir keine Forderungen aneinander stellen. Wenn eine von uns beiden eine Erkältung hat, dann zieht sie sich in ihr Zimmer zurück und kuriert sich so lange aus, bis sie wieder der menschlichen Gesellschaft zuzumuten ist. Aber das würde kein Ehemann tun. Er würde Mitgefühl erwarten – selbst wenn er selbst schuld an seiner Erkältung wäre, weil er seine Kleidung ausgezogen hat, als er sich erhitzt hatte, statt vernünftig abzuwarten, bis ihm wieder kühler geworden ist –, er wollte Mitgefühl und Aufmerksamkeit, er wollte bemuttert werden. Nein, Robert. Es gibt 100 000 Frauen, die danach lechzen, einen erkälteten Mann zu pflegen. Warum wollen Sie da ausgerechnet mich?«

»Weil Sie die eine unter 100 000 sind, und weil ich Sie liebe.«

Sie schien ein wenig nachzugeben. »Ich wirke so, als sei mir das alles nicht ernst, nicht wahr? Aber was ich sage, ist vernünftig.«

»Aber Marion, es ist ein einsames Leben –«

»Ein erfülltes Leben ist, soweit ich es sehe, in der Regel mit nichts anderem erfüllt als Anforderungen anderer Menschen.«

»– und Ihre Mutter wird nicht ewig leben.«

»So wie ich Mutter kenne, hege ich keinen Zweifel daran, daß sie mich mühelos überleben wird. Sie sollten lieber das Loch spielen. Ich sehe den alten Oberst Whittaker am Horizont.«

Automatisch stieß er seinen Ball ins Loch. »Aber was werden Sie tun?«

»Wo ich Sie nicht heirate?«

Er knirschte mit den Zähnen. Sie hatte recht: Vielleicht war es wirklich keine Freude, mit ihr und ihrer spöttischen Art zu leben.

»Welche Pläne haben Sie und Ihre Mutter, nun, wo das Franchise nicht mehr existiert?«

Sie zögerte mit der Antwort, so als ob es schwierig sei, sie in Worte zu fassen, hantierte mit ihrer Golftasche und kehrte ihm den Rücken zu.

»Wir gehen nach Kanada«, sagte sie.

»Fort von hier!«

Nach wie vor hatte sie ihm den Rücken zugewandt. »Ja.«

Er war entsetzt. »Aber Marion, das können Sie doch nicht tun. Und warum ausgerechnet nach Kanada?«

»Ich habe einen Cousin dort, der Professor an der McGill-Universität ist. Ein Sohn von Mutters einziger Schwester. Vor einiger Zeit schrieb er, ob Mutter und ich nicht zu ihm kommen und ihm das Haus führen wollten, aber da hatten wir bereits das Franchise geerbt und waren sehr glücklich in England. Also sagten wir nein. Aber das Angebot steht noch. Und – und jetzt sind wir beide glücklich, daß wir es annehmen können.«

»Ich verstehe.«

»Machen Sie doch kein so unglückliches Gesicht. Sie wissen gar nicht, was Ihnen erspart bleibt, mein Lieber.«

Sie spielten schweigend ihre Partie zu Ende.

Doch als er, nachdem er Marion bei Miss Sim abgesetzt hatte, zurück zur Sin Lane fuhr, lächelte Robert doch ein wenig bei dem Gedanken, daß zu den vielen neuen Erfahrungen, die er durch die Bekanntschaft mit den Sharpes gemacht hatte, nun auch noch diejenige eines abgewiesenen Freiers kam. Es war die letzte und vielleicht die überraschendste von allen.

Drei Tage später, nachdem sie alles, was von ihren Möbeln aus dem Franchise gerettet worden war, einem Händler am Ort verkauft hatten – und Stanley den Wagen, den er so verabscheute –, verließen sie Milford mit dem Zug. Sie fuhren mit der kuriosen Spielzeugeisenbahn, die zwischen Milford und Norton verkehrte. Und Robert kam bis dorthin mit, um sie zu dem Schnellzug zu bringen.

»Ich bin ja schon immer gern ohne viele Sachen gereist«, sagte Marion mit einem Blick auf ihr spärliches Gepäck, »aber ich hätte nicht gedacht, daß ich es so weit treibe, mit einem Handköfferchen nach Kanada zu gehen.«

Robert war nicht nach Oberflächlichkeiten zumute. Er fühlte sich so elend und verzweifelt, wie er es nicht mehr seit den Tagen gekannt hatte, als seine kindliche Seele voller Unglück darüber war, daß er ins Internat zurückmußte. Die Obstgärten entlang der Strecke standen in Blüte, die Felder waren übersät mit Butterblumen, doch für Robert war die Welt diesig und grau.

Er sah zu, wie der Zug nach London sie davontrug, und fragte sich auf der Rückfahrt, wie er nun Milford ertragen sollte, ohne jede Hoffnung, wenigstens einmal am Tag Marions schmales gebräuntes Gesicht zu erblicken.

Doch alles in allem ertrug er es sehr gut. Er nahm sein nachmittägliches Golfspiel wieder auf; und auch wenn ein Golfball für ihn von nun an immer ›ein Stück Guttapercha‹ sein würde, hatte er doch nicht viel von seiner Form eingebüßt. Er beglückte Mr. Heseltine, indem er sich wieder für die Arbeit interessierte. Nevil machte er den Vorschlag, sie beide könnten die Akten auf dem Dachboden sortieren und katalogisieren und vielleicht ein Buch daraus zusammenstellen. Als drei Wochen später Marions Abschiedsbrief aus London kam, war er schon fast ganz wieder im Milforder Leben aufgegangen.

Mein lieber, lieber Robert (schrieb Marion),

Ein kurzer Abschiedsgruß, nur damit Sie wissen, daß wir beide an Sie denken. Übermorgen werden wir die Morgenmaschine nach Montreal nehmen. Jetzt, wo der Zeitpunkt fast gekommen ist, stellen wir fest, daß wir beide nur an die guten und schönen Dinge zurückdenken und der Rest schon beinahe zur Bedeutungslosigkeit verblaßt ist. Vielleicht ist es nur eine Art vorweggenommenes Heimweh. Ich weiß es nicht. Ich weiß nur, daß es uns immer glücklich machen wird, an Sie zurückzudenken. Und an Stanley und Bill – und England.

Alles Liebe von uns beiden, in Dankbarkeit

Marion Sharpe

Er ließ den Brief auf seinen Messing-Mahagoni-Schreibtisch sinken und legte ihn in den nachmittäglichen Flecken Sonnenlicht.

Morgen um diese Zeit wäre Marion schon nicht mehr in England. Es war ein entsetzlicher Gedanke, aber man konnte nichts tun, man mußte vernünftig sein. Was sollte man da noch machen?

Und dann geschahen drei Dinge gleichzeitig.

Mr. Heseltine kam herein, um ihm zu sagen, daß Mrs. Lomax wieder einmal ihr Testament ändern wolle – ob er unverzüglich zur Farm hinausfahren könne?

Tante Lin rief an und bat ihn, auf dem Rückweg den Fisch mitzubringen.

Und Miss Tuff brachte seinen Tee.

Lange betrachtete er die beiden Vollkornkekse auf dem Teller. Dann, sanft und doch entschlossen, schob er das Tablett beiseite und griff nach dem Telefon.

Kapitel 24

Der Sommerregen trommelte auf die Rollbahn, eintönig und unaufhörlich. Dann und wann erfaßte der Wind die Tropfen und fuhr damit in einem einzigen langen Pinselstrich über die Flughafengebäude. Der überdachte Aufgang zur Maschine nach Montreal war an den Seiten offen, und die Passagiere zogen die Köpfe ein, um sich gegen das Wetter zu schützen, während die Schlange sich allmählich voranbewegte. Robert, der am Ende der Schlange stand, konnte Mrs. Sharpes flachen schwarzen Satinhut sehen und die kurzen Strähnen weißen Haars, die der Wind in alle Richtungen blies.

Als er das Flugzeug betrat, saßen die beiden bereits, und Mrs. Sharpe wühlte in ihrer Handtasche. Er ging den Mittelgang entlang, und Marion blickte auf und sah ihn. Sie strahlte vor Freude und Überraschung.

»Robert!« rief sie. »Kommen Sie, um uns eine gute Reise zu wünschen?«

»Nein«, antwortete Robert, »ich fliege mit dieser Maschine.«

»Sie fliegen!« sagte sie ungläubig. »Tatsächlich?«

»Schließlich ist es ein öffentliches Verkehrsmittel.«

»Das weiß ich. Aber – Sie fliegen nach Kanada?«

»Allerdings.«

»Warum das?«

»Ich besuche meine Schwester in Saskatchewan«, antwortete Robert ungerührt. »Ein weitaus besserer Vorwand als ein Cousin an der McGill-Universität.«

Sie begann zu lachen, leise und herzhaft.

»Ach Robert, mein Lieber«, sagte sie, »Sie können sich gar nicht vorstellen, wie abscheulich Sie aussehen, wenn Sie so selbstgefällig dreinblicken!«

Nachwort

Robert Blair lebt das angenehme Leben eines Provinzanwalts im kleinen Marktstädtchen Milford. Seit über 200 Jahren kümmert sich die angesehene Kanzlei Blair, Hayward und Bennet, deren Seniorpartner er ist, um Grundstücksgeschäfte, Testamente und die Vermögen ihrer Klienten. Sein eigenes Vermögen ist groß genug, um sich jeden vernünftigen Wunsch erfüllen zu können, und andere Wünsche hat er nicht. Sein Haus führt eine unverheiratete Tante mit der ganzen, in sich ruhenden Gelassenheit der englischen Oberschicht. Auch für die Freizeit ist gesorgt: Im Winter gibt es Fuchsjagden, und im übrigen Jahr spielt er Golf.

Für dieses Leben war der Junggeselle in den 40ern von Kind an bestimmt, etwas anderes hat er nie gewollt. Oder doch? Gelegentlich beschleicht ihn ein leichtes Unbehagen an einem Leben, das nun schon über viele Generationen hinweg keine Veränderungen kennt, außer daß mal ein Blair, mal ein Bennet Senior- oder Juniorpartner ist – einen Hayward in der Firma gibt es seit 1843 nicht mehr. Die großen Sensationen der letzten 100 Jahre waren der Kauf eines Mahagonischreibtisches mit Messingintarsien durch seinen Großvater in Paris, der Eintritt der ersten weiblichen Bürokraft in die Kanzlei als Folge des Ersten Weltkrieges und das weiße Deckchen, das seitdem auf dem einst von Blairs Mutter für den Nachmittagsbürotee um 15.00 Uhr eingeführten Lacktablett liegt. Alles andere ist immer gleich bis hin zu den Butter- oder Haferplätzchen, die von Arbeitstag zu Arbeitstag alternierend auf dem Dessertteller neben der Teetasse liegen und die am Schluß des Buches, soviel darf hier verraten werden, über sein weiteres Leben entscheiden.

Den Beginn dieser Schicksalswende wird Robert Blair fortan immer exakt datieren können – auf das Klingeln eines Telefons an einem Frühlingstag um 16.00 Uhr, just in dem Moment, als er schon sein Büro verlassen will. Wäre er nur eine Minute früher gegangen, alles wäre beim alten geblieben. So aber sieht er sich mit einer bizarren Rechtssache konfrontiert, für die er als ausschließlich im Zivilrecht tätiger Anwalt gar nicht zuständig ist, die er aber übernimmt, weil man an seine Ritterlichkeit appelliert: Seine zukünftige Mandantin Marion Sharpe sucht in ihrer plötzlichen Bedrängnis jemand »ihresgleichen«, und das ist der kleine Benjamin Carley, der als gerissener Strafverteidiger sogar den Teufel aus der Hölle freibekäme, mit Sicherheit nicht. Marion Sharpe will nicht »irgendwie davonkommen« – sie will frei werden von dem absurden Verdacht, der aus heiterem Himmel auf sie und ihre Mutter gefallen ist. »The Franchise Affair« – so der Originaltitel – hat begonnen.

Die etwa 40jährige unverheiratete Marion Sharpe lebt mit ihrer Mutter in einem heruntergekommenen Herrenhaus, das nach einem alten Flurnamen »das Franchise« heißt und das sie von einem entfernten Verwandten geerbt haben. In der Tat sieht es aus wie der perfekte Schauplatz eines Schauerromans: Einsam liegt es an der Landstraße, nur von Feldern umgeben. Eine das ganze Grundstück umschließende Ziegelmauer verbirgt es vor den Blicken der Vorbeigehenden; selbst das hohe schmiedeeiserne Tor wurde irgendwann einmal von innen mit Blechplatten verkleidet. Kommt man einmal doch hinter die Mauer, ist der Eindruck keineswegs besser. Obwohl das Haus in der späten Regency-Epoche gebaut wurde, hat es nichts von der ruhigen spätklassizistischen Eleganz dieses Stils. Jedes Detail wirkt fehl am Platz, keine Proportion stimmt, nichts scheint an der ihm gemäßen Stelle zu sein, und so hat das Ganze etwas bösartig Abweisendes. Verkäuflich sei es vermutlich nur an jemanden, der dort ein privates Irrenhaus einrichten wolle, meinen die Besitzerinnen selbst. Doch bevor die Sharpes vor drei oder vier Jahren dorthin zogen, hatten sie in einer Londoner Pension gelebt, und so scheinen sie nun die absolute Ruhe und völlige Abgeschiedenheit zu genießen, auch wenn es in dem für die beiden viel zu großen Haus an jeglichem Komfort wie etwa warmem Wasser oder Heizung fehlt. Selbstverständlich hält es auch kein Dienstmädchen dort fern von Kinos, Kolleginnen und Freunden aus.

Und dieses Haus, so perfekt geeignet für einen Schauerroman, bekommt seine Schauergeschichte. Betty Kane, ein knapp 16jähriges Mädchen, ist nach einem Urlaub bei ihrer Tante in der nahegelegenen Stadt vier Wochen spurlos verschwunden, und als Betty wieder auftaucht, besitzt sie nur die Kleider, die sie auf dem

Leib trägt, und ist von Schlägen übel zugerichtet. Sie behauptet, zwei Frauen, die genauso aussähen wie die Sharpes, hätten sie in ihrem Auto, das sie detailliert beschreiben kann, an einer Haltestelle aufgelesen und in ein Haus entführt, dessen Beschreibung durch sie exakt dem Franchise entspricht. Dort habe man sie zwingen wollen, als Dienstmädchen zu arbeiten, und als sie sich weigerte, habe man sie nur mit dem Unterrock bekleidet an ein Bett auf dem Dachboden gefesselt und regelmäßig mißhandelt, um sie gefügig zu machen. Erst nach knapp vier Wochen habe sie nachts in einem unbewachten Moment fliehen können.

Mutter und Tochter Sharpe werden mit diesen Beschuldigungen erst konfrontiert, als Inspector Grant von Scotland Yard und der lokale Inspector ins Franchise kommen, um die Angeschuldigten der Zeugin gegenüberzustellen; aus diesem Anlaß hat Marion Sharpe Blairs Beistand erbeten. Die Gegenüberstellung scheint Bettys Geschichte zu bestätigen: Nicht nur erkennt sie die Personen, den Garten, das Haus und das Auto wieder, auch viele Details bezüglich Gegenständen, Ausstattung und Mobilar des Franchise stimmen mit dem kurz nach ihrem Wiederauftauchen aufgenommenen Protokoll überein. Die beiden Frauen weisen die Anschuldigungen als absurd und frei erfunden zurück und wollen das Mädchen nie zuvor gesehen haben. Für die Polizei ist die Lage damit zunächst einmal klar: Es steht Aussage gegen Aussage, somit gibt es keinen vor Gericht zu bringenden Fall; sie zieht sich daher mit der üblichen höflichen Bitte, die Sharpes möchten sich für die nächste Zeit verfügbar halten, zurück.

Robert Blair aber muß sich entscheiden, und seine Entscheidung steht praktisch sofort fest: Er glaubt den beiden Damen, der überlegen-spöttischen und humorvollen Marion und ihrer resoluten Mutter aus bester Familie, die die Dinge beim Namen zu nennen versteht, und die beide trotz der beengten Verhältnisse ihre »Position im Leben«, wie man in England sagt, kennen und zu behaupten gedenken. Sie sind ihm auf Anhieb sympathisch – Marion Sharpe hatte also völlig recht, als sie jemand »ihresgleichen« als Anwalt ihrer Interessen im umfassenden Sinne wollte. Konsequenterweise muß dann aber Betty Kane, das unschuldige Schulmädchen mit der offenen Stirn, dem freien Blick und den liebenswerten Grübchen eine infame Lügnerin sein, und ihre so detaillierten Anschuldigungen sind frei erfunden, woher auch immer ihre verblüffenden Kenntnisse des Hauses und seiner Bewohner stammen mögen.

So beginnt Robert Blair dann einen ungleichen Kampf für seine Mandantinnen: Gegen Scotland Yard muß er ihre Unschuld beweisen – ein für einen Rechtsanwalt ungewöhnliche Situation. Es genügt nicht, mit irgendwelchen Finessen die Glaubwürdigkeit der einzigen Belastungszeugin, des angeblichen Opfers, zu erschüttern, wie es sein strafrechtserfahrener Kollege Benjamin Carley sicher versuchen würde. Dies wäre nicht nur äußerst schwierig – immerhin sieht Betty Kane so aus, daß jeder britische Geschworene sie sich zur Tochter wünscht –, im günstigsten Fall würden die Sharpes einen halbherzigen Freispruch bekommen, in ihr Gespensterhaus zurückkehren und von nun an für die Öffentlichkeit als ein Paar verrückter Hexen gelten. Da die Sharpes nach so langer Zeit und bei ihrem völlig zurückgezogenen Leben für den angeblichen Entführungstag natürlich kein Alibi beibringen können, muß Blair dem Mädchen für die Entführungszeit ein Alibi im Wortsinne nachweisen: ein »Anderswo«, an dem sie sich wirklich aufgehalten hat, während sie angeblich auf dem Dachboden der Sharpes ans Bett gefesselt war. Von Scotland Yard kann der Anwalt dabei keine Hilfe erwarten – dort ist man durch Vorschriften gehalten, gegen die Sharpes und nicht gegen die eigene Zeugin zu ermitteln. Hält deren Aussage keinem Prozeß stand, wird eben keine Anklage erhoben, und wer will, mag die Sharpes weiter für perverse Sadistinnen halten, die noch einmal mit einem blauen Auge davongekommen sind. Wegen des bloßen Verdachts auf Vortäuschung einer Straftat wird der überlastete Yard jedenfalls nicht aufwendig nach Alternativen zu Betty Kanes Geschichte suchen.

Blairs Kampf für seine Mandantinnen wird erschwert durch den rasch einsetzenden Wettlauf mit der Zeit: Daß Scotland Yard die Sache sehr zurückhaltend und zögerlich betreibt, hilft nichts mehr, sobald die Presse Wind von der Affäre bekommt. Ein Boulevardblatt sorgt für weiteste Publizität des Skandals, ein hauptsächlich von »kritischen Intellektuellen« gelesenes Organ nimmt die Partei Betty Kanes gegen die zögerliche britische »Klassenjustiz«. Das Foto der verfolgten Unschuld und das des heruntergekommenen Gespensterhauses stehen sich gegenüber – für die breite Öffentlichkeit ist der Fall damit klar, und die Polizei ist bald nicht mehr in der Lage, das Franchise vor Randalierern und Vandalismus zu schützen.

Mit dem Erscheinen der *Franchise Affair* im Jahre 1949 tritt Elizabeth Mackintosh (1897–1952) alias Josephine Tey alias Gordon Daviot in die fruchtbarste Phase ihrer Laufbahn als Verfasserin von Detektivromanen ein. Der renommierte Kenner und Kritiker Howard Haycraft hat Ende der 50er Jahre einmal gegenüber Julian Symons ihre Werke als die bemerkenswertesten des ganzen Genres nach dem Krieg bezeichnet. Von 1949 an erscheint jährlich ein Roman von ihr, bis zum postumen *Singenden Sand* (DuMont's Kriminal-Bibliothek Nr. 1013) von 1953, in denen sie immer neu die Grenzen des Genres erprobt, ohne sie zu sprengen. In der *Verfolgten Unschuld* geschieht das in mehrfacher Weise. Zum einen bringt die dargestellte Umkehr der Beweislast es mit sich, daß ein unerfahrener Provinzanwalt nicht gegen, aber unabhängig von und zusätzlich zu Scotland Yard ermitteln muß – eine neue Variante des schon von Edgar Allan Poe und Sir Arthur Conan Doyle gepflegten Gegensatzes von Privatdetektiv und Polizei. Aufgrund dieser Beweislage nimmt Josephine Tey die logische Konsequenz in Kauf, daß ihr Seriendetektiv Alan Grant, ansonsten eine der sympathischsten, gelungensten und überzeugendsten Ermittlergestalten überhaupt, in diesem Fall eine sehr untergeordnete und überdies höchst unglückliche Rolle spielt. Zum andern schafft sie es, ohne einen Mord auszukommen, wo doch Willard Huntingdon Wright alias S. S. van Dine in seinen »Zwanzig Regeln für das Schreiben von Detektivromanen« kategorisch einen Toten gefordert hatte. Sein siebtes Gebot lautet: »Im Detektivroman muß es einfach eine Leiche geben, und je toter die Leiche, desto besser.« Josephine Tey erzeugt durch die Monstrosität der Anschuldigungen und die Rätselhaftigkeit der Hintergründe ein dem Mordrätsel vergleichbares Interesse im Leser: Man will unbedingt erfahren, wie es wirklich gewesen ist. Zusätzlich muß die Autorin durch Blairs klare und für den Leser überzeugende Entscheidung bei Übernahme des Mandats auf die Spannung des »Whodunit« verzichten. An ihre Stelle tritt die Frage: Wie wird Betty Kane rechtzeitig wessen überführt werden?

Doch damit ist das Experimentieren mit dem Genre noch nicht zu Ende. Josephine Tey, die in ihrem berühmten Werk *The Daughter of Time* (1952) Inspector Grant die Richard III. zugeschriebenen Morde an den Prinzen im Tower »aufklären« läßt, hat für ihren in der Gegenwart spielenden Roman bis ins Detail hinein eine historische Cause celèbre des 18. Jahrhunderts zur Vorlage genommen, die auch im Roman selbst als Präzedenzfall erwähnt wird. Anfang 1753 verschwand ein junges Mädchen, Elizabeth Canning, und tauchte vier Wochen später spärlich bekleidet wieder auf. Sie gab vor, in ein Bordell verschleppt worden zu sein, wo man sie zur Dirne machen wollte. Als sie sich weigerte, fesselte man sie und quälte sie, bis sie zufällig entkommen konnte. Nach ihren Angaben wurde das entsprechende Haus gefunden. Die Besitzerin und die von Elizabeth identifizierte eigentliche Gefangenenwärterin, eine Zigeunerin, wurden angeklagt und trotz heftiger Proteste verurteilt. Zuständig war der Friedensrichter von Middlesex, der bekannte Romanschriftsteller Henry Fielding. Die Öffentlichkeit war in zwei Lager gespalten. »Die moderne Geschichte kennt kaum ein zweites Ereignis, das für eine so lange Zeit mehr die Aufmerksamkeit von Angehörigen aller Stände beschäftigt hätte«, heißt es in einem zeitgenössischen Bericht. Die Mischung war zu brisant – Sex, Gewalt, eine verfolgte Unschuld, eine sadistische Zigeunerin –, als daß die damals schon existierende Sensationspresse und ihr nach Skandalen lüsternes Publikum sie nicht begierig aufgenommen hätte. In einem von einflußreichen Männern betriebenen Wiederaufnahmeverfahren konnten die verurteilten Damen ein Alibi für den Entführungstag präsentieren, und Elizabeth Canning wurde zur Deportation in die amerikanischen Kolonien verurteilt. Bis ans Lebensende beteuerte sie ihre Unschuld, und die Cause celèbre gilt als bis heute nicht geklärt. Noch 1989 erschien ein Buch von John Treherne über diesen Fall und seine Bearbeitung in den damaligen Medien, *The Canning Enigma*.

Für die mit dem Fall vertrauten englischen Leser bedeutete es sicherlich ein besonderes Vergnügen, Josephine Teys Anspielungen zu entschlüsseln, vom Namen der dubiosen Heldin über Marions dunklen »zigeunerhaften« Typ und die Stationen des Prozesses bis zum Verschwinden der Freigesprochenen »in den amerikanischen Kolonien«. Teys Version und ihre Lösung der »Affäre Canning« wurde im englischen Sprachraum zu einem unumstrittenen Klassiker des Genres, der fast auf keiner der von Kennern immer wieder erstellten »Hitlisten« fehlt.

Volker Neuhaus

Eine Leiche zum Souper

Mörderische Einladungen. Eine Buch-Box mit vier spannenden Kriminalrätseln für 4–8 Spieler in verschiedenen Rollen. Von Volker Neuhaus, Daniela Hermes und Achim Schückes. Mehrfarbiges Spielheft mit 4 Rollenlisten, 4 einfarbigen Plänen, 4 Situationsbeschreibungen und Indizienfotos sowie 24 Rollenheften im Schmuckschuber

»Der Mörder ist unter uns! – Persönliche Rollenhefte geben schrittweise Indizien auf den Täter, Lagepläne erleichtern die Orientierung am Tatort. Anfangs erhalten die Mitspieler verdeckte Vorabinformationen zu ihrer neuen Identität. Es wird gemäß Regieanweisung eine Grundsituation aufgebaut. Indizien, die im weiteren Verlauf ans Tageslicht kommen, bringen einzelne Anwesende ganz schön ins Schwitzen: Jeder kann der Mörder sein. Weitere Runden mit Fakten führen schließlich zur Auflösung. Ein wenig schauspielerisches Talent, vielleicht sogar rollengerechte Kleidung und ein dazu passendes Ambiente lassen leicht eine knisternde Krimi-Atmosphäre entstehen.«

Hannoversche Allgemeine Zeitung

DuMont's Kriminal-Bibliothek

»Knarrende Geheimtüren, verwirrende Mordserien, schaurige Familienlegenden und, nicht zu vergessen, beherzte Helden (und bemerkenswert viele Heldinnen) sind die Zutaten, die die Lektüre der ersten vier Bände aus DuMont's neuer ›Kriminal-Bibliothek‹ zu einem Lese- und Schmökervergnügen machen – auch, wenn man sich knisterndes Kaminfeuer, die Karaffe uralten Portweins und den echten Londoner Nebel dazudenken muß.

Der besondere Reiz dieser Krimi-Serie liegt in der Präsentation von hierzulande meist noch unbekannten anglo-amerikanischen Autoren, die mit repräsentativen Werken (in ausgezeichneter Übersetzung) vorgelegt werden.

Die ansprechend ausgestatteten Paperbacks sind mit kurzen Nachbemerkungen von Herausgeber Volker Neuhaus versehen, die auch auf neugierige Krimi-Fans Rücksicht nehmen, die gerne mal kiebitzen: Der Mörder wird nicht verraten. Kombiniere – zum Verschenken fast zu schade.« *Neue Presse/Hannover*

Band 1001	Charlotte MacLeod	**»Schlaf in himmlischer Ruh'«**
Band 1002	John Dickson Carr	**Tod im Hexenwinkel**
Band 1003	Phoebe Atwood Taylor	**Kraft seines Wortes**
Band 1004	Mary Roberts Rinehart	**Die Wendeltreppe**
Band 1005	Hampton Stone	**Tod am Ententeich**
Band 1006	S.S. van Dine	**Der Mordfall Bischof**
Band 1007	Charlotte MacLeod	**». . . freu dich des Lebens«**
Band 1008	Ellery Queen	**Der mysteriöse Zylinder**

Band 1009	Henry Fitzgerald Heard	**Die Honigfalle**
Band 1010	Phoebe Atwood Taylor	**Ein Jegliches hat seine Zeit**
Band 1011	Mary Roberts Rinehart	**Der große Fehler**
Band 1012	Charlotte MacLeod	**Die Familiengruft**
Band 1013	Josephine Tey	**Der singende Sand**
Band 1014	John Dickson Carr	**Der Tote im Tower**
Band 1015	Gypsy Rose Lee	**Der Varieté-Mörder**
Band 1016	Anne Perry	**Der Würger von der Cater Street**
Band 1017	Ellery Queen	**Sherlock Holmes und Jack the Ripper**
Band 1018	John Dickson Carr	**Die schottische Selbstmord-Serie**
Band 1019	Charlotte MacLeod	**»Über Stock und Runenstein«**
Band 1020	Mary Roberts Rinehart	**Das Album**
Band 1021	Phoebe Atwood Taylor	**Wie ein Stich durchs Herz**
Band 1022	Charlotte MacLeod	**Der Rauchsalon**
Band 1023	Henry Fitzgerald Heard	**Anlage: Freiumschlag**
Band 1024	C. W. Grafton	**Das Wasser löscht das Feuer nicht**
Band 1025	Anne Perry	**Callander Square**
Band 1026	Josephine Tey	**Die verfolgte Unschuld**

Band 1016

Anne Perry

Der Würger von der Cater Street

Charlotte Ellison ist intelligent, selbstbewußt, emanzipiert – und lebt in einer Zeit, in der diese Eigenschaften bei Frauen gar nicht gern gesehen werden, im puritanisch-viktorianischen England des 19. Jahrhunderts. Doch Charlottes Eltern machen sich noch aus einem weiteren Grund Sorgen um ihre Tochter: Ein offenbar geistesgestörter Mörder stranguliert auf der Cater Street junge Frauen. Als Charlotte merkt, daß auch sie sich in Gefahr befindet, ist es fast zu spät. Aber zum Glück gibt es da auch noch Inspector Pitt, der ein nicht nur dienstliches Interesse an ihr hat . . . Bevor er Charlotte jedoch helfen kann, muß er noch manches Rätsel lösen – und das macht ihm die feine Gesellschaft in London nicht gerade leicht!

Band 1017

Ellery Queen

Sherlock Holmes und Jack the Ripper

Ellery Queen ist verzweifelt: Der Termin für die Manuskriptabgabe seines neuesten Kriminalromans rückt immer näher, Lust zum Schreiben aber hat er keine ... Zu ungehalten ist er also nicht, als ein langjähriger Freund Grant Ames III. ihm ein altes Journal überbringt, das ihm zugespielt worden ist. Als sich herausstellt, daß es sich um ein unveröffentlichtes Manuskript von Dr. Watson, dem getreuen Gehilfen von Sherlock Holmes, handelt, ist Ellery Queen nicht mehr zu halten – zumal das Journal einen der spektakulärsten Mordfälle der Geschichte des Verbrechens beschreibt: die Untaten von Jack the Ripper.

Band 1018

John Dickson Carr

Die schottische Selbstmord-Serie

Alan Campbell, Professor für Geschichte, will in der friedlichen Abgeschiedenheit der schottischen Burg Shira am Loch Fyne seine innere Ruhe wiederfinden. Dort war jedoch Angus Campbell nachts vom Turm seiner Burg in den Tod gestürzt: Selbstmord – Unfall oder Mord? Noch weiß niemand, daß sein tragisches Ableben erst der Beginn äußerst mysteriöser Ereignisse ist. Damit wieder Frieden in die halbverfallene Burg einkehren kann, bedarf es schon des detektivischen Genies von Dr. Gideon Fell. Alan Campbell und den anderen Gästen stehen jedenfalls schlaflose Nächte bevor . . .

Band 1019

Charlotte MacLeod

»Über Stock und Runenstein«

Dieses ist der dritte Roman aus der ›Balaclava‹-Reihe, in dem Peter Shandy, Professor für Botanik am Balaclava Agricultural College und Detektiv aus Leidenschaft, mit analytischem Denkvermögen ein Verbrechen aufklärt.
Der Knecht Spurge Lumpkin wird von der Besitzerin der Horsefall-Farm, Miss Hilda Horsefall, tot aufgefunden. Für die Polizei ist der Fall klar: ein tragischer Unfall. Peter Shandy aber kommen bald die ersten Zweifel, und als ein Kollege und ein junger neugieriger Reporter ebenfalls fast die Opfer mysteriöser Unfälle werden, sieht er sein Mißtrauen bestätigt.

Band 1020

Mary Roberts Rinehart

Das Album

Das gleichförmige Leben und die Abgeschiedenheit der fünf Familien am Crescent Place werden empfindlich gestört, als die alte Mrs. Lancaster mit einer Axt ermordet wird. Für alle Bewohner des Crescent Place steht fest: Der Mörder ist einer von ihnen! Auch über das Motiv kann kein Zweifel bestehen – im Besitz von Mrs. Lancaster befand sich eine Truhe mit Gold im Wert von fast 100000 Dollar. Gäbe es da nicht ein Album mit alten Fotografien, wäre der Mörder wahrscheinlich ungestraft davongekommen . . .

Band 1022

Charlotte MacLeod

Der Rauchsalon

Für eine Lady aus der Bostoner Oberschicht ist es auf jeden Fall unpassend, ihr Privathaus in eine Familienpension umzuwandeln, um ihren Lebensunterhalt zu verdienen. So ist der Familienclan der Kellings entsetzt, als die junge Sarah, die gerade auf tragische Weise Witwe geworden ist, ankündigt, sie werde Zimmer vermieten. Doch selbst die konservativen, stets die Form wahrenden Kellings ahnen nicht, daß Sarahs neue Beschäftigung riskanter ist, als man annehmen sollte – mit den Mietern, sämtlich respektable Mitglieder der Bostoner Oberschicht, hält auch der Tod Einzug in das vornehme Haus auf Bacon Hill ...
Kein Wunder, daß die junge Frau froh ist, daß ihr der Detektiv Max Bittersohn beisteht, der mehr als ein berufliches Interesse daran hat, daß wieder Ruhe und Ordnung in das Leben von Sarah Kelling einkehren.

Band 1024

C. W. Grafton

Das Wasser löscht das Feuer nicht

Bei dem Fall, mit dem der Anwalt Gil Henry betraut worden ist, scheint es sich um eine Lappalie zu handeln. Schließlich gilt es lediglich herauszufinden, warum der Fabrikant Jasper Harper aus Harpersville der jungen Ruth McClure für ihre Aktien weit mehr als den normalen Kurswert bietet. Schon auf der Fahrt nach Harpersville muß Gil Henry erfahren, daß hinter der Sache mehr steckt, als er vermutet hatte. Nur mit knapper Not entkommt er einem Mordanschlag. In Harpersville selbst macht ihm der Besitzer der ›Harper Products Company‹ unmißverständlich klar, daß er keine Nachforschungen wünscht. Gil Henry riskiert mehr als einmal Kopf und Kragen und muß selbst illegale Mittel einsetzen, bis der Fall gelöst ist.

Band 1025

Anne Perry

Callander Square

Die Welt ist in Ordnung am Callander Square. Die Herren der feinen Gesellschaft gehen ihren Geschäften nach oder vergnügen sich in ihren Clubs, während ihre Gattinnen beim Tee die neuesten Gerüchte verbreiten. Ruhe und Harmonie werden jäh zerstört, als zwei Gärtner einen Busch umpflanzen wollen und dabei zwei Skelette entdecken. Inspector Thomas Pitt stößt bei seinen Recherchen auf eine Mauer des Schweigens. Daher entschließen sich Pitts Frau Charlotte und deren Schwester Emily, unauffällig ihre eigenen Ermittlungen anzustellen. Hinter den Kulissen einer nur scheinbar geordneten Welt stoßen sie auf Intrigen, Untreue, Erpressung. Als die beiden merken, daß sie mit dem Feuer spielen, ist es fast zu spät . . .